박완서
소설전집
결정판

020 그 산이 정말 거기 있었을까

세계사

기획의 글

1994년 세계사에서 박완서 전집을 첫 출간한 이래, 2002년 개정판을 거쳐, 2012년 〈박완서 소설전집 결정판〉을 내게 되었다.

선생님은 데뷔작인 『나목』부터 손수 교정을 봤는데 안타깝게도 암 수술을 받은 후 병석에 눕고 나서는 당신의 글을 직접 다듬지 못했다. 누가 삶의 깊은 뜻을 알 수 있을까! 선생님은 지난해 정월, 갑작스레 세상을 떠나셨고 1주기를 추모하여, 선생님 생전에 기획한 대로 결정판을 출간하게 되었다.

선생님의 장편소설을 다시 읽고 재평가하는 작업은 큰 산맥을 종주하는 듯 방대했다. 힘들고 지루했지만 '박완서 문학'의 폭과 깊이, 그리고 한국문학의 미래를 향한 가능성을 확인한 축복의 시간이었다.

선생님 작품의 넓고 깊음은 한 단어로 말하기 힘들다.

한국전쟁으로 텅 비고 황폐한 도시 속에서도 '물이 차오르듯 삶의 희망'을 찾아내던 선생님은, '사람 사는 모습'을 깊은 관심을 갖고 바라보았고 사회 변화에도 민감했다. 작품 활동을 시작한 이래 조금도 쉼 없이 많은 글을 쓰실 만큼 현상을 분석하는 데 탁월했다. 그만큼 소재에 제한이 없었다. 본인이 직접 겪어내신 한국전쟁뿐 아니라, 구한말부터 일제 강점기까지의 경제와 풍속, 체제 변화 속 개인의 혼란, 가부장제와 여권운동의 충돌과 허상, 중산층의 허위의식과 계층 분화 등 기존 작가들이 다루지 못했던 사회상을 문학 속으로 끌어들이는 데 앞장섰다. 선생님의 작품은 진실을 천착하는 집요한 작가 정신, 모든 구속과 드러나지 않는 음모와 싸우는 자유의 기운이 구석구석 흐르고 있어, 시대의 징후를 읽어내는 소설문학 고유의 양보할 수 없는 미덕을 넘치게 갖추고 있다.

첫 출간 때와 달리 각 초판본에 실린 서문이나 후기를 그대로 옮겨 실은 것은 작품을 쓸 당시 선생님의 생생한 육성을 듣기 위한 것이었다. 그 글을 쓴 시대와 작가의 심상이 느껴지는 짧은 글은 '박완서 문학'의 역사를 담고 있다. 덧붙인 평론들은 작품의 새로운 의미와 생명력을 불어넣어 준다.

'박완서 문학'은 언어의 보물창고다. 파내고 파내어도 늘 샘솟는 듯 살아 있는 이야기와, 예스러우면서도 더 이상 적절할 수 없는 세련된 표현으로 모국어의 진경을 펼쳐 보였다. 재미있는 글과 활달한 언어가 주는 힘은 우리들을 뜨겁게 매료시켰으며, 이는 아름다운 문학의 풍경을 만들어냈다. 40년 내내 여러 계층의 독자들에게 사랑받았고 말년까지도 긴장감과 유머를 잃지 않았던 선생님은 문학의 이름으로 길이 살아계실 이 시대의 스승이고 표양이다.

'재미와 뼈대가 함께 담긴 소설'을 쓰는 것이 선생님의 평생 과업이었다. 다가오는 세대들에게 글 쓰는 이의 외로움과, 그보다 더한 사랑을 온전히 물려주고 떠난 준엄함과 따뜻함은, 그대로 문학하는 이들의 상징이 되었다. 선생님에 대한 그리움으로 기획의 글을 대신한다.

2012년 1월

〈박완서 소설전집 결정판〉 기획위원

권명아 · 이경호 · 호원숙 · 홍기돈

작가의 말

"우리가 그렇게 살았다우."

우리 동네엔 공원이 많다. 우리나라에서 제일 크다는 공원도 있고, 그 밖에도 이름 붙은 크고 작은 공원들이 산재해 있다. 그러나 내가 마음에 두고 사랑한 공원은 공원이라는 이름도 붙지 않은 작은 동산이었다.

꼭 밤송이 절반을 엎어놓은 것처럼 동그랗고 소복한 동산이 철 따라 옷 갈아입는 걸 보는 것도 즐거웠고, 흙 밟고 싶을 때 숲을 헤치고 올라가 보는 것도 나만이 아는 낙이었다. 큰 공원은 산책로까지 포장돼 있게 마련이고, 이름 붙은 명산은 저만치 너무 멀리 있다. 1년에 한두 번 마음먹고 찾아간다 해도 내 발로 느끼기엔 너무 거하다. 도전을 기다리는 산을 정복할 기력이 이제 나에겐 없다. 그래서 우리 동네가 남아 있는 자연 그대로의 그 작은 동산을 나는 속으로 얼마나 예뻐했는지 모른다. 걸어서 가기에도 알맞은 거리지만, 차 타고 그 앞을 지날 일이 있을 때는 그쪽으로 고개를 돌리고 하루도 같은 날이 없는 그 살아 있는 표정에 인사도 하고 감탄도 했었다.

그러던 어느 날, 그 동산이 불도저에 의해 뭉개지는 걸 보았다. 거기까지 아파트가 들어서야 하나? 나는 내 동산을 잃게 된 게 화나고 속상했지만 말릴 힘이 없었고, 내가 살고 있는 아파트 또한 곡식과 채소를 기르던 농토에 세워졌을 거란 생각을 하며 황당한 심정을 달래야 했다.

그러나 그 동산은 아주 깔아 뭉개지지는 않고, 중턱을 자르고 곡선을 없애고 기하학적인 직선으로 재단이 되어, 허리를 온통 시멘트 계단으로 두른 추악한 모습으로 바뀌었다. 알아보니 주민들의 요청에 따라 운동을 즐길 수 있는 여러 가지 체육 시설이 들어섰다고 한다. 나는 사람들에게 물어본다.

거기 그 동산 말예요. 그 예쁜 동산을 꼭 그렇게 만들어야 했을까요? 운동할 데가 그렇게 없나요?라고. 그러나 아무도 호응을 안 한다. 거기가 동산이었다는 것을 모르는 사람도 있다. 그 예쁜 동산을 어쩌면 그렇게 감쪽같이 잊어버릴 수가 있을까? 아니면 일부러 시침을 떼는 걸까. 그 동산이 없어져서 잘된 사람도 없지만 아쉬운 사람도 없는데 웬 걱정이냐는 투다.

불도저의 힘보다 망각한 힘이 더 무섭다. 그렇게 세상은 변해간다. 나도 요샌 거기 정말 동산이 있었을까, 내 기억을 믿을 수 없어질 때가 있다. 그 산이 사라진 지 불과 반년밖에 안 됐는데 말이다.

시멘트 허리를 두른 괴물은 천년만년 누릴 듯이 완강하게 버티고 서 있고, 그 밑에 묻힌 풀뿌리와 들꽃 씨는 다시는 싹트지 못할 것이다. 내년 봄에도 후년 봄에도, 영원히.

내가 살아낸 세월은 물론 흔하디흔한 개인사에 속할 터이나 펼쳐보면 무지막지하게 직조되어 들어온 시대의 씨줄 때문에 내가 원하는 무늬를 짤 수가 없었다. 그 부분은 개인사인 동시에 동시대를 산 누구나가 공유할 수 있는 부분이고, 현재의 잘사는 세상의 기초가 묻힌 부분이기도 하여 부끄러움을 무릅쓰고 펼쳐 보인다.

'우리가 그렇게 살았다우.'

이 태평성세를 향하여 안타깝게 환기시키려다가도 변화의 속도가 하도 눈부시고 망각의 힘은 막강하여, 정말로 그런 모진 세월이 있었을까, 문득문득 내 기억력이 의심스러워지면서, 이런 일의 부질없음에 마음이 저려오곤 했던 것도 쓰는 동안에 힘들었던 일 중의 하나다.

미완으로 끝낸 『그 많던 싱아는 누가 다 먹었을까』를 이렇게 완결토록 꾸준히 격려해준 웅진출판사 여러분께 깊은 감사를 드린다.

1995년 11월

박완서

*1995년, 웅진출판사에서 출간된 『그 산이 정말 거기 있었을까』 초판 작가 서문

| 차례 |

1

꿈꿨네, 다시는 꿈꾸지 않기를

1.

안방에선 올케가 오빠 다리의 총구멍에 심을 갈아 끼우고 있었다. 종아리는 바싹 말랐는데 총구멍은 생생하고도 깊었다. 심으로 박은 1센티 너비의 가제는 그 안에서 서리서리 끝도 없이 풀려나왔고, 새것을 집어넣을 때도 꾸역꾸역 한없이 들어가는 것 같았다. 지켜보는 동안의 숨막히는 고통 때문에 더욱 그러했을 것이다. 저 구멍이 차라리 심장을 관통했더라면, 하는 생각을 안 하기가 그렇게 힘들었다. 그 생각은 뜨겁고도 오싹했다. 밖에서 뭘 보았느냐고 오빠가 물었다. 아무것도, 아무도 못 보았다고 대답했다.

"우리 식구만 남았어. 인기척이라곤 없어. 서울을 싹 비워줬는데도 인민군이 들어온 것 같지는 않아요."

"그럴 리가, 당신이 나가 봐."

찐득한 연고에 불그죽죽 피가 묻어난 심을 신문지쪽에 말아가지고 올케가 밖으로 나갔다. 오빠의 조바심 때문에 올케를 기다리는 동안이 마냥 길게 느껴졌다. 그렇게 기다리게 해놓고 올케는 엉뚱한 소리를 했다.

"바로 집 앞에 우물이 있어요. 물이 충충해요."

"사람을 못 봤냐니까. 인민군이나 국군이라도 말야."

올케는 고개를 저었다. 오빠의 성화 때문에 엄마까지 셋이서 번갈아가며 바깥세상의 동정을 살피러 드나들었지만 살아 움직이는 거라곤 개미 새끼 한 마리 눈에 띄지 않았다. 오빠의 조바심은 점점 더 심해졌다. 밥도 못 짓게 하고 세 여자를 밖으로 내몰지 못해 했다.

"기 기 기…… 깃대빼기에 무슨 기가 꽂혔는지도 안 보여? 누 누 누…… 눈깔이 멀었냐?"

오빠가 말을 더듬기 시작했다. 속에서 끌어당기는 것처럼 허한 소리였지만 나에겐 아우성소리처럼 들렸다. 오빠가 무엇을 그렇게 애타게 궁금해하는지 드디어 명백해졌다. 오빠는 이 수도 서울에 우리 식구 말고 다른 사람이 있나 없나를 알고 싶은 게 아니라 우리가 누구 치하에 있나가 알고 싶은 거였다. 우리가 지금 이고 있는 하늘이 대한민국의 하늘인지 인민공화국의 하늘인지 알아보기 위해 우리는 다시 겨끔내기로 내쫓겼다. 깃대빼기가 솟아 있는 건물은 형무소 말고도 몇 군데 더 있었지만 아무것도 나부끼고 있지 않았다. 국군은 시민을 죄다 피난시키고 나서 후퇴했으니 서울을 비워준 셈이건만 인민군은 어디서 뭘 하는지 아직도 입성을 한 것 같지가 않았다. 그럼 지금 서울은 진공 상태인가. 이데올로기의 진공 상태. 좌익에도 못 붙고 우익에도 못 붙고, 좌익한테도 밉보이고 우익한테도 밉보이고, 순전히 그 틈바구니에서 허우적대다 이 지경이 된 오빠에게 이데올로기의 억압이 전혀 존재하지 않는 세상이야말로 황홀경이어야 마땅하지 않을까. 그러나 오빠는 그 황홀경을 빨갱이로 몰리는 것보다 더 무서워하고 있었다. 사색이 되어 좌불안석, 시시각각 언어 능력조차 퇴화해가고 있는 오빠를 지켜보면서, 황홀경이란 환각처럼 미처 잡을 새도 없이 스쳐 지나가야 하거늘 하루씩은 너무 길다고 생각했다.

집 앞의 우물은 정말 물이 충충했다. 원통형 내벽에 성에가 허옇게 슬어 있는 게 청정하고 신성한 느낌마저 들었다. 두레박줄이 걸려 있는 우물 둘레는 내 가슴까지 차는 시멘트 노깡이었다. 충충한 수면에 비친 내 모습이 너무 선명해서 나는 번번이 깜짝 놀라곤 했다. 어느 쪽에도 속하지 않는 세상도 있을 수 있다는 것을 한 번이라도 상상해본 적이 있었던가. 나 역시 무서워하고 있다는 걸 우물 속의 내 모습은 부정할 도리 없이 빤히 비춰주고 있었다. 말을 안 더듬는다고 해서 안 무서워하고 있는 것은 아니었다.

저녁때까지 우리 식구는 아무것도 먹지 못했다. 오빠가 굴뚝에 연기 난다고 불도 못 때게 해서 이불들을 들쓰고 엎드려 있었다. 다행히 부엌에 뜬숯도 있고 찬밥도 있었다. 어둡기 전에 올케는 풍로에 숯불을 피우고 얼어 터져서 순백의 라일락꽃처럼 몽실몽실 피어난 쌀밥을 끓였다. 어린 조카는 넉넉히 먹일 수 있었으나 어른들은 부연 국물로 목구멍만 축였다. 공복감을 느낄 수 없었고 어린것들도 이상할 정도로 안 보챘다. 오빠의 말더듬증은 나아지지 않았다. 더 심해지고 있다는 걸 본인도 느끼는지 번번이 더듬기만 하고 말끝을 못 맺었다. 그걸 듣는 건 고문당하는 것처럼 고통스러웠다. 올케는 더했을 것이다. 올케와 나는 오빠를 피해 밖으로 겉돌다가 마침내는 부엌 바닥에 쭈그리고 앉았다.

"우린 참 운수가 좋아요. 집 앞에 우물도 있고 이 집엔 땔감도 넉넉해요."

올케는 자기도 오빠처럼 말더듬이가 될까 봐 겁이 나는지 점자를 더듬듯이 느리게 또박또박 말했다. 어떻게 재수가 없어도 요렇게까지 없을 수가 있을까. 이 도시에 우리 식구만 남겨지기까지 2, 3일 동안 우리에게 붙어다닌 액운을 생각하면 미칠 지경인데 운수가 좋다니. 그러나 나는 순순히 올케의 말에 동의했다. 액운이 우리 가까이에 실재하는 것처럼 느끼고 있었기 때문에 그 괴물 보기에 느긋하고 유들유들해야 할 것 같았다.

부엌은 천장이 다락으로 돼 있어서 바닥이 깊었다. 널빤지문을 열면 주춧돌만 한 돌이 층계처럼 놓여 있어 그걸 딛고 내려설 수 있게 돼 있었다. 양회가 벗겨진 틈으로 진흙이 부스럼 딱지처럼 드러난 부뚜막엔 무쇠솥 두 개와 양은솥 한 개가 걸려 있었다. 무쇠솥만 붙박이고 양은솥은 들어낼 수도 있게 되어 있었고 그 밑은 재가 빠질 수 있는 철판이 설치된 석탄 아궁이였다. 부엌머리에 딸린 찬마루 밑은 온통 시커먼 분탄 더미여서 부엌 바닥까지 새까맸지만 무쇠솥 뚜껑은 반질반질 참기름을 발라놓은 것 같았다. 그러나 찬마루 위는 다리가 부러진 밥상, 금간 데를 양회로 때운 항아리, 밑이 반쯤 빠진 체, 시루, 바가지, 양철통, 궤짝 등이 꾀죄죄하고 귀살스럽게 나뒹굴고 있었다. 그 모든 것들이 어둠에 잠길 때까지 우리는 막장에 갇힌 광부처럼 희망 없이 서로를 의지하고 부엌 바닥에 웅크리고 있었다.

"식후에 수면제를 주었으니까 잘 거예요."

방 안 기척에 신경을 쓰는 나에게 올케가 말했다. 구파발 병원에서 주고 간 약 중에 진통제도 있었다. 그걸 수면제라고 그러는 것 같았다.

"푹 자고 나면 좀 나아질 거예요."

나는 짐짓 명랑한 소리로 올케를 위로했다.

"전선은 지금 어디쯤 있는 걸까요."

올케가 한숨처럼 말했다. 올케도 지금 우리가 누구 치하에 있는지 그게 확실하지 않은 게 가장 답답한 모양이다. 전선은 도대체 어떻게 생긴 금일까? 불구대천의 원수끼리 서로 필살의 총구를 겨누고 마주 대치한 한가운데 있는 보이지 않는 선을 돌파하기란 온몸이 총구멍이 되지 않고는 불가능한 일이다. 그러나 오빠는 그걸 해냈다. 의용군으로 나갔다가 국군 지역으로 돌아왔다면 어디서고 한번은 그 금을 넘었을 것이다. 제가 무슨 불사신이라고. 그가 만신창이가 돼서 돌아온 건 당연하다. 오빠의 다리에 뒤늦게 입은 총상은 그 상징에 불과하다. 나는 오빠에 대한 헤어날 길 없는 육친애와, 산 사람이 죽은 사람에게나 느낄 것 같은 차디찬 혐오감이 겹쳐 오한이 있을 때처럼 불안하고 불쾌했다.

"가만. 무슨 소리가 들려요."

암말 안 하고 있었는데도 올케는 나를 제지했다. 나는 가만가만히 쉬고 있던 숨을 들이마시고 귀를 기울였다. 포성과 정찰기의 음흉한 저음은 새삼스러울 것도 없었다. 그건 우리가 온종일 못 견디어 한 정적의 일부일 뿐 인기척은 아니었다. 올케가 일어섰다. 나도 따라서 일어섰다. 우리는 대문을 소리 안 나게 열고 문밖으로 나왔다. 올케가 전쟁의 소음 속에서 가려낸 인기척이 나한테도 어렴풋이 잡혔다. 우리는 마음과 발밑의 불안 때문에 서로 한 덩어리처럼 의지해가면서 사람들의 웅성거림이 들리는 전차 종점 쪽으로 내려갔다.

그리고 우리는 보았다. 어둠 속에서 우리의 시야가 닿는 한, 무악재고개로부터 독립문까지 묵묵히 인민군대가 움직이고 있는 것을. 앞세운 탱크도, 깃발도, 군가도 없이, 무엇을 신었는지, 군화 소리도 없이, 마치 무악재고개 너머의 깊이 모를 어둠에서 풀려나오듯이 한없이 우울하고 조용하게 입성을 하고 있었다. 각자 뭔가 잔뜩 지고 메고 있었는데도 그 너무도 조용함 때문에 무장을 하고 있는지조차 의심스러웠다. 지난여름 탱크를 앞세우고 미아리고개를 넘어오던 인민군과 같은 군대라는 게 믿어지지 않았다. 입성을 한다기보다는 야음을 틈타 침투하는 것처럼 숨죽인 행렬이 마냥 이어졌다. 두루뭉술해 보일 정도로 솜을 많이 두고 굵게 누빈 군복도 인민군다운 살기등등함을 지우기에 충분했다. 혹시 중공군일지도 모른다는 생각이 들었다. 인해전술이란 말에 딱 들어맞는, 막강하다기보다는 망망한 병력이었다. 정연한 대오를 이루었다기보다는 범람한 물처럼 한길을 찰랑찰랑 채우고 흐르다가 독립문에서 물살은 조용히 양쪽으로 갈라졌다. 아닐 수도 있었다. 중공군은 꽹과리를 쳐사기를 북돋우며 아이들과 부녀자를 닥치는 대로 살상하고 욕보인다고 들었는데 그럴 것 같지는 않았다. 하긴 인민군보다는 중공군이 몇 배 순하다는 유언비어도 있었으니까. 유언비어를 더 믿어서가 아니라 중공군이라고 해서 더 무서울 것도 없었다. 말이 통하지 않으면 아무것도 우리에게 자백시키려 들지 못할 것이 아닌가. 자백을 강요당하는 것처럼 치욕스러운 공포가 또 있을까. 오죽해야 의사소통의 불가능을 꿈꾸려 들겠는가.

그러나 중공군이 아니라는 건 곧 밝혀졌다. 우리 말고도 연도에 드문드문 사람들의 모습이 보이는 게 반갑고도 신기했다. 거의가 늙은이나 여자들이었다. 그들이 우리처럼 어쩔 수 없이 발목을 잡힌 사람들이 아니라면 그들을 이 고장에서 못 떠나게 한 자유의사는 어떤 것일까. 그들이야말로 진짜 빨갱이들이라고 단정해도 좋으련만 그래지지가 않았다. 여름에 남 먼저 뛰쳐나와 점령군을 환영하던 좌익 인사들의 열광이나 흥분 따위 격정은 조금도 느껴지지 않았다. 그러나 그보다 훨씬 질기고 진국스러운 친화감이 그들과 점령군 사이를 팽팽히 이어주고 있었다. 나는 덩달아 긴장하여 내 안에서 무엇인가가 끊어질 것 같은 위기의식에 사로잡혔다.

그걸 참을 수 없어 한 건 나만이 아니었다. 연도에 서 있던 중늙은 이가 느닷없이 인민군대 사이로 뛰어들며 여름에 의용군 나간 아무개를 아느냐고 물었다. 그걸 기화로 여러 사람이 중구난방으로 제 아들 제 남편의 이름을 대며 죽었나 살았나만 알고 싶다고 외쳐댔다. 그들의 아우성과는 상관없이 묵묵히 앞으로 흐르던 대열 속에서 마침내 죽긴 왜 죽느냐고, 다들 살았으니 곧 만나게 될 거라는 힘찬 대답이 들려왔다. 그 말은 우리말이었고, 표준말에 가까웠고, 과장된 씩씩함 끝에는 연민의 정 같은 게 길게 여운처럼 남았다. 아우성치던 이들은 그 말 한마디에 츱츱하게 엉겨 붙느라 저희들끼리 그 자리에서 한패가 돼가고 있다는 게 눈에 보이는 듯했다.

올케와 나는 도망치듯 그 자리를 피했다. 기분이 고약했다. 죄책감 같기도 하고 소외감 같기도 했다. 차라리 그들을 부러워하고 있을지도 모른다는 생각을 드러내게 될까 봐 우리는 집으로 돌아올 때까지 한마디도 하지 않았다. 그들에겐 그래도 희망이라고 부를 만한 것이 남아 있지만 우리 식구에겐 그게 없었다. 엄마도 남아서 그들처럼 하려고 나만 피난을 보내려고 했을 것이다. 그러나 엄마가 미처 그렇게 하기 전에 엄마의 아들은 효자답게 살아서 돌아와 지금 엄마의 품 안에 있다. 그래서 엄마는 지금 저들보다 행복할까. 엄마가 행복하건 말건 그건 나와는 상관없는 일이다. 나에게 중요한 건 내가 여기 남아 있다는 사실이다. 나는 그게 참을 수 없이 분하고 억울했다.

2.

올케가 운이 좋다고 말한 것은 맞는 말이었다. 물과 불은 식량 이 상이었다. 이 추위에 이 고지대에 바로 집 앞에 물이 충충한 우물이 있고 집 안엔 화력이 센 석탄이 넉넉하다는 것은 크나큰 행운이었 다. 나는 올케하고 번갈아가며 우물에서 물을 길어다 양은솥과 무 쇠솥을 가득가득 채우고 나서 부삽으로 석탄가루를 한 삼태기 가량 부엌 바닥으로 퍼내 가지고는 물을 부어 질척하게 반죽을 했다. 처 음 해보는 일이었지만 올케가 시키는 대로만 하면 되었다. 그동안 에 올케는 불쏘시개가 될 만한 나무토막이나 사과궤짝 나부랭이를 여기저기서 찾아내다가 손도끼로 윷가락 크기만큼 잘게 팼다. 그걸 가운데 아궁이 철판 위에다 얼키설키 놓고 배배 꼰 종이에 불을 붙 여 그 한가운데다 조심스럽게 데밀고 나서 부채질을 하면 곧 나무 가 활활 타오른다. 그 위에다 수제비 반죽처럼 질척한 석탄 반죽을 손바닥만큼씩 뚝뚝 떠서 얹으면 곧 맹렬한 불꽃을 튀기면서 이글이 글 장밋빛으로 타올랐다. 이상한 일이었다. 수화상극이라는데 올케 의 손을 거치면 물과 불이 열광적으로 화합하는 게 그렇게 감동스 러울 수가 없었다. 그런 신기한 비밀을 알고 있는 올케가 믿음직스 러웠고, 여태껏 어떤 친구에게도 느껴보지 못한 우정의 기쁨 같은 걸 느꼈다.

분탄의 화력은 부엌과 구들을 후끈후끈 덥혀줬을 뿐 아니라 양은

솥의 물을 단박 설설 끓게 했다. 나는 신이 나서 더운물을 연방 안방으로 퍼 날라 오빠와 아이들이 깨끗하게 씻도록 하고 우물에서 새로 물을 길어 들였다. 그동안 올케는 약간 화력이 준 불덩어리를 아궁이에서 풍로로 옮겨 담아 밥도 짓고 찌개도 끓였다. 무엇보다도 겨울에 더운물을 넉넉히 쓸 수 있다는 건 편리한 것 이상의 기쁨이었다. 사치를 누리고 있다는 만족감까지 맛보았다. 그러나 아침저녁 석탄가루로 수제비를 떠야 하는 올케나 내 꼴은 말이 아니었다. 우리는 가끔 눈만 빤작이는 얼굴을 마주 보고 허파 줄이 끊어진 것처럼 허리를 비틀고 한없이 웃어젖히곤 했다.

　그날 밤 이후 다시는 우리 식구 말고 딴 사람을, 군인이고 민간인이고 만난 적이 없었지만 이 도시가 진공 상태라고 생각하진 않았다. 그날 밤만이 아닐 것이다. 인민군대는 아마 매일 밤 그렇게 스며들어올 것이다. 그렇지만 이 도시엔 반반한 집, 튼튼한 건물도 많은데 하필 이 빈촌에 주둔할 까닭이 없을 것이다. 어쩌면 붉은 군대는 단지 이 도시를 거쳐 갔을 뿐 그들이 있어야 할 전선은 우리가 생각하는 것보다 훨씬 더 남쪽에 있을지도 모른다. 신문도, 방송도, 떠도는 말도 접할 길이 없었으므로 우리는 오늘 우리가 안 죽었다는 것밖에는 앞으로 언제 어떤 일이 닥칠지 아무런 예측도 할 수 없었다. 전선이 일단은 우리 머리 위를 지나갔다는 확실한 증거는 그날 밤 전찻길까지 나가서 본 광경이 전부였다. 세상이 또 한 번 바뀌었다면 우리는 인민공화국의 하늘 아래 있으련만 그 실감은 나지 않았다. 선전선동 공작이 미치지 않는 공화국은 상상도 할 수가 없었다. 그러나 우리 말고도 민간인이 남아 있어 이 도시 어느 지붕 밑에선가 숨 쉬고 연명하고 있다는 것을 믿을 수 있다는 것은 크나큰 위안이었고, 씩씩하게 물 긷고 석탄 반죽할 수 있는 힘이 되었다.

다행히 오빠도 세상이 확실하게 바뀌었다는 걸 알고부터는 말을 더듬지 않게 되었다. 그렇다고 오빠에 대해 안심할 수 있는 건 아니었다. 오빠의 태도는 종잡을 수가 없었다. 그는 새로운 희망에 들떠 있었다. 서울에 다시 국군이 들어온 후 우리가 돈암동 집으로 돌아갈 때 어떤 모습으로 돌아가야 한다는 것을 그는 세심하게 계획을 짰다. 국군이 들어왔다고 해서 금방 우리 집으로 돌아가면 안 된다, 동네 사람이 3분의 1쯤 돌아온 시기를 봐서 돌아가야 한다, 그때 우리도 남쪽으로 피난 갔다 온 행세를 해야지 서울에 남아 있었다고 해선 절대로, 절대로 안 된다, 남하했다 돌아온 행세를 완벽하게 하려면 피난에서 먼저 돌아온 이 동네 사람들과 잘 사귀어 피난지에서 겪은 걸 이것저것 알아두어야 한다, 그렇다고 이 동네 사람한테 우리가 서울 사람인데 피난을 안 가고 여기 잠복해 있었다는 걸 알게 해서도 안 된다, 우리는 개성서 피난을 내려오다 병자가 생겨 한강을 못 넘고 여기 주저앉을 수밖에 없었다는 걸로 해야 된다, 우리 식구가 한결같이 입을 맞춰야지 조금이라도 수상쩍게 보여서는 안 된다, 이런 식이었다.

그건 오빠보다도 엄마가 먼저 생각해낸 방법이었다. 다소 치사하지만 나도 은근히 동의한 바 있었건만 오빠가 하도 집요하게, 그리고 세부적인 것까지 미주알고주알 지시를 하니까 마치 미천한 근본이 드러나는 것처럼 낯 뜨거워서 안 듣고 싶었다. 오빠와 내가 공유할 수밖에 없는 미천한 근본이란 한때 좌경 사상을 가졌었고 인민공화국에 협조했었다는 것이다. 그런 혐의 때문에 받는 박해로부터 자유롭고 싶었다. 인공 치하에서 전혀 협조를 안 한 인사 중에도 서울에 남아 있었다는 것만으로도 도강파와 차별을 받는 것을 목격한 우리였다. 이번에야말로 우리도 도강하고 싶었고 남하하고 싶었다. 어떤 고생을 하든지 상관없었다. 남하는 좌익이라는 혐의와 상쇄할 수 있는 유일한 방법이었다. 실은 나도 피난에 그렇게 집착했건만 딴 사람도 아닌 내 발목을 잡고 늘어진 당사자로부터 피난 상성을 하는 소리를 듣는 것은 견디기 힘들었다. 그러나 엄마는 매번 그 소리를 새겨듣는 척했고 오빠를 안심시키려고 복습까지 해 보이곤 했다.

앞날을 걱정하는 건 태평성대에나 할 짓이다. 전시에는 그날 안 죽는 게 가장 중요한 과제라는 걸 모르면 그걸 아는 자의 짐이 되기 십상이다.

세상이 바뀐 후의 걱정은 그때 하면 되는 것이지 지금 급한 건 이 세상에 어떻게 안 죽고 살아남나였다. 우리는 먹을 것도 달랑달랑한 상태였다. 남은 식량을 늘려 먹기 위해 올케와 나는 이미 굶주리고 있었다. 오빠는 빈말로라도 그런 걱정 한마디 없이 언제 닥칠지 모를 앞날을 예습하기에 여념이 없었다. 1·4후퇴 후 한때 그가 말을 더듬을 정도로 두려워한 것은 진공 상태 그 자체가 아니라 곧 또

한 번 겪어야 할 인민공화국이었을 것이다. 그러나 막상 그 세상이 되자 또 한 발 앞서 지금 이 세상이 아닌 딴 세상 걱정을 하고 있었다. 그런 오빠가 밉고 버겁다가도 잠든 오빠를 보면 불쌍했다. 관통상 때의 출혈로 잠든 오빠는 백지장 같았다. 더군다나 오빠는 진통제 없이 잠들지 못했다. 그의 잠든 모습은 살아 있는 사람 같지가 않았다. 그가 사선을 넘었다는 게 믿어지지 않았다. 의용군 갔다 도망친 이는 별별 모험담과 무용담을 다 가족들한테 말한다는데 오빠는 한 번도 그러지 않았다. 말하고 싶지 않은 걸까, 잊고 싶은 걸까. 오빠가 가장 잊고 싶은 건 고생 이상의 그 무엇이었을 것이다. 치욕이나 배신 따위 오빠의 가장 민감한 부분을 짐작 못하는 바는 아니나 나에겐 너무 추상적이었다.

그가 우리 곁으로 돌아오기까지 무슨 일을 겪었는지 짐작도 할 수 없는 게 점점 더 고통스러워졌다. 그렇게 잘나 보이던 오빠가 너무 보잘것없이 누워 있었다. 오빠는 예전의 그가 아니었다. 그럼 돌아온 게 아니지 않나. 나는 잠든 오빠를 보고 있으면 전선이 어떻게 생겼을까 하는 의문이 도지곤 했다. 적과 우리 편을 분간할 수 있는 선 같은 게 있을까? 그 선은 6·25나 1·4후퇴 때처럼 제가 사람 위를 통과하면 모를까, 초인이 아닌 보통 사람이 임의로 통과할 수 있는 선은 아닐 것이다. 어떤 미친 사람이 홀로 그 선을 향해 돌진한다면 틀림없이 앞뒤에서 일제히 맹렬한 살의가 퍼부어질 테고 순식간에 온몸이 벌집이 되고 말 것이다. 오빠도 살아 돌아온 게 아니라 그때 무참히 죽은 것이다. 지금 아랫목에 누워 있는 건 오빠의 허깨비일 뿐 진정한 그는 아니다. 전선이면 보통 전선인가. 이데올로기의 전선 아닌가. 어떻게 온전하게 살아 돌아오기를 바라겠는가,라는 체념 끝에는 분노가 솟구쳤다. 이데올로기 제까짓 게 뭔데 양심도 없지, 오빠 같은 죽음이 양심의 짐이 안 되는 이데올로기 따위가 왜 있어야 하느냔 말이다.

3.

우물은 여러모로 고마웠다. 동네 사람을 사귈 수 있는 계기를 마련해주었다. 겨울에도 김이 무럭무럭 나는 충충한 우물이라면 아마 가뭄에도 말라붙는 일은 없으리라. 나는 유년기의 경험으로 이 동네가 얼마나 물이 귀하다는 걸 알고 있었다. 그 후 아무리 수도 사정이 나아졌어도 이 정도의 우물이면 이 근처에선 명물이었을 것이다. 이웃엔 여전히 인기척이 있는 집이 없었지만 우물가의 흔적으로 한 우물을 먹는 집이 어딘가에 있으리란 막연한 짐작은 할 수 있었다. 그러나 세상이 바뀐 지 며칠이 지나도 물 길으러 온 사람과 실제로 마주친 일은 없었다. 한 우물을 먹는 가구가 몇 안 되기 때문이지 아무도 몰래 길어 가지는 않을 것이다. 어떤 사람들이 어디메쯤에 어떤 모습으로 살고 있을까 궁금했지만 만나고 싶은 건 아니었다. 만나고 싶지 않을 뿐 아니라 만나는 게 두렵기조차 했다. 인민군이 입성하던 날 연도에 마중 나와 있던 사람들처럼 자유의사로 피난을 안 간 사람들과는 상종을 안 하는 게 좋을 것 같았다. 또 한 번 세상이 바뀌었을 때 책잡힐 짓은 하고 싶지 않았다. 몸은 비록 인민공화국의 하늘 아래 있지만 마음은 일편단심 대한민국에게 밉보이는 짓을 하면 안 된다는 생각 때문에 살얼음판을 걷듯이 조심하고 있었다.

정희는 그런 경계심을 품을 필요조차 없어 보이게 아주 작은 계집애였다. 어느 날 문밖에서 철썩 하고 우물에 뭐가 빠지는 것 같은 소리가 간헐적으로 들렸다. 사람이 몸을 던진다고 해도 한 번이면 족할 소리가 반복되는 게 수상해서 나가 보니 조그마한 계집애가 노깡 언저리에 발돋움을 하고 서서 두레박질을 하고 있었다. 두레박질이 서툴러서 그런 소리가 나는 거였다. 양철에 나무로 된 가로 막대기가 달린 두레박은 줄을 넉넉히 풀어주면 수면에서 옆으로 기울면서 물이 차고 바로 서면 길어 올리게 돼 있는데 계집애는 두레박질이 처음인 것 같았다. 두레박으로다 덮어놓고 수면을 때리면서 그 힘으로 두레박이 물 안으로 들어갈 수 있길 바라는 것 같았으나 어림없는 짓이었다.

나는 웃으면서 두레박줄을 빼앗아 시범을 보여주었다. 그것도 기술이라고 그 아이는 입을 헤벌리고 잘 따라 하지 못했다. 손이 트고 빼빼 마른 예쁘지 않은 계집애였다. 그러나 세상만 이렇지 않았으면 귀엽게 보일 수도 있는 소녀다운 덜 정돈된 이목구비를 하고 있었다. 나는 계집애가 가져온 물통에다 물을 하나 가득 길어주고 집이 어디냐고 물었다. 소녀는 불확실한 동작으로 아랫동네를 손가락

질했다. 나는 그 아이의 물통을 들어 주면서 '장 발장'이 된 기분이 들었다. 장 발장이 어두운 숲 속의 샘터로 물 길으러 온 '코제트'의 물통을 들어주는 장면은 내 어릴 적 독서 경험 중 반복해서 읽어도 싫증이 안 나고 마음이 환해지는 대목이었다. 장 발장 흉내를 내기에는 내 힘이 좀 부쳤지만 그래도 오래간만에 명랑한 목소리로 이름을 물었다

"정희……."

물론 코제트는 아니었다. 처음으로 소녀의 침묵을 뚫고 나온 목소리는 가냘프고 말끝을 길게 끌어서 듣기에 답답했다. 소녀의 집은 한참 아랫동네였다. 그동안 나는 왜 피난을 안 갔느냐? 식구는 몇이냐? 등을 물었지만 소녀는 대답하지 않았다. 폭격으로 폐허가 된 자리를 지나 전찻길 가까운 평지에 있는 꽤 반반한 집이었다. 정희 어머니는 분 바른 것처럼 피부가 보얗고 생긴 것도 곱살한 30대로 보이는 부인이었지만 지쳐 보였다.

"누가 널더러 물 길으러 다니래던? 나가고 싶으니까 별 핑곌 다 대고 있어. 그래 어디까지 갔다가 이제야 오는 게야?"

그녀는 우리가 애써 길어 간 물을 전혀 반기는 기색 없이 이렇게 야단부터 치면서 눈길은 연방 내 아래위를 훑어보기에 바빴다. 나는 아직도 장 발장 기분이 남아 있었으므로 이 여자가 혹시 의붓엄마일지도 모른다고 생각했다.

"산동네서 길어 왔어. 내가 산동네에 우물 있는 거 봐났다고 했잖아."

"애가 글쎄 심심하니까 별짓을 다 한답니다. 바로 이웃에 물 펑펑 나오는 펌프 놔두고 무슨 기운이 치뻗쳐 산동네까지 물을 길으러 가냐 가길."

"빈집에 물 길으러 들어가기 싫단 말야."

어린 게 에미한테 눈을 보얗게 흘기면서 대들었다. 정희 엄마는 나한테 방에 들어와 녹였다 가라고 했다. 안방 아랫목에선 너덧 살쯤 돼 보이는 남자아이가 몹시 칭얼대고 있었다. 볼거리를 앓는지 몸 전체가 기우뚱해 보일 정도로 귀 밑에서 목에 걸쳐 심하게 부어 있는데 그 위에 까만 연고를 바르고 유지를 덧붙이고 있었다. 정희 엄마는 내가 묻기도 전에 이 애 때문에 피난도 못 갔다고 말하면서 우리가 피난 못 간 사정을 물었다. 우리도 집에 환자가 있다고 대답했다. 우리는 서로 같은 처지이면서도 피난을 못 간 것을 무슨 범죄 행위처럼 부끄러워하고 있었고, 공범자끼리처럼 서로를 못 미더워하고 있었다. 세간살이며 장판이 번들번들하고 칸살도 넓은 꽤 규모가 큰 기와집이었다. 나오면서 보니 마루의 한쪽 벽은 온통 책장으로 돼 있었다. 주로 일본책들이었지만 문학, 철학, 역사, 사회, 종교 서적을 망라하고 있어서 가슴이 울렁거릴 정도로 부러웠지만 어쩐지 이 가족과는 안 어울려 보였다. 그러나 그 많은 책들을 부러워했을 뿐 빌려달랄 생각 같은 건 안 했는데 정희 엄마는 미리 곤란한 표정을 지으며 말했다.

"우리 거 아닌데……. 우리두 친척이 피난 가면서 집을 봐달래서 와 있는 거라우."

나는 내 마음의 설렘을 너무 드러낸 것 같아 얼굴을 붉혔다. 밤에 이불 속에서도 그 가족들을 향해서인지, 그 많은 책들을 향해서인지 마음이 우리 식구 아닌 딴 데를 향해 자꾸 부풀어오르는 것 같아 잠을 잘 이룰 수가 없었다. 정희도 그랬을까, 다음 날도 그 애는 물을 길으러 왔다. 나는 두레박질을 가르쳐주면서 조금씩 얘기를 시켜서 전날보다 훨씬 더 친해졌지만 물을 들어다 주진 않았다. 그 대신 물통을 반만 채워줬다. 그 애는 내가 누구하고 사는지 궁금해하는 것 같았으나 들어와서 몸을 녹였다 가란 말은 하지 않았다. 나야말로 그 애 엄마가 차갑다는 걸 서운해할 자격이 없었다. 우리는 서로 이끌리면서도 경계하고 있었다. 나는 치사스럽게도 정희네 집 사상을 의심스러워하면서 뭔가 알아내지 못해 안달을 하고 있었다. 사상, 이념 그 따위 개에게 던져줘도 안 물어갈 것은 정말 지긋지긋했지만 결코 자유스러울 수는 없었다. 내 거든 남의 것이든 간에. 그러나 내가 알아낸 건 그 아이가 소학교 4학년이라는 것과 볼거리를 앓고 있는 남동생 위로 동생이 하나 더 있었는데 청파동 적산집에 살 때 폭격을 맞아 죽었다는 것 정도였다. 그때 동생의 창자가 터져나온 걸 본 얘길 하면서 그 애는 희미하게 웃는 시늉까지 했는데도 나는 그 애의 등을 토닥거려주면서 괜찮아, 괜찮아, 잊어버려,라고 말했다.

지금 묵고 있는 현저동 한길가 기와집은 큰아버지 집이라고 했다. 폭격 맞고 자식 죽은 동네에서 세 식구가 한뎃잠을 자다시피 하는데도 모른 척하던 큰집에, 피난 간 후에나마 들어와 살 수 있었던

30

것은 할머니 덕인 듯했다. 할머니는 큰아들네하고 피난을 가기 전에 청파동에 들러 열쇠를 주면서 들어와 집을 봐달라고 했다는 것이다. 광에 양식과 장작이 넉넉한 것도 할머니가 일부러 그렇게 했을 것이라고 말할 때 정희는 나이보다 훨씬 어른스러워 보였다. 어느 시기에 훌쩍 나이를 먹어버린 아이답게 그 애는 내가 정작 궁금해하는 건 말해주지 않았다. 실수로라도 아빠 얘기가 한두 번쯤 나옴 직한데 한마디도 안 했다.

밤에 식구들한테 저 아래 볼거리를 앓는 아이 때문에 피난 못 간 집과 알게 됐단 얘기를 했다. 그 집과 왕래를 하고 지내고자 해서가 아니라 비슷한 처지의 이웃이 있다는 게 식구들에게 위로가 되길 바라서였다. 그러나 엄마는 볼거리에만 관심이 있었다.

"세상에, 그까짓 볼거리가 무슨 죽을병이라도 되는 줄 아남, 피난을 다 못 가게. 몰라서 그렇지 볼거리엔 양약, 병원 약 다 소용없느니라. 볼거리는 자고 난 침이 그만이야. 자고 난 침도 말을 하거나 뭘 먹고 나면 효험이 뚝 떨어지니까 꼭 아침에 깨자마자 입도 뻥긋하지 말고 침 먼저 발라주라고 해라. 암, 양치질도 하기 전이라야 하고말고. 하품이 나도 참으라고 해. 약기운 보존하려면 그만 정성도 못 들일까. 한 사나흘만 그렇게 하면 그까짓 부기 싹 내리고 말 테니 두고 보렴."

엄마는 평소의 엄마답지 않게 그 말도 안 되는 약을 가지고 장담을 할 뿐 아니라 어서 가서 그 처방을 일러주지 않는다고 성화를 했다. 그래서 나는 일부러 정희네로 내려가서 난처한 표정을 지으며 그 얘기를 해주었다. 뜻밖에 정희 엄마는 나도 믿지 않는 얘기를 솔 깃하게 들어주었다. 그리고 어려서 궂은 파리에 물려서 부어오른 자국을 할머니가 핥아주던 얘기를 했다.

"오오라, 맞아. 그러고 나면 신기하게 부기가 가라앉곤 했었는데 여태껏 그 생각을 왜 못 했을까. 얼마나 무식하고 못 살았으면 침밖 에 발라줄 게 없었을까, 창피하고 지겨워만 했었지 그게 약이란 생 각은 꿈에도 안 했어."

그러면서 서두는 양이 내일 아침부터 당장 시작할 것 같았다. 나 는 볼거리는 물 것에 물린 부기하고는 다를 거라고 발뺌을 했다.

"지금 바른 약도 볼거리 약인가 뭐, 이 집에 있는 약 중에서 아무 거나 발라준 거야. 아무것도 안 발라주는 것보다는 나을 것 같아 서……. 애비를 잘못 만났으면 세상이나 잘 만나든지, 세상을 잘못 만났으면 애비를 잘 만나든지……."

그러고는 땅이 꺼지게 한숨을 쉬었다. 나는 그 여자가 내일부터 잘 못 만난 애비 몫까지 맹렬하게 아들의 볼거리를 핥을 것 같아 덩달아 한숨이 나왔다. 그러나 며칠 후 엄마의 성화 때문에 또 한 번 문병을 갔더니 그 아이의 볼거리는 감쪽같이 나아 있었다. 볼거리가 가라앉 아 반듯해진 그 아이의 얼굴이 즈이 누나와 닮은 데가 많은 것도 신 기했다. 이제부터 정희가 의붓딸일지도 모른다는 생각은 안 해도 될 것 같았다. 정희 엄마는 아들이 나아서 그런지 불과 며칠 사이에 몰 라보게 명랑하고 활기 있어 보였다. 그 여자는 방 안에다 온통 색색 의 고운 비단 헝겊을 늘어놓고 바느질을 하고 있었는데 인민군 견장

32

을 만든다고 했다. 일에 골몰해서인지 신이 나서인지 그 여자는 침의 비법을 가르쳐준 우리 엄마에게 고맙다는 인사도 안 했다. 인민군 견장을 만든다는 것도 내 상상력을 초월한 기이한 광경이었지만 볼거리에 대한 인사가 한마디도 없어서 더더욱 그 광경을 비현실적으로 보이게 했다. 견장 모양으로 오린 마분지에다가 바탕천을 씌우고 그 위에다 딴 색으로 별이나 줄을 집어넣으면 견장이 완성되는 듯했다. 이미 완성된 건 노란 바탕에 붉은 천으로 우체국 표시 비슷한 T자 모양이 들어간 견장이었는데 특무장의 계급장이라고 했다.

"글쎄, 순진하기가 꼭 어린애들 같다니까. 우리 집에 드나드는 군인 중에 군관 동무 하나가 정섭이를 어찌나 귀여워하는지 내가 선물 삼아 견장을 하나 새로 만들어 준 적이 있었거든. 군관 체면이 있지, 글쎄 견장이 너무 밝고 너덜너덜하더라구. 그랬더니 너도나도 해달라고 어디서 이렇게 헝겊까지 잔뜩 갖다놓고 조르지 뭐야. 순서를 정하는데 군관이고 졸병이고 없어. 국군 같아 봐."

정희네는 벌써부터 인민군이 드나들고 있었고 서로 그 정도로 친하다는 건 나로서는 뜻밖이었지만 그들을 귀여워하고 있는 것 같은 말투에는 슬며시 공감이 되었다. 나도 그보다 며칠 전 인민군과 맞닥뜨린 적이 있었다. 눈이 많이 오고 나서였다. 밤새 내린 눈 위에 한낮이 기울도록 새 발자국 하나 안 찍히는 적막이 견디기 어려워 나는 몇 번씩 문밖에 나가 비탈길을 내려다보곤 했다. 유년기를 그 동네서 보낸 나는, 눈 온 다음 날 그 비탈길이 어떻게 되는지 잘 알고 있었다. 빈촌엔 워낙 아이가 많은 법이다. 아이들의 환성과 어른들의 악다구니가 어우러져 시끌시끌하고 활기에 넘쳤다. 집집마다 아이들이 있는 대로 쏟아져 나와 미끄럼이나 눈썰매를 타고 나면 비탈길은 순식간에 빙판이 지는지라 어른들은 욕지거리를 하며 아이들을 말렸지만 될 일이 아니었다. 눈 위에다가 재나 흙을 갖다 붓기도 하고 신발에다가 새끼줄을 동여매기도 해서 어렵사리 보행에 안전을 기했다.

겨울 동안 그렇게 몇 겹으로 얼어붙은 두꺼운 빙판은 우수 경칩이 지나도 완전하게 해토가 되질 않았다. 낙상이 무서워 해토할 때까지 방구석에 꼼짝 못 하고 들어앉아 겨울을 나는 노인들도 있었다. 끔찍한 동네였다. 끔찍한 동네를 거침없이 방자한 환성으로 채우던 그 많던 아이들은 지금 어디서 무엇을 하고 있을까? 앞을 보아도 뒤를 보아도 영원히 깨어날 것 같지 않은 적막강산이었다.

그런 객쩍은 생각을 하고 있느라 인민군이 바로 내 코앞까지 왔는데도 모르고 있었다. 세 명이었다. 나는 그들이 아랫동네로부터 올라온 게 아니라 갑자기 눈 속에서 솟아오른 것처럼 느꼈기 때문에 까무라칠 듯이 놀랐다. 왜냐하면 그들은 군복과는 얼토당토않은 복장을 하고 있었다. 머리끝부터 발끝까지 치렁치렁하게 흰 홑이불 같은 걸 들쓰고 있었다. 그들이 인민군이라는 걸 알 수 있었던 것은 의식적이었는지 우연이었는지는 모르지만 그중의 하나가 앞에서 여몄던 홑이불자락을 놓치는 바람에 그 안에 입고 있던 누빈 군복이 드러났기 때문이었다. 장난을 치고 있는 것처럼 우스꽝스러운 차림이었음에도 불구하고 나의 공포감은 누그러지지 않았다. 그때가 만일 1951년이 아니라, 그로부터 20년 후쯤인 1970년대의 어느 날이었다면 나는 당장 그를 황금박쥐 같다고 생각했을 테고, 그러면 얼마든지 우스워할 수도 있었으련만. 어떤 극한 상황에서도 농담을 할 여지만 발견할 수 있으면 이미 그건 극한 상황이 아니다. 농담을 할 수 있는 상상력이란 빠져나갈 수 있는 비밀의 문 같은 거였다. 그러나 그들의 그 기괴한 복장은 어떤 비유도 할 수 없는 기괴 그 자체였다. 나는 아무런 상상력도 용납이 안 되는 순전한 두려움에 막대기처럼 굳어질밖에 없었다.

"인민군대 처음 봤소? 무얼 그리 놀라오."

그중 한 사람이 따져 물었지만 기분 나빠하는 것 같지는 않았다. 온화하고 지적인 인상이 나를 헷갈리게 했다. 그중 한 사람이 손을 내밀어 악수를 청했다.

"이렇게 젊은 여성 동무를 만나서 기쁘오. 동무는 피난을 안 갔소, 못 갔소?"

진정으로 반가워하는 것 같았다. 그러나 나는 피난을 안 갔다고 하기를 간절히 바라는 것 같은 그의 표정을 읽고 마음을 도사려 먹었다. 되도록 그들의 관심이나 호감을 사지 않고 무사히 스쳐 지나가도록 하는 게 수라고 생각했다. 인민공화국은 내가 선택한 세상이 아니었다. 내가 선택한 세상에서 후환이 될 만한 꼬투리를 만들지 않고 이 고비를 넘기고 싶었다.

"못 갔습니다. 폐병 든 오라비가 있어서요."

"그까짓 폐병 때문에 피난을 못 가? 젊은이라곤 문둥이에 앉은뱅이까지 싹 쓸어가 버렸던데……. 참 지독한 놈들이야."

잠깐 이가 갈리는 표정을 짓는 걸 보면서 나는 서둘러 다음 말을 둘러댔다.

"폐병 3기예요. 오래 앓았구요. 오금이 붙어서 걷지도 못하는걸요."

"동무는 폐병 하나 못 고치는 조국이 밉지도 않소?"

그 말은 나를 조롱하려고 한 말일 뿐 대답을 기다리는 것 같지는 않았다. 그들은 빈집의 대문을 종이로 봉하는 일을 하며 올라오는 중이었다. 시험지 반절 정도의 갱지에다가 인민의 소중한 재산은 아무도 함부로 못 한다는 것과 만약 이를 어기는 자는 엄벌에 처한다는 경고문이었다. 등사기로 민 글씨는 불분명해서 엄포만큼 무서워지지 않았다. 그들이 뒤집어쓰고 있는 홑이불도 앞에서 보니 실밥이 너덜너덜한 것하며 접힌 자국하며, 뉘 집 홑청을 뜯어낸 게 뻔해서 더욱 경고문의 권위를 실추시켰다. 그러나 몇 마디라도 말을 주고받았다는 것은 좋은 일이었다. 그들이 무사히 스쳐 지나가자 슬며시 웃음이 났다. 그 이상한 복장을 처음 봤을 때 그리도 무섭더니만 수시로 하늘을 선회하며 기총소사를 퍼부어대는 항공으로부터 자신을 보호하기 위한 기막힌 위장이라는 걸 알고 나자 무섬증과는 별도로 귀엽다는 생각이 들었다.

그 겨울 내내 서울의 눈은 녹지 않았고 인민군대는 너나없이 그렇게 홑이불을 들쓰고 다녔다.

4.

올케가 나더러 보급투쟁을 나가자고 했다.

며칠째 수제비만 먹은 날이었다. 수제비도 수제비 나름이었다. 올케는 수제비 양을 늘리는 데 천재적이었다. 이 집에 김장김치는 넉넉했으므로 김치를 듬뿍 썰어 넣고 국을 끓이다가 수제비는 조금밖에 떠 넣지 않았다. 허연 김치 줄거리와 수제비는 거의 식별이 안 됐다. 올케는 그런 눈의 착각을 교묘하게 이용해 수제비를 공평하게 푸는 척하면서도 불공평하게 퍼 담았다. 쫄깃한 수제비 건더기인 줄 알고 씹으면 시큼한 김치 줄거리였다. 오빠와 엄마의 수제빗국은 아마 그 반대일 것이다. 내가 누군데, 그 완고한 할아버지 밑에서도 음식 층하는 안 받고 자랐거늘 이런 대접을 받다니. 그러나 올케 몫은 몇 점의 밀가루 건더기도 들어 있지 않은 순전한 우거짓국이라는 걸 알기 때문에 뭐라고 그럴 수도 없었다. 올케는 이 집에 반 자루 가량 남아 있던 밀가루 자루 주둥이를 틀어쥐고 발발 떨었다. 내가 올케 입장이라면 부엌에서 배불리 훔쳐 먹고 나서 상을 들여갔을 것이다. 올케가 존경스러웠다. 그러나 그녀에게 대들고 싶은 걸 참고 순종한 건 존경 때문이라기보다는 그녀의 통제하에 있어야만 우리 식구가 살아남을 수 있을 것 같은 본능적인 생존 감각 때문이었다.

그 말이 나온 건 세끼를 다 수제비 건더기가 전혀 들어 있지 않은 김칫국으로만 때운 날 저녁이었다. 석탄 반죽이 하얀 밀가루 수제비로 보이려고 했다. 안방에선 우리가 굶었다는 걸 까맣게 모르도록 만들고 있는 올케의 잘난 척도 꼴 보기 싫었다. 처음엔 보급투쟁이 무슨 소린지 못 알아들었다.

"도둑질보다는 낫게 들리잖아요."

올케는 어느 틈에 만반의 준비를 해놓고 있었다. 장도리, 펜치, 끌, 드라이버, 손도끼 따위 이 집에 있는 연장은 모조리 찾아낸 것 같았다. 도둑질 아니라 수틀리면 살인도 하게 생겼다. 전등불 없이 사는 동안에 우리 눈은 올빼미처럼 밝아져 있었다. 보름달은 아니었지만 달도 있었고, 희게 얼어붙은 길과 집집의 지붕마다 이고 있는 눈도 생전 녹지 않을 것처럼 견고해 보였다. 강추위가 계속되고 있었다. 문밖에 나서자 추위 자체가 밝음인 양 차라리 눈이 부셨다. 지금부터 하려는 일에 대한 수치심과 공포감 때문에 더 밝음이 부담스러웠을 것이다. 앞장선 올케는 휭허케 더 높은 비탈 쪽으로 향했다. 비탈에 붙은 집들은 해방 후 혼란기에 들어선 하꼬방들이었다. 없는 사람들이라 문단속도 허술했다. 일전에 집집마다 붙이고 다닌 경고문조차 그런 집에는 붙어 있지 않았다. 그래도 열린 집은 없었다. 만약 있었다고 해도 겁이 나서 못 들어갔을 것이다. 밖에서 잠겼다는 것은 안이 비었다는 증거였다. 아예 널빤지를 대고 못을 친 집도 있었다. 그런 집은 제일 먼저 우리의 목표가 되었다. 드라이버로다 못 친 자국에 틈을 내고 장도리로 들어 올리면 끼익 하고 기분 나쁜 비명 소리를 내면서 널빤지가 자위를 떴다. 한쪽만 들어

올리고 나면 다른 한쪽을 빼는 데는 연장도 필요 없었다. 우리의 손 힘으로도 충분했다. 올케는 현명하게도 성냥과 양초 토막까지 준비해 가지고 있었다. 낮에도 빛이 들어올 것 같지 않은 굴속 같은 타인의 방에 촛불을 들이댈 때의 기분은 내 목에 비수가 닿는 것만치나 머리끝이 주뼛했다.

먹던 밥상, 자던 이부자리는 그대로 남아 있어도 양식을 남겨놓은 집은 거의 없었다. 도둑이 몇 탕 휩쓸고 지나간 것처럼 살림살이가 온통 난장판으로 곤두서 있는 집도 있었다. 전혀 피난 갈 생각을 안 하고 있다가 급하게 떠나느라고 무엇이 중요한지 무엇이 덜 중요한지 미처 분별이 안 서 허둥대다 그리 된 것이지, 우리 말고 도둑이 들었을 리는 없었다. 그 집엔 홑청을 뜯어서 만든 것 같은 멜빵이 달린 구럭이 봉당에 뒹굴고 있었는데 그 안엔 옷가지와 함께 입쌀이 두 됫박이나 되게 들어 있었다. 지고 가려고 만든 피난 보따리가 틀림이 없었다. 식구 수에 넘치게 만들었거나 힘에 부치게 만들어서 떨구고 간 것인지, 황망 중 그냥 잊어버리고 떠난 건지 알 길이 없었다. 아무려면 어떠랴, 우리에겐 크나큰 소득이었다.

그 다음 집에선 밀가루 반죽을 한 양푼이나 챙길 수 있었다. 그 집을 따고 들어가긴 더 쉬웠다. 외짝 빈지문이었는데 올케는 장도리를 맹꽁이자물쇠가 달린 문고리 쪽이 아니라 그 반대쪽 문틈에다 대고 힘을 썼다. 끼익 소리조차 없이 경첩이 물러나면서 문짝이 건들했다. 도둑년이 따로 있는 게 아니었다. 우리는 그동안에 벌써 이골이 나 있었다. 꽈배기장수네 집인 것 같았다. 밀가루 반죽이 흘러내린 자국이 안팎으로 말라붙은 기름 가마도 화덕에 걸린 채로 남아 있었다. 화덕의 조개탄은 물론 보얗게 사위어 있었고, 무쇠로 된 가마솥 속의 기름도 걸쭉한 우윳빛으로 변색해 있었다. 올케는 미제 깡통에 반쯤 남은 비곗덩어리 같은 기름을 발견했다. 가마솥의 기름과 함께 그 기름도 가져가기로 했다. 먹을 것을 찾아내고 챙기는 일에 우리는 손발이 척척 맞았지만 서로 말을 주고받지는 않았다. 다만 씩씩거리는 서로의 숨결을 느낄 뿐이었다. 우리는 유난히 씩씩거렸다.

미제 기름까지 얻었다는 건 대단한 소득이었다. 기름을 넉넉히 넣고 지진 김치찌개의 맛은 말할 수 없이 부드러웠고, 육식을 약비나게 하고 난 것 같은 징건하고 느글느글한 포만감까지 맛볼 수 있었다. 식구마다 얼굴에 버짐이 피어오를 것처럼 지방이 부족하던 차에 그야말로 웬 떡이냐 싶었다. 첫 번째 밤마실에 자신감이 생긴 올케는 음식 층하를 그만두고 식구들을 골고루 배불리 먹였다. 올케와 나는 거의 매일 밤 그 짓을 하러 나갔다. 엄마는 알고도 모르는 척하는 건지 정말 아무것도 모르는지 갑자기 풍성하고 다채로워진 식탁에 대해 일언반구도 아는 척을 안 했다. 그저 오빠가 밥 한 그릇이건 수제비 한 대접이건 거뜬히 비우는 것만 대견해했다.

하긴 엄마는 시침을 떼는 데는 선수였다. 정섭이 볼거리가 엄마의 비법으로 감쪽같이 나았다는 걸 엄마한테 보고할 때 나는 엄마가 그 따위 돌팔이 처방을 가지고 너무 잘난 체를 하게 될까 봐 은근히 걱정을 하면서도 사실은 흥분하고 있었다. 그러나 엄마는 나을 때가 됐으니까 나았을 뿐이라고 내 흥분을 간단히 윽박지르지 않았던가.

그건 겸손도 아무것도 아니었다. 엄마는 한 번 보지도 못한 정희 동생 따위는 이미 염두에 두고 있지도 않았다. "모든 병은 나을 때가 돼야 낫는다. 사람이 할 수 있는 건 아무것도 없다." 한숨 섞인 엄마의 이런 탄식은 아들에게 아무것도 해줄 수 없는 엄마의 자책과 시간의 치유력에 대한 절절한 기도가 담겨 있을 뿐이었다. 그러나 나는 엄마가 며느리와 딸이 밤마다 저지르는 차마 못할 짓에 대해 철저하게 함구하고 있는 것이 섭섭하고 야속해서 견딜 수가 없었다. 심지어는 한마디 위로의 말조차 아낌으로써 당신만 그 치욕스럽고 께적지근한 짓으로부터 결백하려는 것처럼 여겨질 적도 있었다.

오빠는 나아지고 있는 건지 더 나빠지고 있는 건지 우리로서는 도무지 종잡을 수가 없었다. 총구멍엔 언제쯤 새살이 나오려는지 그 안에 꾸역꾸역 들어가는 심의 양은 줄 줄을 몰랐고, 밤이면 수면제를 먹어야만 잠이 들었다. 실은 수면제도 아니었다. 오빠는 왠지 진통제를 수면제라고 말했고 우리도 덩달아서 그게 수면제라고 생각하고 싶어했다. 낮에 한 번도 고통을 호소한 적이 없는데도 그는 그 약을 먹어야만 잠을 잘 수가 있었다. 잠든 오빠의 모습은 흡사 백지장 같았다. 핏기라고는 없는 오빠의 까부라지고 창백한 모습은 가슴에 귀를 대보고 싶은 충동을 일으킬 정도로 산 사람 같지가 않았다. 엄마는 더할 것이다. 엄마가 밤에도 몇 번씩 이불을 덮어주는 척하면서 오빠의 숨결을 지키고 있다는 걸 나는 알고 있었다. 우리 식구는 다 한방에서 잤다. 군불을 따로 때기도 번거로웠지만 무슨 일을 당해도 같이 당해야 한다는 결속감 때문이기도 했다. 오빠가 맨 아랫목, 다음에 엄마, 다음엔 어린것을 양쪽에 눕힌 올케, 그리고 맨 윗목에서 내가 잤다. 윗목에 불만이 있는 건 아니었다. 석탄을 실컷 땐 안방은 고루 잘 더워서 되레 답답할 지경이었다. 더 숨이 막히는 것은 우리 식구의 끈끈한 결속력이었다. 나는 몰래몰래 모반을 꿈꾸었지만 돌파구는 없었다.

　엄마하고 오빠하고 가장 죽이 잘 맞을 때는 오빠가 앞날의 계획을 말할 때였다. 오빠는 날로 말이 많아졌다. 세상이 좋아지면…….이렇게 늘 같은 말로 운을 떼었다. 좋아진 세상이란 다시 국군이 서울을 수복시키고 난 후의 세상이라는 것은 말할 것 없었다. 그때는 피난 갔다 온 척해야지 절대로 남아 있었다고 해서는 안 된다는 건 이미 학습이 끝난 뒤였다. 학습이 끝났기 때문에 오빠는 이미 그 고비는 넘기고 다음 단계로 가 있었다. 그 다음엔 딴사람이 되어 사는가 싶게 살아보겠노라는 소리를 오빠는 지치지도 않고 반복했다. 세상이야 어떻게 돌아가든, 남이야 어떻게 살든 내 알 바 아니게 내 식구 생각만 하겠노라고 했다. 수단 방법 안 가리고 돈을 벌어서 내 식구 호강시키며 살겠노라고 미리 뻐기는 오빠를 직시한다는 것은 차마 못할 노릇이었다. 쉽게 말해 개같이 벌어서 정승같이 살겠다는 건데 딴 사람도 아닌 우리 오빠 입에서 어떻게 저런 소리가 나올 수 있을까 차라리 귀를 막고 싶은 심정이었다. 어쩌면 배신감이었을지도 모른다.

오빠는 나에게 천성의 생각하는 갈대였다. 그런 그가 지금 살찐 돼지가 되려고 열심히 자신과 식구들을 훈련시키고 있었다. 말이 많아지면서 표정도 과묵하던 때의 준수한 모습은 간데없이, 소심하고 비루해지고 있었다. 오빠가 넘어온 이데올로기의 전선은 나로서는 처음부터 상상을 초월한 것이긴 했지만 이런 오빠를 보고 있으면 그 선의 잔인하고 음흉한 파괴력에 몸서리가 쳐지곤 했다. 오빠 같은 한낱 나약한 이상주의자가 함부로 넘나들 수 있는 선이 아니었다. 어떻게 사람이 저렇게 변할 수가 있을까. 오빠가 얼굴을 잃고 돌아왔다고 해도 지금의 오빠보다는 유사성을 발견하기가 쉬울 것 같았다. 허구한 날 오빠는 다시는 꿈꾸지 않기를 꿈꾸고, 엄마는 오냐오냐 맞장구를 쳐대며 즐거워했지만 엄마의 태도도 서른 살 먹은 아들의 포부를 듣는 태도라기보다는 세 살 먹은 어린애의 재롱을 보는 태도에 가까웠다.

올케가 무슨 생각을 하고 있는지는 더군다나 알 수 없었다. 매사에 가장 의젓하게 구는 게 올케였지만 나는 가끔 올케가 울고 싶은 걸 억지로 참고 있는 것처럼 아슬아슬해 보이곤 했다.

한번은 이런 일이 있었다. 그날 밤도 올케하고 나는 식량을 훔치러 나갔다. 문단속이 허술한 하꼬방집치고 우리가 안 해먹은 집은 이제 남아 있지 않았다. 그런 집들은 우리 집보다 더 고지대에 불규칙하게 붙어 있어서, 인민의 재산을 보호하자는 경고문조차 안 붙일 정도로 공화국한테조차 업신여김을 받는 집들이었지만 뚫고 들어가긴 가장 만만했고, 그동안 우리 식구의 밥줄이 돼주었다. 만만한 만큼 쉬 바닥을 드러냈기 때문에 우리가 그 무허가 동네로부터 철수하는 건 불가피했다. 그러나 제대로 집 꼴을 하고 있는 집은 들어가기만 어렵지 소득은 하꼬방집만도 못하기가 일쑤였다. 조금이라도 미리 계획을 세워 피난을 간 집일수록 먹을 만한 것을 남겨놓지 않았다. 김장도 안 했는지 먹을 거라곤 우거지 한 오리도 없는 집도 있었다. 그런 집에선 허탕을 치는 것보다 더 싫은 게 앞으로 먹고 살 일에 자신이 없어지는 거였다. 그래도 우리는 그동안 열심히 여퉈 놓은 게 있어서 그나마 다행이었다.

그날 밤 우리가 목표로 한 집은 담을 넘어 들어가지 않으면 안 되었다. 하꼬방집들은 마당이나 뒤란이 따로 있을 리가 없어서 문만 따면 바로 부엌이나 하늘이 안 보이는 좁다란 봉당으로 통하게 돼 있지만, 집다운 구색을 갖춘 집들은 거의 마당이나 뒤꼍을 낀 블록 담을 가지고 있었다. 대문을 따는 것만은 될 수 있는 대로 피하고 싶은 건 경고문 때문만은 아니었다. 한옥의 특이한 삐걱 소리도 사람을 놀라게 했지만 무엇보다도 남들한테 우리가 범한 흔적을 보이기가 싫었다. 아직도 행인이래 봤댔자 인민군이 고작인데도 우리는 남의 이목을 두려워하고 있었다. 남의 이목이란 실은 우리의 양심이었는지도 모른다. 한 번 해먹은 집 앞에는 얼씬도 하기 싫었으니까.

밖에서 담까지 기어오르기는 식은 죽 먹기였다. 담 밑에 튼튼한 쓰레기통이 놓여 있어서였다. 그러나 마당으로 뛰어내리기는 발목이 시큰할 정도로 좀 벅찬 높이였다. 내가 먼저 뛰어내리고 나서 발목을 삐지는 않았다는 것을 확인하자마자 올케에게는 발판이 필요할 것 같았다. 그러나 밑에 받쳐줄 만한 것을 미처 찾을 새 없이 올케가 쿵 하고 뛰어내렸다. 이어 올케의 낮은 비명을 들은 것 같았다. 올케는 엉덩방아를 찧은 자리에 주저앉아 발목을 틀어쥐고 일어나지를 않았다. 나는 더럭 겁이 났다. 엎드려서 그녀의 발목을 주무르기 시작했다. 정성을 다해 주무르면서 입으로는 연방 '내 손은 약손'이라는 소리를 웅얼대고 있었다. 나도 믿지 않는 소리였지만 자꾸 되풀이하는 사이에 그 소리에 어떤 주술적인 힘이 가해지고 있다는 황당한 믿음이 생기는 것이었다. 뭐니 뭐니 해도 올케는 우리 식구의 대들보였다. 만약 올케가 꼼짝 못 하게 되면 나 혼자 힘으로 우리 식구를 먹여 살릴 능력도 의욕도 나에겐 없었다. 나 혼자 그 짓을 하느니 어디론지 도망가버리는 게 나을 것 같았다. 올케가 푹 하고 웃으면서 내 등 위로 자신의 상체를 꺾었다. 그녀의 젖가슴이 내 등을 짓눌렀다. 처음에 나는 그녀가 터져 나오는 폭소를 참느라 가슴이 그렇게 간헐적으로 경련하는 줄 알았다. 안심이 되어선지 나도 웃음이 나려고 했다. 얼마나 우스우냐 말이다. 늙은이도 아니고 스무 살밖에 안 된 계집애가 내 손은 약손이라니. 그러나 이윽고 나는 내 목덜미가 흥건히 젖어오는 걸 느꼈다. 그녀는 울고 있었다. 소리가 없어서 더욱 태산 같은 울음이었다.

올케의 발목은 삐지도 부러지지도 않았나 보다. 곧 부스스 일어나 말없이 양식이 있을 만한 데를 뒤지고 다녔다. 나도 곧 올케가 하는 대로 충실한 공범자 노릇을 했지만 아무것도 찾아내지 못했다. 완전히 공친 날이었다. 그러나 재수 나쁘다고 생각하진 않았다. 그날 올케하고 나 사이엔 육친애나 우정보다 훨씬 더 속 깊은 운명적인 연민 같은 게 심금에 와 닿았기 때문에 그 밖의 것은 그닥 중요하게 여겨지지 않았다. 밖에서 잠긴 문을 안에서 따긴 더 어려웠으므로 우리는 다시 담을 넘어 나왔지만 미리 발돋움할 만한 것을 충분히 마련하고 그 짓을 했기 때문에 거뜬했다.

2

임진강만은 넘지 마

1.

1·4후퇴 후 달포가 되면서 각자의 자리에서 죽은 듯이 움츠리고 있던 사람 사는 모습이 별수 없이 그 모습을 드러내기 시작했다. 정희네하고 좀 더 왕래가 잦아졌다는 것 외에는 길에서 인민군 외의 민간인과 만나지는 일은 좀처럼 생기지 않았는데도 분명히 우리가 손댄 일이 없는 집들이 사람 손을 탄 흔적을 보이기 시작했다. 처음 엔 그것도 인기척만 같아 반가웠고 무엇보다도 우리가 따고 들어간 집 앞에서 느끼는 죄의식이 가벼워져서 좋더니만 빈집털이가 걷잡을 수 없이 번지자 슬그머니 겁이 나기 시작했다. 어떤 자들이 도대체 내 관할 구역을 넘보는 걸까, 내 관할 구역을 침범당한다는 것은 곧 생존권을 위협당하는 것과 다름없었다. 그렇다고 그걸 지켜내기

47

위한 뾰족한 수나 독한 마음이 있는 것도 아니었다. 되레 도둑끼리 마주치는 불상사를 피하기 위해 밤마실이 차츰 위축되고 있었다. 집이 좀 반듯한 집은 인민군도 거리낌없이 드나들며 손을 대는 듯했다. 어떤 집은 대문이 활짝 열린 채 여러 차례 분탕질을 하고 남은 잡동사니가 더러운 내장처럼 무참하게 안마당까지 꿰져 나와 있는 걸 길 가다가도 훤히 들여다볼 수가 있었다.

영천시장엔 한귀퉁이에 제법 시장까지 선다고 했다. 아무리 공화국의 하늘 아래라 해도 사람 사는 세상인 이상, 먹어야 사는 것 다음으로 참을 수 없는 것이 사고파는 일이라는 건 흥미 있는 일이었다. 그러나 그 사고파는 일 때문에 식량이 될 만한 것 다음으로 식량하고 바꿀 수 있는 것에도 도심이 동하지 않을 수가 없게 되는 것 같았다. 시장에서는 현금 거래보다는 물물교환이 훨씬 위험 부담이 덜하다고 하는데 양식 가진 이가 가장 선호하는 것은 뉴똥이나 양단 등 값비싼 본견으로 만든 한복이나 은수저, 그리고 손목시계로부터 괘종시계까지 각종 시계들이라고 했다. 금붙이는 물론 더 좋겠지만 그런 건 피난 가는 이들이나 갖고 갈 수 있는 물건이지 남아 있는 가난뱅이들에겐 가당치도 않거니와 더군다나 빈집을 털어서 나올 만한 품목도 아니었다.

우리도 피난 못 간 보따리 속에 은수저 몇 벌과 올케가 시집올 때 해 가지고 온 비단옷이 몇 벌 있다는 건 당장 바꾸러 나갈 만큼 절박하지는 않다고 해도 여간 힘이 되는 게 아니었다. 그러나 시장에서 각오해야 할 이런저런 위험 얘기를 들으면 시장 구경하는 일 없이 이 고비를 넘기고 싶었다. 사람이 모여 움직일 테니 우선 기총소사와 폭격의 위험은 각오해야겠지만 가장 재수 나쁜 것은 빨간 딱지라고 했다. 북쪽 화폐를 그렇게들 불렀는데 세상은 인민공화국 치하인데 사람들은 그쪽 화폐의 교환 가치를 전혀 인정을 안 하는 데 문제가 있는 것 같았다. 시장이라고 해도 점포나 좌판이 있는 게 아니고 제각기 한두 가지씩 물건을 들고 나온 거니까 인민군이 무얼 살 듯이 두리번대면 물건을 딱 감추면 그만이지만, 멀쩡한 민간인인데도 홍정을 하고 나서 빨간 딱지로 환산을 해서 내놓으면, 그쪽의 정체를 모르는 이상 딱 부러지게 거절도 할 수 없는 모양이었다. 사람들은 북에서 내려온 기관원을 인민군보다 더 두려워했다. 빨간 딱지를 거부했다가는 공화국을 능멸했다는 혐의를 모면하기 어려운지라 울며 겨자 먹기로 받기는 받되, 자신도 기관원처럼 가장해서 즉시 다시 써먹을 궁리부터 하게 된다니 악순환이었다.

그런저런 정보의 집산지가 정희네였다.

정희 엄마가 나를 대하는 태도는 늘 기대에 어긋났다. 크게 환영을 받으리라고 기대하는 건 아니라고 해도 말이 통할 듯싶은 유일한 이웃이어서 사뭇 다급한 마음으로 밤사이의 안녕이 궁금해서 달려가곤 했는데 그녀는 그날이 그날같이 반기지도 싫어하지도 않았다. 무엇보다도 섭섭한 것은 우리는 한 번도 서로 어떻게 무얼 먹고 사는지 밝히거나 의논한 적이 없는 거였다. 나는 그런 하소연을 하고 싶은 생각이 굴뚝같은데 그녀는 그럴 기회를 교묘하게 피했다.

현저동 인민위원회가 정식으로 간판을 붙이고 발족한 것도 정희네 바로 옆집이었다. 위원장은 40대 후반으로 보이는 강영구라는 왜소한 남잔데, 이 동네 토박이라고 했다. 그는 인공 치하에서도 다니던 고무신 공장에 계속해 나가면서 위원장 노릇을 했기 때문에 서울 수복 후에는 행방이 묘연했었다고 한다. 그렇다면 지금은 제 세상을 만난 셈이련만 어쩐 일인지 조금도 날뛰고 싶지 않은 얼굴을 하고 있었다. 지치고 수심에 싸여 보였다. 빨갱이로 몰릴 게 뻔해서 숨어 다니다 세상이 바뀌고 나서 집에 돌아와 보니 식구들은 다 남쪽으로 피난을 가 텅 비어 있었다니 그럴 수밖에 없을 터이나 내 눈엔 꾸밈없이 우울하게 구는 것도 용기처럼 보여서 은근히 관심이 갔다. 여염집이었지만 동 인민위원회 간판도 그럴싸하게 붙었고, 마루에는 책상 걸상도 마련하고 난로도 놓고 기름종이를 긁어서 잉크로 미는 등사판까지 어디서 한 대 갖다 놓아 그런대로 인민위원회다운 구색을 갖춰갔지만 그중 가장 안 어울리는 게 위원장이었다.

정희네는 그 집하고 대문을 나란히 하고 있을 뿐 아니라 안마당에는 그 집으로 통하는 쪽문까지 나 있는 걸 보면, 평화로울 때 그렇게 이웃해 살던 이들은 보통 이웃 이상으로 친하게 지냈던 것 같다. 기름 냄새나는 반찬만 한 가지 해도 얼른 한 접시 행주치마 쪽으로 덮어 가지고 쪼르르 드나들던 모습이 우리와는 전혀 상관없는 일이건만 짠한 그리움으로 떠오르는 쪽문이었다.

인민군의 숙소도 그 근처에 밀집돼 있었다. 그들은 바로 눈앞에 있는 형무소나 형무소의 부속건물 등 공공건물들은 비워놓고 민가에

분산돼 있었다. 평지인 데다 비교적 칸살 넓은 반듯한 집들이 모여 있는 곳이라 임시로 병영 구실을 하는 것 같았다. 그러나 항상 같은 군대가 주둔해 있는 건 아닌 듯했다. 며칠씩 머물러 있기도 했고 밀물처럼 밀려왔다 썰물처럼 사라지기도 했다. 그들이 몇 탕 거쳐 가고 나서 잠시 비어 있을 때 그런 집들을 들여다보면 그야말로 기둥뿌리만 남아 있대도 과언이 아니었다. 세간까지 부수어서 땔감으로 삼았고 이부자리나 옷가지 등도 무슨 까닭에선지 산산이 까발려 놓고 갔다. 그 뒤끝이 하도 낭자해서 되레 약탈의 흔적으로 보이기보다는 개구쟁이들이 심한 장난을 치고 지나간 자리 같았다. 나는 군대의 이동이 잦을 때는 희망을 가졌고, 며칠씩 한군데서 망중한을 즐기고 있는 것처럼 보일 때는 이런 세상이 마냥 오래 끌 것만 같아 조바심이 쳐지곤 했다. 눈으로 확인할 수 있는 거 외에 외부 세계의 정보를 얻을 기회라고는 바늘구멍만큼도 없었으니 그런 눈치만 발달해갔다.

그들이 전쟁을 하고 있는 것 못지않게 나도 식량과의 전쟁을 하고 있었다. 빨리 세상이 바뀌길 바라는 건 이제 자유니 민주주의니 하는 이념의 문제가 아니었다. 우리 집 식량이 바닥나기 전에 먹을 것이 유통되고 먹을 걸 살 돈이 없으면 하다못해 구호물자라도 얻어먹을 수 있는 세상이 와야만 했다. 온전한 빈집은 더 이상 남아 있지 않았다. 이미 손을 탄 집에서도 먹을 것을 찾아내는 일이 없는 건 아니었지만 아기 베갯속의 좁쌀 따위 미미한 것을 위해 여자들 특유의 섬세한 감각을 총동원해야만 했다. 그건 할 짓이 아니었다.

한번은 일개 분대 정도의 여군이 주둔한 적이 있었다. 마침 그들이 뉘 집에서 풍금을 맞들고 나오는 걸 보았다. 내 또래 아니면 나보다 어려 보이는 그들은 한창 꽃다운 나이 때문인지 풍금 때문인지 명랑하고 행복해 보였다. 내 또래의 처녀를 만난 것도 오래간만이지만 전혀 그늘지지 않은 그 단순 소박한 표정과 건강하고 거침없는 태도는 눈부시기조차 했다. 내가 하도 호들갑스럽게 놀라니까 그들도 순간 얼굴이 굳어지더니 며칠 빌려 쓰고 제자리에 갖다 놓을 거라고 했다. 나는 내 것도 아니면서 고개를 끄덕였던 것도 같고 그냥 웃기만 했던 것도 같다. 그들은 풍금 소리에 맞춰 처음엔 인민가요를 부르다가 곧 가곡이나 유행가를 부르겠지, 전쟁과는 전혀 어울릴 것 같지 않은 그들의 젊고 낭랑한 화음을 상상하자 이놈의 세상이 생전 안 바뀔 것 같은 절망감이 엄습했다. 그러나 그들 또한 며칠 안 있다 어디론지 떠나버렸다.

정희네는 이를테면 병영 한가운데 있는 형국이어서 인민군대의 출입이 잦았다. 정희 엄마가 나하고 확실하게 다른 것은 사람 그리운 줄을 모르는 건데 민간인은 아니지만 사람이 많이 꼬이기 때문일 것이다. 특히 정희와 정섭이는 그들의 귀여움을 독차지하며 가족처럼 지내고 있었고, 정희 엄마는 견장을 만드는 일뿐 아니라 그때그때 그들이 요구하는 온갖 수발을 드는 일을 즐겨 하고 있었다. 특히 정섭이는 늘 누군가에게 안겨 있지 않으면 무등을 타고 있을 정도로 인기였다. 차차 드러나기 시작한 피난 못 간 인구는 극소수일 뿐 아니라 대부분이 늙은이들이어서 그들이 아이들을 귀여워하는 것은 당연했고, 때로는 측은해질 적도 있었다.

2.

내가 차츰 이상한 생각이 들기 시작한 것은 이동해 가지 않는 세 사람에 대해서였다. 눈 온 다음 날 집집마다 경고문을 붙이고 다니던 세 사람의 인민군은 그 후에도 붙어 다니는 걸 정희네서나 길에서나 이상할 정도로 자주 만났다. 한 사람은 견장에 별이 달린 군관이고, 한 사람은 사병 중에서는 제일 높은 특무장이라 했고, 나머지 한 사람은 마부라고 했다. 나는 정희 엄마가 하는 대로 그들을 군관 동무, 특무장 동무, 마부 동무라고 구별해서 얼굴을 익혔지만 그들을 거기 맞는 어떤 특징이나 인격적 차이로 구별할 수 있는 건 아니었다. 마부는 마부 동무 말고 신 씨라고 부를 적도 있다는 것까지 주의 깊게 들었지만, 마부 동무건 신 씨건, 특무장이나 군관보다는 물건으로 치면 허드레에 속할 테고, 옷도 아무런 계급장 없는 누비군복이었음에도 불구하고 그가 세 사람 중 제일 나이도 지긋하고 교양도 있어 보여서 자꾸 신경에 거슬렸다. 그러나 빈집 헛간에는 그가 부리는 마차가 있었고, 밤사이에 어디선가 식량과 군수품을 실어오기도 하고 어디론지 실어 나르기도 한다니 마부는 틀림이 없는 것 같았다.

나더러 인민위원회에 나와 강 위원장을 좀 도와줘야겠다는 제의를 한 것도 마부 신 씨로부터였다. 나는 어떤 협력도 안 하고 인공 치하를 넘기고 싶었지만 신 씨의 제안에는 거역할 수 없는 힘 같은 게 있었다. 군관이 아니고 마부이기 때문인지도 몰랐다. 강 씨 같은

이가 현저동 인민위원회 위원장이 된 것도 그 세 사람의 입김일 것이라는 생각이 들 정도로 그들은 전투보다는 민간에 침투해서 어떤 은밀한 공작을 할 임무를 띠고 있는 것처럼 보였다. 그러나 침투하기엔 민간인의 수가 너무 희소해서 그들의 존재가 두드러져 보이는 게 흠이었지만 그건 나도 마찬가지였다. 나도 이 동네뿐 아니라 서울 시내를 통틀어도 몇 안 되는 젊고 배운 인력이라는 게 드러난 이상 그들의 눈독을 피하는 건 불가능했다. 인민위원회 사무실에도 최소한 그들 중 한 사람은 상주하다시피 하고 있었다.

인민위원회에 나와달라는데 어떻게 해야 할지 모르겠다는 소리를 집에 가서 했을 때, 식구들은 서로 얼굴만 쳐다볼 뿐 아무 말도 하지 않았다. 내가 혹시 안 하겠달까 봐 겁을 내고 있는 것도 같았다. 식구들의 의견에 따르려고 한 소리는 아니었는데도 슬그머니 섭섭한 생각이 들었다. 어차피 나 하나를 희생양으로 삼아도 이 고비를 무사히 넘길까 말까라는 묵계 같은 게 섭섭했을 뿐 나중에 빨갱이로 몰릴까 봐 두렵다는 생각은 그닥 심각하지 않았다. 도둑질에 죄의식이 없어지고부터 후환을 근심하는 것까지 배부른 수작으로 여겨졌다. 오로지 배고픈 것만이 진실이고 그 밖의 것은 모조리 엄살이요 가짜라고 여겨질 정도로 나는 악에 받쳐 있었다.

인민위원회에 나가는 일에 그닥 몸을 사리지 않았던 것도 깊은 마음은 식량 문제와 닿아 있었다. 피난 못 간 서울 시민이 몇이나 되는지 정확한 숫자는 알 수가 없어도 그들의 밥줄은 오직 빈집에 남겨진 곡식이 전부라는 것 하나는 움직일 수 없는 사실이었다. 그 알량

하고 허술한 식량 창고조차 보호받지 못하고 있었다. 인민군이 빈집에서 눈독을 들이는 건 홑이불뿐, 식량은 아닐 거라는 낙관은 단지 희망사항일 뿐이었다. 그 창고가 바닥난 후에도 전황에 변화가 없이 이 상태로 마냥 갇혀 있게 된다면, 주둔한 군대가 속한 정부한테 구조를 청할 수밖에 없지 않을까. 자유나 민주주의를 요구할 것도, 고기나 과일을 요구할 것도 아닌, 입에 풀칠할 최소한의 생존권을 요구할 바에야 좋은 정부 나쁜 정부 가릴 게 뭐 있을까. 그런 극한 상황에서는 아무리 나쁜 정부라도 정부가 없는 것보다는 나을 것 같았다. 서울이 진공 상태일 때의 오빠의 말더듬증이 생각났다. 인민위원회에서 쌀 배급까지는 안 바란다고 해도 시민의 생존권에 대해 정부가 어느 만큼의 계획이나 책임감을 가지고 있는지 가장 먼저 감을 잡을 수 있는 말단 행정기관이라는 것만은 확실하지 않은가.

인민위원회에 나가서 내가 처음 한 일은 강 위원장이 작성한 상부에 올릴 보고서를 골필로 긁어서 등사판으로 미는 거였다. 보고서는 남아 있는 동민의 동태와 성분 파악이 주였다. 그건 다니면서 일일이 파악할 것도 없이 위원장이 훤히 꿰뚫고 있었다. 실은 꿰뚫고 말 것도 없었다. 인구가 밀집한 빈촌이었건만 파악된 동민의 수는 50명을 넘지 못했고 그중에서 우리 식구와 정희네 식구를 빼면 거의 다 노인의 단독 세대였다. 한때는 우리 식구만이 서울에 남겨진 줄 안 적도 있었건만 명확히 드러난 한 동네 50명 미만의 인구는 새삼스럽게 무서운 생각이 들었다. 그만하면 완벽한 철수였다. 시민 없는 수도. 점령군은 허탕을 친 것이다. 그 희소한 인구마저 줄어가고 있었다. 정희네가 당원 가족이라는 것을 안 것도 그런 문서를 작성하면서였다. 왜 그녀와 내가 식량 문제를 같이 걱정할 수 없는지 알 것 같았다. 그러나 그 집이 특별한 대접을 받고 있다는 증거가 있는 건 아니었다. 정희 엄마는 인민군이 패주할 때 월북한 남편이 돌아올 것을 믿고 남아 있지만 아직 확실한 소식도 모르고 있다고 했다. 위원장한테 들은 얘기였다.

할머니 한 분이 죽어 있는 걸 강 씨가 발견했다. 임종한 지 오래되지 않았다고 하니 그건 강 씨가 그만큼 자주 혼자 사는 노인들을 염두에 두고 돌아보았다는 증거일 듯싶어 그에게 호감이 갔다. 그 후 강 씨를 더욱 괜찮게 여기게 된 것은 노인을 장사 지낼 때였다. 장사랄 것도 없는 단지 뒷산에 갖다 묻는 일이었는데, 그 문제로 그는 마부 신 씨와 특무장과 군관 동무와 차례로 말다툼을 했다. 특히 군관 동무하고는 큰 소리로 다투었다. 강 씨는 관을 짤 수 있도록 사병을 몇 명 차출해달라고 했고 그는 지금이 어느 땐데 거적때기가 아닌 홑이불에 말아서 갖다 묻는 것도 과람한 줄 알아야 한다고 일소에 부쳤다. 강 씨가 부득부득 우기자 특무장 입에서는 그 늙은이가 느이 어머니나 되냐,라는 막말까지 나왔고 이에 분개한 강 씨가 도끼를 들고 나와 미친 듯이 날뛰었다. 군관 동무 손이 재빨리 옆구리의 권총으로 갈 정도로 강 씨의 도끼는 살기등등했다. 그러나 그가 내리친 것은 대문짝이었다. 그는 순식간에 양쪽 대문짝을 다 뜯어냈다. 강 씨의 거친 숨소리에 구경하는 우리들은 덩달아서 숨이 막힐 것 같았다. 그러나 곧 뭔 일이 날 것 같은 첨예한 대결은 일단락을 지은 듯했다.

이윽고 강 씨는 거친 숨을 가라앉히고 여기저기서 쓸 만한 연장을 모아들여 관을 짜기 시작했다. 몸집에 비해서는 마디도 굵고 흠집도 많은 실한 손이었지만, 목공 솜씨는 집 안에서 못 한 번 박아본 일이 있을 성싶지 않게 서툴렀다. 내가 해도 그보다 나을 것같이 어설픈 솜씨인 데다가 연장들도 궁합이 맞지를 않았다. 이를테면 대문짝 두께로 관을 짜려면 거기 맞는 대못이 있어야 하는데 어렵사리 모아들인 못들이 그 길이에 크게 못 미치자 이미 박혀 있는 못 중에서 쓸 만한 것을 찾아다니려니 아무리 빈집이 널려 있어도 할 짓이 아니었다. 그러나 강 씨는 입을 앙다물고 죽자꾸나 그 일에 매달렸고 마침내 온종일 관에 못 치는 소리를 냈다. 다들 숙연해졌고 특무장도 감히 트집을 잡지 못했다.

반듯하지는 않지만 사람이 누울 만한 상자를 마련한 강 씨는 손은 만신창이가 됐지만 늠름해 보였다. 그가 그 나이까지 종사해온 고무에 비해 나무란 얼마나 교만한 고집쟁이였을까. 그러나 그가 극복한 것은 단지 나무만이 아니었다. 신 씨는 운구하는 데 쓰도록 달구지를 내주었고, 군관 동무는 달구지가 미치지 않는 산까지 운구도 하고 언 땅을 깊이 파는 데도 부족함이 없도록 넉넉한 인원을 차출해주었다. 그중에는 특무장도 포함돼 있었다. 인왕산 국사당이 있는 바위산을 피해 잡목은 많지만 흙이 부드러울 것 같은 나지막한 언덕 쪽으로 첫자리를 잡았다. 물론 미리 잡아 놓은 것은 아니고, 눈길을 헤쳐가며 오르다가 소풍 가서 밥 먹을 자리 잡듯이 서로 눈을 맞추고 끄덕끄덕 하면서 관을 내려놓은 데가 첫자리였다. 거기까지 말없이 따라간 정희 엄마와 나는 여럿이 언 땅을 파는 것을 묘한 감동으로 지켜보았다. 그 밖에는 아무런 의식도 행하지 않았지만 때가 때니만치 그만하면 정중한 장례였다.

3.

장례를 치르자마자 공문이 내려왔는데 북조선에서 제일가는 가무단인 방소 예술단이 영용한 인민군대와 서울 시민 위안공연을 왔으니 동 단위로 시민들을 빠짐없이 참가시키라는 것이었다. 강 씨나 내가 방소 예술단에 조금도 놀라거나 감동을 안 하자 군관 동무가 분개하면서 우리의 무지를 나무랐다. 최고급의 세계적인 예술단에 대해 어쩌면 그렇게 모를 수가 있느냐는 것이었다. 그리고 북조선 인민이야 실컷 누렸지만, 진짜 예술을 한 번도 감상해본 적이 없는 서울 시민한테 그런 최고의 예술단을 파견해준 김일성 수상에게 우리가 얼마나 감사해야 되는지를 강조했다. 우리는 그가 충분히 흥분과 감사를 하고 난 뒤에 실질적인 문제에 동의를 구했다. 우리가 동원할 수 있는 인원에 대해서였다. 나는 공문의 강도를 감안해 올케까지 동원할 것을 약속했지만 열 명을 넘지 못했다. 정희, 정섭이까지 다 쳤는데도 그러했다. 시간은 밤 여덟 시부터였고 공연 장소는 명기돼 있지 않았다. 전기는 들어오지도 않았지만 들어온대도

켤 수 없는 암흑세계에서 아무리 세계적인 예술가라도 어떤 공연을 할 수 있을는지, 상상도 할 수 없는 일이었다.

유난히 칠흑 같은 밤이었다. 마부 신 씨가 앞장섰다. 우리는 줄봉사처럼 앞사람의 뒤꽁무니를 죽자꾸나 움켜쥐고 한 줄이 되어 걸었다. 줄을 놓친다는 건 곧 죽음을 의미하는 것처럼 느낄 수밖에 없는 게 어디서 누가 불쑥 총부리를 겨누며 암호를 외칠지 알 수가 없기 때문이었다. 암호에 암호로 응할 수 있는 게 신 씨였다. 신 씨를 놓치면 쥐도 새도 모르게 죽을 것 같으면서도 신 씨를 따라간다는 게 안심스러운 것만은 아니었다. 끊기지 않는 일렬을 만들기 위해 붙어서 걸으면서 꼭 무엇에 홀려서 어디론지 서서히 빨려들고 있는 것 같은 느낌이 들었다. 종착지가 지옥이 아닌가 싶게 앞길은 캄캄하고, 전쟁의 각종 굉음은 기계음이라기보다는 허연 이빨을 드러낸 맹수의 포효처럼 동물적으로 들렸다. 올케가 얼마나 울상을 하고 있을지 보지 않아도 본 듯했다.

독립문을 지나 서대문 네거리를 통과했다. 한길가의 건물치고 온전한 건물은 없었다. 지난여름의 전쟁이 박살내고 지나간 자리가 별 없는 밤하늘을 배경으로 태고의 폐허 같은 괴기하고 비현실적인 선을 시커멓게 드러내고 있었다. 염천교 못 미쳐라고 짐작되는 데서 줄은 오른쪽으로 꺾였다. 연초 공장의 붉은 벽돌 건물이 그 근방에 있어야 하는데 흔적도 보이지 않았다. 그 대신 발밑이 벽돌 조각으로 울퉁불퉁해서 걷기가 매우 힘들었다. 무더기무더기 언덕을 이룬 곳도 있었다. 우리는 고꾸라질 듯 고꾸라질 듯하면서도 용케 서로를 놓치지 않았고 넘어지지도 않았다. 발밑이 너무 험하니까 도대체 어디로 가고 있는 걸까, 궁금한 생각도 들지 않았다. 여기까지 오기도 천신만고였는데 이제부터 발밑을 조심하라는 전갈이 앞으로부터 들려왔다. 지옥의 입구라도 되나 보다. 땅 밑으로 난 계단이 나타났다. 벽돌 더미 위를 걷는 것보다 훨씬 편했다. 계단은 한 번을 꺾이고 나서 다시 이어졌고 다 내려왔다 싶은 곳에서 막다른 골목이 돼버렸다. 그러나 담벼락은 스르르 열렸고 그 안은 희끄무레한 빛이 비추는 복도였다. 복도도 곧 직각으로 꺾이면서 빛이 새어나오는 문이 정면으로 보였다. 그 문을 밀고 들어가자 눈이 멀어버릴 것처럼 눈부신 빛의 세계가 나타났다. 땅속에 이런 밝음이 있다니 믿을 수 없는 일이었다.

강당 넓이의 지하실이었다. 이미 꽤 많은 사람들이 와 있었지만 지하실을 꽉 채우기엔 어림없는 인원이었다. 그나마 거의 군복 차림이었고 민간인은 무대 앞에 깔린 거적때기 위에 옹기종기 모여 있었다. 우리도 거적때기 위에 가서 자리를 잡았다. 인민군대는 거적때기를 둘러싸고 몇 겹으로 서 있었는데 신 씨는 그쪽으로 가지 않고 우리하고 동석을 했다. 눈이 멀 것처럼 환한 빛도 전깃불은 아니었다. 근 한 시간이나 걸린 야행으로 한껏 크게 열린 동공에 무대 위에 켜놓은 간데라 불빛이 그렇게 벅찼던 것이다. 카바이드를 연료로 하는 간데라는 1미터 간격으로 무대를 둘러싸고 있어서 대낮처럼 환했지만 구경꾼이 앉을 자리는 앞자리 빼고는 어둑어둑했다.

비교적 환한 거적때기 자리에 옹기종기 모여 앉은 우리 일행 중 올케만이 초면이어서 나는 모두에게 올케를 인사시켰다. 신 씨는 올케를 깍듯하게 대했고 오빠의 안부를 물었다. 처음 만났을 때 오빠가 폐병이라고 둘러댄 말을 잊지 않고 있다는 게 놀라웠다. 잊지 않고 있을 뿐 아니라 근심 어린 표정으로 최근의 병세를 물었고 좋은 약을 구해보겠노라고 했다. 올케가 눈치로 맞장구를 쳐주는 동안 나는 조마조마해서 혼났다. 워낙 올케는 내숭떨 줄 모르면서 저절로 순박해서 더러 아구가 안 맞는 소리를 해도 의심 살 만하지가 않은 게 다행이었다.

무대 전면에는 김일성 장군의 초상을 중심으로 좌우에 모택동과 스탈린의 초상화가 붙어 있었다. 최고 수준의 방소 예술단 소리는 암만해도 과장이거나 칭찬의 관용어가 아닌가 싶었다. 아니면 희망 사항이나 덕담이든지. 노래 순서를 거의 어린이들로 채우고 있었으니 말이다. 게다가 레퍼토리는 몽땅 인민가요였다. 그러나 어린이들의 다홍치마, 색동저고리, 빨간 리본은 오랫동안 색채에 굶주렸던 눈엔 환상적이었고 위안이 되고도 남았다. 어린것들이 입술을 새빨갛게 바르고 있다는 것까지 밉지 않아 보였다. 저들이 그 혹독한 전쟁에서도 죽지 않고 살아남아 때때옷 입고 깨지는 소리로 노래를 부를 수 있다는 것만으로 충분히 감격할 만했다. 더군다나 어디메쯤에서 여기까지 이른 것일까. 단지 노래를 부르기 위한 대장정이 잘 믿어지지 않았다. 합창단은 어린이라기보다는 소녀라고 해야 할 정도로 성숙한 아이들이었다. 그중 중앙에 서서 솔로를 부르는 소녀의 음색은 시원하고도 깊은 애조를 띠고 있어 가슴이 뭉클

했다. '깃발을 덮어 다오. 붉은 깃발을' 하는 소녀의 미성이 합창단의 허밍을 타고 한껏 고양될 때 신 씨가 눈시울을 적시는 걸 나는 보았다. 나도 오랜만에 아릿한 애상에 젖었다.

무용 순서는 마지막이었다. 신 씨가 이제 진짜가 나온다고 들뜬 소리로 말했다. 여태껏은 가짜였단 소린지 이번에야말로 정말 방소 예술단이 나올 거란 소린지 분명하지 않았다. '승리'라는 제목의 2인무였다. 둘 다 10대 후반으로 보이는 앳된 소녀였다. 한 소녀는 작업복에다가 머리를 질끈 동여매고 손에는 망치하고 낫같이 생긴 걸 들고 있었고, 하늘거리는 분홍 드레스를 입은 또 한 소녀는 하프 비슷하게 생긴 반짝거리는 장난감을 들고 있었다. 드레스를 입은 소녀는 느리고 우아하게, 작업복을 입은 소녀는 힘차고 빠르게 춤을 추는데 무용이라기보다는 매스게임의 율동 수준이었다. 두 무용수가 격렬하게 엇갈리고 쫓고 쫓기는가 했더니 마침내 분홍 드레스가 무대 한가운데 힘없이 무너져내렸다. 낫과 망치를 든 소녀가 두 발을 모두어 역동적인 춤을 추다가 분홍 드레스 허리를 밟고 서면서 무용 순서는 끝났다. 뒤에 선 군인들이 열렬하게 박수를 쳤다. 우리도 신 씨 눈치를 보면서 따라 했다.

끝나기 전에 미리 외면하고 싶은 유치한 무용이었다. 구역질이 날 것 같았다. 은유나 상징이 전혀 없이 의도만이 하도 뻔뻔스럽게 노출돼 있어 마치 공산주의가 벌거벗고 서 있는 걸 바라보는 기분이었다. 벌거벗은 자가 부끄러워하지 않을 때는 구경꾼이라도 시선을 돌려야지 어쩌겠는가.

무용 순서를 끝으로 우리는 다시 밖으로 나와 줄봉사 노릇을 하며 집으로 돌아왔다. 올케한테 미안했지만 말로 나타내진 않았다. 뭐라고 말할 수 없이 비참했다. 거의 자정을 바라보는 시간이었고 온몸이 남루처럼 지쳐 있었으나 잠이 올 것 같지는 않았다. 나는 이불 속에서 외롭게 절망과 분노로 치를 떨었다. 이놈의 나라가 정녕 무서웠다. 그들이 치가 떨리게 무서운 건 강력한 독재 때문도, 막강한 인민군대 때문도 아니었다. 어떻게 그렇게 완벽하고 천연덕스럽게 시치미를 뗄 수가 있느냐 말이다. 인간은 먹어야 산다는 만고의 진리에 대해. 시민들이 당면한 굶주림의 공포 앞에 양식 대신 예술을 들이대며 즐기기를 강요하는 그들이 어찌 무섭지 않으랴. 차라리 독을 들이댔던들 그보다는 덜 무서울 것 같았다. 그건 적어도 인간임을 인정한 연후의 최악의 대접이었으니까. 살의도 인간끼리의 소통이다. 이건 소통이 불가능한 세상이었다. 어쩌자고 우리 식구는 이런 끔찍한 세상에 꼼짝 못하고 묶여 있는 신세가 되고 말았을까.

그날 올케는 마부 신 씨에게 여간 좋은 인상을 남긴 게 아닌 모양이었다. 나한테 몇 번이나 박 동무 올케를 보니까 고향의 누님 생각이 난다는 소리를 했다. 내 어림짐작으로는 그가 올케보다 나이를 더 먹은 것 같은데 동생 노릇을 하려고 했다. 그러나 구태여 누가 손아래인가를 밝혀서 뭐 하겠는가. 내남없이 위안이 필요한 세상이었다. 고향의 누님……. 고향이나 누님을 못 가져본 이에게도 그리움을 촉발하는 아름다운 단어였다.

거기까지는 너그럽게 봐줄 용의가 있었는데 며칠 안 있다 그가 결핵에 잘 듣는다는 알약을 한 병 가지고 불쑥 집으로 찾아왔다. 어렵게 구했다고 말했으나 빈집이나 약국을 털어서 구한 게 분명했다. 소련제나 북조선제가 아닌 최신의 미제 결핵약이었다. 그는 일가붙이처럼 친하게 굴면서 오빠하고 인사를 나누고 싶다고 했다. 어쩐지 싫었지만 딱 부러지게 거절도 할 수가 없어서 안방까지 들어오게 했다. 오빠의 얼굴이 핼쑥해졌지만 어차피 오빠는 폐병쟁이 노릇을 해야 했다. 그는 오빠에게 근심어린 표정으로 정중하게 병문안을 하고 약의 용법에 대해서도 상세하게 설명을 했다. 위장을 해칠 염려가 있으니 위장을 보호할 수 있는 약도 구해보겠노라고 했다. 오빠의 머리맡에는 결핵약과는 얼토당토않은 연고, 가제, 소독약 따위가 갖춰져 있었다. 그쪽을 일별하는 신 씨의 눈이 순간 섬광처럼 번쩍 빛나는 걸 본 것처럼 느꼈다. 불길한 예감이 독감의 증후처럼 오싹 하고 등줄기를 지나갔다.

그는 지루하도록 오래 머물다 갔다. 그가 있는 게 거북해서 더 오래라고 느껴진 것 같았다. 약의 용법을 가르쳐준 것 외에는 어른들과는 거의 얘기를 안 하고 찬이하고만 놀다가 일어섰는데도 그동안을 견디기가 진땀나게 힘들었다. 설 쇠고 세 살이 된 큰조카는 한창 예쁜 짓을 할 때였다. 무등도 태워주고 말도 태워줬다. 그는 마부답게 말 노릇을 어쩌나 실감나게 하는지 찬이는 신이 나서 어쩔 줄을 몰랐다.

"아이고, 벌써 이렇게 됐나. 이 녀석 때문에 시간 가는 줄 몰랐네."

그러면서도 아쉬운 듯이 찬이를 다시 한 번 번쩍 들어 올려 쪽쪽 양 볼에 입을 맞추고는 엄마에게는 실례가 많았다는 공손한 인사도 잊지 않았다.

"실례는요. 오래간만에 사람 사는 집 같았는걸요."

엄마는 기어들어가는 소리로 간신히 예를 차렸다. 그를 배웅하고 들어오자 오빠가 대뜸 나를 추궁했다.

"그 그 그 사람이 누구냐? 겨 겨 결핵약은 또 뭐고. 기 기 기분 나쁘게."

오빠가 또 말을 더듬으려고 했다. 그는 인민군도 못 되는 마부일 뿐이라고 나는 오빠를 진정시키고 오빠가 폐병쟁이가 된 자초지종을 설명했다. 올케도 옆에서 열심히 거들어주었다. 그러나 오빠의 의구심은 풀릴 것 같지 않았다. 오빠는 신 씨가 가져온 약의 용법을 찬찬히 읽어보더니 영어를 그 정도로 해독할 수 있는 사람이 어떻게 마부냐고 말했다. 그게 이상하긴 나도 마찬가지였다. 암만해도 인민군대 의무실이나 군의관한테 얻었을 리는 없고 약탈한 의약품 중에서 순전히 꼬부랑글씨로만 돼 있는 결핵약을 가려내고 용법을 정확하게 해독했다면 상당한 지식인이라는 것은 의심할 여지가 없었다.

"오빠, 걱정 말아요. 나도 그 사람이 좀 이상했었는데 이제야 뭘 좀 알 것 같네요. 아마 숙청당한 지주나 친일파의 아들일 거야. 걔네들이 출신 성분 얼마나 따진다는 건 오빠가 더 잘 알잖수. 아마 일본 유학까지 했을지도 모르지. 그러면 뭘 해. 출신 성분이 나쁘니까 졸병도 안 시켜주고 마부밖에 못 됐으니. 마부도 전시니까 시켜줬지, 평화시였으면 탄광에 처박아놨을걸."

나는 오빠를 안심시키려고 일부러 길게 수다를 떨었다.

4.

그 후에도 마부 신 씨는 우리 집에 자주 드나들었다. 그러나 우리
가 무얼 먹고 사는지 물어본 적은 한 번도 없었다. 오빠하고도 의식
적으로 일정한 거리를 두고 있다는 걸 느낄 수가 있었다. 눈이 마주
치면 가볍게 고개를 숙이고 웃어 보이는 것 외에는 말을 시키지 않
았고 결핵약이나 위장약 얘기도 다시는 비치지도 않았다. 불쑥 나
타나는 것 같아도 끼니때는 피하고 있다는 걸 알 수가 있었고 올케
한테도 데면데면하게 보일 정도로 예절 바르게 굴었다. 고향의 누
님 어쩌구 하는 소리는 깨끗이 잊은 듯했다. 그게 되레 우리처럼 식
구끼리는 끈끈하고 남한테는 조한 족속에게는 편했다.

그런데도 신 씨가 우리 집에 드나드는 게 피차 부담이 안 되고 자
연스러워 보였던 것은 그가 찬이를 귀여워하고 찬이가 그를 따르는
것이 유별났기 때문이었다. 엄마도 신 씨가 아마 집에 찬이 또래의
아들을 두고 있을 거라면서 측은하게 여기는 것 같았다. 나도 처음
에는 그가 우리 집에 불쑥불쑥 나타나는 게 싫었지만 찬이하고 놀
아주는 것 외에 딴 목적이 없다는 게 확실해지자 인민위원회 사무
실에서 마주칠 때와는 다른 친밀감을 느꼈다. 가끔 이런 꿈을 꿀 적
도 있었다. 그가 야밤에 양곡을 수송하다가 쌀 한 가마를 몰래 빼돌
려가지고 우리 집 대문간에 떨구고 가지 않을까, 하는.

찬이까지 굶주릴 지경에 이르면 그 정도는 해줄 수도 있을 것 같

았다. 이제 더는 도둑질할 집이 남아 있지 않았다. 그 짓은 진저리가 처지는 일이었지만 그래도 그 시절이 좋았다 싶었다. 그때 열심히 모아들인 양식이 앞으로 한 달은 먹을 만큼은 남아 있건만도 나는 배 속에 아귀가 들어앉은 것처럼 오로지 먹을 것 걱정만이 진실했다.

신 씨가 며칠 안 보이다가 오밤중에 나타난 적이 있었다. 아무리 찬이가 보고 싶다고 해도 그건 무례한 짓이었다. 쌀가마를 지고 오는 일 따위는 더군다나 일어나지 않았다. 그는 조용히 누님을 찾았다. 오래간만에 올케를 그렇게 불렀다. 용건인즉 그가 잘 방에 불을 때달라는 거였다. 인천에서 오는 길인데 당도해보니 새벽이 다 돼가고 오늘도 밤을 도와 할 일이 있어 푹 자둬야 하는데 방이 냉골이라는 거였다. 나는 내가 내려가 불을 때주겠다고 했다. 오밤중에 그 사내에게 올케를 딸려 보내기가 싫었다. 올케와 나는 서로 가겠다고 다투었고 조카들이 깨어서 울자 엄마는 내가 가는 게 좋겠다는 판결을 내렸다.

그를 따라 내려가면서 문득 그가 남자라는 데 두려움을 느꼈다. 성적으로 나를 해코지하려 든다고 해도 당할 수밖에 없다는 생각이 들었다. 우리가 살고 있는 꼭대기 쪽에 사람이 살고 있는 집은 우리 집밖에 없었다. 고립무원이었다. 식구들로부터도 보호받지 못하고 있는 것 같아 억울하고 서러웠다. 줄곧 다니던 길인데 밟히는 땅의 감촉이 전과 다른 것 같았다. 봄이 오나 봐, 밑도 끝도 없이 그런 생각이 들면서 서러움이 묵직하게 목줄기를 타고 올라왔다. 그는 정희네가 있는 평지까지 내려가기 전, 중턱에 있는 집으로 들어갔다. 아무 집이나 그냥 들어가는 줄 알았는데 아궁이 앞에 땔감을 마련 해놓은 걸 보면 그가 정해놓고 쓰는 숙소인 것도 같았다.

"불도 땔 줄 몰라요? 아무리 피곤해도 그렇지, 이 밤중에 자는 사람을 깨워서 불을 때라는 건 너무하는 것 아녜요?"

마부 주제에,라고 하고 싶은 걸 흑 들이마시면서 그를 노려보았다. 호락호락하게 보여서는 안 될 것 같아 미리 방어 태세를 취했다. 그는 말없이 부엌 바닥에 쭈그리고 앉더니 아궁이에 나무토막을 얼키설키 집어넣고 북데기 쏘시개에다 성냥불을 그어 댔다. 그러고 나서 우뚝 일어서더니 할 말이 있다고 했다. 드디어 올 것이 온 것 같아 몇 걸음 뒤로 물러났다.

"며칠 있으면 인민군대가 후퇴를 해야 할 것 같소."

"그래서요?"

그가 침울하게 입을 다물고 있는 동안 나는 심장이 튀어나올 것처럼 울렁대는 걸 참아내야 했다.

"곧 지시가 내려오겠지만 서울은 포기해도 우리를 믿고 기다려준 시민들이야 포기할 수 없는 거 아니겠소. 서울을 내주기에 앞서 시민들 먼저 북으로 보낼 작정이오."

"강제로라도 말인가요?"

"강제가 아니라 우리로서는 의무요."

"할 말이라는 게 그건가요?"

"곧 동 인민위원회를 통해 지시가 내려올 것이오. 동무도 바빠지리다."

"곧 알게 될 걸 뭣하러 먼저 가르쳐주는 거죠?"

"빠질 궁리는 안 하는 게 좋을 것이라는 걸 미리 일러두고 싶었소. 그동안 알고 지내면서 동무네가 사상적으로 우리 편이어서 남아 있었다는 게 아니라는 걸 안 이상, 그 정도의 충고는 해두는 게 좋을 것 같아서……. 늙은이들에겐 구태여 강요할 생각이 없지만 청년 동무들은 우리에게 파악된 이상 자유의사는 없는 것과 마찬가지라는 걸 명심해두기요."

"우리 사정 뻔히 아시잖아요. 늙은이보다 더 쓸모없는 게 병자 아닌가요?"

"데려갈 수 있도록 최대한의 편의를 제공하도록 해보겠소."

"마차라도 내주겠다는 건가요? 그건 우리 오빠를 죽으라는 것과 마찬가지예요. 그러지 말아요."

"나도 안 그러고 싶소. 그러나 쓸 만한 인력은 단 한 사람도 남겨놓고 싶지 않은 우리 심정도 이해해주기 바라오. 무인지경에 입성이라고 할 때 우리가 얼마나 이가 갈렸는 줄 아오?"

"서울에 남아 있던 사람을 그런 식으로 싹 쓸어간대도 고작 몇백 명선일 텐데요. 몇백 명으로 몇백만에 대한 복수가 된다고 생각해요?"

"복수하려는 의지가 더 중요하다고 생각하오."

그가 괄게 타는 불길 위에다 장작개비를 몇 개 더 보탰다. 복수의 의지와는 무관해 뵈는 우울한 표정 위로 명암이 너울대며 엇갈렸다. 그가 늘어지게 하품을 하는 것을 기화로 한숨 자라는 인사를 남겨 놓고 그 집을 빠져나왔다. 내려올 때보다 한결 주위가 희끄무레했다.

올케가 자지 않고 있다가 아무 일 없었냐고 다그쳤다. 일은 무슨 일이오. 이렇게 심상히 넘어가려다 말고 편히 자고 있는 엄마가 갑자기 미운 생각이 났다. 그럴 수는 없는 일이었다. 나는 엄마를 마구 흔들어 깨웠다.

"엄마, 엄마, 이래도 되는 거예요? 어쩜 이러실 수가 있냐 말예요?"

"뭘? 내가 뭘 어쨌다구."

엄마는 하품을 씹으며 어눌하게 물었다.

"아까, 아까 말예요. 이 무법천지 한밤중에 그 따위 어디서 뭐 해 먹다 왔는지 모를, 마분지, 말 뼈다귀인지한테 딸을 내주고도 쿨쿨 잠이 와요? 그 자식이 언니를 데려가려고 할 때 내가 나선 건 애들 때문만이 아니었다구요. 행여 그 자식한테 무슨 짓을 당할까 봐 언니를 보호할 생각이 나더라구요. 시집 안 간 처녀도 그런 생각을 하는데 엄마는 뭐예요. 제가 언니 대신 나섰으면 다음엔 엄마가 제 대신 나서야 하는 거 아니었나요. 늙은이 좋다는 게 뭐예요?"

나는 씩씩거리며 한바탕 퍼부었다. 생각할수록 분했다.

"너 정말 무슨 일을 당한 건 아니겠지?"

그제서야 엄마가 겁먹은 얼굴로 물었다.

"당하긴 무슨 일을 당해요."

"그래, 그럴 줄 알았어. 그러니까 걱정도 안 한 게야. 나도 그 사람이 인민군이 아니고, 국군이나 미군이었으면 너 안 내놨다. 내가 대신 갔지."

엄마는 마치 사이비 종교의 신도처럼 우매하고 확신에 찬 표정으로 그렇게 말하고는 그만이었다. 엄마는 가끔 이렇게 공산당보다도 더 공산당을 믿는 소리를 해서 사람을 헷갈리게 만들었다. 기가 차서 앞으로 닥칠 일에 어떻게 대처할 것인가 의논할 기력도 없어져버렸다. 이런 엄마와, 말을 더듬는 것밖에는 자기 방어 능력이 없는 오빠와, 연년생 어린것들과 또 한 번 세상이 바뀌는 고비를 넘겨야 하는 것이다. 아무도 안 다치고.

그날 밤 마부 신 씨가 일러준 대로 조만간 작전상 후퇴를 할지도 모르니 북으로 피난 갈 수 있는 인원을 파악해놓으라는 지시가 기어코 내려왔다. 나가도 그만 안 나가도 그만이던 인민위원회가 갑자기 바빠졌다. 정희네 세 식구와 위원장 강 씨는 북으로 가는 걸로 일찌감치 정해지고 우리 식구는 보류 상태로 놔두었다. 갈 만한 사람이 그 정도가 고작일 것이라는 건 예상한 대로였지만 예상 못 한 일도 생겼다. 일단은 노인들만 남은 집에도 그런 뜻의 공문을 돌린 게 잘못이었다. 할머니들 중 북으로 가고 싶다는 이가 다섯 사람이나 나타났다. 자발적으로 월북한 자식을 둔 어머니들이었다. 우리는 그이들이 자식 따라가겠다는 데야 별문제가 없을 줄 알고 그대로 보고를 했는데 상부의 태도는 달랐다. 시 인민위원회라나, 시 당이라나 그런 데를 다녀온 위원장은 계획을 초과달성한 줄 알았더니 그게 아니더라고 했다. 될 수 있는 대로 안 가도록 무마를 해보라고 하더라는 것이었다. 역시 목적은 젊은 인력에 있었구나 싶었다. 아직 누가 뭐라지는 않았지만 나한테로 올가미가 조여져 올 듯싶어

조마조마했다. 우리 사정을 잘 아는 강 위원장이 뭐라고 그럴 것 같 지는 않았지만 마부 신 씨가 보여준 태도를 생각하면 결코 이렇게 쉽게 넘어갈 일이 아니란 생각이 들었다.

다행히 그날 밤 이후 마부 신 씨는 나타나지 않았다. 수시로 인민 위원회를 들락거리던 특무장도 군관도 어쩐 일인지 모습을 보이지 않았다. 전선이 뭔가 급박하게 돌아가고 있다는 걸 사무실에 앉아 서도 느낄 수가 있었다. 인민군대가 대량으로 이동하고 있었다. 한 길가에 있는 집들만 가지고는 모자라서 점점 위로 치받쳐 올라왔 다. 그러나 우리 집 있는 데까지는 아직 아니었다. 워낙 높기도 했 지만 중간에 여름에 폭격 맞아 폐허로 변한 공터가 아랫동네와 윗 동네를 명확하게 갈라놓고 있었다. 우리도 아마 그 집이 아는 집만 아니었으면 거기까지 올라가지는 않았을 것이다. 대낮이라고 해도 보는 사람이 있는 것도 아니건만, 도둑질을 나갈 때면 반드시 야밤 의 어둠을 틈탔듯이, 아무리 살기는 불편해도 그래도 아는 집에서 신세를 지는 게 마음으로는 덜 불편할 것 같은 게 우리 식구의 삶의 법도의 마지막 보루 같은 거였다. 그거나마 지키기가 참으로 힘들 었고 때로는 슬펐지만.

한번은 거의 바깥출입을 안 하는 엄마가 무슨 일인지 아랫동네까 지 내려갔다 와서 대문간서부터 분개해 마지않는 것이었다. 어떤 노인네가 빈집에서 비단 이불을 이고 나오더라는 것이었다. "세상 에, 추저분한 할망구 같으니라구, 바닥 쌍것 같으니라구. 생전 이불 구경을 못 했나. 못 했어도 그렇지, 그까짓 비단 이불을 덮자고 도둑질을 해? 늙은이가 환장을 해도 분수가 있지" 이러면서 세상에 못 볼 흉한 꼴을 보았다는 듯이 진저리를 쳤다. 며느리와 딸이 도둑질해온 걸로 먹고사는 주제에 할 소리가 아니었다. 더군다나 우리가 하는 짓에 한 번도 아는 척을 안 하고 주는 대로 잘 먹고 지내다가 이제 와서 자기만 결백한 것처럼 수선을 있는 대로 떠는 엄마가 상식적으로는 주책을 떠는 것으로도 보이련만 그때처럼 측은해 보인 적도 없었다. 엄마 나름으로는 그런 구차스러운 방법으로라도 우리의 양식 도둑질을 옹호하고 위로하고 싶었을 것이다.

처음 입성할 때도 그랬듯이 인민군대의 이동은 거의 밤에 이루어졌고 낮에는 쥐 죽은 듯이 고요했다. 그들이 그 동네를 거쳐 가는 까닭이 남쪽에 있는 전선으로 투입되기 위해선지 전선에서 후방으로 철수를 하기 위해선지도 짐작을 할 수가 없었다. 행군하다 잠시 쉬어 가려 해도 겨울이니까 야영보다는 바람 막을 집이 나아서 잠깐잠깐씩 거쳐 가는 것 같았다. 나의 가장 큰 관심사는 그런 것들보다는 그들은 뭘 해 먹어가면서 싸울까 하는 거였는데 어디서고 밥을 해 먹는 것 같지는 않았다. 북쪽으로 피난 보내는 일 때문에 방문하게 된 집에서 할머니한테 들은 얘긴데, 간밤에 자기 집에서 중공군이 한 떼 자고 갔다고 했다.

"무섭지 않으셨어요?"

"무서울 줄 알았는데 하나도 안 무섭대. 늙은이 대접도 할 줄 알구."

"어떤 대접을 받으셨는데요."

"날더러 아랫목에 자라고 하고 즈이들은 윗목에서 자던걸."

"그럼 한방에서 주무셨어요?"

"한방이면 어때. 손자 또래던걸. 하긴 양놈 같았으면 손자 또래도 못 믿었을 거지만서두."

"먹을 걸 달라진 않던가요?"

"어디가, 제 먹을 것들은 제각기 챙겨갖고 다니던데 뭐. 목침만 한 베개를 하나씩 베고 자는데 그게 글쎄 빵떡이더라니까. 먹어보라는 시늉도 안 하길래 나도 여봐란듯이 내 밥 먹었지 뭐."

그러면서 재미나다는 듯이 합죽하게 웃었다.

만일 어떤 인민군이 나한테 불을 때달라는 대신 밥을 해달라고 했다면 얼씨구 했을는지도 모른다. 먹을 것에 대한 나의 이런 지칠 줄 모르는 츱츱함이 비단 이불을 욕심내는 것보다 얼마나 더 고상한 건지는 몰라도 빨리, 그리고 무사히 이 지경을 벗어나고 싶었다. 빨리는 내 뜻이 개입할 여지가 없는 문제였지만 무사히만은 개인적인 운명에 속할 터였다. 마부 신 씨하고 군관하고 특무장만 안 나타난다면 아무 일 없이 세상이 또 한 번 바뀌는 고비를 넘길 수가 있을 것 같았다. 그러나 그날 밤 신 씨가 한 말은 두고두고 마음에 걸렸다. 제발 신 씨만 다시 이 동네에 안 나타났으면 싶었다. 아닌 밤중에 홍두깨 격으로 어디서 겨우 그 따위 소리를 하려고 불쑥 나타났던 것도 다시는 기회가 없을 것을 알고 마지막 위협을 해본 것에 불과할지도 모른다고 스스로를 위로했다.

한강 너머에선 우지끈 뚝딱 폭격하는 소리와, 여름의 경험으로 함포사격이 틀림없는 포성이 주야를 가리지 않고 들렸다. 그런 전쟁의 굉음들은 내 안에서 신나는 아우성이 되기도 하고, 자글자글 졸아드는 기름 가마 같은 조바심이 되기도 했다. 부재하는 일개 마부의 이런 위력에 비하면 북송의 사무적인 일을 담당하고 있을 뿐아니라, 명색이 동 인민위원회 위원장을 맡고 있는 강영구의 존재는 아무것도 아니었다. 그도 우리 오빠를 폐병쟁이로 알고 있어서 내 입장에 여간 동정적이지 않았다. 모진 구석이라곤 없어서 남에게 뭘 강요할 위인이 못 됐다. 그는 자신의 운명에 대해서도 무책임할 정도로 자기주장 없이 바람 부는 대로 흘러갈 모양이었다. 그러나 부득부득 북으로 가겠다는 노인을 설득하는 데는 매우 적극적이었다. 한 사람만이 기어코 북으로 가기로 하고 나머지 네 노인은 남아 있기로 했다. 가기로 한 노인은 노인이랄 것도 없는 50대 중반의 건강한 부인이었고 월북한 가족도 아들이 아니고 남편이었다. 강씨는 그 아주머니는 설득을 못 한 게 아니라 안 했다고 했다.

"그 댁 영감님은 남쪽에서 감옥살이까지 한 골수에다 지식인이더라구요. 그런 사람이야 북에서도 한자리하고 있을지 모르니까 만날 가망이 있지만 다른 할머니들 아들은 멋모르고 날뛰다 월북도 하고 의용군에도 자원했으니 살았는지 죽었는지 알 게 뭐예요. 이 엄동설한에 아들 찾아 삼천 리 하다 괜히 제 명에 못 돌아가신다고 말렸더니 다들 솔깃해하데요."

"잘하셨어요. 노인네들은 별로 환영하는 것 같지도 않던데요."

"우리라고 뭐 환영받으러 가나요. 세상이 또 뒤집힌 후에 핍박받을 게 싫어서 가는 거죠."

그는 가볍게 말했지만 쓰디쓴 표정이었다. 그리고 불쑥 물었다.

"참, 박 동무는 시민증 있어요?"

"그럼요."

"가족들도요?"

"그럼 다 있지요. 조카들 둘만 빼고요."

"좋겠네요. 그럼 뭣하러 북으로 가겠어요. 나도 시민증만 있으면 안 가고말고요."

"말도 안 돼요. 그까짓 시민증 때문에 가기 싫은 걸 간단 말예요?"

"없어보지를 않아서 그까짓 시민증이라고 그럴 수 있는 거예요."

나는 대꾸할 말을 잊었다. 우리 식구들이 시민증 받을 때 치른 곤욕을 어찌 잊을까. 여자들도 갖은 아니꼽고 치사한 꼴을 당했거니와 오빠는 또 어떠했던가. 오빠가 비굴해지고 피해망상 증세를 보인 것도 시민증에서 비롯됐다고도 할 수 있었다. 시민증 내줄 백 하나 없냐고 우리를 들들 볶을 때부터 오빠는 망가지기 시작했다. 여북해야 거주지 놔두고 다니던 직장의 호의에 기대려고 고양군에 가 있으면서 간신히 시민증 대신 도민증을 얻었겠는가. 고양군에만 안 가 있었어도 다리에 관통상을 입지도 않았을 것이다. 시민증이나 도민증 없이는 꼼짝도 할 수 없는 세상이었다. 피난은 더군다나 생각도 할 수 없는 일이었다. 어떻게든지 피난을 가려고 도민증 얻으러 가서 도민증은 얻었으되 곧 다리에 총을 맞아 앉은뱅이가 돼버렸으니 뭐가 안 돼도 그렇게 공교롭게 안 될 수가 있을까. 그때 생각을 하면 지금도 부르르 진저리가 쳐졌다.

"가족들은 다 남쪽으로 피난을 가셨다면서요? 빨갱이 식구들한테 용케 시민증이 발급됐네요."

나는 하고 싶지 않은 생각에서 헤어나려고 얼른 말머리를 돌렸다.

"나 같은 남편 둔 여편네가 그런 걸 받으려니 오죽했겠어요."

"못 받았으면 남아 있었을 거 아녜요. 물론 만날 수도 있었을 테고. 그게 나을 뻔했잖아요. 혼자 피난 간 부인이 얄밉지도 않아요?"

"못할 노릇만 시켜서 미워할 자격도 없어요."

"난봉 폈어요?"

"그럴 주제나 됐으면 좋게요. 일제 땐 징용 나가서 고생 많이 시켰어요. 난 내 목숨 하나만 간수하면 되지만 집사람은 애들이 넷이나 딸렸으니 오죽했겠어요. 이제 걔들도 거의 다 자랐으니까 앞으로 더 큰 고생이야 있겠어요."

"어쩌면 그렇게 예쁜 짓만 골라서 했어요?"

"하고 싶어 했나요. 시대가 시킨 거죠. 나도 그닥 나쁜 놈은 아녜요."

우리는 다 같이 쓸쓸하고 허한 소리로 웃었다. 웃음 끝에 그가 도통한 표정으로 한마디 더 했다.

"욕먹을 소리지만 이런저런 세상 다 겪어보고 나니 차라리 일제 시대가 나았다 싶을 적이 다 있다니까요. 아무리 압박과 무시를 당했다지만 그래도 그때는 우리 민족, 내 식구끼리는 얼마나 잘 뭉치고 감쌌어요. 그러던 우리끼리 지금 이게 뭡니까. 이런 놈의 전쟁이 세상에 어딨겠어요. 같은 민족끼리 불구대천의 원수가 되어 형제간에 총질하고, 부부간에 이별하고, 모자간에 웬수지고, 이웃끼리 고발하고, 한 핏줄을 산산이 흩뜨려 척을 지게 만들어놓았으니……."

나는 강 씨가 그 정도로 자기의 속내를 드러내 보인 게 얼마나 기쁘고 반가운지 몰랐다. 전혀 예상을 못 했던 일이었다. 오랜만에 사람 같은 사람을 만난 기분까지 들었다. 잘났다는 뜻이 아니라 적당히 못나서 좋았다. 사람의 생각 속에는 좌우의 이념보다는 거기 속할 수 없는 생각들이 훨씬 더 많은데 누굴 만나면 우선 저 사람 속이 흴까 붉을까부터 분간해야 하는 관습화된 심보가 부드럽게 누그러지는 것 같았다. 그와 같은 사람이 살아내기에는 그래도 남쪽이 나을 거라는 걸 어떻게 알아듣게 설명할 수 있을까.

그러나 그의 마음을 변하게 하려고 오래 고민할 것도 없이 불똥은 내 발등에 갑자기 떨어지고 말았다.

5.

여전히 차갑지만 유난히 밝은 아침이었다. 찌든 안방 창호지에 아지랑이의 환각이 어른거릴 정도로 바깥의 밝음은 예사롭지가 않았다. 엄마도 그걸 봄의 예감처럼 느꼈을까, 절기를 짚어보면서 우수 경칩에는 대동강도 풀린다는데 하고는 아득한 표정을 지었다.

나는 그런 유의 소리가 듣기 싫었다. 늙은이들이 생일이나 명절 등 세월의 중요한 마디들을 짚어볼 때마다 짓는 내가 그때까지 살까, 하는 엄살 섞인 한탄처럼 들렸다. 지금이 어느 때라고. 나는 노인의 감상조차 당치 않은 사치처럼 여겨져 단속하고 싶은 거였다. 얼마 안 남은 고비를 과연 잘 넘길 수 있을까 하는 조바심 때문에 내 마음은 갈라질 듯 메말라 있었다. 늘 믿음직한 것은 올케였다. 그녀는 그날 아침에도 경건한 의식처럼 오빠 다리의 총구멍을 소독하고 심을 갈아 끼우는 일을 했다. 새살이 많이 나왔다는 말도 잊지 않았다. 그건 정말이지 종교적 의식과 다름없이 경건했고 위안과 희망이 됐다. 오빠의 총상에 대한 나만의 비밀스러운 혐오감도 잠시 승화되는 것 같았다. 그러나 의식에는 마가 끼게 돼 있는 것을. 우리는 그까짓 총구멍 따위를 신성시 말았어야 했다.

도대체 어떻게 그렇게 소리 없이 들어왔을까. 창호지 문은 새색시 새벽 문안만큼이나 조신하게 열렸지만 나타난 것은 마부 신 씨를 비롯한 그 삼총사들이었다. 거의 경망을 떨어본 적이 없는 올케도 양은쟁반 위로 쨍그렁 핀셋을 떨구면서 사색이 됐다. 쟁반 위에는 신 씨가 구해다 준 결핵약도 주둥이에다 약솜을 틀어막고 꽉 찬 채로 놓여 있었다.

"내가 말한 대로잖소?"

신 씨가 내기에 이긴 사람처럼 의기양양한 목소리로 두 사람에게 동의를 구했다. 그러고는 대뜸 오빠에게 물었다.

"장교였소? 졸병이었소?"

오빠의 입에서 대답이 나올 리가 없었다. 무슨 영문인지 알았다 해도 말이 얼어붙어 버렸겠지만 아무도 못 알아들을 소리였기 때문이다.

"아니면 경찰?"

신 씨의 눈에서 비수 같은 살기를 느끼자 비로소 그들이 무슨 생각을 하고 있는지 확연히 알아먹을 수가 있었다. 전혀 예기치 못한 최악의 사태가 벌어진 것이다. 어쩌면 우리는 이렇게 무방비 상태일 수가 있을까. 참담한 수치감 때문에 나 또한 말문이 막혀버렸다. 사람이 어떤 때 말을 더듬는지 알 것 같았다. 사태의 진상과 대처할 바를 제일 먼저 알아차린 것은 올케였다.

"아닙니다. 그건 오해십니다. 이 사람은 시골 중학교 선생이었습니다. 오발 사건으로 이리 된 것이지 생전 총 한 번 잡아본 적이 없는 사람한테 군인이라뇨? 경찰은 더군다나, 우리는 먼 친척에도 경찰은 없는 집안이랍니다. 믿어주세요. 아아, 믿어주세요. 이이를 쏜 사람이 국군이지 이이가 국군이라뇨. 억울합니다."

그녀의 비통하지만 조리 있는 소리가 매우 비현실적으로 들렸다. 그러나 그녀는 곧 그들의 발밑에 몸을 던지고 제발 믿어달라고 미친 듯이 애걸을 하기 시작했다. 그들이 오빠를 부상하고 낙오한 국군이나 경찰이라고 넘겨짚고 있다면 이건 정말이지 예기치 못한 최악의 사태였다. 아이들이 악머구리 끓듯이 울어제쳤다. 군관 동무는 능글능글하게 웃으면서 허리에 찬 권총을 만지작거리고 있었다. 엄마는 와들와들 떨면서 아들을 막아 앉았다. 필사적인 방패막이였다. 엄마를 밀친 것은 그들이 아니라 오빠였다. 오빠 또한 사색이 돼 있었지만 첫마디를 거의 더듬지 않고 말했다.

"이걸 좀 보시겠소."

오빠가 그들 앞에 내놓은 것은 그의 도민증이었다. 그가 생명처럼 위하는 거였다. 처음엔 오빠가 그걸 왜 내놓는지 이해하지 못했다. 뭔가 세상에 대해 헷갈리고 있어서 지금 세상에도 그걸로 신분 보장이 되는 줄 알고 있는 게 아닐까 하는 의구심이 솟구쳤다. 그만큼 오빠는 우리에게 미덥지 못한 존재였다. 그러나 오빠는 올케처럼 비굴하게 굴지 않고도 자기 방어를 훌륭하게 해냈다. 역시 더듬기는 좀 더듬었다. 그러나 심하지는 않아서 결함으로 보이기보다는 신중해 보일 정도였다. 그는 도민증에 명기된, 1·4후퇴 불과 며칠 전으로 돼 있는 발행 날짜에 먼저 그들의 주의를 환기시켰다. 그리고 의용군 나갔던 사실만 쏙 빼고 6·25 전부터 공산주의 이념에 심취해 있었다는 것, 여름의 인공 치하에서도 당연히 학교에 나가서 학생들에게 사회주의식 교육을 시키기에 전력을 다했다는 것, 그로 인해 그후 환도한 대한민국 정부와 이웃으로부터 말할 수 없는 박해를 받았다는 것, 도민증 발급조차 안 해주니 산 목숨이 아니었다는 것, 막바지에 겨우 발급받고 나서 학교에 주둔한 군기 문란한 국방군한테 이런 몹쓸 부상을 당했다는 것, 도민증이나 시민증을 갖고 있다는 것 자체가 민간인이라는 증거라는 것, 왜냐하면 군인 나가면 시민증을 소지할 수 없다는 것 등을 순서껏 차근차근 해명해나갔다. 근래에 오빠가 그렇게 긴 이야기를 하는 걸 보기는 처음이었다.

짧은 침묵이 흐른 뒤 마부 신 씨가 먼저 입을 열어 동지를 만나 반갑다고 했다. 얼렁뚱땅 악수까지 하는 것 같았다. 그리고 사회주의의 승리를 믿느냐고 물었다. 오빠는 광신도처럼 열렬하게 '믿습니다'에 힘을 주어 응답했다.

"우리 인민군대가 후퇴하는 것은 작전상 일시적인 것일 뿐 빠른 시일 안에 다시 서울을 탈환하리라는 것도 믿어주기 바라오."

이번에는 질문이 아니라 부탁이었다. 그러고 나서 그는 가차 없이 신속하고 냉혹하게 우리 식구를 둘로 갈라놓았다. 움직일 수 없는 것이 분명한 오빠하고 노인은 남아도 좋지만, 나하고 올케는 북으로 피난을 가야 한다는 것이다. 실로 피 한 방울 안 흘리는 절묘한 일도양단이었다.

"동무가 국방군의 상이용사가 아니란 건 어느 정도 믿어준다 해도 동무의 사상을 그까짓 도민증 가지고 어떻게 믿는단 말요. 시 도민증이야말로 빨갱이 가려내자고 만든 건데. 동무가 악질반동이 아니란 걸 증명할 수 있는 유일한 방법은 처자하고 누이를 북으로 기꺼이 보내는 기요."

올케가 아이 하나는 놓고 가고 싶다고 했다. 그건 결국 북으로 가겠다는 걸 승낙한 것과 같았다. 우리에겐 어린것 둘 중 누굴 남기고 누굴 데려가나 정할 수 있는 자유가 주어졌다. 젖먹이가 엄마 따라가는 건 거의 선택의 여지가 없는 걸 알면서도 우리는 그 눈곱만 한 자유를 놓고 오랫동안 이리 씹고 저리 씹고 밀고 당기고 했다. 그렇게라도 해서 괴물처럼 나타난 새로운 국면을 직시하는 걸 피해야지 손 놓고 입 다물고 있다가는 당장 어떻게 될 것 같았다.

우리를 한시도 가만 놓아둬서는 안 된다고 생각한 것은 그들도 마찬가지인 것 같았다. 신 씨는 숨돌릴 틈도 주지 않고 내가 북송의 막바지 작업을 마무리해줄 것을 독려했다. 우리 집에서 어른 둘 어린이 하나가 더 추가된 것 말고는 이미 정해진 인원에 변동은 없었다. 그러나 그들의 목적지, 연고자, 출신 성분 등 양식이 대동소이한 신상명세서를 벌써 몇 번씩 작성해 올렸는데도 날마다 뭔가 요구 사항이 없는 날이 없었다. 이제 그들에게는 신임장과 식권이 나오는 일만 남았는데 우리 집에서 세 식구가 추가됐으니 군일이었다. 그러나 시일이 촉박했음인지 우리 식구는 그 복잡한 절차를 그대로 다 되풀이 안 해도 신임장과 식권이 나오게 돼 있노라고 했다. 식권은 이를테면 양곡권 같은 건데, 가다가 아무 집에서나 묵는 집에서 그걸 떼 주면 우리에게 식사를 제공하고 그만큼의 양곡은 되돌려 받게 돼 있다는 것이다. 그러니까 남조선 피난민들처럼 양식을 이고 지고 갈 필요가 없다는 것이었다. 꿈같은 얘기였다. 그들이 입성한 지 두 달여 만에 처음으로 접해본 식량정책은 이렇듯 쌀 한 톨 구경 안 시키고도 흰소리 칠 수 있는 환상적인 것이었다.

마침내 우리에게도 그게 나왔을 때 우리는 둘러앉아 그 신기한 것을 구경했다.

"이것만 내밀면 뉘 집에서나 군말 없이 밥을 차려준대." "설마." "정말?" "그럼, 이 종이쪽지가 배급 통장이다냐?"

이러면서 마치 오빠가 처음으로 백 원짜리로 상여금을 타 왔을 때

83

처럼 돌려가면서 그 신기한 것을 들여다보았다. 그러나 그걸로 정말 밥을 타 먹을 수 있으리란 생각은 들지 않았다. 오히려 신임장이 식권보다는 더 중요하게 여겨졌다. 예술단 공연을 구경 갔을 때의 경험으로 적어도 군대의 암호에 비길 만한 것은 갖고 있어야 길을 떠날 수 있을 것 같았다. 우리는 서류상으로 우선 개성으로 가는 걸로 해놓았다. 그러나 무악재고개만 넘으면 훤히 뻗어 있는 국도로 갈 수 있는 마지막 도시가 개성이니까 그렇게 둘러댔다 뿐 고향이니까 아주 모르는 고장보다는 나을 거란 생각 같은 건 안 했다. 마지막 도시란 삼팔 이남의 마지막 도시란 뜻이었다. 삼팔선을 넘어야 비로소 아무 집에서나 식권으로 밥을 얻어먹을 수 있는 사회주의 낙원이 나타날 것 같은데 나는 막무가내 거기까지는 도달하기가 싫었다. 어쩌면 싫고 좋고의 문제가 아닌지도 몰랐다. 자신이 아무래도 적응할 수 없는 것에 대한 동물적인 뒷걸음질에 가까웠다.

박적골에 갈 수도 있으리란 생각도 위로가 되지 못했다. 고향집이 어떻게 됐는지, 누가 지키고 있는지는 모르지만, 만일 집이라도 남아 있다면 크게 의지가 되련만 아무리 난리통이라고 해도 이런 꼴로 돌아가고 싶지 않았다. 금의환향까지는 아니라도 고향이란 하다못해 허세라도 부릴 건더기가 있어야 돌아가고 싶은 법이다. 여덟 살 때 떠나온 후 난리가 날 때까지 한 해도 귀향을 거른 적이 없지만 늘 뻐기면서 돌아갔던 곳이다. 엄마는 첫해에는 내리닫이를 해 입혀서, 그 다음 번에는 탈 줄도 모르는 스케이트를 어깨에 걸치게 해서라도 나로 하여금 뻐길 수 있도록 도와주었다. 내리닫이 양장도, 작두날이 달린 구두도 그 동네에선 처음 보는 거였다. 박적골 최초의 여고생이 되어 귀향할 때는 온 동네 사람들이 다 나와서 나를 봐주었으면 하는 욕망으로 가슴이 터질 것 같았었다.

식권의 권위를 믿지 못하는 우리의 피난짐은 아무래도 올망졸망한 곡식 자루가 무게의 대부분을 차지했다. 그리고 비단옷, 은수저 따위 식량하고 바꿀 수 있는 것도 둘로 나누면서 서로 미루느라고 쌌다 풀었다를 되풀이했다. 엄마는 곧 국군이 들어올 것 같은데 그러면 아무리 늙은이나 병자라도 산 입에 거미줄은 안 칠 테니 인민군 따라가는 우리가 힘닿는 데까지 가지고 가야 한다고 했고, 우리는 우리대로 아무려면 시골 빈집이 서울 빈집만 못하겠느냐고, 그동안 익힌 빈집털이 솜씨로다 엄마를 안심시키려 들었다.

꼭 같이 떠나야 하는 건 아니지만 마부 신 씨가 우리를 구파발까지는 태워다주마고 해서 다들 같이 떠나기로 했다. 그날을 앞두고 식구들은 잠을 이루지 못했다. 벌떡벌떡 일어나 앉으면서 가슴을 쥐어뜯곤 하는 엄마를 올케가 천사 같은 목소리로 위로했다.

"곧 만나게 될 거예요. 임진강만 안 건넌다면요."

"오냐, 오냐, 나도 그렇게 생각했다. 어떻게든지 임진강만은 건너지 말거라."

올케하고 엄마가 입을 맞추는 임진강 소리가 나에겐 암호처럼 들렸다. 내 마음속에는 삼팔선이, 그들의 마음속엔 임진강이 각각 넘어서는 안 될 선으로 그어져 있었다.

마침내 떠나지 않을 수 없는 날이 되었다. 어두운 녘에 떠나기로 했다. 군대의 이동처럼 피난길도 될 수 있는 대로 밤의 어둠을 이용해서 걸을 수 있을 때까지 걷다가 낮 동안은 민가나 하늘 가릴 만한 데를 찾아내어 잠도 자두고 먹어두기도 하라는 것이었다. 그런 것까지 지시를 안 해줘도 그럴 수밖에 없게 되어 있었다. 특히 북으로 난 국도 위로 퍼부어대는 폭격과 기총소사는 너무하다 싶을 정도로 움직이는 거라면 쥐새끼 한 마리도 놓치지 않을 기세였다. 애 업은 여자하고 짐 진 여자하고 하룻밤에 얼마나 걸을 수 있나보다는 어둠과 추위와, 전장 돌파라는 모험에 대한 공포가 어찌 없었을까마는 그동안 단련이 됐달까, 비인간화됐달까 막상 그날은 늠름해져 있었다.

오후였지만 어두워지려면 아직아직 먼 시간에 마부 신 씨가 헐레벌떡 우리 있는 데로 올라왔다. 기쁜 소식이라고 했다.

"동무들은 참 운도 좋소. 개성까지 갈 차를 얻어 타게 됐지 뭐요. 트럭인데 내가 부탁하는 인원을 다 태워줄 만한 빈자리가 있다는구면. 나이 든 분보다는 애 업은 동무가 마음에 걸려 내가 공작을 한 거라오. 애 업고 하룻밤에 삼사십 리밖에 더 걷겠소? 그러자면 개성까지 닷새를 잡아도 넉넉하지 않을 텐데 차로 가게 됐으니 아마 날 밝기 전에 개성에 떨어질 거요. 오늘 밤 열 시경에 모두들 형무소 앞에 집결해 있으면 싣고 가기로 했으니 미리 나와 기다리기요."

그러면 임진강 안 건너기는 어떻게 되는 걸까, 나는 올케하고 엄마의 눈치부터 살폈지만 고맙다고 연방 고개를 조아리기에 바빴다. 고양이 앞의 쥐한테서 공포 외에 딴 표정을 읽는다는 것은 불가능했다. 그를 보내고 나서야 이 일을 어떻게 하냐고 엄마하고 올케가 탄식을 하기 시작했다. 역시나 그건 흉보였던 것이다. 신 씨가 기쁜 소식을 가져올 리가 없었다. 저녁은 두둑이 먹어둬야 한다고 별렀음에도 불구하고 우리는 누가 나가 저녁 지을 엄두도 못 내고, 싸놓은 피난보따리에 등을 대고 그림자처럼 어둡게 뭉거진 모습으로 앉아 있었다. 빠져나갈 궁리는 안 하는 게 좋을 거라는 건, 신 씨가 우리에게 박아놓은 쐐기였다. 올케는 마지막으로 또 한 번 엄마에게 오빠 다리의 총상을 소독하는 법을 교습했다. 마침내 이별의 시간이었다. 나는 지기만 했지만 올케는 이고 업었다. 신 씨가 마중을 올라오기 전에 내려가는 게 나을 것 같았다. 형무소 앞엔 강 위원장이 먼저 나와 있고 우리가 두 번째였다.

"또 인천 상륙작전에 당했다죠, 아마. 공군력 없이는 역시 안 되나 봐요."

누가 물어본 것도 아닌데 혼자서 이런 실없는 소리를 했다. 그러고는 트럭 위에서 들쓰고 앉았을 거라면서 옆구리에 편 군용 담요를 보여줬다.

"우린 미처 그런 생각을 못 했는데 어쩌죠?"

올케가 다시 집에 다녀와야 할 것처럼 울상을 했다. 어둠보다 빨리 깊어지고 있는 추위가 한껏 껴입은 옷을 통해서도 위협적으로 다가오고 있었다.

"아무려면 제가 여자들이랑 아이들이랑 놔두고 저 혼자 안 춥자고 이 거추장스러운 걸 가져왔겠습니까? 죄다 들써도 충분할 테니 우리 싫어도 꼭꼭 붙어설라므네 한번 정답게 가봅시다."

그의 너스레도 신 씨가 나타나자 시무룩해졌다. 정희네 세 식구와 할머니까지 다 모인 후에도 트럭은 거의 한 시간 가까이나 더 기다리게 해놓고 나타났다. 헤드라이트도 안 켜고 나타난 트럭 운전사는 빨리빨리 타라는 독촉부터 했다. 신 씨가 먼저 올라타서 할머니를 끌어올렸다. 올케가 할머니의 엉덩이를 받쳐주다 말고 에그머니나, 하고 크게 낭패스러운 소리를 내더니 그 자리에 자지러졌다. 무슨 일이냐고 신 씨가 눈을 부라렸다.

"신임장인가, 그 피난 간다는 증명서 말예요. 그걸 집에다 놓고 왔지 뭐예요. 양곡권도요. 작은아씨 것도 제가 한꺼번에 챙겨 가지고 있었는데."

침착하고 용의주도한 올케답지 않았다. 정희네 식구도 냉큼냉큼 다 올라타고 운전석에서는 뭣들 하고 있느냐는 짜증스러운 소리가 들렸다. 신 씨가 운전석으로 가서 뭐라고 두어 마디 하자 트럭은 부릉 소리도 안 내고 떠나버렸다. 순식간에 일어난 일이었다. 그러고 나서 신 씨는 비로소 올케를 향해 정식으로 따져 물었다.

"잊어버릴 게 따로 있지 어떻게 그런 중대한 걸. 도대체 정신이 있는 사람이요, 없는 사람이요?"

"자식 떼어놓고 나 혼자 살자고 길 떠나는 년이 정신이 온전히 박혔다면 그게 이상한 거 아닌가요?"

올케는 뜻밖에 앙칼지게 나왔다.

"알았소, 알았으니 퍼뜩 다녀오소. 인 거 내려놓고, 어린애도 고모한테 풀어주구려. 난 마차를 준비하겠소. 당초의 계획대로 구파

88

발까지 데려다주리다. 실은 동무네들을 생각해서 트럭을 어렵게 교섭한 건데 남 좋은 일만 시켰구려."

올케가 서류를 가지고 내려온 것과 신 씨가 마차를 대령한 것과는 거의 같은 시간이었다. 우리는 그가 끄는 마차를 타고 어디만치 갔는지 짐작도 할 수 없는 지점에서 그가 여기까지만 바래다주마고 내려놓길래 거기가 구파발쯤이려니 하고 내렸다. 올케가 그에게 고맙다는 수인사를 차리고 나서 남은 식구들에 대해 간곡히 부탁했다.

"선생님만 믿겠어요. 우리 그이 말예요, 제발."

해코지만 말아달라는 말일 터였다. 신 씨도 그렇게 알아들었는지 알았다고 무뚝뚝하게 말하고는 말머리를 돌렸다. 그러고 나서 우리는 앞만 보고 북쪽으로 북쪽으로 걸었다. 길가에도 빈집이 더러 나타났지만 신 씨가 어디선가 지켜보는 것 같아 빨리 그의 가시권에서 벗어나고 싶었다.

"증명서 안 가지고 왔다는 소리는 거짓말이었어요. 봐요, 무슨 수로 임진강을 안 건너겠어요."

올케는 그 소리도 앞뒤를 돌아보고 나서 속삭이듯이 작게 말했다.

3

미친 백목련

1.

우리는 밤에만 걷기를 나흘 밤을 계속하고 나서 비로소 국도를 벗어났다. 대충 짐작건대 하룻밤만 더 걸으면 임진강가에 도달하지 않을까 싶은 지점이었다.

하룻밤에 얼마씩이나 걸었는지도 확실하지 않았다. 마부 신 씨는 우리 걸음을 하룻밤에 삼사십 리 정도로 잡았지만 아마 일부러 그보다 훨씬 덜 걸었을 것이다. 누가 보고 있는 것도 아닌데 이만큼 걷고 쉬는 거야 누가 뭐라고 못 하겠지 싶은 만큼만 걷고 나서 국도를 벗어나 인근 마을로 접어들곤 했다. 텅 빈 마을도 있고 인기척 있는 집이 남아 있는 마을도 있었다. 우리는 아무 빈집에나 들었다가 날 밝은 다음 날, 더 마음에 드는 집을 골라 들기도 하고, 처음 집에서 하루를 보내기도 했다. 노인들이 지키고 있는 집이 몇 집 남아 있는 동네에서도 우리가 빈집 주인 노릇을 하는 걸 수상하게 여기는 것 같지는 않았다. 수상하게 여겨 봤댔자였다. 우리는 적어도 공화국에서 발급한 증명서까지 가진 피난민이었다. 동네 사람들에게 밥을 해달랄 권리까지 있는 문서도 가지고 있었다. 그러나 물론 그러지는 않았다. 그럴 필요가 없었다. 시골집에는 서울 집보다 훨씬 많은 양식이 남아 있었다. 우리는 지고 다니는 양식을 조금도 축내지 않고도 배불리 먹고 다녔다. 김장김치도 독독이 곰삭아가고 있었다. 어떤 집에서는 포기김치 말고도 총각김치, 섞박지, 갓김치, 동치미 등 갖가지 김치가 너무도 감칠맛 나서 차마 발길이 안 떨어지는 집도 있었다.

땔감 넉넉하겠다, 그런 집에서 우리는 구들이 뜨끈뜨끈하게 불을 때고, 삼시 더운밥을 지어 먹고, 낮잠도 자고, 현이 기저귀도 빨아 말렸다. 기저귀를 바싹 말리려고 일부러 다른 방에 군불을 땔 적도 있었다. 그런 집에서 하룻밤만 더 묵으면 살이 필 것 같았지만 우리는 그런 유혹에 지지 않고 다음 날 저녁만 되면 반드시 길을 떠났다. 식권 써먹을 일은 없어도 신임장은 요긴했다. 밤길을 가려면 불빛이라곤 없는 칠흑 같은 어둠 속에도 어김없이 검문소는 숨어 있었고, 그럴 때 신임장을 내보이면 친절하게 대해주었고, 갈 길 걱정까지 해주기도 했다. 때로는 우리가 방금 서울에서 떠나온 줄 아는지 서울의 전황을 근심스럽게 묻는 앳된 인민군도 있었다. 대개는 보여주기만 하면 무사 통과였지만 자기네들이 가지고 있는 서류에다 우리의 신원을 기록해놓고 보내는 데도 있었다. 그런 절차들이 마치 함부로 이탈할 수 없는 궤도를 통과하고 있는 듯한 기분이 들게 했다. 가장 바람직한 건 우리가 자는 사이에 소리 없이 전선이 우리 위를 지나가서 밤사이에 바뀐 세상을 맞을 수 있는 거였다. 우리는 어디서 밤잠을 자든 낮잠을 자든 이런 소망이 자는 사이에 이루어지기를 빌면서 잠들곤 했다.

우리 세 몸뚱이 추위를 가리기에 부족함이 없다고 해서 온전한 마을만 있는 것은 결코 아니었다. 특히 국도 연변 마을의 파괴상은 참담했다. 꽤 큰 마을이 장독만 남겨 놓고 잿더미만 남은 데도 있었다. 초가집이 불타, 가볍고 고운 잿더미로 폭삭 내려앉은 집터를 지키고 있는 장독대의 아름다움은 너무 천연덕스럽고 기품이 있어서 혼령이 깃들어 있는 것처럼 보였고, 그 마을의 고요는 묘지의 그것처럼 유구해 보였다. 평화로운 농촌을 이렇게 철저하게 파괴한 게 미군의 폭격이든 인민군의 방화이든 잊거나 용서한다면 인간도 아니라는 생각이 들었다. 그러나 평화의 이름으로도 용서할 수 없는 이런 정당한 분노가 바로 인간다움일진대 어찌 이 땅의 평화를 바라겠는가 싶은 것도 우리를 혼란스럽게 했다.

기저귀를 구들장에 말리는 것보다는 밖에다 내너는 게 훨씬 더 잘 마르게 생긴 햇살 도타운 날이었다. 모조리 불탄 마을에서 좀 떨어진 외딴 집에서 무료한 낮 시간을 보내다가 그 마을에 감도는 고요에 흘려서 그 고운 잿더미 사이를 거닐 때였다. 장독대 옆에서 있는 바짝 마른 나뭇가지에서 꽃망울이 부푸는 것을 보았다. 목련나무였다. 아직은 단단한 겉껍질이 부드러워 보일 정도의 변화였지만 이 나무가 봄기운만 느꼈다 하면 얼마나 걷잡을 수 없이 부풀어 오르리라는 걸 알고 있었다. 그 미친 듯한 개화를 보지 않아도 본 듯하면서 나도 모르게 어머, 애가 미쳤나 봐, 하는 비명이 새어나왔다. 그러나 실은 나무를 의인화한 게 아니라 내가 나무가 된 거였다. 내가 나무가 되어 긴긴 겨울잠에서 눈뜨면서 바라본, 너무나 참혹한 인간이 저지른 미친 짓에 대한 경악의 소리였다.

국도를 벗어나서 파주 쪽으로 꺾일 때는 처음으로 밤을 이용하지 않고 낮시간을 택했다. 임진강 쪽으로 안 가고 옆으로 새는 것은 떳떳한 짓이 아니니까 떳떳지 못한 짓일수록 대낮에 하는 게 오히려 의심을 덜 받는다는 거였다. 올케의 이론도 그럴 듯했지만 국도변만 아니라면 실상 밤을 이용하지 않아도 그닥 위험하지가 않았다. 그래도 허허벌판에 노출되는 것은 피하고 싶어 될 수 있는 대로 산모롱이를 돌거나 고개를 넘거나 했다. 우리는 머물 수 있는 마을을 찾고 있었다. 그날 현이는 온종일 올케 등에서 기침을 해댔다. 기침을 하다 하다 등에다 게울 적도 었었다. 토한 걸 닦아주려고 처네 위에 덧씌운 솜포대기를 들춰 보면 불화로 같은 고열이 느껴져 가슴이 내려앉곤 했다. 그래도 올케는 쉴 집을 가까운 데서 잡으려 들지 않고 점점 더 험한 산골짜기로만 파고들었다.

"이러다 산중에서 날 저물면 어쩔려구 그래요?"

"예로부터 농사 고장이에요. 산이 깊어 봤댔자 호랑이야 나오겠어요?"

내가 겁을 내는 눈치를 보이자 올케는 이렇게 일소에 부쳤다. 꽤 험한 산중이다 싶은 데까지 이르러 작은 동네가 나타났다. 산골 마을답게 들에 편안히 자리 잡지 못하고 오르막길과 층계밭을 낀 남향받이였다. 그러나 분지 형태의 꽤 넓은 논을 거느리고 있어서 빈궁해 보이진 않았다. 지대가 가장 높은 곳에 기와집이 한 채 있고 그 밖에 열 채 남짓한 집들은 다 초가였다. 이런 마을조차 폭격 맞은 자리가 옹기종기한 마을의 형태를 이지러트리고 있었고, 집들도 거의 비어 있는 것 같았다. 올케는 나더러는 잠시 밖에 머물러 있으라 하고 혼자서 애를 업은 채 제일 꼭대기에 있는 기와집으로 들어갔다. 파주군 탄현면 제3인민위원회 간판이 붙어 있었다. 올케가 돌아나와 오늘은 이 집에 묵기로 했다고 했다.

"하필 왜 인민위원회에서 묵어요?"

나는 올케 귀에다 대고 작은 소리로 속삭였다.

"신임장 됐다 뭘해요. 아까워서 한번 써먹어 봤어요."

올케는 웃지도 않고 이렇게 말하고는, 인민위원회는 사랑채에 있고 안채엔 주인 할머니가 한 분 남아 계신데 정정하고 화통한 분 같아 마음에 들더라고 덧붙였다. 북쪽으로 가는 중인데 어린것이 아파서 며칠 머물고 싶다고 인민위원회에 도움을 청한 모양이었다. 시골은 어수룩한 데가 있어서 우리가 가진 증명서를 보더니 당원 가족쯤 되는 줄 아는지 쩔쩔매면서 서울 쪽의 형편을 이것저것 알고 싶어했다. 몇 명 안 되는 중년 남자들은 무슨 일을 한다기보다는 서로 의지하려고 모여 있는 것 같았다. 간판만 그렇게 붙여놓았다

94

뿐 상부와의 연락은 이미 끊어진 상태가 아닌가 싶게 불안하고 줏대라곤 없어 보였다.

주인마님은 올케가 말한 대로 기운차고도 당당해 보였다. 이 난리통에도 부리는 사람까지 거느리고 있었다. 마님 시중을 드는 행랑 할멈이 훨씬 더 추비하게 늙어가지고 기역자로 굽은 허리로 기어다니다시피 하는 게 명색이 인공 치하인데 어떻게 저런 주종 관계가 가능한지 신기했다. 신임장을 이용해서 인민위원회로 하여금 우리의 숙식을 부탁하도록 한 이상 식권도 떼어 주어야 하지 않을까 하는 생각도 들었다. 그러나 마님의 태도가 하도 대범하고 권위 있어 보여서 당분간은 눈치만 보기로 했다. 마님은 올케가 현이 기저귀를 갈아주고, 젖을 물리는 걸 보고도 그놈 잘생겼단 말 한마디를 안 하고 무슨 물건 보듯 했다. 그러나 현이가 기침을 몹시 하느라 애써 먹은 젖을 다 토하는 걸 보더니 벽장에서 호두를 두어 알 꺼내 할멈에게 내주며 호두기름을 내 먹이라고 했다.

할멈은 말없이 윗목에 있는 다듬잇돌 위에서 방망이로 호두를 깨트려가지고 부엌으로 나갔다. 나는 부엌으로 따라나가면서 할멈에게 우리가 가지고 있는 곡식을 밥 짓는 데 보태고 싶다고 말했다. 할멈은 호두 속을 도마 위에서 칼자루로 대강 부수면서 우린 그렇게 인심 사나운 집 아니라고 했다. 나는 할멈이 이 집을 대표해서 우리라는 말을 쓸 자격이 있는지 의아하게 여기면서 엉거주춤하고 있었다. 무쇠솥에서 누르스름한 기장조를 넉넉히 얹은 밥이 구수한 냄새를 풍기며 뜸 들기 전에, 할멈은 작은 종지에다 잘게 부순 호두 속을 담아서 그 위에 얹었다. 밥이 다 된 후에 쪄낸 호두를 베 보자기로 짜니까 작은 술로 한 숟갈쯤 되는 밝은 기름이 나왔다. 많이 해본 솜씨였다.

"잠들기 전에 먹어. 양약처럼 뚝 그치게 할 순 없어도 기침소리가 한결 부드러워질 테니까. 어린 게 말을 못 해 그렇지 목구멍이 얼마나 아플까. 아마 갈라지게 아플 거구먼. 쯧쯧, 세상 잘못 만나……."

마님이 말끝을 흐렸다. 곰살궂진 않지만 인정스러운 데는 있는 마님이었다. 그러나 마님은 안방에서 독상을 받으면서 우리는 행랑채에서 할멈과 같이 먹도록 해서 우리의 자존심을 상하게 했다. 잠도 행랑방에서 할멈하고 같이 잤다. 도배장판이 깨끗한 방이 여기저기 비어 있는데도 군불 넣고 자란 소리를 안 했다. 비록 빈집털이를 해서일망정 우리 힘으로 먹는 문제를 해결하는 게 얼마나 마음 편한지 몰랐다.

그러나 올케는 아이가 아프고부터 부쩍 사람을 의지하고 싶은 것 같았다. 그런 불평이 조금도 없었다. 호두기름의 효험이 당장 나타나는 것 같지는 않았다. 현이는 밤에도 기침을 계속 했고 열도 내리는 것 같지 않았다. 좀 어때요? 불덩어리예요. 올케하고 잠결에 이런 소리를 주고받은 것 같았지만 나는 곤죽 같은 잠에서 헤어나지 못했다. 밤사이에 눈이 퀭해진 올케는 아침에 현이를 안고 안방으로 들어가 공손하게 아침 문안을 드리고 나서 조금도 아이를 귀여워할 것 같지 않은 마님에게 염치불구하고 현이를 들이댔다.

"할머님께서 염려해주신 덕택에 기침 소리는 많이 부드러워졌습니다만 몸이 이렇게 펄펄 끓으니 어쩝니까? 폐렴이라도 되는 게 아닐까요."

할머니는 마지못해 아이 머리를 짚어보더니, 감기 촉상이구먼, 하고 진단을 내렸다. 노회한 의학박사보다 더 무표정하고 단정적이었다. 우리는 그게 폐렴보다는 나은 것인지 더 나쁜 것인지 알 길이 없는 채로 마님의 무표정을 공구하며 우러렀다. 마님을 믿어서라기보다는 딴 방도가 없기 때문에 우리가 할 수 있는 유일한 방법에 최선을 다하고 싶었다. 마님은 벽장에서 또 호두 두 알과 한지에 꼬깃꼬깃 싼 걸 꺼냈다. 한지를 비틀어 오므린 봉지 안엔 빨간 물감 같은 게 한 숟갈 가량 들어 있었다. 마님은 그중에서 꼭 귀이개로 하나 정도를 놋숟갈 위에다 덜어냈다. 그렇게 점잖고 무뚝뚝한 마님이 그 약을 다루는 태도에 있어서만은 아까워서 발발 떨고 있다는 것을 보기만 해도 알 수가 있었다. 그게 오히려 그 약의 신비함을 더해주어 우리는 마른침을 삼키며 지켜보았다.

"진짜 영사야. 귀한 거야. 물에 타서 먹여봐."

올케가 그 약을 받들어 미지근한 물에 타서 현이 입에 부으려고 하자 마님이 달려들어 거들었다. 마님은 한 손으로 현이의 양볼을 꽉 눌러 입을 벌리도록 하고 다른 한 손으로는 코를 쥐었다. 숨이 막힌 아이가 입을 크게 벌리고 우는 사이로 숟갈을 깊이 처넣으니 약물이 한 방울도 흐르지 않고 꼴깍 넘어갔다. 시골서 어른들이 그런 방법으로 갓난아기들도 쓴 한약을 잘 넘기게 하는 걸 보았건만 마님이 그래 주는 건 되게 고마웠다. 올케는 마치 이런 고귀한 분이 어떻게 우리 같은 천한 것의 몸을 만졌을까 싶은 얼굴을 하고 쩔쩔맸다. 실상 우리의 처지도 그랬지만 하고 있는 꼴이라는 것도 그런 자기 비하를 할 만했다.

"경기는 안 할 거야."

마님은 무뚝뚝하게 말하고 이내 무관심해졌다. 경기는 안 할 거란 소리가 무슨 뜻인지, 위험한 고비는 넘겼다는 뜻인지, 경기만은 안 하도록 했다는 뜻인지 궁금했지만, 우리는 큰 병원에 왔을 때처럼 괜히 주눅이 들어서 물어볼 수가 없었다. 호두기름도 할멈이 정성껏 해줘서 계속해서 먹일 수가 있었다. 영사를 먹인 날부터 내린 현이 열은 다시 오르지 않았다. 기침은 뚝 그치지는 않았지만 호두기름 덕분에 소리가 한결 유해져서 듣기가 덜 괴로웠다.

현이 감기가 웬만해지자 더욱 마님 눈치가 보이기 시작했다. 인민위원회 쪽 눈치도 살펴야 했다. 해코지를 할 사람들 같지는 않았지만, 이미 자위를 뜬 사람들이라는 게 보이는 듯해서 세상이 바뀔 날이 임박했다는 추측을 안 할 수가 없었다. 행랑방 신세를 못 면하는 게 굴욕적이고 또 사랑채가 인민위원회 사무실이라는 게 마음에 걸리긴 해도 세상이 또 한바탕 바뀌는 고비를 마님 같은 어른 그늘에서 넘기면 얼마나 수월할까 싶은 생각이 굴뚝같은 건 무슨 까닭인지 몰랐다. 마님 아니라 할멈이라도 좋았다. 우리만 고립돼 그 고비를 맞는다는 게 두려웠다. 전선이 밤사이에 슬쩍 우리 머리 위를 통과할 수도 있지만 밀고 당기며 들락날락하는 한가운데 끼지 말란 법도 없었다. 특히 시골에서는 자기가 속한 세상의 빛깔이 헷갈려서 억울하게 죽는 수가 많다고 듣고 있었다. 이쪽저쪽이 들락날락하는 곤욕을 덜 치르기는 그래도 서울이 제일 낫다는 것도 알고 있었다. 물정 모르는 외지인에겐 의지할 데가 필요했다. 올케도 그런 걸 마님하고 의논하고 싶어했다.

"할머님이 귀한 약 주셔서 현이도 이제 그만해졌습니다. 그 은혜도 태산 같은데 매일 양식까지 축내니 이런 염치가 어디 있겠습니까. 이제부터는 즈이 양식을 보태든지 따로 지어 먹으면 어떠하겠습니까."

올케가 남루한 행색에 어울리지 않게 예를 극진히 해서 마님한테 의논을 했다.

"내 집 양식 축내기 싫으면 뭣하러 내 집 지붕 밑에서 잠은 자나? 널린 게 빈집인데."

마님의 대답은 간단하고도 명쾌했지만 우리는 얼른 알아먹지를 못했다. 나가란 소리 같기도 하고 그냥 국으로 얻어먹고 있으란 소리 같기도 했다. 더 따진다면 내쫓김이나 재촉할 것 같아 어정쩡한 채로 물러났다. 저녁때는 마님이 사랑채에 나가서 인민위원회 사람들한테 큰 소리로 호통을 치는 소리도 들렸다.

"너희들 주제에, 호랑이 밥은 무슨……. 살쾡이 밥도 아깝다."

이런 소리도 들렸다. 하도 못 알아들을 소리라 궁금하여 잠자리에서 할멈한테 마님이 그 사람들한테 그래도 되는 건지 물어보았다. 실은 알고 싶은 게 많았지만 아랫사람을 통해 뒤로 염탐하는 것처럼 보일까 봐 참고 있던 것을 처음으로 물어본 거였다.

"글씨, 그게 뭔 소릴까. 또 산으로 들어가겠댔남. 그것들이 또 산으로 들어가겠다고 했으면 이놈의 세상이 쉬 또 뒤집힐랑가."

"그럼, 그 사람들이 산에 있다 나왔단 말예요?"

"죄다 그런 건 아닐 게야. 알음알이로 뉘 집에 숨어 있다 나온 사람도 있겠지, 뭐."

"산에 있었으면 할머니, 빨치산이에요. 잘 알지도 못하고 그런 말씀 막 하는 거 아녜요."

"몰라, 그건 나도. 그렇지만 그것들은 그럴 주제들도 못 될걸. 이 댁하고는 다 촌수 닿는 사람들인데 여름에 다니던 직장에서 빨갱이 짓을 좀 했나 벼. 여기 면에 나가서 헌 사람도 있고. 국군 들어오고 나서 청년단이랑 경찰에서 얼마나들 붙들러 다녔다구. 그런 걸 마님이 뒷산에 감춰 두고 밥 날라다 멕이고 그러셨거든. 나도 그런 심부름 꽤 했지만 동네선 다들 알고도 모른 척했어. 외지 사람 눈 때문에 숨어 살았지, 여기 사람들이야 뭐 한식구 같은걸."

"그런데 왜 그렇게 몹시 야단을 치실까요. 아직은 슬슬 달래시지 않구."

"구렁재 호랑 할멈이 누굴 무서워하남? 허구 싶은 말을 못 허게."

그 동네가 구렁재라고 했다. 혹시 구름재가 아닐까 해서 다시 한번 발음을 시켜보았지만 역시 구렁재였다. 할멈의 설명인즉슨 마님이 이 기계 유씨가 대부분인 씨족 마을에서 가장 웃어른이고 직계 자손만 서른 명이 넘는 데다 가산을 크게 일으킨 장본인이고 기가 세서 인근 동네에까지 구렁재 호랑 할멈으로 알려져 있다고 한다.

그러나 자손 창성하고 유복해서만 그렇게 당당한 건 아니라고 했다.

"자손이 많으니 무슨 자식은 안 나왔겠소? 영감님은 소싯적에 무신 일을 하다 그랬나 모르지만 일본 순사한테 잡혀가 흠씬 두들겨 맞고 나온 적도 있다는데, 자식 중에선 왜놈 앞잡이도 나오고, 면서기도 나오더니만, 해방되고는 또 빨갱이도 나오고, 의용군도 나오고, 빨치산도 나오고, 국군 장교도 나오고, 공무원도 나오고, 빨갱이 잡는 형사도 나오고 오롱이조롱이라예. 어쩌겠소? 지 되고 싶은 대로 돼야지, 자식을 겉을 낳지 속을 낳소. 그래도 마님이 장손만은 내리 꽉 잡고 농사에서 조금도 한눈을 못 팔게 했으니까 가산을 이만큼 불렸지. 생각해봐요. 몇백 석 허는 데다 자식들이 빨갱이도 있고 흰둥이도 있으니까 어떤 세상이 와도 겁날 게 없는 기라요. 당장 국군이 들어온대도 마님은 여전히 큰소리치고 살 테니 복도 많지 뭐요. 이 마을도 마님 덕 많이 봤다우. 폭격 맞아 죽고, 의용군 나가 안 돌아온 이는 있어도 우리덜끼리 빨갱이다 반동이다 하여 서로 총질하다 죽은 이는 하나도 읎었으니까. 우리 집 마님이 버티고 있는 이상 그 짓만은 차마들 못 헙디다. 우리 마님 치마 두른 게 참말로 아까워요. 나 같은 일자무식 눈에도 대통령을 시켜줘도 겁낼 분이 아닌데, 우리 마님처럼 자손을 빨갱이 흰둥이 골고루 둔 분이 대통령만 돼봐요. 남북통일은 떼놓은 당상이지."

그의 소박한 남북통일론에는 실소를 터뜨리고 말았지만, 자칭 일자무식도 남북통일에만은 일가견을 가진 게 떨쳐버릴 수 없는 민족적 팔자 소관 같아 지겨운 생각도 들었다. 할멈은 계속해 군실거리듯 신세 한탄으로 들어갔는데, 이 동네로 시집오기는 했어도 기계 유씨 가문도 아니었고 팔자 기박하여 일찍이 과부가 된 후 떠났기 때문에 외지인과 다름없다고 했다. 그러나 시집도 다시 가보고, 보따리 장수로 떠돌아도 다녀보다가도 몸이 아프거나 아쉰 일이 생길 때마다 이 마을로 기어들곤 했는데, 마님한테 신세지는 게 제일 편해서였다고 한다. 그러다 떠돌 기력도 없어 아주 몸 붙여 산 지가 스무 해던가 여남은 해던가, 손까지 꼽아가며 헤아리다 말고는 피식 웃었다. 호물딱한 입이었다. 할멈 얘기를 듣고 보니 우리가 제대로 찾아든 것 같았다. 마님 그늘에서 세상이 바뀌는 고비를 넘길 수 있으면 더 바랄 게 없을 것 같았다.

다음 날 올케는 마님한테 전날의 무례를 잘못했다고 빌고, 우리가 여기까지 흘러들게 된 까닭을 숨기지 않고 털어놓았다. 마님은 쓰다 달다 말이 없었다. 어쩌면 그런 얘기라면 넌더리가 나는지도 모를 일이었다.

우리가 모르는 사이에 인민위원회 간판도 없어지고 사랑채가 괴괴해졌다. 그 집 빈방엔 옛날 거지만 소설책도 있어서 시간 보내기가 한결 수월해졌다. 꿈결 같은 평화였다. 거의 매일같이 마님이 호두를 두 알씩 내주더니만 현이 기침도 흐지부지 멎었다.

그러나 어느 날 아침, 마님은 처음으로 넉꿍넉꿍 두어 번 현이를 어르는 척하더니만 우리에게 떠나는 게 좋을 거라고 했다. 청천벽력 같은 소리였다. 그동안 열흘 가까이 보호받고 살았다고 벌써 바깥세상이 무서웠다. 세상의 정체가 확실해질 때까지는 머물러 있게 될 줄 알았다.

"야박하게 생각 말우. 다 댁들 좋구, 이 어린것 안전하라구 그러는 거니까. 이 동네가 아주 고약한 동네라우, 산이 깊어서. 지난 가을에도 미처 도망 못 간 인민군이 산으로 들어갔다구 소탕전인가 뭔가 하느라구 이 근처가 온통 전쟁터가 됐었다우. 동네 사람이 상하진 않았어도 집은 폭격 맞은 집보다 그때 불태워진 호수가 더 많을걸, 아마. 이번에도 암만해도 무사히 지나갈 것 같지 않아요. 그러니까 교하면으로 가 있어요. 이 근처선 교하가 옛부터 양민들 피난 고장이라우. 두 강이 만나는 평지라 몸 숨길 데는 만만찮고 도망가기는 어려워서 전쟁터론 마땅치가 않아서 그럴 거요. 논이 많아서 먹을 것도 많고 인심도 후하다오. 난들 왜 서운하지 않겠소. 젊은 사람들 냄새만 맡아도 어딘데."

마님이 일러주는 말은 간곡했고 우리를 보내기 서운해한다는 것도 의심할 여지가 없었다. 교하 가는 길을 대강 알아가지고 우리는 당장 길을 떠났다. 마님은 우리가 극구 사양했는데도 기어코 입쌀을 몇 됫박 우리 짐에 쑤셔 넣어주면서 할멈한테 동구 밖까지 여다주라고 했다. 할멈은 집 안에서 다닐 때 허리를 거짓말 보태지 않고 정확하게 직각으로 구부리고 다녔다. 그런 할멈한테 무거운 임을 이라니, 알다가도 모를 마님이었다. 마님의 혹독한 몰인정에 말로는 항의를 못 했지만 마지막 작별 인사가 어째 곱게 나오지 않았다. 그러나 할멈은 한술을 더 떴다.

"그까짓 거 휘딱 여다줄 테니 이리 쥐요. 오랜만에 이년의 허리도 좀 펼 겸."

허리가 꺾어진다는 소리를 그렇게 꽈다가 하는 줄 알았더니 정말 허리를 일직선으로 펴는 것과 동시에 보따리를 반짝 들어 머리에 이는 것이었다. 눈 깜짝할 새 일어난 일이었다. 무슨 속임수 요술을 보는 것 같았다.

우리는 마님이 배웅을 나와준 것도 아닌데 구렁재를 떠나기가 차마 아쉬워 돌아보고 또 돌아보며 동구 밖을 나섰다. 마님의 그늘을 벗어나는 게 그렇게 두려웠던 것이다. 사람이란 얼마나 간사한 것인지, 열흘도 못 되는 호강에 그렇게 약골이 되고 만 것이다. 할멈은 마님이 분부한 것보다 훨씬 멀리까지 우리를 바래다주었다. 그동안을 줄곧 꼿꼿이 일직선을 유지하던 할멈이 임을 우리에게 넘겨주자마자 즉시 꼬부랑 할멈으로 돌아갔다. 나는 그게 너무도 이상해서 아깐 어떻게 그렇게 허리를 펼 수가 있었느냐고 물었더니 할멈이 오히려 이상하다는 듯이 "꼬부리고 어떻게 임을 인대요? 그런 재주가 읎으니까 펼 수밖에요" 그러면서 호호호 합죽하게 웃는 것이었다.

할멈까지 발길을 돌리고 나니 천애고아가 따로 없었다. 우리는 행여 누가 돌아오라고 부를 것만 같아 자주 뒤돌아보며 산모롱이를 돌고 고개를 넘었다. 양지바른 둔덕에 퍼더버리고 앉아 올케는 아기 젖을 물리고 나는 냉이를 캐기도 했다. 밭머리나 논두렁이나 가리지 않고 냉이가 질펀하게 돋아나고 있었다. 가끔 시골 처녀의 머리채처럼 나스르르하고도 청청하게 돋아난 달래가 눈에 띌 적도 있었다.

엄마 생각이 나서 반가웠다. 캐어 가 반길 이 없다는 게 나물 캐는 손을 허전하게 했다. 아마도 봄기운에 가장 정직하고 민감한 건 현이일 듯싶었다. 구렁재로 갈 적만 해도 처네 위로 솜 포대기를 한 장 더 머리끝까지 뒤집어씌워 가지고 갔었는데 이젠 막무가내로 그걸 안 쓰려고 했다. 두 팔을 휘저어 포대기를 벗어버리고 밝은 세상구경에 눈을 빛내는 아이의 건강한 볼보다 더 확실한 봄은 없었다.

2.

교하는 두 줄기의 큰 강이 만나는 데여서 강으로 흘러드는 크고 작은 시냇물들이 넓은 들을 적셔주는 비옥한 고장이었다. 우리는 얼음 녹은 강물을 끼고 느리게 걸었다. 당장 비행기가 나타난대도 숨을 곳이 없다는 게 우리를 되레 한유롭게 했다. 강가에 빨래하는 아낙도 있고 개펄에서 뭔가를 쑤석거리고 있는 아녀석들도 있는 게 신기하고 별세상 같았다. 밖에 나와 노는 아이들을 본 지가 얼마 만인지 몰랐다. 고아 같지도 굶주린 것 같지도 않은 보통 아이들이었다.

올케는 둔덕에서 쉬게 하고 나는 개펄로 내려가 보았다. 아이들이 게를 잡고 있었다. 저희끼리 물고 물려서 한 줄에 꿴 것처럼 보이는 게를 가지고 아이들이 장난을 치고 있었다. 나는 어려서부터 게에 대한 음식탐이 유난했었다. 암게로 담근 게장엔 정신을 못 차릴 정도로 게걸스럽게 굴었고, 지지거나 볶은 수게도 좋아했다. 살은 맛있지만 그 살을 싸고 있는 딱지는 어떤 종류의 게를 막론하고 괴기스럽고 험악해서 그 안에 그런 감미로운 살이 있다는 걸 최초로 알아낸 원시인은 얼마나 똑똑했을까 하고, 게를 먹을 때마다 감탄해 마지않을 정도로 나는 게 맛의 찬미자였다. 아이들이 장난치고 있는 것은 멀리서 보기에 꼭 참게 같았다. 그러나 가까이 가 보니 참게도 아니고 방게도 아닌 것이, 참게보다는 작고 방게보다는 컸다. 그리고 다리에 가시 같은 털이 삐죽삐죽 돋아 있는 게 참게나 방게보다 훨씬 험상궂게 생겼다. 그러나 내 눈엔 맛있어 보였다. 참게철은 아니지만 파주는 예로부터 진상 게가 나던 고장이었다.

나는 아녀석들한테 다가가 그게 무슨 게냐고 물어봤다. 갈게라고 했다.

"먹어도 되니?"

"이딴 갈게를 누가 먹어요?"

"그럼 왜 잡았어?"

"가지고 놀려고요. 쌔고 쌨으니까요."

"먹으면 죽니?"

"죽긴 왜 죽어요. 맛없으니까 안 먹죠."

하긴 진상 게 고장 아이들이니 입맛이 높은 게 당연했다. 아이들은 낯선 피난민을 조금도 경계하는 빛이 없었다.

가까이에 꽤 큰 마을이 있었다. 길에 다니는 사람도 있고 들에서 일하는 사람도 있었다. 사람 사는 고장다운 이런 것들이 꿈만 같았다. 거의 빈집이 있는 것 같지 않았지만 딴 데로 가서 빈집을 찾아볼 마음은 나지 않았다. 어떻게든 사람들이 모여 사는 곳에 빌붙고 싶었다. 오랜만에 접하는 은성하기조차한 분위기도 부러웠지만 무엇보다도 이곳엔 약간 철을 앞지른 것 같은 자유가 은밀히 웅성거리고 있었다. 그러나 동네를 굽어보는 언덕 위 깃대빼기엔 여봐란듯이 인공기가 펄럭이고 있었다. 너른 마당을 끼고 국민학교 같기도 하고 면사무소 같기도 한 네모난 이층집도 한 채 보였다. 서울에서도 구렁재에서도 저렇게 당당하게 인공기가 올라가 있는 걸 본 적이 없었지만 그 건물 안에서 누가 세도부리고 있다는 생각은 전혀 안 들었다. 그래 그런지 인공기의 거침없는 펄럭임조차 그저 능청맞아 보일 뿐 조금도 위협적이지는 않았다. 인공기 외엔 인민군도, 인민위원회나 민청 간판도 보이지 않았다. 올케도 이 동네가 마음에 드는 것 같았다. 그러나 사람이 그립기도 하고 사람이 가장 무섭기도 한 것 또한 우리의 어쩔 수 없는 사정이었다. 사람과 섞이기 전에 우선 오른쪽처럼 굴어야 하나 왼쪽처럼 굴어야 하나부터 정해놓지 않으면 불안했다.

이 집 저 집 기웃대다가 그만 마당에서 빨래를 널고 있던 아주머니와 눈이 마주쳤다. 밝은 색 치마저고리를 입고 있었다.

"어드렇게 오셨시니까?"

귀에 익은 개성 쪽 사투리였다.

"피난민이야요."

"우리도 피난민이야요. 어듸메서 오셨시니까. 우린 송도서 오다가 낙오를 해서 여기 이렇게 주주물러앉아 있시다."

"우리도 개성서 피난 나오다 낙오를 해서 여지껏 탄현면에 박혀 있었시다. 산골이라 거기가 전쟁터가 될지도 모른다기에 이리로 옮겨오는 길인데 어디 빈방 하나 옳겠시니까."

이번엔 내가 나설 차례라는 듯이 나는 올케 언니를 밀치고 이렇게 너스레를 떨었다.

"아유, 반갑시다. 빈방이야 많죠. 아무 데나 엉덩이 들이밀면 내 방인데 뭘 그렇게 망설이시니까? 시방이 어디 체면 볼 세상이니까?"

그러면서도 앞장을 서서 방 한 칸을 잡아주었다. 빈방은 많아도 빈집은 많지 않은 것 같았다. 우리가 든 집은 남자들은 피난 가고 여자들만 남아 있는 집이었다. 피난민을 받기는 우리가 처음이라면서 빈집이 많아서 피난민이 구태여 주인 있는 집에 들려고 들지 않는다고 했다. 내가 처음 개성 사투리를 듣고 감을 잡은 대로 여기 피난민은 우리하곤 종류가 다른 피난민이었다. 그들에게 우리가 북으로 가다 만 피난민이라는 걸 알릴 필요는 없다고 생각했다. 우선 이질감을 안 느끼게 하는 게 수였다. 이질감이란 얼마든지 적대감으로 변할 수도 있다는 걸 알고 있다는 것은 얼마나 치사한 일인가. 세상 바뀔 날이 얼마 안 남았을수록 매사를 튼튼하게 해두기로 했다.

나는 처음에 얼떨결에 둘러댄 대로 개성 쪽에서 온 피난민 행세를 했다. 개성 사람이기도 하니까 그건 어렵지 않았다. 피난민이 그냥 피난민이면 얼마나 좋을까. 피난민만으로도 곤고한 신센데 북으로 가는 피난민과 남으로 가는 피난민은 원칙적으로 정반대의 사상을 가진 걸로 돼 있으니 문제였다. 그러나 그걸 헷갈릴까 봐 전전긍긍하는 건 우리뿐 안집 여자들이 우리에 대해 알고 싶어하는 것은 보따리 속에 뭐가 들었나 하는 거였다. 눈치를 보니 피난민들이 가지고 나온 옷가지나 피륙하고 곡식을 바꿔주는 데 이골이 나 있었다. 가만히 앉아서 혼수를 톡톡히 장만한 아가씨도 있다고 했다. 우리 보따리 속엔 피륙보다 양식이 더 많다는 걸 알고는 뭣하러 그 무거운 걸 이고 지고 다니냐고 되레 이상하게 여기는 눈치였다. 완전히 딴 세상이었다. 저녁이면 안집 안방에 등잔불을 밝혀놓고 마을 처녀들이 모여 앉아 수를 놓는 것도 전쟁과 굶주림의 공포에 쫓기는 신세의 눈으로는 별세계의 풍경으로 비쳤다. 신랑감은 하나도 남아 있지 않은 여자들만의 마을에서 베갯모나 횟댓보 따위 혼수를 수놓는다는 것은 어차피 비현실적일 수밖에 없었다.

다음 날 주인집에서 꼴망태를 하나 빌려가지고 강가로 나갔다. 하구가 멀지 않아서인지 강가라기보다는 개펄에 가까웠고, 물은 넉넉하나 어디서 어디로 흐르는지 방향을 짐작하기 어려울 만큼 고요하여 마치 고여 있는 물 같았다. 발을 벗고 개펄에 들어서니 몸이 저려 오게 시렸으나 춘수만사택春水滿四澤이란 시구가 떠오를 정도로 봄기운이 느껴져 참을 만했다. 나는 이 마을로 들어설 때 아이들한테 배운 대로 게를 잡기 시작했다. 꼴망태는 그것들을 잡아 가두기에는 마땅치 않아 더러 놓치기도 하고, 여기저기 찔리기도 하면서 그것들을 집까지 가져와 맨간장만 조금 치고 두꺼운 무쇠솥에다 들들 볶았다. 세상에 그런 별미가 없었다. 얼마 만에 먹어보는 싱싱한 고기 맛인지 몰랐다. 온몸에 남아 있는 사투의 흔적이 그 맛을 더욱 돋우었다. 우리는 아귀처럼 사정없이 그 거칠고 험한 딱지를 정복하고 속살을 배가 터지게 탐했다. 그 후 몇십 년을 두고 길이 잊혀지지 않는 가장 맛있고 가장 비참한 식사였다.

교하에서의 어느 날 새벽녘이었다. 찌든 창호지가 밝을락 말락 하는 것을 나는 새벽빛의 명료한 의식으로 지켜보고 있었다. 새벽잠이 없는 편이어서 올케하고 조카가 깰 때까지 이불 속에서 구들목의 식어가는 온기를 아쉬워하며 나만의 생각에 침잠할 수 있는 달디단 시간이었다. 여닫이문이 부스스 밖에서 열리면서 선득한 바깥바람과 함께 사촌동생 명서가 소리 없이 방 안으로 들어서는 게 아닌가. 있을 수 없는 일이었다. 개성에 그냥 남아 있는지 피난을 나왔는지 전혀 소식을 모르고 있는 큰숙부의 큰딸이었다. 사촌동생이지만 처음 본 동생이고 나이 차이도 제일 적어서 친자매와 다름없는 느낌을 가지고 있었지만, 난리가 나고 나서는 우리 식구 살아남기가 하도 힘들어서 잊고 지내다시피 한 동생이 그렇게 나타날 수는 없는 일이었다. "명서 아니냐? 네가 웬일이냐?" 나는 외마디소리를 지르며 벌떡 일어나 앉았다. 그 바람에 올케도 놀라 눈을 떴다. 누가 왔다구요? 올케가 묻길래 문 쪽을 가리켰지만 명서는 온데간데없었다. 벌떡 일어난 내 몸에 와 닿던 바깥바람의 냉기도 아직 그대로 남아 있건만 문고리는 안에서 굳게 잠긴 채였다. 그제서야 무서운 생각이 들었지만 올케에게 무얼 보고 그렇게 놀랐는지 말하지 않았다. 경망을 떨어서는 안 될 일 같았다.

그 후 서울서 숙부네와 재회했을 때 명서는 죽고 없었다. 교하에서 우리는 정확한 날짜도 모르고 살았기 때문에 내가 그 애의 환상을 본 날짜와 그 애가 죽은 날이 같은 날이라는 걸 증명할 수는 없어도 대강 같은 무렵이었다는 것만으로도 나는 충격을 받았다. 머나먼 저승길을 돌아 나 있는 데까지 들렀다 간 것 같고 그게 고마우면서도 부담스러웠다. 생전에도 그 애는 내가 저를 생각하는 것보다 몇 곱으로 나를 생각해주었다. 나는 종종 귀찮아서 그 애를 따돌리려 들었고 그 애는 어떻게든지 내 뒤를 졸졸 따라다니려고 했다. 그 애하고 나하고 싸우다 어른들한테 들키면 나는 요상한 말재주로 모든 잘못을 그 애한테로 돌려서 그 애만 야단맞게 해도 그 애는 얼뜬 데가 있어서 변명을 잘 못 했다. 간교한 꾀로 골탕을 먹인 적도 많다. 언제나 억울하게 당하기만 했는데도 원망할 줄 모르고 여전히 나를 따랐다. 어떤 때는 나를 숭배하는 게 아닌가 싶기도 했다. 나는 숭배자를 거느릴 수 있는 인품이 못 됐다. 거침없는 구박으로 숭배에 대한 보답을 삼았다. 나는 오늘날까지도 그때 그 애가 나에게 들렀다 갔다는 것을 의심하지 않는다. 그 애보다 약간 더 똑똑한 반면 성은 얇은 나에게 그 애가 씌워주고 간 정의 빛을 줄곧 느끼고 살고 있기 때문이다. 그 애의 부모나 친동기도 그 애에 대한 추억이 희미해지고 사라진 후까지도 나는 그 애를 잊지 않고 있고 자잘한 일까지 생생하게 기억하고 있다.

그러나 그날 새벽 교하에서 있었던 것 같은 신비 체험을 그 후 다시는 해본 적이 없다. 그 애보다 가까운 피붙이가 세상 뜰 때도 나한테 들렀다 가거나 귀띔 한 번 없이 홀연히 갔다. 영계와 이승을 이을 수 있는 초자연적인 능력이 있을 수 있다는 건 알 듯하나 내가 그런 능력을 갖고 싶진 않다. 또 바란다고 될 수 있는 일은 아닐 것이다. 그러나 내 눈에 안 보이는 것을 남이 보았다고 말할 때 일소에 부치지 못하고, 내 오관이 감지하는 것만이 이 세상의 전부는 아닐 거라는 정도나마 정신의 여백을 가질 수 있는 것은 그때의 체험과 무관하지 않다.

교하면이 피난 고장이라는 건 구렁재 마님의 말씀대로였다. 전투도, 폭격도, 소탕전도, 고소 고발도 없이 하룻밤 새 감쪽같이 세상이 바뀌었다. 어느 날. 아침을 먹고 나서였다. 동네가 이상하게 술렁대는 것 같아 진득이 방바닥에 엉덩이를 붙이고 있을 수가 없었다. 그러잖아도 바깥날은 하루하루 화창해지고 방구석은 침침해지는 게 요즘 날씨였다. 밖에선 동네 아이들이 즐겁게 아우성치며 어디론지 달려가고 있었다. 나는 자연스럽게 아이들과 한무리가 되어 깃대빼기가 있는 언덕으로 치달았다. 아이들이 환성을 지르며 좋아할 만한 구경이 멀지 않은 북쪽 하늘에서 펼쳐지고 있었다. 구름 한 점 없는 하늘에서 낙하산부대가 낙하하는 광경은 그 아름다움과 소리 없음 때문인지 전쟁과는 전혀 무관한 묘기처럼 보였다. 마치 하늘에서 커다란 꽃송이가 차례로 피어나는 것처럼 신비스럽고도 평화로운 광경이었다. 아이들은 좋아서 어쩔 줄을 몰랐다. 깃대빼기에서 인공기는 시침 딱 떼고 유연히 펄럭이고 있는데.

그 다음 날 누가 내렸는지 깃대빼기는 비어 있었다. 깃대빼기에

태극기가 오른 날, 우리는 신임장과 식권을 잘게잘게 찢어 불아궁이에 던졌다. 그리고 몰래 숨겨 가지고 다니던 시민증을 꺼내서 무사한 것을 확인하고 안주머니에 소중하게 간직했다. 시민증만 있어도 북으로 안 갈 거라던 강 씨 생각이 났다. 모셔놓고 절을 해도 시원치 않은 황공무지한 시민증이었다. 그런 하찮은 일을 하고 나서도 우리는 사슬이라도 끊고 난 것처럼 지치고 허전해서 손이 예가 뇌고 제가 뇌고 어쩔 줄을 몰랐다. 자유를 실감할 능력보다는 두려워하는 눈치만 발달해 우리는 한없이 비굴하고 졸렬해져 있었다.

우리는 교하에서 며칠을 더 머물다가 길을 떠나기로 했다. 북으로 피난을 떠날 때 엄마는 우리에게 임진강은 건너지 말라는 것 말고도 또 하나 신신당부한 게 있는데, 그건 서울로 돌아올 때 현저동 집으로 오지 말고 돈암동 집으로 오라는 것이었다. 엄마의 당부가 아니더라도 나는 현저동에 얼씬도 하기 싫었다. 내가 인민위원회 일을 보면서 북으로 피난 보내는 일에 앞장섰었다는 걸 알고 있는 목격자가 어디서 나타날지 모르는 위험한 동네였다. 빨갱이로 몰릴 수 있는 데란 살인의 현장보다 더 겁이 났다. 피하고 볼 일이었다.

돈암동 집에서 우리 식구가 극적인 재회를 하기 위해서는 엄마가 찬이와 오빠를 끌고 돈암동 집에 돌아와 있을 만한 무렵 이후로 시간을 맞추는 게 중요했다. 서울이 수복되자마자 돈암동으로 돌아갈 수는 없겠으나 너무 오래 미적거릴 엄마도 아니었다. 엄마는 아마 피난민들이 하나둘씩 한강을 넘어 돌아올 때까지 기다렸다가 우리도 남쪽으로 피난 갔다 오는 것처럼 가장하고 돈암동으로 돌아갈

게 뻔했다. 엄마 혼자 어떻게 어린것과 병자를 끌고 현저동에서 돈 암동까지 갈 수 있나는 그다지 크게 걱정이 되지 않았다. 엄마의 기운이나 수완을 믿어서가 아니라, 엄마에게는 얼마간의 비상금도 있겠다. 그 정도는 어떻게 되겠지 하는 게 사람 사는 세상에 대한 최소한의 믿음이었다. 공화국의 하늘 아래서만은 정말이지 살고 싶지 않은 가장 결정적인 이유도 사람 사는 세상에 대한 최소한의 믿음과 상식이 전혀 안 통하는 데 있었으니까.

3.

그러나 우리는 이만하면 됐다 싶게 때가 무르익을 때까지 기다리지를 못했다. 그 마을에도 군인이 들어오고 경찰도 들어오고 면사무소에서 관공서 업무도 정상화되기 시작하자 다시 불안해지기 시작했다. 개성서 온 피난민이 아니라는 게 언제 탄로가 날지 몰라 조마조마했다. 진짜로 개성 이북에서 내려오다가 낙오한 피난민들이 하나둘 남쪽으로 떠나기 시작한 것도 우리의 앉은자리를 편치 못하게 했다 그들 역시 가까운 시일 안에 임진강 이북이 수복될 가능성을 희박하게 보는 것 같았다. 차라리 지금 서울이나 한강 이남의, 사람들이 모여 사는 데로 가서 친척이나 친지도 찾고 먹고살 만한 생업도 찾는 게, 여기서 옷가지나 금붙이를 축내며 사는 것보다 생산적이라고 생각하는 것은 상업의 고장 사람다운 건전한 생각이었다. 외지 사람들이 속속 떠나는 반면, 피난 갔던 마을 사람들은 속속 돌아왔다. 농사짓던 사람들은 마을이 전쟁터가 되지 않는 한 농사철을 놓치고 싶지 않아 했다. 돌아온 사람들을 통해 서울이나 한강 이남의 천안 대전 대구 부산 소식까지 접할 수 있는 것도 사람 사는 세상에 대한 그리움을 부채질했다.

우리도 드디어 교하를 떠났다. 해도 길어졌거니와 산천도 북으로 향할 때와는 딴판으로 싱싱하게 물이 올라 도처에서 아우성치듯이 봄을 토해내고 있었다. 아침 일찍 길을 떠나기도 했지만 어찌나 신나게 걸었는지 해 안에 서울에 들어설 수가 있었다. 도둑이 제 발 저리다고 현저동 앞은 통과하는 것만도 겁이 나서 행주 쪽으로 해서 화전을 거쳐 신촌으로 들어서는 길을 택했다.

그 길에서 행주나루를 건너온다는 피난민을 만난 것도 우리로서는 행운이었다. 어느 나루를 막론하고 도강증이 있는 군속이나 공무원 등 특별한 사람들 아니면 도강은 엄격하게 금지돼 있어, 애원도 하고 와이로도 쓰고 헤엄도 치고 온갖 수를 다 써서 다리 뻗고 편히 잘 수 있는 제집을 찾아온다고 했다.

"아무리 감시를 심하게 해도 삼팔선 넘기에다 대면 약과죠, 뭐. 이남 사람들은 물러터지니까요. 돈에 무르고, 정에 무르고, 법에 무르고요. 그래도 악한 끝은 없어도 선한 끝은 있을 테니 두고 보시우."

그건 이남 사람 칭찬인지 흉인지 분명치 않았지만 아무튼 우리는 그 사람으로부터 중요한 암시를 받은 셈이었다. 그때부터 개성서 내려온 피난민 행세를 그만두고 한강 이남에서 서울로 돌아오는 피난민 행세를 하기로 했다. 그거야말로 우리가 고대하고 고대하던 바였다. 그렇게 하기에 마침 알맞은 지점이기도 했다. 비로소 떳떳해진 것이다. 다행히 그때까지는 한 번도 검문을 받지 않았는데 수도권으로 접어들면서 자주 검문소를 통과하게 되었다. 어쩌면 검문소를 겁낼 필요가 없어졌기 때문에 피하지도 않게 됐다는 게 더 정확할지도 모르겠다. 그때마다 시민증만 내보이면 구태여 피난 갔다 온다고 안해도 피난민 취급을 해주었다. 우리 행색을 동정 어린 눈으로 보면서 수고한다고 경례까지 붙여 주는 군인이 있는가 하면, 어디로 해서 한강을 건넜나를 알고 싶어 하는 순경도 있었다. 우리는 얻어들은 대로 행주나루의 형편을 중언부언 지껄여줬다. 한강은 건너기 전에는 건너면 안 되는 금기의 강이다가도 일단 건너고 나면 저절로 잘난 체까지 할 수 있는 이상한 강이었다. 우리는 거칠 것이 없었다. 이제야말로 원하던 신분을 찾은 것이다. 속량된 노비인들 이보다 더 좋았을까 싶게 발걸음은 가볍고 자유의 공기는 달았다.

저만치 이화대학이 보였다. 고색창연한 석조 건물이 인기척 없이 몽롱한 꽃구름을 두르고 있는 게 대학이라기보다는 전설 속의 고성처럼 보였다. 영애, 양식, 동순, 정란, 미영…… 작년 봄에 이화로 진학한 동창들을 하나하나 떠올리느라 발걸음이 절로 무디고 심란해졌다. 서울대학으로 진학한 애들보다 조금씩 더 화려한 애들이었다. 우리가 대학에 들어간 지 1년도 채 안 됐다는 게 믿어지지 않았다. 어떻게 1년도 안 되는 동안에 그런 일들이 다 일어날 수가 있단 말인가. 또 아무리 한동안 소식이 끊겼었다 해도 여고 동창생에 대해 궁금한 게 얼마나 예뻐졌을까, 연애는 해봤을까, 따위가 아니라 죽었을까, 살았을까,라는 것은 환갑이나 지나고 나서나 할 짓이 아닌가. 나는 나를 스쳐 간 세월의 부피와 경험의 부피가 맞지를 않아 용궁에서 대접받고 나온 어부와는 완전히 역으로 혼란스러워졌다.

아현동의 문화 주택가도 주인 없이 정원의 봄만이 유난스레 현란했다. 사람 없어도 계절은 바뀌고 꽃은 핀다는 사실에 우리는 새삼스럽게 둔중한 통증을 느꼈고, 간혹 가다가는 이유가 분명치 않은 청승이 치받쳐 가슴이 답답해지곤 했다. 이유가 아주 없기야 했겠는가. 서울로 들어섰으니 오늘 안에 돈암동에 당도할 것은 틀림이 없는데 식구들과 만나는 것도 과연 틀림이 없을까 두려운 거였다. 두려움을 이기려고 속으로 별의별 점을 다 치고 있었다. 이를테면 담을 넘어 길가로 주줄이 늘어져 만개한 개나리꽃 덤불 앞을 지나게 되면, 만약 저 안에서 꽃잎이 다섯 개짜리를 찾아내면 집에 좋지 않은 일이 있고, 못 찾아내면 무사할 거라는 식으로 점괘를 정한다. 무사한 쪽 확률이 압도적으로 많게끔 정해 놓고도 네 잎이 다섯 잎으로 어른거려 황망히 그 앞을 종종걸음치면서, 네 잎 클로버를 찾기는 어려워도 다섯 잎 개나리는 흔해 빠졌었다는 어렸을 적 경험까지 되살아나 내 꾀에 내가 넘어간 것처럼 무안해지곤 했다.

어떤 집 담장 안에선 큰 목련나무가 빈틈이라곤 없이 피어 있었다. 목련으로선 좀 늦게 핀 게 그 집도 비어 있으리라는 추측과 함께 돌아보고 또 돌아보게 했다. 백목련이었다. 목련은 엉성하게 드문

드문 피는 건 줄 알았는데 그 나무는 특이했다. 오래 전에 인적이 끊긴 동네서 그 큰 나무는 집채만 한 공간을 빈틈없이 채우고도 모자라 주위에 귀기랄까 요기 같은 걸 안개처럼 내뿜고 있는 게 괴기해 보였다. 잡기라고는 하나도 안 섞인 순수한 백색이면서 그렇게 처절한 백색은 처음이었다. 백색의 맨 밑바닥 같기도 하고 극에 달한 절정 같기도 했다. 북으로 피난 가면서 폐허가 다 된 마을에서 막 부풀기 시작한 목련 꽃봉오리를 보고 외친 미쳤어! 소리가 또 나오려고 했다. 이번엔 광기에 대한 겁먹음이었다. 불길한 걸 피하듯이 그 집 앞을 지나쳐 오면서 그 백색과 꼭 닮은 또 다른 백색이 의식의 밑바닥에 늘어붙어 있다가, 오래전에 굳어버리고 딱지 앉은 감수성을 긁어대는 듯한 가려움증을 느꼈다.

마침내 그건 흰 옥양목을 마전하고 또 마전하고, 들입다 방망이질하고, 또 마전하기를 원수지듯 되풀이해서 도달한, 마지막 빛깔로 해 입은 청상의 소복하고 똑같은 백색이었다는 걸 깨달았다. 수수께끼를 푼 것처럼 잠시 개운하고 나서는 이 무슨 불길하고 방정맞은 생각을 한 것일까 하고 가슴 한구석에서 얼음덩이가 내려앉는 것처럼 온몸에 오소소 소름이 끼쳤다. 순전히 내가 만들어낸 생각은 자꾸 나쁜 쪽으로만 번져서, 나는 미쳤어 정말 미쳤어, 자신을 나무라면서 가까워 오는 재회의 두려움을 무마하려 들었다.

돈암동 성북경찰서가 보이는 천변가에는 수양버들이 벌써 삼단 같은 머리를 늘어트리고 살랑대고 있었다. 마침내 우리 동네였다. 거기서 오늘 걸은 거리를 계산해보니, 그렇게 먼 길을 하루에 걷기는 내 생전에 처음이었다. 그러나 피곤하다는 생각은 거의 안 들었다. 먹은 거라곤 교하에서 개성 피난민이 길 떠나면서 나누어준 백설기 말린 게 전부였다. 그들은 며칠 전에 백설기를 한 시루 찌더니 밤톨만 한 크기로 뚝뚝 뜯어서 멍석에다 말렸다. 봄볕에 그건 며칠 안 가 차돌처럼 단단하게 굳었고, 그걸 자루에다 한 자루씩 넣어가지고 떠나면서 군것질이나 하라고 우리한테 한 움큼 준 거였다. 그게 배 속에서 아무리 엄청나게 불어나는 비상식량이라 해도 고작 한 움큼이었다. 올케하고 주머니에다 나누어 가진 게 아직도 몇 개 남아 있었다. 그러니 그것보다는 근심이 식량도 되고 기운도 됐다는 게 더 적절했다.

우리 집에라고 사람이 살고 있을까 싶지 않게 동네의 적막은 깊고 완강하고 배타적이었다. 우리 집을 처음 찾아오는 사람에게 성북경찰서 다음으로 일러주기 쉬운 표적이 됐던 신안탕의 2층 건물도 멀쩡하게 남아 있었지만 목욕탕 영업을 하는 것 같진 않았다. 신안탕만 끼고 돌고 나면, 뒷걸음질을 친다 해도 우리 집이 보이게 돼 있었다.

다 온 거였다.

집에 가면 제일 먼저 하고 싶은 게 목욕이라고 올케가 말했다. 나도 그렇다고 반색을 하며 동의했다. 우리는 엉뚱한 소리를 하고 있었다. 신안탕 뒷골목에서 무슨 일이 기다리고 있는지, 우리의 기나긴 여독의 끝이 무엇인지 한치 앞을 예측할 수 없음이 안타깝고 모욕스러워 간이 졸아붙는 것 같았다.

4

때로는 쭉정이도 분노한다

1.

부엌에서 그릇 부딪히는 소리, 마당에서 펌프질하는 소리, 아이가 칭얼대는 소리, 여자들이 두런거리다가 킬킬대는 소리, 밥이 뜸드는 냄새, 그리고 우리 집 된장만의 그 구뜰한 냄새, 이런 것들이 서로 어울려 집안을 자욱하게 채우고 있었다. 아, 이 자욱함. 그건 음향이나 냄새가 아니라 생활이요, 평화였다. 그러나 현실일 리는 없었다. 나는 행여나 그 달디단 자욱함이 샐까 봐, 꿈에서 깰까 봐, 이불을 꼭꼭 여미고 비몽사몽간의 몽롱한 시간을 즐겼다.

"찬아, 착하지. 어서 들어가 고모 좀 깨워라. 잠꾸러기 고모 머리 좀 꺼들어도 괜찮다. 어서, 착하지."

엄마가 찬이를 살살 꼬시는 소리.

"아서라. 실컷 자게 내버려둬라. 세상에, 그 약하디약한 게 얼마나 고단하겠냐."

할머니의 나직하고 인정스러운 음성. 할머니까지 계시다니.

이불을 벌떡 젖히니 창호지에 아침 햇살이 째질 듯이 들이비치고 있었다. 그제서야 어제 우리 식구의 재회에 현실감이 생겼다. 우리 식구뿐이 아니라 개성서 피난 내려온 큰 삼촌네 식구들까지 몽땅 돈암동 집에 모여 있었던 것이다.

돈암동 집 대문은 반쯤 열려 있었다. 우리가 떨리는 마음으로 소리 안 나게 그 틈으로 마당에 들어서서 제일 먼저 본 것은 오빠였다. 오빠는 한 손으로 지팡이 자루를 만지작거리며 어둠이 모락모락 고여 오는 마당을 물끄러미 내려다보는 자세로 마루에 걸터앉아 있었다. 거의 투명할 정도로 흰 피부와 바싹 여윈 몸에 엷은 옥색 옥양목 바지저고리는 헐렁한 대로 너무 잘 어울려 학 같았다. 오빠를 저렇게 환상적으로 멋 부려놓을 수 있는 사람은 엄마밖에 더 있을까. 엄마와 찬이의 무고함까지 함께 확인한 셈이었다. 오빠는 우리를 보자마자 지팡이를 짚고 벌떡 일어섰다. 오빠가 일어설 수 있다는 데 대해 올케와 나는 비명에 가까운 소리를 질렀고, 그 바람에 이 방 저 방에서 여러 사람들이 뛰어나왔다. 할머니까지 개성 숙부네가 여섯 식구, 우리가 여섯 식구, 모두 열두 식구가 한자리에 모인 것이다. 우리는 여태 최악의 경우만 생각해왔기 때문에 갑자기 펼쳐진 이 행복한 대단원에 얼른 적응을 하지 못했다. 딴 사람 얼굴은 쳐다도 안 보고 그저 오빠만 바라보면서, 어머머, 오빠 일어섰네, 어쩜, 당신이 일어서는구려, 소리만 연발했다.

"일어서기만 하는 줄 아냐? 걷기도 한단다."

엄마가 자랑스럽게 거들면서 걸어보라고 오빠를 격려했다. 오빠는 우리 앞에서 댓돌 위를 거의 중문간 있는 데까지 걸어갔다가 돌아왔다. 올케가 눈시울을 붉혔다. 한 번 더 걸어볼까? 이번엔 오빠가 자청해서 중문간까지 한 번 더 갔다 왔다.

나는 눈으로 몇 번이나 이 감격적인 장면에 참여하고 있는 식구 수를 세었다. 열두 명 그대로였다. 개성 숙부네는 원은 일곱 식구여야 한다. 역시 명서가 빠져 있었다. 올케는 전혀 눈치를 못 채는 것 같았다. 열두 명이라면 다 제 속으로 난 자식이라 한들 한두 명 줄거나 늘어도 모를 대식구였다. 하물며 사촌 시누이 하나쯤 안 보이는 게 눈에 들어올 리가 없었다. 할머니가 먼저 느이들은 어쩌면 식구 하나 준 것도 모르냐고 나무랐다. 역시 그랬었구나. 나는 그제서야 내 집으로 돌아왔다는 것을 믿을 수가 있어서 마루에 벌렁 나동그라지면서 안도의 숨을 내쉬었다. 나는 벌써부터 알고 있었다고, 명서가 나한테는 다녀갔노라고는 말하지 않았다. 아무한테도 말하지 말아야지, 그건 동기간의 우애보다 훨씬 깊은 사랑의 고백 같은 거니까.

관절염으로 국민학교도 다니다 만 명서는 늘 시름시름 앓았다. 여름 난리통에는 잘 얻어먹지도 못하고 마을 분위기도 흉흉해서 그랬던지 몸져누운 날이 많았다. 그 애 때문에 피난도 선뜻 못 떠나고 있다가 맨 마지막으로 떠나와 겨우 돈암동 우리 집에 도착하니, 집은 비어 있고 그 다음 날로 후퇴령이 내렸다. 그러나 병자와 노인을 거느린 숙부 내외로서는 아무리 죽자꾸나 발버둥 쳐봤댔자 돈암동 집이 도달할 수 있는 한계점이었을 것이다.

"작은집 큰집이 한 서울 장안에서 겨울을 나면서 어찌 그리 모르고 지낼 수가 있었다냐? 벨 숭악한 세상도 다 있지."

할머니가 억울해하며 한탄하시는 것은 흉악한 세상에 대해서라기보다는 함께 나눌 수 있는 고통을 따로따로 견딘 데 있을 터이나 내 생각은 달랐다. 두 집의 고난과 불행이 서로 얽히고설켜 상승 작용을 일으키면서 엉망진창이 되지 않은 게 얼마나 다행인지 몰랐다. 기쁨은 나눌수록 늘어난다는 것 또한 새빨간 거짓말이었다. 아마 숙부네가 우리 집에 와 있지 않았다면 우리 식구의 기쁨은 좀 더 거침없고 원색적이었을 것이다.

"어머님도, 이 좋은 날 그 얘기는 천천히 하시잖구요."

숙모도 그런 걸 느꼈는지 이렇게 명서의 죽음 때문에 우리가 마음껏 좋아하지 못할까 봐 면구스러워했으나 한 번 거둔 웃음은 되살아나지 않았다. 그래도 할머니는 명서가 죽었다는데 울지도 않느냐고 언짢아하셨다. 나는 그게 순전히 나를 겨냥한 나무람이라는 걸 알고 있었다. 할머니는 그 애가 나를 유난히 따랐다는 걸 알고 있었다. 속으로 저런 독한 년, 하고 괘씸해하는 눈치가 역력했다. 어른들의 그런 나무람은 처음이 아니었다. 할아버지가 돌아가셨을 때도 안 울어서 그런 소리를 들었다. 야단을 맞고서야 누가 울음보를 터뜨린 것처럼 통곡이 쏟아져서 걷잡지를 못했는데 이번에는 아니었다. 그냥 밋밋하고 덤덤하게 굴었다. 울음처럼 자유자재로 되지 않는 것도 없었다.

돈암동 집엔 방이 셋밖에 없었고 안방이 제일 컸다. 안 그래도 집에 돌아온 첫날이니까 함께 자는 게 자연스러웠겠지만, 아무튼 우리 여섯 식구는 안방에 모여 잘 수밖에 없었다.

"다리가 정말 다 나은 거예요?"

우리 식구끼리의 오붓한 자리가 되자 올케가 재차 그걸 확인하려고 했다. 오빠가 대님을 끌렀다.

"야아가 걷는 걸 보고도 그러네. 감쪽같이 아물었어, 야아."

"그렇게 쉬 아물 줄은 몰랐어요. 잘 먹어야 한다는데 보약은커녕 괴깃국 한번 제대로 끓여 먹인 적이 없잖아요."

"나도 그럴 줄 알았는데 허구한 날 소독허구 심 박는 걸 차차 줄이니까 어느새 새살이 나오더라. 생각해봐라, 새살이 나오고 싶어도 그놈의 심을 그렇게 많이 쑤셔박으면 무슨 수로 나오겠냐?"

엄마는 오빠의 상처가 더디 아문 게 올케 때문인 것처럼 말해서 올케를 무안하게 만들었다. 오빠는 잠자코 바짓가랑이를 걷어 올리고 종아리를 내보였다. 정말 감쪽같이 아물었는데도 나는 생생한 총구멍을 처음 보았을 때와 다름없이 끔찍하고 혐오스러웠다. 종아리가 북어처럼 말라붙었기 때문일까, 부스럼 자국만 한 검푸른 상처 자국이 유난히 크고 음흉해 보였다. 엄마가 아무리 그 구멍에 새살이 나온 게 자기 공처럼 말해도 나는 안 믿었다. 그 구멍을 메운 새살은 올케와 나의 춥고 외롭고 남루하고 공포스러운 북행길의 그

칠흑 같은 어둠을 먹고 자랐을 것이다. 어찌 그 어둠 그 추위, 그 막막함을 잊을 수 있을까. 그건 내 안 깊은 오지에 오빠의 상처보다 훨씬 흉악하고 어두운 상처가 되어 서리서리 똬리 틀고 있을 것이다. 그러나 엄마는 우리가 견디어온 것에 대해서 한마디도 묻지 않았다. 그러나 공치사는 하고야 말았다.

"내가 뭐랬냐? 임진강은 건너지 말랬지."

내 말대로 했으니까 너희들이 무사히 살아 돌아왔다는 투였다.

올케가 잠자리에서 오빠에게 이제 수면제를 안 먹어도 잘 수 있느냐고 물었다. 그 대답도 오빠가 하기 전에 엄마가 먼저 했다.

"잘 자구말구, 그 약 떨어진 지가 벌써 언젠데. 자긴 잘 자는데 식은땀을 많이 흘려서 걱정이다. 어떤 땐 아침에 일어나 보면 물에 떠서 잤나 싶다니까."

그런 소리를 들으면서도 나는 오빠 건강을 걱정하기보다는, 아 또 올케 가슴이 내려앉겠구나, 저런 소리는 내일까지만이라도 참았다 했으면 좋았을 것을, 하는 생각을 했다. 거기까지가 어제 기억의 끝이었다. 한방에 모여 자면서 식구들의 각기 다른 숨결을 가려들을 새도 없었으니 아마 내가 제일 먼저 잠이 들었나 보다. 조카들의 새근대는 숨결, 엄마의 불을 불듯이 푸푸대는 숨소리, 오빠의 아득한 데서 들려오는 듯한 신음이 섞인 불규칙한 코골음, 피붙이들의 이런 수면의 소리들은 같이 잘 땐 지겨워한 적도 있었건만 안 들을 때는 가장 그리운 식구들의 개성, 소리로 바뀐 몸 냄새 같은 거였는데.

열두 식구가 받는 아침상은 굉장했다. 우리 집에 있는 상이 다 나왔는데도 상 위에 밥그릇을 놓고 끼어 앉기가 마땅치 않았다. 반찬은 푸성귀 천지였지만 잡곡밥이나마 넉넉했다. 나는 내가 끼니 걱정을 하지도, 양식을 마련해 오지도 않았는데 이렇게 김이 무럭무럭 나는 더운 밥상을 받을 수 있다는 데 나른한 행복감을 느꼈다. 그러나 굉장하다는 건 그런 좋은 기분이나 넉넉함과는 다른 뜻이었다. 노소나 남녀나 체면을 가릴 것 없는 그 게걸스러운 식욕 때문에 열두 식구가 완전히 가족의 개념을 떠나 각자 밑 빠진 위를 지닌 순전한 먹는 입으로 보였다. 그 쩝쩝거리고 와삭거리는 입은 남보다 더 먹기 위해 발동을 건 것처럼 사정없이 움직이고, 눈빛은 더 먹는 자를 용서할 수 없다는 적의로 잠시도 안정을 못 찾고 희번득대고 있는 것처럼 보였다. 이건 사람의 식구도 아니다, 짐승의 식구지. 나는 그 따위 건방진 생각도 할 수 있는 주제에, 움직이는 발동기의 피댓줄에 말려들듯이 얼떨결에 그 무자비한 식욕에 편승했다. 그건 식욕도 아니었다. 설명되어질 수 없는 적의였다.

　나는 이 엄청난 식욕을 누가 먹여 살리나보다는 분가를 생각했다. 워낙 따로 살던 식구지만 열두 명이 한솥밥을 먹는다는 것은 군대나 고아원의 통솔력이 없이는 될 수 없는 일이었다. 겨우 한 끼를 같이 먹으면서 나는 한시바삐 가족과 친척의 한계를 분명히 해두지 않으면 큰일날 것 같은 위기의식을 느끼고 있었다. 대가족의 경험이 처음도 아니건만 그러했다. 1년에 적어도 두 번 이상은 박적골에서 할머니의 직계가족이 다 모였었다. 고모네까지 모이면 스무 명이 넘었지만 많다는 생각을 해본 적이 없었다. 집도 컸지만 위계 질서가 있었다. 위아래 턱이 있었고, 남녀가 유별했고, 딸과 며느리가 주객처럼 입장을 달리했다. 그건 음식 층하하고는 다른, 각자에겐 가장 편하고 남 보기엔 점잖고 아름다운 질서였다. 따라서 혼란이 있을 턱이 없었다.

"이렇게 식구가 다 모여보기가 얼마 만인지 모르겠다."

할머니가 감개무량한 듯이 말씀하셨다. 할머니는 내 속을 꿰뚫어 보신 걸까. 여기 모인 식구들이 다 내 새끼들이라고 강조하고 싶은 눈치였다. 아귀 같은 손자들 사이에 끼여 앉은 할머니는 아주 조그맣고 누르면 아삭거리면서 바스라질 듯이 무게도 진기도 없어 보였다. 그 조그만 몸에서 이렇게 많이 퍼진 것이다. 할머니 입장에서야 군식구라곤 하나도 안 섞인 알토란 같은 내 식구일 터였다.

"좋으시겠어요. 흡족하시죠, 할머니."

"좋긴, 박적골에 모였을 적에다 대봐라. 내 생전에 이렇게 한 귀퉁이가 허룩해질 줄 누가 알았겠냐."

늘 짓무른 것처럼 깨끗지 못한 할머니의 눈가가 더욱 진물진물해졌다. 3남 1녀를 둔 할머니였다. 하나도 험한 꼴 안 보고 다 잘 기르셨건만 입버릇처럼 손이 귀하다는 걸 한탄하셨다. 딸은 손으로 치지를 않으셨으니까, 당신의 세 아드님한테서 난 아들손자가 둘밖에 안 되니 한 아드님은 절손을 면치 못할 것을 생각하여 허전도 하셨으리라. 그러나 손을 보지 못한 막내아들은 옥중에서 죽었단 소리만 듣고 시신도 거두지 못했고, 고명딸네 네 식구하고는 소식이 두절됐고, 한 번도 슬하를 떠나본 적이 없는 손녀가 죽는 꼴까지 보신

게 불과 반년도 안 되는 사이에 연달아 일어났으니, 노인네가 저만큼 잡숫고 기력을 부지하시는 것도 응석이 통할 리 없는 난리통이니까 가능한 일일 것이다. 누울 자리 보고 다리 뻗는다는 말이 응석의 경우처럼 적절히 들어맞기도 어려울 것이다.

그러나 따로 나가 사는 게 유리한 것은 우리가 아니라 숙부네라는 건 곧 밝혀졌다. 아침을 먹자마자 숙부는 광에서 지게를 꺼내 지고 나갔고, 숙모는 광주리를 이고 나갔다. 숙부는 돈암시장 근처에서 지게벌이를 하고 숙모는 뚝섬 살곶이다리 밑에 가서 푸성귀를 받아다가 역시 돈암시장에서 벌여놓고 판다고 했다. 두 분은 씩씩하고 명랑했다. 두 분이 그렇게 벌면 고기반찬은 못 해 먹어도 그날 먹을 양식을 사는 것은 문제도 없다는 것이었다. 두 분이 우리 식구를 먹여 살리는 것이지 우리한테 신세지고 있는 것은 집밖에 없었다. 그러나 아직도 쌔고 쌘 게 빈집이었다. 신안탕 뒤 우리 골목만 해도 사람이 사는 집은 우리 집밖에 없었다. 나는 조급하게 작은집 식구를 덜어내려고 한 자신이 부끄러워서 더 그러했겠지만, 차마 숙부가 지게를 지고 나가는 것을 볼 수가 없어서 지겟작대기를 붙들고 늘어지는 시늉을 다 했고, 올케도 옆에서 어쩔 줄을 모르면서 곧 무슨 장사든지 해보겠노라고 손을 비볐다.

"사람들이 돌아와 장이 서고 장돌뱅이짓이라도 해서 식구들 배불리 먹일 수 있으니 난 얼마나 좋은지 모른다."

그러면서 숙부는 지겟작대기를 내 손에서 빼냈다. 내 손에서 힘이 스르르 빠진 것은 숙부의 힘이 세서가 아니라 어떤 권위에 압도되어서였다. 숙부가 지게꾼답지 않게 빛나 보였다. 그거야말로 장손의 책임감에서 우러난 권위가 아니었을까. 숙부는 물론 장손이 아니다. 우리 아버지가 맏이니까 오빠가 장손이지만 엄마는 남편을 여의자마자 종부의 멍에를 훌훌 벗어던지고 시부모 슬하를 떠났다. 대신 둘째인 숙부가 여태껏 고향을 지키고, 노부모를 봉양하고, 봉제사하고, 선산에 벌초하고, 전답을 갈아 그 어려운 일제 말기에도 대소가가 모였다 하면 잔치요, 떠날 때는 바리바리 실어 보내고 싶어했다.

"작은아버지, 그래도 지게는 너무했어요."

"왜 지게가 어드래서? 지게벌이도 할 수 없을 때, 우리 명서 어드렇게 죽은 줄 알기나 아는?"

숙부는 그 말 한마디를 오금박듯이 매몰차게 하고는 휭허케 나가버렸다. 숙부답지 않은 결기였다.

"그래도 세상이 바뀌었으니까 지게벌이라도 할 수 있지, 지난겨울을 우리가 어드렇게 넘긴 줄 아는? 느이 집에 남아 있는 양식이 어디 몇 알 됐냐. 그렇다고 할머니 끼니를 거를 수가 있겠는? 죽어가는 아이 약은 못 써도 곡기를 끊게 할 수가 있겠는? 그래도 죽으란 법은 없다고 종점에 있는 양조장을 접수한 인민군 눈에 작은아버지가 띄어가지고는 소주 고는 법을 물어보드래. 약주술이 아마 많이 남았더랬나 봐. 우리야 약주로 소주 내리는 거야 선수잖냐. 그래서 거기 다니면서 재강 얻어 오는 걸로 연명했다 너. 우리 명서도 재강 먹고 취해서 지 죽는 줄도 모르고 죽었으니 그것도 복이라면 복이지 뭐."

숙모는 슬픈 이야기를 하나도 안 슬프게 담담하게 말했고, 나도 슬프기보다는 화부터 났다. 아니 좋은 세상 만났다고 지게도 질 수 있는 분이 그 몹쓸 세상에선 도둑질이나 하면 어때서 소주 내리는 기술을 팔아서 겨우 재강을 얻어다 먹었담. 나는 현저동에서 우리가 누린 풍요를 생각 안 할 수가 없었지만, 너무도 선량한 숙모에게 차마 그 소리가 나오지 않았다.

"요새는 지게벌이보다 나까마벌이가 더 쏠쏠하시단다. 시장만 예전처럼 번창하게 되면 아주 나까마로 나서실 모양이시더라. 그러니까 너무 안돼 말아라."

숙모가 되레 나를 위로하려 들었다. '나까마'는 무얼 파는 장산지 생전 처음 들어보는 소리였다.

"나도 잘은 몰라도 물건 거간 같은 건가 보더라. 장이 서긴 해도 광주리장수들이 파는 푸성귀 말고는 새 물건이 어디 있냐? 다 쓰던 물건이나 입던 옷가지 아니면 구제품이지. 그런 걸 팔러 나오는 사람도 제 물건도 있지만 남의 집에서 훔친 것도 많다더라. 전을 벌이고 앉은 사람도 제 가게 가진 사람들은 읊고……. 제 가게 가진 이들이야 돈푼이나 있는 사람들이 뭣하러 벌써 서울에 기어들어오겠는? 우리 푸성귀장수들처럼 다들 문 닫은 남의 가게 추녀 끝에서 전을 벌이고 장사들을 하는데 고물이 어디 일정한 값이 있냐? 사는 사람은 후려때려 헐값에 사려 들고, 가지고 나온 이들은 한 푼이라도 더 받고 싶고, 이럴 때 나까마가 흥정도 붙이고, 싼 건 자기가 샀다가 되팔기도 하고 그런다더라. 파는 사람들도 나까마를 통하는 게 직접 파는 것보다 한 푼이라도 더 받게 돼 있다는구나. 그러니까 전 가진 사람들이 나까마를 멕여 살리는 셈이지. 왜 그러는지 잘은 몰라도, 직접 가져오면 똥값을 부르다가도 나까마를 통하면 제값을 쳐준다니까. 전 가진 이들도 물건 잘 물어오는 똑똑한 나까마를 몇 명 거느리지 않고는 장사를 해먹을 수가 없대. 시장 인심이 참 고맙더라. 자기들끼리 그렇게 해서 시장에서 붙어먹고 살 수 있는 인총을 늘려주니 말이다."

"그러니까 밑천 안 드는 중간 도매상 같은 거로군요."

올케가 사뭇 진지하게 참견을 했다.

"밑천이 없으니까 못 들이지 밑천만 있으면 돈도 더 벌 수가 있대. 느이 작은아버지도 밑천을 만들어서 좋은 물건은 제값 받고 파는 게 소원이란다. 아무튼 그 세상 물정 모르던 양반이 물건값이 환하다니까. 여자들 사루마타값까지 안다면 말 다 했지 뭐냐."

"아이구 작은어머님도, 아무리 세상에 입던 빤쓰를 내다 파는 여편네가 다 있을라구요."

올케가 입을 가리고 호호거렸다.

"그럼 그럼, 우리나라 여자가 어떻게 제 가랑이에 끼었던 걸 내다 팔겠니? 그건 아니고, 외국서 오는 구제품 중에 그런 게 있다더라. 부자나라에선 사루마타도 한 번 입고 버리는지 새것 같대. 감은 또 어찌나 하늘하늘하고 얇은지 꼭 쥐면 주먹 안에서 뵈지도 않고, 입으면 찰싹 달라붙는 게 매끈매끈한 살성하고 똑같아서 안 입은 것 같단다. 그래서 양색시들은 그것만 구해달랜대."

"세상에 망측해라."

말은 그렇게 하면서도 우리 젊은것들은 은근히 호기심이 동했다.

"서방님이 그러시는데 우리 싱거 미싱도 아무리 못 받아도 쌀 한 가마 값은 받을 수 있다네."

곁에서 듣고만 있던 엄마가 불쑥 숙모의 말을 되받았다. 얼토당토않은 소리 같지만 엄마는 작은집에 얹혀사는 신세가 된 우리의 체면을 조금이라도 만회해보고 싶은 눈치였다. 그건 우리도 아주 빈털터리는 아니라네, 하는 소리와 다름없었다. 그 후에도 우리끼리만 있을 때는 자주 싱거 미싱으로다 우리의 기를 살리려 들었다. 그러나 그 싱거 미싱도 숙부네가 우리 집을 지켜주었으니까 남아날 수 있었지 그렇지 않았으면 어림도 없었다. 시장이 서고부터는 손을 안 탄 빈집은 없다시피 했다. 한강 이남에서 오는 장사꾼까지 합세를 해서 상품 가치를 만들어내고 있는 일용품의 주 공급처가 빈집이라고 해도 과언이 아니었다. 해방 후 조잡한 대로 자리를 잡아가던 공산품의 생산이 중단되고 파괴만 일삼은 지가 1년이 돼오니 그럴 수밖에 없었다. 재강을 빌어다 병든 딸에게 먹일지언정 흔해빠진 빈집 담 하나 넘을 엄두를 못 낸 숙부가, 노린내 나는 구제품 아니면 장물이 분명한 물건들의 거간 노릇이나 해서 구전을 얻어먹는 짓은 부끄러운 줄 모른다는 것은 슬픈 코미디였다. 세상에는 별의별 사람이 다 있는 것처럼 우리 집에도 별의별 사람이 다 있었다. 사람이 저마다 설명되어질 수 있는 부분으로만 돼 있다면 세상이 얼마나 각박할까 싶기도 했다. 우리는 숙부의 변신에 가까운 처신 때문에 얻어먹는 신세를 그닥 힘들어하거나 조바심하지 않고 지낼 수가 있었다.

어쨌든 숙부는 매일같이 하루 벌어 하루치 쌀을 팔아가지고 들어왔다. 물론 수요와 공급이 정확하게 일치하는 건 아니었다. 어느 날 쌀자루가 묵직하다 싶으면 다음 날은 날씨가 궂어 지게벌이밖에 못했다고 쌀 대신 간고등어 따위를 들고 들어오기도 했다. 벌이가 신통치 않을수록 밥이나 곱으로 죽일 짠 반찬을 사 오는 건 숙부 나름의 호기요, 기죽지 말라는 신호였다. 날씨가 궂지 않아도 재수가 나빠 한 푼도 못 벌 때도 있었다. 호기 부릴 기력도 없는지 공쳤다고 맥빠진 소리를 하고 들어올 적도 있었다. 그럴 때는 어김없이 엄마가 나서서 싱거 미싱을 가지고 숙부를 위로했다.

"서방님, 걱정 마시우. 쌀 떨어지면 싱거 미싱을 내다 팔면 될 텐데 무슨 걱정이에요? 손속이 안 날 때는 며칠 푹 쉬시는 게 수예요."

그 소리만 나오면 숙부는 어떻게든지 싱거 미싱만은 지켜야 된다는 비장한 각오가 절로 얼굴에 나타나곤 했다. 그리고 그 다음 날이면 틀림없이 손속이 나 두툼한 쌀자루를 지고 들어왔다. 그 무렵 우리 열두 식구의 생존의 버팀목이 되어준 것은 싱거 미싱과 지겟작대기라고 해도 과언이 아니었다. 만일 그중 하나만 삐거덕해도 균형을 잃고 당장 무너져 내렸을 것이다. 물론 숙모가 채소장수 해서 벌어들이는 몫도 수월치 않았다. 배 속이 시퍼래질까 봐 겁이 나도록 채소를 실컷 먹을 수 있는 것도 숙모 덕이었다. 그러나 숙모는 결코 자기 벌이를 내세우지 않았고 '여자 벌이는 자고로 쥐벌이' 라는 겸손으로 일관했다. 어떻게 저럴 수 있을까 싶게 숙모는 한 번도 꾀부리지 않고 천직처럼 덤덤하게 광주리를 이고 나갔다. 숙모는 하루도 공치는 날이 없었다. 때는 바야흐로 뚝섬 벌판에 푸성귀가 지천일 때니까 공을 치려야 칠 수도 없었다. 우리 식구 중에 가장 충족돼 보이는 게 숙모였다. 숙부가 더는 소실을 거느릴 수 없게 된 것도 숙모가 고생을 고생인 줄 모르게 하는 진짜 원인이란 생각이 들 때처럼 우리의 기생이 죄스러울 적도 없었다.

2.

　숙부의 출근은 늘 느지막했다. 요새는 지게도 안 지고 나갔다. 돈암시장에서 숙부는 '나까마 박 씨'로 통했다. 아마 지게만 졌더라면 박 씨보다는 박 서방이 더 어울렸을 것이다. 그것만 해도 어딘지 몰랐다. 가끔 집까지 찾아오는 사람도 생겼다. 필요한 물건을 구해달라고 부탁하기도 하고 팔아달라고 부탁하러 오기도 했지만 얼마나 나갈 물건인지 감정을 의뢰하러 오는 사람도 있었다. 숙부는 하루하루 그럴 듯해졌다.
　그러나 그날 찾아온 사람은 그런 장사꾼이나 장물아비하고는 첫눈에 눈빛부터 달라 보이는 사람이었다. 두 사람인데 한 사람은 신사복 차림이고 한 사람은 염색한 군복 차림이었다. 둘 다 성북경찰서 사찰계 형사라고 했다. 숙부를 찾았지만 숙부가 나서고 나서도 당장 연행하지 않고 비어 있는 문간방으로 데리고 들어갔다. 온 집안 식구가 사색이 됐다. 작은 숙부가 인민군 밥해준 것이 죽을죄가 되어 사형당한 게 작년 겨울의 일이었다. 문간방에서 두 사람이 무슨 얘기를 하는지 엿듣고 싶어도 한 사람은 툇마루에 걸터앉아 지키고 있어서 여의치 않았다. 한참 만에 숙부가 방안에서 풀려나고 다음엔 나를 들어오라고 했다. 처음에 우리 식구를 쫙 훑어볼 때 나한테 머문 시선이 심상치 않더니만 걸려든 것이다.

숙부가 서울에 남아서 한 일을 알고 있는 대로 대라고 했다. 현저동 인민위원회에서 일한 것 때문에 걸려든 게 아니라는 게 확실해지자 겁날 게 없었다. 나는 남쪽으로 피난을 갔다 왔기 때문에 아무것도 모른다고 대답했다. 그건 우리 식구끼리만 벌써부터 입을 맞춘 거였는데 하도 여러 번 반복 연습을 해서 나는 그만 숙부도 그렇게 알고 있겠거니 하고 있었다.

"왜 거짓말해? 죽고 싶어?"

형사가 책상 모서리를 탁 치며 일갈을 하더니 벌떡 일어섰다. 숙부하고 나하고 말이 맞지 않은 것이다. 그는 나하고 숙부를 서까지 같이 연행해 갈 기세였다. 목표는 숙부였는데 나는 덤으로 그의 밥이 된 것이다. 누군가 숙부를 고발한 거였다. 겨울에 인민군하고 으스대며 같이 다니는 걸 같잖게 봤는데 요새 시장에서 어슬렁거리는 품이 저들이 간첩질 하도록 남겨놓고 간 것이 틀림없다고 했다는 것이다. 고발이 들어온 이상 확인해볼 의무가 있어서 온 것이지 처음부터 별것 아닐 것 같은 심증이 가는 고발이었는데, 안 해도 될 거 짓말까지 하는 걸 보고 부쩍 의심스러워지기도 했거니와 혼도 내주고 싶었을 것이다. 그러나 그렇게 생각할 수 있었던 것은 나중이고, 당장은 천지가 샛노래지도록 무섭고 떨렸다. 작은숙부도 남의 고발에 의해서 그 지경을 당했다. 이번에도 또 고발이지만 연행까지 당하는 건 순전히 내 잘못이다.

집에서 성북경찰서까지는 골목을 나가서 신안탕 앞에서 꺾여서 천변을 끼고 2백 미터쯤 가다가 널찍한 양회다리만 건너면 곧이었다. 나는 그동안 목청껏 악다구니를 쳤다. 공포감이 극에 달하니까 돌변해서 겁나는 게 아무것도 없어졌다. 하고 싶은 말을 저 회색 건물 안까지 끌려들어가기 전에 다 해버려야 한다고 생각했다. 그 안에만 들어가면 알지 못하는 딴 손으로 넘겨지고 그러면 아무 말도 못 하고 말 것 같았다. 그건 우리 집안 형편을 다 살펴보고 우리를 끌고 가는 사람에 대한 일종의 믿음이랄까 친밀감일 수도 있었다. 별의별 소리를 다 했다. 그러나 애원은 아니었다.

그래, 우리 집안은 빨갱이다. 우리 둘째 작은아버지도 빨갱이로 몰려 사형까지 당했다. 국민들을 인민군 치하에다 팽개쳐두고 즈네들만 도망갔다 와가지고 인민군 밥해준 것도 죄라고 사형시키는 이 딴 나라에서 나도 살고 싶지 않아. 죽여라, 죽여. 작은아버지는 인민군에게 소주를 과 먹였으니 죽어 싸지. 재강 얻어먹고 취해서 죽은 딸년의 술 냄새가 땅속에서 아직 가시지도 않았을라. 우리는 이렇게 지지리도 못난 족속이다. 이래 죽이고 저래 죽이고 여기서 빼가고 저기서 빼가고, 양쪽에서 쓸 만한 인재는 체질하고 키질해서 죽이지 않으면 데려가고, 지금 서울엔 쭉정이밖에 더 남았냐? 그래도 뭐가 부족해 또 체질이냐? 그까짓 쭉정이들 한꺼번에 불 싸질러 버리고 말지.

대강 이런 소리를 입에 거품을 물고 퍼부어댔다. 사설은 무한히 복받치는데 시간과 목청은 모자라 눈앞이 아뜩하면서 현기증이 왔다. 살고 싶지 않다는 말은 조금도 거짓이 아니었고, 내가 한 말 중 가장 가슴을 저미는 듯하여 눈물이 핑 돌았다. 양회다리를 건너자마자 두 형사가 저희끼리 뭐라고 쑥덕대더니 한 사람만 서로 들어가고 우리를 신문한 형사는 우리를 앞세우고 다시 양회다리를 건넜다. 그는 우리 집 앞에서 말없이 숙부를 놓아주고 나만 데리고 딴 데로 가려고 했다. 숙부가 개를 어디로 데려가느냐고, 풀어주면 같이 풀어주고 데려가려면 같이 데려가라고 항의를 했다.

"해롭겐 안 할 테니 염려 마시오."

그의 말씨가 온유하고 점잖아 믿음이 갔다. 그러나 그가 데리고 간 데가 집에서 얼마 안 되는 향토방위대라는 청년단 건물이었다. 나는 그 문 앞에 딱 버텨 서면서 여기다 넘기려거든 차라리 경찰서로 데리고 가라고 말했다. 9·28 수복 후, 반공을 표방한 이런저런 청년 단체한테 조리를 돌리듯이 끌려 다니면서 당한 생각을 하면 치가 떨렸다.

"넘기다니 무슨 소리요? 취직을 시켜주려고 하는데……."

취직 소리에 귀가 번쩍 뜨였지만 월급을 받는 그런 자리 같지는 않았다. 그는 나를 총무부장한테 소개하고 나서 성질은 좀 사납지만 학벌은 넘치니 잘해보라고 하면서 가버렸다. 맞춤한 여사무원을 한 명 구해달라는 부탁을 전에서부터 받고 있었던 모양이다. 여사무원이 아니라 급사였는지도 모른다. 나를 흘끗 쳐다보는 총무부장의 태도에는 넘친다는 학벌을 버거워하는 눈치가 역력했다. 그리고 월급을 줄 것도 아닌데……, 하긴 여기서 월급 받고 일하는 사람 아무도 없지, 선발대로 들어왔기 때문에 부장들만 있지 대원이 없어서, 일손이 달리지만 아가씨들이 할 일은 마땅치가 않아, 공문 작성할 줄 아슈? 이런 소리를 주섬주섬 두서없이 늘어놓았다. 꼭 내가 취직을 부탁하고 그는 무슨 말로 거절을 해야 하나 난처해하는 형국이었다.

　나는 이 살벌한 최전방 도시에 취직자리가 있으리라고는 생각해본 적도 없거니와 바로 전까지 구속되어 조사받고 고문당할까 봐 전전긍긍했던 몸이니 얼씨구 집으로 가도 좋으련만 미적거리고 있었다. 한 푼도 못 받아도 좋으니 아침에 출근했다 저녁에 퇴근하는 생활을 해보고 싶었다. 아침에 집을 면하고 나올 수 있다는 생각만으로도 황홀했다. 더군다나 그때의 내 안목으로는 그런 데도 충분히 권력기관으로 보였다. 여태 권력기관에서 당하기만 했으니 한번 그 내부에 있어 본들 어떠랴 싶었다. 실은 어떠랴 정도가 아니라 어떻게든지 빌붙고 싶게 매력적이었다. 식구마다 장돌뱅이로 나섰는데 나 하나쯤 이런 데 있다는 것도 식구들에게 힘이 되리라는 치사한 생각은 또 얼마나 감칠맛이 있던지.

나는 참을성 있게 기다렸다. 드디어 총무부장의 입에서 내일부터 출근하라는 명령이 떨어졌다. 총무부에서 마주 바라보이는 빈방에는 번들거리는 피아노가 한 대 덩그러니 놓여 있었다. 그게 그렇게 사치스럽고 평화스러워 보일 수가 없었다. 우리 집에서 과히 멀지 않은 이 건물은 본디 성신여고 기숙사 자리였다.

이제나저제나 조바심하고 있던 집안 식구들은 이 뜻하지 않은 소식을 내가 기대한 것 이상으로 기뻐해주었다. 어쩌다 아전이라도 하나 배출한 바닥 상것들의 경사에 견줄 만했다. 내가 은근히 좋아하는 것은 괜찮지만 식구들이 좋아하는 것은 보기가 괴로워서 월급도 없다더란 소리를 강조했다. 그러나 식구들은 기죽지 않고 그런 데는 월급은 없어도 생기는 것은 좀 있을 거라느니, 쌀 배급은 있을 테니 두고 보라느니 나보다 한술 더 떴다.

다음 날 나는 아주 곱게 차려입고 출근을 했다. 하늘하늘한 조젯 치마에다 하얀 수저고리를 받쳐 입었다. 대학에 입학하자마자 맞춰만 놓고 얼마 못 신은 구두까지 신으니 발은 옥죄는데도 발밑은 고무공을 밟는 것처럼 탄력 있게 느껴졌다. 마냥 출렁이는 마음 때문이었다. 내 첫 출근은 내가 생각해도 이 밝고 정원까지 딸린 건물과 잘 어울렸다. 총무부장도 어제의 떨떠름한 태도와는 달리 역시 사무실에는 여자가 있고 볼 일이라고 싱글벙글했다. 부장이 방위부장과 감찰부장한테 데리고 가서 인사를 시켰다. 그럴듯하게 꾸며놓은 방을 하나씩 차지하고 있었지만 대원이 있는 것 같지는 않았다. 눈치껏 관찰을 해봐도 자치단첸지 관변단첸지도 분명치 않았다. 감찰부장의 인상이 가장 표독해 보이는 것은 빨갱이 조지는 걸 주업무로 삼던 청년단하고 비슷했지만 그가 꽁무니에 차고 있는 것은 권총이나 곤봉도 못 되고 겨우 국방색 플래시였다. 그런 위신의 취약성을 커버할 셈인지 줄곧 선글라스를 쓰고 있어서 가파른 하관과 함께 그렇게 표독해 보이는 것이었다. 점심을 먹을 때 비로소 검은 안경을 벗어 놓은 그를 보니 세 사람의 부장 중 가장 마르고 유머가 없어 보였다.

점심을 얻어먹을 수 있다는 게 무엇보다도 즐거웠다. 나 보기에는 하나도 요긴한 일을 하는 것 같지 않은데 다들 남쪽에다 가족들을 남겨두고 선발대로 도강을 했다고 했다. 그래서 그들이 자는 집과 밥만 해 대는 밥집이 따로 있었다. 점심때에 맞춰 더운밥을 해놓고 기다려주는 밥집의 식사는 반찬을 제대로 갖춘 훌륭한 것이었고 방위대 식구 외에 서에서 나온 형사나 순경이 언제나 한두 명씩 손님으로 끼었다. 밥집 아주머니는 난리가 나기 전에도 음식점을 했는지 어쩐지 모르지만 현재는 방위대 식구 밥만 해 대는 것으로 얻어먹고 사는 것 같았다. 끼니때마다 같은 반찬을 상에 안 올리려고 애쓰며 개인의 식성까지 신경을 써서 챙기려는 걸 보면 밥값은 충분하게 지불하는 것 같았다. 밥값 걱정을 안 하고 제대로 된 식사를 할 수 있다는 것보다 더 낯설고 눈부신 것은 최소한도의 예절을 갖춘 식사였다. 윗사람이 먼저 수저를 든 후에 들며, 맛있는 걸 서로 빼앗는 대신 권하고, 천천히 씹으며, 밥그릇 귀퉁이에 밥을 두 숟갈쯤 남기고 수저를 놓을 수 있게 되고부터 나는 우리 식구들과 격이

다른 인간이 된 것처럼 집안에서는 툭하면 짜증이나 부리곤 했다. 식사비용이 어디서 나오는지는 나로서는 알 까닭이 없었고 알 필요도 없었다. 점심만 같이 먹던 게 방위대원 신분증이 나오면서 저녁까지 그들과 함께 해결하게 되었다. 역시 같은 집에서였다. 그러니까 나는 취직이 된 게 아니라 향토방위대 대원이 된 것이었다.

월급을 받을 수 있는 가망은 전혀 없는 자리였는데도 아침에 출근했다 저녁에 들어오게 됐을 뿐 아니라 집의 밥도 축내지 않게 되자 나는 졸지에 집에서 가장 높은 신분이 됐다. 아침에도 그 아귀다툼 같은 굉장한 식탁에서 슬쩍 비켜날 수가 있었다. 일찍 출근해야 한다고 독상을 받았고 한두 숟갈 뜨는 둥 마는 둥 했다. 그럴 때마다 올케는 반찬이 없어서 어떻게 하느냐고 미안해하고 사촌동생은 내 까만 구두를 반들반들하게 닦아놓고 동경에 찬 시선으로 내 출근을 배웅했다. 할머니는 나의 출근을 '월급자리 나간다' 는 복잡한 말로 표현하시면서 대견해하셨다. 할머니까지도 열두 식구를 먹여 살리는 나까마나 광주리장수보다 제 입 하나 얻어먹는 월급자리를 더 높이 쳐주셨다.

'열 식구 버는 것보다 한 식구 더는 게 낫다' 는 속담의 진실성에 누구나 공감을 할 수밖에 없었던 각박한 시대 이야기다.

방위대 사람들은 다 나이 지긋하고 점잖았다. 선발대로 들어왔다는 것으로 미뤄, 서울에서 급조된 단체가 아니라 이남에서 치안 상태의 구멍이 많은 전시의 특수성을 감안해서 정부 지도하에 내 고장은 내가 지킨다는 취지로 결성된 단체인 것 같았다. 하는 일도 우리 동네 주민들의 동태 파악과 방공 방첩에 대한 연습이나 계몽이 주였다. 주민을 수상하다고 지목하는 기준도 6·25 때 뭐 했나 하는 것보다는 원주민인가 아닌가에 더 중점을 두었고, 수상하다고 해서 데려다 어떻게 하는 게 아니라 주시하고 접근하는 정도였다.

한강은 아직도 금기의 강이었지만 1·4후퇴 후의 진공 상태와는 댈 것도 아니게 많은 사람들이 살고 있었다. 그러나 민간인보다는 군복 입은 군인이나 경찰, 피부 색깔이 형형색색인 UN군들과 부대에 속한 군속들이 대부분이었다. 군속은 물론 향토방위대원만 돼도 군복 착용이 허용됐으니까, 순수한 민간인 신분의 젊은 남자는 없다고 해도 과언이 아니었다. 젊은 여자들도 화장이 짙고 옷 빛깔이 튀어서 부대 주변에 기생하는 어떤 직업을 연상시키는 여자들이 대부분이었다. 빈집 천지여서 집이 없던 사람도 적당한 집을 골라 들면 되었기 때문에 주거가 일정한 사람이 드물었고, 자연히 간첩 용의자나 병역 기피자가 끼어 살기 편하게 돼 있었다. 숙부가 주목받은 것도 원주민이 아니기 때문일 수도 있었고, 방위대에서 원주민이면 신원을 믿어주는 것도 그런 까닭이었다.

우리 관내에 한 노인이라는 매우 교양 있어 보이는 노인이 혼자 살고 있는 집이 있었는데 내가 그 노인을 알게 된 동기가 어쩐지 부자연스러웠다. 방위대에 나가서 문학소녀티를 낸 적도 없고, 더군다나 대학생이라는 것은 숨기고 싶어 했는데도 감찰부장이 도서관처럼 책이 많은 집이 있으니 가서 마음대로 빌려다 보지 않겠느냐고 하면서 한 노인한테 소개시켜주었다. 도서관 같다는 것은 과장이고 학자의 서재 정도는 되었다. 주로 불교와 역사 관계의 한서와 일본책이 대부분이었지만 문학 서적도 꽤 많았다. 백석의 시집을 빌려다 본 것도 그 집에서였다.

주로 총무부 방에서 그런 책들을 읽었는데, 창밖엔 봄에서 여름으로 넘어가는 계절의 정원수들이 그 아름다움의 절정을 이루고 있었고, 복도 건너 넓은 방에선 피아노 소리가 끊어질 듯 이어지고 이어질 듯 끊어지곤 했다. 성북경찰서 순경인데 거의 매일 피아노를 치러 오는 이가 있었다. 〈슈베르트의 세레나데〉〈라르고〉〈엘리제를 위하여〉 따위 소녀 취향의 소품을 그는 더듬듯이 조심스럽게 쳤는데 연애소설을 읽으면서 들으면 그 달착지근함이 꽃향기처럼 몸으로 스며왔다. 사람들이 김 순경이 미스 박 때문에 더 자주 온다고 놀리는 소리도 듣기 싫지 않았다. 그 사람하고 눈길 한번 제대로 마주친 적이 없지만 그가 피아노를 치고 있는 동안만이라도 어떤 교감이 이루어지고 있다는 건, 숨기거나 부끄러워할 일이 아니었다. 김 순경이라는 사람은 한 번도 회식에 낀 일이 없다는 것도 적절한 신비감을 유지시켜주었다. 양옥집에서 음악을 들으며 읽고 싶은 책을 마음껏 읽는다는 것은 평화로울 때도 감히 상상을 못 해본 꿈같은 사치요 평화였다.

그러나 책을 빌려 올 때마다 한 노인을 소개시켜준 감찰부장이 이것저것 물어보는 통에 내가 이용당하고 있는 게 아닌가 싶어 차차 책 빌리는 게 재미없어졌다. 이를테면 한 노인이 뭐 하던 사람 같냐고 부장이 물으면 나는 교수 아니었을까요,라고 대답하고 나서 그걸 왜 나한테 묻나 이상해지곤 했다. 알고 보니 한 노인은 이 동네 토박이도 아닌데 겨울에도 피난 안 가고 이 동네서 났고, 말씨나 태도가 상당한 지식인으로 보이건만 아무리 말을 시켜봐도 가족 관계나 여태 뭐 해먹고 살아왔나가 도무지 오리무중인 게 수상해서 노인이건만 감시의 대상인 것 같았다. 그렇다고 노인이 남하고 얘기하기를 싫어하거나 말수가 적은 것도 아니었다. 노인한테 책을 빌리러 갈 때마다 말을 하고 싶어하는 건 오히려 노인 쪽이었다. 읽을 만한 책을 골라주기도 하고 내가 빌려 간 책이 자기도 읽은 책일 때는 소감을 나누고 싶어하기도 했다. 음흉한 데라곤 눈 씻고 찾아도 없는 너무 해맑은 소년 같은 노인이 의심받는 것은 그의 특이한 말하는 방법 때문이었을 것이다. 그는 프라이버시를 철저하게 비켜갔고, 지나온 생애에 대해서는 헛되고 헛되도다, 세상 만사 헛되도다,라는 태도로 일관했다. 나 보기엔 노인인데도 구질구질해 보이지 않고 매력을 유지할 수 있는 게 바로 그런 허무의 냄샌데, 바로 그런 점이 감찰부장 같은 사람한테는 요시찰 인물로 보이는 것 같았다.

감찰부장이 나쁜 사람 같지는 않았지만 그런 점 때문에 그를 경멸했고, 아무리 월급 없는 월급자리가 편해도 그의 하수인 노릇까지 하고 있다고 생각하면 정나미가 떨어졌다. 그러나 수상쩍은 사람을 그 정도로 대하는 것은 9·28 수복 후의 그 기고만장하고 살기등등한 청년단에다 대면 아무것도 아니었다. 주민의 동태 파악을 사상적인 것까지 해야 되나를 자체 내에서도 감을 못 잡고 있는 것처럼 어중간하고 유화적으로 보였다. 향토방위대에서 누린 내 나이에 걸맞은 안정은 그러나 봄과 여름 사이의 쾌적한 날 만큼이나 순식간에 지나가 버렸다.

서부전선은 엄마가 예언한 임진강을 사이에 두고 일진일퇴를 거듭하는 것 같더니만 또다시 한강 이남으로 피난을 가라는 후퇴령이 내렸다. 군인 경찰 공무원 등 필요에 의해 한강 이북에 들어와 있는 인원들이야 정부에서 하라는 대로 움직이면 되지만 천신만고 끝에 제 집이라고 찾아든 귀향민들에게 있어서는 아무리 좋은 계절이라고 하지만 또다시 집 떠나는 일은 난감하다 못해 분하고 억울했다.

정말이지 그때 한강 이북에 눌러사는 이들은 남에서 휩쓸어가고 북에서 휩쓸어간 나머지 별 볼 일 없는 쭉정이들이었고 피난 갔다 남 먼저 돌아온 이들도 마찬가지였다. 가진 것도, 아는 사람도, 생업도 없어서 그야말로 순전히 비빌 언덕이 없어서 비바람을 그을 집 걱정이라도 안 하려고 기를 쓰고 기어들어온 이들이었다. 그런 사람들한테 또 움직이라느니, 차라리 6·25 때처럼 내버려두고 즈네들만 후퇴를 하든지 도망을 치든지 했으면 싶었다. 겨울에 엄마가 왠지 임진강 이남까지는 쉽게 수복할 수 있다고 믿었던 것과 비슷한 예감으로 이번에는 전세가 불리해진 정도지 또 서울을 내줄 것 같지는 않았다. 잠시 내준다고 해도 그 치하에서 견디어내는 것 못지않게 두려운 게, 가라는 피난 안 가고 남아서 무슨 짓을 했나 의심받고 추궁당하는 거였으니까, 가라고 말해주는 것도 괴로웠다. 그까짓 쭉정이들 이제 좀 그만 들까불리고 싶었다.

분하다 못해 생각할수록 억울한 것은 1·4후퇴 때 대구나 부산으로 멀찌가니 피난 가서 정부가 환도할 때까지는 절대 안 움직일 태세로 자리 잡고 사는 이들은, 서울 쭉정이들이 북으로 남으로 끌려다닌다는 것에 대해 아무것도 모르고 자기들의 피난살이 고생만 제일인 줄 알겠거니 싶은 거였다. 부산 대구 피난살이의 고달픔이 유행가 가락에 매달려 천년을 읊어댄대도 어찌 서울살이의 서러움에 미칠 수 있을 것인가? 그게 왜 그렇게 억울한지 몰랐다. 부러웠기 때문일 것이다.

3.

상처가 아물고 가끔 걷기도 하는 오빠에 대해 우리는 더 이상 해줄 게 없었다. 아무도 드러내놓고 그 말을 하진 않았지만 상처에 심을 갈아 끼우는 일보다 더 큰일은 대소변을 받아내는 일이었다. 노모에게 그런 시중까지 시키기가 얼마나 민망한 노릇이었을까. 우리가 보지 못하는 동안 오빠가 꼭 변소 출입을 할 수 있을 만큼 걷게 된 것은 치유라기보다는 그의 강력한 의지의 한계 같은 것일 수도 있었다.

대소변을 받아내야 하는 환자가 화장실에 갈 수 있게 되었을 때 가족들은 그 꿈같은 해방감 때문에 환자에 대해 지나치게 낙관하는 수가 있다. 그렇다고 오빠가 잊혀진 존재가 됐단 소리는 아니다. 한 끼라도 굶을까 봐 전전긍긍하는 것은 오빠를 배고프게 하는 일이 있어서는 안 된다는 우리 모두의 비장한 각오와 다를 바가 없었다. 더 잘 먹여야 한다는 것은 알고 있었지만 가끔 날달걀을 깨트려서 입에 넣어준다든가, 어쩌다 상에 오르는 간고등어를 서로 미뤄 한 번 상에 놀 걸 두세 번 더 놓게 하는 정도의 배려가 최선이었다. 돈암동 집으로 돌아온 후 또 피난 가라는 영이 내리기까지 사건이 많고 나날의 생존이 고생스러워서 여러 날이 간 것처럼 느껴질 뿐 오빠가 잃은 피를 다시 생산해내기에는 어림없는 동안이었다. 먹는 건 다 어디로 가는지 생산해내기는커녕 남은 피를 말리면서 생존을 유지하는 것처럼 나날이 더 창백해지는 게 눈에 띄었다. 걸음도 하도 열심히 연습하니까 겨우 대문간까지 나갈 수 있게 됐지만, 한 발 한 발을 옮길 때마다 흘리는 비지땀과 결사적인 표정을 보고 있으면 그만, 제발 그만, 소리가 목구멍에서 경련을 일으키곤 했다.

그런 오빠가 피난길에 나선다는 것은 겨울에 총 맞은 즉시 피난 가는 것보다 더 무모한 짓이었다. 숙부네도 남겠다고 했고 나도 식구들과 함께 남을 작정이었다. 고민할 필요가 없어서 편했다. 나는 동료들이나 방위대에서 일하면서 알게 된 사람들한테 여분의 식량이 있으면 나한테 기증하고 떠나라고 농담 반 진담 반으로 교섭 중이었다. 그렇게 떠들어대는 것은 피난을 안 가겠다는 간접 표현도 되었다. 그러나 피난체제로 돌입한 방위대에서 그런 소리는 왠지 튀었고, 말조심하라는 충고까지 받았다. 가족이 없는 대원들은 단

147

체로 떠날 준비를 하면서 단체 행동의 편의를 내세워 문호를 개방했다. 낯선 젊은이들이 속속 합류해오는 걸 보면 이번에도 또 젊은이를 남겨서는 안 된다는 게 정부 방침인 것 같았다.

같이 피난 가기 위해 합류한 대원 중에는 정근숙이라는 나보다 한 살 위인 언니도 한 명 있었다. 한 살 위라는 걸 몰랐더라도 언니라고 부르고 싶게 믿음직스럽고 푸근하게 생긴 돈암동 토박이였다. 가족이 같이 피난 갔지만 남쪽은 친척이라곤 없는 순전한 타향이라 노부모의 생활이 도무지 안정이 안 돼, 모시고 오려고 서울 형편이 어떠한가 보러 왔다가 다시 피난민 신세가 된 거였다. 여러 남매 중 막내라고 하는데 가족 선발대가 되어 단신 한강을 넘을 만큼 여장부다운 데가 있었다.

여태껏 모호하던 향토방위대의 임무가 다시 시국이 불안해졌을 때 젊은이를 싹 쓸어가는 데 있었구나 싶게 활기를 띠었다. 특히 총무부에서는 영문과 국문이 함께 든 신분증과 완장을 만드느라고 바빴다. 도장은 네모난 직인이 있었지만 인쇄소가 없으니까 그럴 듯한 신분증을 만들려면 활자처럼 글씨를 쓰는 특수한 솜씨가 필요했다. 총무부장이 그런 일을 썩 잘 했다. 완장도 향토방위대라고만 썼을 때보다 Local Defense Party라는 영문이 주가 되고 한글은 작은 글씨로 괄호 안에 들어가니까 한결 권위가 있어 보였다. 그런 일을 거들면서 내가 피난에서 빠지기가 점점 어렵게 돼간다는 걸 느꼈다. 내가 경찰에 의해 이곳에 맡겨졌을 때 어떤 혐의를 받고 있었다는 본색까지 남의 입초시에 오르내리는 수모를 참아내야 했다. 그래도 대놓고 강요를 못 하는 것은 거동이 불편하고 피골이 상접한 오빠를 핑계 댈 수 있어서였다. 나는 겨울에 인민위원회에서 일할 때하고 너무도 상황이 비슷해서 문득문득 지금 어느 쪽 세상에 살고 있는지 헷갈리려고 했다.

그러나 진짜로 진땀날 일은 집에서 일어나고 있었다. 세상 돌아가는 일을 눈치챈 오빠가 자기도 피난을 가겠다고 우겼다. 피난을 갈 수 있게 된 건 잘된 일이라고 했다. 남으로 피난을 갔다 와야만 비로소 떳떳해질 수 있는 몸인데 다시 전세가 불리해져 피난을 가라고 하니 얼마나 잘된 일이냐는 거였다. 특사로 풀려나게 된 무기수도 그렇게 감지덕지하지는 않을 것이다. 또 그놈의 피난이 문제였다. 피난하고 우리 집안하고 도대체 무슨 악연이 졌길래 이렇게 붙어 다니는지 알다가도 모를 일이었다. 온 집안 식구가 힘을 합해 오빠의 이성에 호소했다. 우리는 남쪽에 아무도 아는 사람이 없고 가진 돈도 없다. 오빠의 건강 상태는 겨울보다는 많이 좋아졌다고 해도 먼 길을 걸을 만하지 않다. 또 겪어보니 북쪽 정부도 남쪽 정부도 얼마 남지 않은 쭉정이들을 겁주기보다는 달래거나 치지도외하는 경향이더라. 더군다나 이번엔 식구들도 여럿이 모여 있으니 서로 의지가 돼 아무리 어려운 세상도 견디어내기가 훨씬 수월할 것이다. 이런 뻔한 얘기를 왜 그렇게 구구절절 정성을 다해 호소했을까. 안 되는 건 안 된다고 단숨에 윽박질러버렸으면 좋았을 것을.

오빠는 더 기막힌 소리를 했다. 우리가 왜 남쪽에 연고자가 없냐면서 천안에 있는 처갓집으로 가겠다고 했다. 지금 올케의 친정이 아니라, 오빠의 죽은 전처의 친정이 천안이었다. 오빠하고 그 여자와의 연애와, 짧고 애틋한 결혼 생활을 우리 가족은 다들 가슴 아파했지만 이젠 지난 일이었다. 보통 지난 일하고는 달리, 없었던 것과 다름없는 철저한 과거사였다. 우리가 모질어서가 아니라 건강하고 음전한 여자와 재혼해서 자식 낳고 원만하게 사는 걸 지켜보는 시집 식구로서의 의무였다. 오빠가 재혼할 때 속이고 한 건 아니었다고 해도 우리는 초혼의 자취를 집 안에서 말끔히 없애려고 세심한 데까지 신경을 썼었다. 그건 오빠의 마음속까지 그렇기를 바라는 우리 모두의 바람이었고, 새 식구에 대한 따뜻한 배려였다. 그러나 오빠는 한 번 그 말을 꺼내자 올케 앞에서도 거리낌이 없이 꼭 그러고 싶다고 애원하다시피 했다. 천안 소리에 엄마가 펄쩍 뛰자 오빠는 '거기'라는 말로 지명을 대신했다. 나는 '거기'라는 말이 더 싫었다. 오빠가 유아적인 더림을 뚝뚝 떠는 것 같아 닭살이 돋으려고 했다.

농사를 지으며 양식 걱정 없이 웬만큼 사는 남쪽 시골에서는 서울 피난민 치다꺼리에 기둥뿌리가 흔들릴 때였다. 사돈의 팔촌까지 줄줄이 들이닥쳐 추녀 끝까지 내줘야 하는 사례도 적지 않았다. 그러나 딸이 죽은 후 소식이 없던 사위가 새로 장가들어 얻은 처자식을 거느리고 병들고 가진 것 없는 거지꼴이 되어 나타난다는 것은, 보통 사람의 상식으로는 결코 생각할 수 없는 일이었다. 그래도 오빠는 그러고 싶다고 했다. 오빠의 소원은 피난을 가고 싶다에서 그냥 '거기' 가고 싶다로 바뀌었다. 하도 말 같지 않아서 그냥 그러다 말려니 했는데 그게 아니었다. 우리 식구는 오빠가 말을 더듬을 때보다 더 놀랍고 당혹스러워 어찌할 바를 몰랐다. 어떻게 사람이 저렇게 될 수가 있을까, 마치 첫사랑에 순殉하기를 동경해 마지않는 소년 시대로 퇴영한 것 같은 오빠의 막무가내의 순진성은 우리 식구를 더할 수 없이 절망스럽고 비참하게 만들었다.

오빠는 깊이 병들어 있었다. 걷는 게 기적으로 보일 정도로 어디가 어떻게 잘못돼가고 있는지 진찰 한 번 못 받아본 채 망가져가고 있었다. '거기 가고 싶다'도 육체가 극도로 쇠약해졌을 때의 인간 심층의 불가사의 정도로 이해할 수 있었으면 좋았으련만, 나는 그 정도도 너그럽지가 못했다. 여태껏 오빠가 생각해낸, 식구들을 못 살게 구는 방법 중 가장 유치하고 더리고 졸렬한 응석으로밖에 생각되지 않았다. 게다가 올케하고 입장을 바꾸어 생각할 때 잔인하긴 또 얼마나 잔인한 응석인가. '거기' 그 집에서 추녀 끝이라도 내준다 해도 남편의 전처의 노부모 앞에서 올케의 운신의 폭을 생각할 때, 도대체 그녀가 무슨 죄가 있다고 그런 천덕꾸러기의 치욕을 감내해야 하나. 나는 내가 그걸 보는 것도 견딜 수 있을 것 같지가 않았다. 안 보는 게 수라고 생각했다. 그건 올케하고 나 사이의 돈독한 우정으로도 극복이 안 되는 내 천성의 이기심이라 해도 어쩔 수가 없었다. 내가 옳다는 게 하도 자신만만해서 변명 따위도 하고 싶지 않았다.

"암만해도 느이 오래비 안에 몹쓸 헛것이 들어앉았는가 보다. 제 증이 아니야."

오죽했으면 엄마까지도 이렇게 탄식했다. 헛것 소리를 들으니 명서가 파주로 나를 찾아왔던 생각이 났다. 그건 너무 비현실적이어서 아직 아무한테도 말하지 않은 채였다. 오빠가 '거기' 천안에 나타난다는 것은 그쪽 옛 사돈한테는 내가 당한 명서의 방문보다 더 비현실적일 터였다. 그러나 살아 있는 우리 식구들의 엄혹한 현실은, 그 비현실에 무력했다.

"너는 거기까지 우리를 따라오지 않아도 된다."

엄마가 나에게 자유를 주었다. 엄마는 천안 사돈집에 가는 것만은 딸이 백 번 죽었다 살아나도 할 수 없는 일이라는 걸 꿰뚫고 있었다.

숙부가 튼튼한 리어카를 한 대 구해다가 오빠하고 아이들을 편안하게 실을 수 있도록 개조하고 바퀴와 손잡이 등을 손보았다. 나는 그런 일을 거들면서 여섯 식구에서 내가 빠진다는 게 나머지 다섯 식구에게 얼마나 인정머리 없고 부도덕한 짓이라는 게 마음을 철썩철썩 때리는 것 같아 휘청거렸다. 오빠에게 마지막으로 호소했다. '거기'만 안 간다면 나도 식구들과 피난길을 함께 하겠노라고, 리어카 채를 올케 혼자서 잡게 할 수는 없는 일이라고, 내 젊은 힘이 없어서는 안 될 데가 어찌 리어카 채뿐이겠느냐고, 노인과 어린것들과 병자를 무슨 짓을 해서든지 먹여 살려야 한다는 가혹한 책임을 어떻게 젖먹이가 딸린 올케 혼자의 어깨에 실을 수가 있겠느냐고 오빠를 설득하고자 했다.

"너희 언니도 이미 양해한 일이야. 너희 언니는 흔쾌히 승낙했다, 너. 그리고 내가 왜 리어카를 타냐? 끌면 끌지. 한꺼번에 많이는 못 걸어도 쉬엄쉬엄 걸어가면 대구 부산도 갈 만하다."

그러면서 종아리를 걷어 보였다. 말라붙어 소금버캐처럼 비듬이 돈은 종아리를 마치 기름진 알통이라도 되는 것처럼. 그는 꿈꾸고 있었다. 자신의 몸에 대해서도 '거기'에 대해서도. 그가 여자의 얼굴에 피어난 복사꽃 같은 요요함만 보고, 그 안에 번창하는 고약한 병균에는 눈멀어 열병처럼 사랑하고, 그녀의 청대 같고 관옥 같은 새신랑이 되어 '거기'로 신행을 갔을 때, '거기'서 대대로 행세깨나 하고 살던 처가 친족들과 늙은 장인 장모가 그를 얼마나 환대하고 예뻐했을까는 보지 않아도 본 듯했다. 그도 설마 '거기'가 그때와 같은 은소반이 되어 그를 떠받들어주기까지는 바라지 않는다고 해도, 이 피도 눈물도 없는 지독스레 모진 난리통에 또 한 번 휩쓸리게 된 공포감으로부터의 출구가 돼주고 있다는 것만은 부정할 수가 없었다. 그걸 일찌거니 인정하고 체념한 올케가 존경스러웠다.

"너도 피난을 가도록 해라. 한 번은 남쪽으로 피난을 갔다 와야 떳떳해질 수 있다는 건 느이 오래비 말이 옳을 것 같다. 다만 피난 못 간 죄로 번번이 얼마나 당했냐? 그러니 여기 남아 있을 생각 말고 방위대 사람들하고 같이 피난을 가도록 하렴. 다시는 주목받을 짓은 하지 말자꾸나. 근숙이도 같이 간다니 남자들 틈에 달랑 계집애 혼자 끼워 보내는 것보다 한결 안심이 된다."

엄마는 그러면서 내 피난 보따리를 따로 챙겨주었다. 은수저하고 비단 옷감이 몇 벌 든, 전번에 북으로 갈 때 싸준 것과 같은 거였다. 그때 우리는 그걸 하나도 축내지 않고 고스란히 도로 가지고 온 것이다. 우리 식구는 향토방위대가 떠나기로 한 날보다 하루 먼저 떠났다. 그들의 목적지가 '거기'라는 걸 빼고도 우리 식구의 피난 행렬은 남루하다 못해 기괴해 보였다. 여태껏 엄마의 자존심의 방패가 돼주었던 싱거 미싱 대가리도 그 울퉁불퉁한 모양을 옷 보따리 사이에서 비죽대고 있었다. 미싱 대가리가 재산 목록 1호라는 게 만천하에 드러났다고 해서 창피할 건 하나도 없었다. 오빠가 버젓이 그 사이를 비집고 올라앉음으로써 우리 식구의 피난 행렬은 아무래도 정신이 제대로 박힌 사람의 짓 같지가 않았다. 숙부가 한강 가까지 배웅하기로 했다. 나는 그것도 안 했다. 마음이 찢어지는 것 같아서 문 앞에서 눈으로 배웅하는 것도 차마 오래 하지를 못했다. 나는 안으로 뛰어 들어와 찢어지고 있는 게 마음이 아니라 육체의 어딘가 같아서 여기저기를 손바닥으로 쓸어내리면서 어쩔 줄을 몰랐다. 겨울에도 우리 식구는 둘로 나뉘었지만 그때는 나뉨을 통해 더욱 건고한 결속감을 맛보았었다. 희생에 따르는 만족감도 나쁘지 않았다. 이번엔 그럴 수가 없었다. 혼자서 떨어져 나왔다는 외로움 때문만이 아니었다. 순전히 내 이기의 결과라는 게 두려웠다. 이번에 찢긴 상처는 생전 피 흘리는 지독한 형벌을 못 면할 것 같았다.

4.

다음 날, 나는 향토방위대 대원과 합류해서 피난을 떠났다. 방위대에선 다들 나를 데리고 떠나게 된 것을 다행스럽게 여겨줬지만 특히 근숙이 언니가 좋아했다. 그럭저럭 스무명 가까운 젊은이가 대원의 완장과 신분증을 가지고 단체 행동을 했다. 단체 행동을 해보니까 왜 갑자기 대원이 불어나고 방위대가 권위가 있어졌는지 알 것 같았다. 한강다리가 끊어져 없을 때라 배를 타고 건너야 하는데 배 얻어 타기가 쉬운 게 아니었다. 한남동 나루에는 피난 가려는 사람들이 백절 치듯 집결해 있어 그동안 서울 인구가 얼마나 불어났는지를 실감케 했다. 도강이 어렵다는 건 남쪽에서 북쪽으로 건너는 경우에만 해당되는 줄 알았는데 피난을 가라고 부추겨만 놓고 한강 이북에서 이남으로 가는 것도 되게 까다롭게 굴었다. 도처에서 신분증을 조사했고, 특히 배 타는 순서를 앞당기기 위해서도 시민증 외의 신분증을 갖고 있는 게 유리했다. 헌병이나 경찰의 검문이 잦은 것은 행여 피난민을 가장한 적의 오열이 섞여있을까 봐 그런다는 거였다. 오열이란 생소한 말은 들을수록 무슨 뜻인지 감은 잡혀갔지만 기분은 나빴다. 한강 이북 사람은 쭉정이 취급 아니면 오열 취급을 하지 못해 하는 게, 한강 이남 사람만 아끼고 보호하려는 처사처럼 보여서 배알이 꼴리기도 했다. 그럴수록 어서어서 한강 이남 땅을 밟아보고 싶다는 조바심이 일기도 했다.

　그런 부질없는 조바심 말고는 걱정할 거라곤 아무것도 없었다. 내 짐은 소풍 갈 때의 륙색 무게밖에 안 됐고, 단체 행동은 검문을 당할 때도 한 사람이 대표로 해결을 해주니까 편했고, 배편을 교섭하는 것도 대원들은 기다리고만 있으면 되었다. 돈 한 푼 안 거뒀는데도 노숙하는 동안 식사는 인근 밥집에서 날라다 주었다. 걱정할 거라곤 정말 아무것도 없다는 게 나에게는 익숙하지 않을 뿐 아니라 여간 양심의 가책이 되는 게 아니었다. 숙부 말로는 오빠네는 영등포로 통하는 가교로 건너도록 했다는데 건네주기까지 한 것은 아니니까 우리보다 앞서 이남 땅을 밟았는지 아직인지는 짐작이 안 됐다. 나의 식구들 생각은 걱정이나 불안이라기보다는 상처였다. 남이 보면 놀라 자빠질 것 같은 징그러운 상처만 같아서 근숙이 언니한테도 털어놓지 않았다. 나는 짐짓 명랑하게 굴었고 툭하면 큰소리로 깔깔대기를 잘해서 단 하루 만에 애교 덩어리라는 별명을 다 얻었다. 그 전에도 그 후에도 애교 덩어리는커녕 애교가 있다는 소리도 들어본 적이 없는 위인이 얼마나 철저하게 겉 다르고 속 다르게 굴었으면 그런 소리를 다 듣게 되었을까. 나중까지도 그 생각이 날 때마다 자신이 혐오스러워지곤 했다.

노숙한 다음 날도 오후에나 한강을 건널 수가 있었다. 우리 대원을 겨우 한 배에 다 태울 수 있는 크지 않은 배였다. 배에서 내려서 첫 번째 디딘 땅도 탈 때와 하나도 다르지 않은 모래사장이라는 게 이상했다. 딴 대원들의 덤덤한 태도도 이상스러울 정도로 나 홀로 동경해 마지않던 이남 땅이었다. 마침내 이남 땅이었다.

그날은 멀리 가지 못하고 말죽거리에 있는 농가를 얻어서 밥도 시켜 먹고 잠도 잤다. 한 방에서 포개 자다시피 했는데도 어쩌나 곤히들 잤는지 다음 날 한나절에나 길을 떠날 수가 있었다. 다음 날은 용인의 산골에서 묵게 되었다. 왜 그런 길을 들었는지 알 수 없는 첩첩산중이었다. 그런 산골에도 집집마다 피난민들로 방이 차 있어서 가까스로 거적을 깔고 드샐 수 있는 헛간밖에 못 얻었다. 그러나 식사는 푸짐하고 넉넉했고 내가 따로 걱정할 게 없이 저절로 입안에 들어온다는 게 얼마나 신기한지 몰랐다. 자고 깨니 어젯밤, 남자들은 흉흉한 마을 소문 때문에 교대로 보초를 섰노라고 하면서 연방 선하품들을 했다. 흉흉한 소문이란 고개 너머에 있는 분교에 주둔해 있는 외국 군인이 언제 색시 서리를 하러 나올지 모른다는 거였다. 피난민 중에도 원주민 중에도 심심찮게 당하는 이들이 생겨날 만큼 이 근방에선 이 동네가 가장 그 방면의 취약 지구라고 했다. 만약 그들이 그런 목적으로 들이닥치면 어쩔 셈으로 보초를 섰느냐고 했더니, 깔든지 베고 눕는 한이 있더라도 이 범강장달이 같은 남자 스무 명에서 여자 둘을 감추지 못하겠느냐고 했다. 지켜주겠다가 아니라 겨우 감춰줄 계략이나 짜면서 범강장달이를 자처하다니, 픽 하고 서글프게 웃고 말았지만 내가 모르는 동안도 보호받고 있다는 느낌은 여간 고맙지가 않았다.

그러나 다음 날 수원서는 단박 대원이 반으로 줄었다. 연고지나 가족이 있는 곳을 찾아 목적지를 달리했기 때문이다.

우리가 밤마다 물집을 따가며 온양에 이르렀을 때는 다들 뿔뿔이 헤어지고 총무부장하고 근숙이 언니하고 나하고 세 사람밖에 남지 않았다. 온양은 총무부장의 연고지였고, 우리는 끝까지 향토방위대의 살림을 맡고 있는 총무부장을 따라다님으로써 밥걱정 잠자리 걱정을 안 하려 들었다. 그가 쓰는 비용이 공금인지 찬조금인지 그의 개인 돈인지도 구태여 알려 들지 않았다. 알아봤댔자였다. 그는 친척집으로 가면서, 변두리에 있는 움막을 겨우 면한 오막살이에다 숙식을 함께 제공해줄 것을 조건으로 우리를 맡겼다. 아마 최소한의 경비가 드는 곳을 물색한 것 같았다. 얼마간의 선금을 치르는 것 같았지만 근숙이 언니하고 둘만 남자 졸지에 운명이 풍전등화가 된 것처럼 불안했다.

근숙이 언니는 며칠 안 있어 그 집이 땅꾼 집이라는 걸 알아냈다. 부엌과 안방과 윗방과 헛간과 또 방 한 칸이 일자로 나란히 붙은 그 일자집은 툭 터진 마을을 등지고, 답답하게도 골목만 한 공간을 사이에 두고 시뻘건 단애를 드러내고 직립해 있는 동산에 면하고 있었다. 그 시뻘건 낭떠러지에는 이 집 부엌문과 마주 보게 굴이 하나 뚫려 있었다. 일제 때 뚫어 놓은 방공호가 서울에도 많이 남아 있을 때였다. 다시 전쟁 중이었기 때문에 방공호가 가까이 있다는 게 든든하면 든든했지 조금도 이상스러울 게 없건만 호기심 많은 근숙이 언니가 그 굴 안에 들어가 본 모양이었다. 굴속은 젖은 인조견 천이 휘감기듯이 기분 나쁘게 섬뜩하고 눅눅했다. 그리고 크고 작은 오지항아리들이 놓여 있었는데 그중 하나의 뚜껑을 열어보니 그 안에 서리서리 똬리를 틀고 있던 뱀이 반짝 고개를 곧추세우고 혓바닥을 날름대더라고 했다.

근숙이 언니는 재미삼아 한 얘기였는데 나는 소름이 쫙 끼쳤다. 밤에 자다가도 징그럽고 차가운 게 스치고 지나간 것 같은 환각 때문에 소스라치거나 비명을 지르곤 했다. 문밖에 깜둥이가 색시 서리를 하러 왔다는 것보다 더 끔찍했다. 여름이기에 망정이지 겨울

158

이었으면 도저히 못 견디었을 것이다 싶게, 문짝의 이음새가 허술하고 구들에 쥐구멍이 많은 것도 불안했다. 근숙이 언니는 자기 전에 나봐란 듯이 쥐구멍을 양말짝으로 틀어막았지만 뱀에 휘감기는 악몽은 좀처럼 가라앉질 않았다. 소스라쳐 눈을 뜰 때마다 근숙이 언니가 나를 보듬어 안고 등을 토닥거리며 괜찮아, 괜찮아, 독사도 땅꾼 집에선 맥을 못 춘단다,고 나를 달랬다. 뱀들 때문에 나는 점점 근숙이 언니한테 의존적으로 돼갔다. 뱀의 살갗은 차디찰 것이라는 선입관이 있어선지 근숙이 언니의 따뜻한 살이 닿아야만 잠이 오곤 했다. 날은 점점 더워오는데 근숙이 언니는 숫제 밤새도록 나에게 팔베개를 내주었고 다음 날은 그 팔을 주물러달라곤 했다. 그러나 땅꾼 여편네가 우리한테 신랑각시놀음 하냐고 야한 웃음을 웃고 나선 우리의 관계도 부정을 탄 것처럼 께적지근해지고 말았다.

이젠 안 무섭다고 땅꾼 집의 두엄더미 같은 요때기나마 떨어져 깔고 자다가도, 어느 틈에 근숙 언니의 팔이 하나는 내 머리를 받쳐주고 하나는 내 가슴을 따뜻하고 포근하게 감싸고 있는 걸 느꼈을 때는 안심스러우면서도 언니가 나를 끌어당긴 것일까, 내가 언니한테 파고든 것일까 심각하게 고민이 되곤 했다. 동성끼리건만도 피부적인 접촉의 쾌감에는 멀고 어렴풋하지만 확실한 죄의 예감 같은 것이 있었다. 내 인생이 엉뚱한 방향으로 추락하고 있는 느낌이 들 때마다 이건 내 잘못이 아니야, 엄마 때문이라고 엄마 탓이 하고 싶어지곤 했다. 엄마가 끝까지 나를 끼고돌지 않고 놓아준 게 야속했다. 식구들 그늘에만 있었으면 이 지경이 안 됐을 텐데, 하는 원망은 식구들 그리움과 다르지 않았다.

총무부장한테 사육당하고 근숙이 언니한테 위무받고 있는 처지가 차츰 느글느글해지기 시작했다. 갈 데까지 간 게 아니라면 방향을 틀고 싶었다. 그럴 수 있을지 없을지는 우선 이놈의 땅꾼 집을 면해봐야 알 것 같았다. 나는 그걸 언니하고 의논할 수 있는 꼬투리를 만들기 위해 그 집에서 해주는 모든 음식이 느글느글하다고 했다. 그건 사실이었다. 그 집에서 직접 뱀탕을 하는 것 같지는 않았다. 근숙이 언니가 굴속에서 본 게 틀림이 없다면 이 집 사내가 굴속을 드나들 때 메고 다니는 누런 자루 속에 아마 뱀이 들어 있을 것이다. 그 남자는 뱀을 잡기만 하지 죽이거나 끓이지는 않는 게 분명한데도 이 집 뚝배기들은 모조리 뱀 기름에 찌든 것처럼 더께가 앉아 있었고, 그 더께는 음식마다 우러나 비위를 뒤집고 있었다. 그 집에서 나오는 음식 중 끓이거나 삶지 않은 건 김치밖에 없었는데 그 김치라는 게 서울서는 한 번도 먹어 본 적이 없는 시금치김치였다. 느글거리기로 말하면 고춧가루를 넣는 둥 마는 둥 질편하게 담근 시금치김치가 으뜸이었다.

"언니, 우리 여기서 도망가요. 더 시골로 가서 헛간이나 추녀 끝에서 자는 한이 있어도 이 집보다는 나을 것 같아요. 갖고 있는 걸 양식으로 바꿀 수도 있고, 운수가 좋으면 품을 팔 수도 있을 거 아네요."

"누가 붙든다고 도망을 가자니? 아무리 네 비위에 안 맞아도 총무부장이 주고 간 밥값을 다 채울 때까지는 참아야 해. 그게 총무부장에 대한 도리이기도 하지만 시방 우리 처지가 어디 그런 까탈을 부릴 처지니?"

근숙 언니는 차근차근 옳은 말만 했다.

"그래, 언니 말이 맞아. 나는 이런 고생해서 싸. 만약 어디 가서 품이라도 팔아서 이것보다 나은 생활을 할 수 있으면 난 더 못 견딜 거야. 그런 걸 바라고 있다는 것조차 천벌 받을 심보야. 왜 그런지는 언닌 몰라도 돼."

나는 무안한 김에 횡설수설 말 같지 않은 소리를 주절댔다. 그날 근숙이 언니는 나를 데리고 온양 시내로 나갔다. 시장 구경도 하고 김이 무럭무럭 나는 개천물에서 몸도 씻고 자잘한 빨래도 했다. 그러고 나서 우리는 시장 모퉁이 뙤약볕 아래 쭈그리고 앉아서 수수부꾸미를 사 먹었다. 차진 꺼풀 속에 사카린을 듬뿍 친 앙꼬가 혀를 녹일 듯이 감미로웠다. 햇볕과 화덕의 열기 때문에 몸이 녹아 땅으로 흐르는 게 아닐까 싶게 심한 비지땀이 흘렀다. 수수부꾸미의 맛있음과 철 이른 더위의 괴로움이 두 줄기의 철로처럼 서로 헷갈리지 않고 제각기 또렷한 게 끔찍했다. 근숙이 언니가 수수부꾸미값을 냈다. 근숙이 언니 주머니 사정은 나보다 넉넉하다는 걸 눈치로 알고 있었다. 그녀의 성품의 여유로움도 그런 주머니 사정에 근거하고 있는 것 같아 부러웠다. 수원에서도 그녀는 먼 길을 걸으려면 당분 보충이 필요하다며 꽤 많은 엿을 사다 전 대원에게 나누어 준 적이 있었다. 그래 그런지 피난민이 통과하는 길가에 가장 많은 장수가 엿장수였다. 여러 사람한테 고루 베푸는 것 말고도 그녀는 구미구미 나한테만 잘해준 적도 많았다. 그러나 나는 그녀에게 일방적으로 신세를 지면 질수록 그녀를 지독한 구두쇠라고 여기고 있었다. 같잖은 자존심 때문에 배은망덕도 주저하지 않았다.

밥값이 떨어지기 전에 총무부장이 나타났다. 조마조마하던 차에 어찌나 반가운지 몰랐다. 그는 자신 없는 목소리로 이번엔 서울을 내주지 않고 위기를 넘긴 것 같다고 하면서 피난을 안 나와도 좋을 뻔했다고 했다. 극소수만 남겨놓고 철수했던 경찰이나 관공서의 필요한 인원이 다시 속속 서울로 복귀하고 있고, 일반 시민의 도강은 여전히 금지돼 있지만 몰래 건너는 방법도 새록새록 개발되고 완화되어 다시 한강 이남의 강가가 도강을 엿보는 피난민들로 북새통을 이루고 있다고 했다. 오래간만에 들어보는 시국 소식이었다. 어쩜 그런 소리를 그렇게 아무렇지도 않게 하는지, 부장의 너부죽한 입술을 쥐어뜯어 내주고 싶었다. 물론 우리를 오라 가라 하는 사람은 부장 따위가 아니라 그보다 훨씬 더 높은 사람일 것이다. 그 높다란 결정권자는 알기나 알까. 우리 오빠처럼 죽음을 무릅쓰는 피난도 있다는 것을. 하긴 숱한 젊음이 조국 수호에 아낌없이 목숨을 거는 마당에, 고작 피난을 기사회생의 수단으로 삼으려는 인간의 존재는 벌레만도 못해 보이겠지만.

이번에도 얼마간의 하숙비를 땅꾼 집에 맡기고 떠난 총무부장은 우리가 그만큼을 다 살기도 전에 나타났다. 그는 전보다 더 풀이 죽어 보였다. 향토방위대에 해산령이 내렸다는 거였다. 나는 그때까지도 그 단체의 존재 이유나 돈줄에 대해 무지했고 물론 소속감도

없었기 때문에 아무렇지도 않다가 그가 취한 후속 조치에 비로소
우리 신세가 끈 떨어진 뒤웅박이 됐다는 걸 알아차렸다. 그는 땅꾼
마누라와 어렵게 실랑이질을 해서 선불한 하숙비를 몇 푼 거슬러
받아 우리에게 주면서 그것으로 자기 책임은 끝났음을 선언했다.
그는 온양에 남아 있을 모양이었다. 우리한테는 남아 있으라고도
서울이나 딴 데로 떠나라고도 안 했다. 우리가 어떻게 되나 보다는
이제부터 책임을 안 져도 그만인 관계라는 걸 분명히 해두는 게 그
에게는 더 중요했을 것이다. 너무 매정하다고 생각했는지 서로 연
락할 일이나 도움이 필요할 때 찾아오라고 그가 묵고 있는 곳의 주
소를 일러주고 갔다.

5

한여름의 죽음

1.

"서둘지 말고 천천히 보통으로 걸어."

근숙이 언니가 자꾸만 앞으로 고꾸라지려는 내 소매를 잡아당기면서 말했다. 한강 부교 한가운데서였다. 근숙이 언니는 지난여름에 흉측하게 망가진 한강 다리랑 바로 발밑을 유유히 흐르는 강물이랑 멀리 낯익은 남산이랑 그런 것들을 감개무량한 얼굴로 바라보면서 어슬렁어슬렁 걷고 있었다. 산천경개 유람 나온 사람처럼 꾸밈없이 태평스러운 태도였다. 나는 그런 언니한테 열등감을 느꼈지만 섣불리 흉내 낼 수 있는 건 아니었다. 일부러 나를 약올리려고 저러는 게 아닐까 싶을 정도로 능글맞아서 나는 그녀하고 속도를 맞추면서도 발이 안 맞는 일인삼각을 하고 있는 것처럼 짜증스러웠다. 마침내 대안에 다다랐고 거기도 지키는 헌병이 있었지만 신분증을 보잔 소리도 없이 무사 통과였다.

"거봐."

그녀가 한숨 쉬듯이 말하고 비로소 종종걸음을 치더니 아무도 안 보는 길가에서 털썩 주저앉으면서 말했다. 지겨운 얼굴이었다.

"그래, 잘났다. 잘났어. 언니 잘난 거 인제 알아서 미안하다."

그녀의 태도가 결코 잘난 척이 아니었는데도 나는 이렇게 대들었다. 우리는 한동안 서로에 대한 혐오감을 짐승처럼 과시했다.

땅꾼 집에 총무부장이 다녀가자마자 나는 근숙이 언니하고 사사건건 의견이 맞지 않았다. 나는 그날로 서울을 향해 길을 떠나자고 했고, 그녀는 땅꾼 집에서 거슬러 받은 돈을 다시 맡기고 그만큼만 더 있으면서 시국을 관망하자고 했다. 이 구석에 틀어박혀 신문 한 장 못 보고 있다가 어떻게 부장 말만 믿고 길을 떠나겠느냐는 거였다. 이 구석에서 알기로는 한강 도강에는 아직도 많은 애로와 비용이 따르는 걸로 알려져 있었다. 나는 그 돈마저 그 집에서 다 까먹는다는 건 말도 안 된다고 생각했고, 그녀는 그 후 일은 자기가 알아서할 테니 걱정 말라고 했다. 언니가 그렇게 말하는 걸 보면 충분한 비상금을 가지고 있는 게 분명해서 은근히 안심이 되면서도 굴욕감을 느꼈다.

나는 나 혼자라도 서울로 가겠다고 우겼다. 실은 그녀가 나를 버리고 가족이 있는 곳으로 가버리면 어쩌나 겁이 나는데도 그렇게 그녀를 떠보는 거였다. 그럼 하숙을 땅꾼 집에서 딴 집으로 옮기면 어떻겠느냐고 했지만 나는 무슨 배짱인지 그것조차 마다고 했다. 그녀의 경제력에 기대는 경우에 대비한 마지막 안간힘이었다. 근숙이 언니가 져주었다. 그리고 총무부장이 묵고 있는 집을 혼자서 다녀오더니 어떻게 교섭을 했는지 영등포까지 가는 트럭에 얹혀 갈 수 있게 되었노라고 했다. 언니가 따로 돈을 썼을지도 모른다고 추측했지만 모른 척하기로 작정했다. 추측대로라면 비굴해질 것 같아서였다. 아니라면 대단한 행운이었다. 어떻든 이 모든 게 언니 덕이었다. 언니한테 지는 신세가 늘어날수록 나는 뻐딱하게 굴었다.

어떻든 발도 하나도 안 부르트고, 밥값 한 푼 안 들이고도 우리는 영등포에 당도했다. 숙소는 부교가 바라보이는 노량진에 정했다. 도강증이 있는 사람이 걸어서 여유 있게 강을 건널 수 있는 길목이기도 했지만 도강증 없는 사람들이 어떡하면 쉽게 강을 건널 수 있나 하는 정보의 집산지이기도 했다. 근숙이 언니는 나만 여인숙에 남겨놓고 온종일 밖에서 돌다가 들어왔다. 나도 따라나가고 싶었지만 달갑게 여기는 것 같지 않아 국으로 가만히 있기로 했다. 실은 온양에서 트럭 편을 교섭한 것과 같은 수완을 재차 발휘해주기를 은근히 바라고 있는지도 몰랐다. 그런 요행은 내가 안 봐야 이루어질 수 있을 것 같았다. 그러나 나갔다 들어온 언니는 너덜너덜 지쳐 보일 뿐 좋은 수가 생긴 것 같지는 않았다. 눈치만 보고 실망한 나는 어떻게 됐느냐고 묻지도 못했다. 도강을 엿보는 이들이 겹쳐 자다시피 하는 싸구려 여인숙에서 우리는 말없이 하룻밤을 드샜다.

"너도 아직 향토방위대 신분증 가지고 있지?"

근숙이 언니는 자기 짐 사이에서 그걸 꺼내서 확인하면서 물었다. 나는 바지 주머니에 넣은 채로 다니고 있었기 때문에 겉에서 한번 툭툭 쳐 보이면서 그렇다고 대답했다.

"그걸 보이고 부교로 당당히 한번 건너보자. 미군 헌병하고 국군 헌병하고 같이 지키고 있더라. 우리 신분증엔 영문하고 우리말이 같이 들어 있으니까 잘됐잖아."

"뭐가 잘돼? 그들이 까막눈이라도 되는 줄 알아? 방위대가 해산 됐으면 신분증도 무효가 되는 것도 몰라. 해산이 안 됐어도 그렇지, 방위대가 뭐 그리 대단한 데라구 그까짓 걸 이용하려고 해."

"밑져야 본전이야. 도강증이니 신분증이니 하는 것도 별거 아니더라 뭐. 내 말대로 한 번만 해보자 응? 우리가 이래 봬도 꽃 같은 나인데 무효라는 게 들통 나면 비비 꼬면서 눈물로 호소하는 방법도 있잖니."

근숙이 언니가 살살 꼬시는 통에 나도 울컥 의욕 같은 게 솟구쳤다. 비비 꼴 의욕이 아니라 한바탕 따지고 덤벼들고 싶었다. 우리는 단체로 피난을 갔다. 안 가도 될 피난을 명령에 의해 했으니 그 단체가 해산됐으면 우리도 원위치로 원상 복귀를 시켜줘야 옳지 않겠느냐고, 속 시원히 항의를 할 수 있다고 생각하니 신분증이 무효가 된 게 탄로 난다고 해도 조금도 겁날 게 없었다. 미군과 국군 헌병이 합동으로 지키고 있는 한강 부교 초소를 눈앞에 두고 언니가 나에게 느릿느릿, 당당하게라고 주의를 줄 정도로 초조하게 굴었지만, 한강을 못 건널까 봐 조바심치고 있는 게 아니라, 어떻게 하면 근사하게 항의를 하나, 하고 싶은 말들이 목젖에 걸려 아우성치는 것 같은 느낌 때문에 그러한 거였다.

그러나 우리는 믿어지지 않을 정도로 쉽게 초소를 통과했다. 언니가 먼저 미군 헌병한테 신분증을 제시하고 그 다음에 내가 했다. 언니 것만 자세히 훑어보고 내 것은 만져보지도 않고 내 손안에 있는 채로 오케이 하면서 시원스럽게 통과시켜주었다. 국군 헌병은 경례까지 올려붙여주는 것 같았다. 속으로 끌탕을 하던 게 하도 쉽게 해결이 되자 꼭 뒤에서 다시 불러 세울 것만 같아 나는 자꾸 앞으로 고꾸라지고 언니는 능청을 있는 대로 다 떨면서 여유를 과시하고 있었다.

나보다 먼저 우리 식구가 돌아와 있기를 바랐지만 내가 먼저였다. 우리 집에 남아 있던 숙부네는 아무 일 없이 여전했지만 나는 빈 집에 돌아온 것처럼 쓸쓸하고 처량했다. 실망과 낙담과 노독이 겹쳐 폭삭 무너져내리고 말았다. 그 자리에서 사그라져버리는 게 아닐까 싶게 손끝 하나 까딱할 힘도 남아 있지 않았다. 할머니가 얼마나 고생을 했으면 이 꼴이 됐겠느냐고 갈아입을 옷을 챙겨 주며 안쓰러워하셨다. 할머니한테 털어놓을 만한 고생이 생각나지 않는 게 그렇게 참담할 수가 없었다. 나 혼자 편하자고 식구들과 따로 행동한 것만 같은 죄의식 때문에 필요 이상 엄살을 부리고 있는지도 몰랐다.

저녁땐 숙부가 민어를 한 마리 사가지고 들어왔다. 우리 식구는 해마다 여름이면 애호박을 굵직하게 썰어 넣고 고추장을 풀어서 끓인 민어매운탕을 가장 즐겼었다. 요새는 다 비싼 귀물이 됐지만, 50년대까지만 해도 소만 무렵 연평도에서 오는 조기를 한 섬씩 들여다 젓 담그고 굴비 말리는 것을 비롯해서, 복중의 민어찌개, 벼가 누렇게 익어 갈 무렵 민물게로 장 담그는 것쯤은 보통으로 사는 사람도 누릴 수 있는 입맛치레요, 기다려지는 시식이었다. 그렇더라도 땅꾼 집에서의 느글느글한 식사에 비하면 눈부신 사치였다. 숙부의 말없는 환대가 고마울수록 민어찌개가 잘 목구멍으로 넘어가지 않았다. 그걸 먹으니 나는 사람도 아니라는 걸 실토하고 목 놓아 울고 싶었다. 식구들과 운명을 함께하지 않은 이기적인 행동에 대한 뉘우침이 살을 저미는 듯했다. 초라하고 불쌍한 정도를 넘어 기괴해 보이던 우리 식구들의 피난 행렬에 나만 합세했더라도 한결 덜 기괴해 보였을 것을. 누구든지 그 기괴한 행렬을 한 번 볼 거, 두 번 세 번 보았을 생각을 해도 치가 떨렸다. 엄마 때문이야, 엄마는 나에게 자유를 주는 게 아니었어. 그저 만만한 게 엄마였다. 마음의 고통 때문에 목구멍에 밥이 잘 안 넘어가기는 난리 나고 나서 처음 있는 일이었다.

서울은 다시 후퇴령이 내리기 직전보다 더 인구가 는 것 같았다. 날이 더워지기 시작해서인지 길에 사람도 많고 돈암시장도 푸성귀와 과일만으로도 풍성하고 활기차 보였다. 세상만 자반뒤집기를 안 하면 사람들은 어떻게든 적응하고 먹고살게 돼 있었다. 숙모는 여전히 푸성귀를 밭에서 받아다가 시장거리에 앉아서 파는 광주리 장수를 하고 있었지만 숙부는 어쩐 일인지 지게를 지고 나가지 않았다. 나까마 노릇도 그만두었다고 한다. 나는 골목으로 창이 난 뜰아랫방에서 할머니하고 단둘이 잤고, 할머니는 부채로 파리를 쫓으며 그간의 애기를 쉬엄쉬엄 해주셨다.

"느이 작은애비 지게 지고 나가는 꼴 보지 않으니까 내가 살 것 같다. 이날 이때 사람 부리고 붓대 놀려 먹고살던 사람이 그게 할 노릇이냐? 나까만지 거간인지 그건 더 못할 노릇이구. 지게 품은 그래도 거짓말시킬 일은 없지만 집 거간도 아니고 난전의 거간을 오죽한 것들이 해먹겠냐. 보나 마나 입이 사복개천 같은 것들일 텐데, 입이 천 근 같은 느이 작은애비가 오죽해야 그 짓을 했겠냐."

나는 할머니의 그런 말씀조차 뼈가 있게 들렸다. 느이 식구 먹여 살리려고 그런 짓까지 했지만 이제 안 보니 안 해도 그만이란 소리로 들렸다. 손자보다는 아들을 두둔하는 소리로 들려서, 할머니한테는 이북으로 간 것으로 해놓은 작은숙부가 실은 사형당했다고 말해버릴까, 하는 고약한 생각까지 들었다. 그 대신 내 딴엔 꽤 뼈 있는 소리를 했다.

"할머니는 그럼, 작은아버지 지게 지는 것만 속상하고 작은어머니 광주리 이고 다니는 건 아무렇지도 않으세요? 어쩜 그러실 수가 있어요."

"느이 작은에미 고생도 얼마 안 남았어, 역성들 거 없다. 그리고 세상 잘못 만나면 여자들이 으레 그 정도는 고생하는 게다. 사지 멀쩡한 여자가 광주리 이는 게 뭐가 어때서? 근본 있는 양반의 자손이

지게 지고, 거짓부렁이나 해서 입에 풀칠하는 수모하고 댈까."

아무 생각 없이 하시는 말씀인데도 나한테는 하나하나 가시가 되었다. 우리 식구가 돌아오기 전에 나도 뭐라도 해야지, 향토방위대에 나가서 한 입 얻어먹는 일거리도 못 하게 된 채 놀고 지낼 수는 없다는 압박감으로 가슴이 옥죄었다.

"작은아버지한테 무슨 좋은 일이 있는데요?"

"사람이 아주 죽으란 법은 없다고 귀인을 만났단다. 하긴 그것도 시장 바닥에서 서성거리게 된 덕이지만서두. 개성 부잔데 일찌거니 서울에다 한밑천 옮겨놓았다가 지금은 부산서도 크게 장사를 차렸다더라. 마침 그 사람 집이 이 동네야. 잘사는 집이라 집도 크고 으리으리하다더라. 오래 비워놓은 집이 궁금해서 둘러보러 왔다가 작은애비를 시장 바닥에서 만나고는 그쪽에서 먼저 민망해서 쩔쩔 매더래. 즈네가 돈은 있어도 지체야 우리하고 어디 댈 거냐. 그 사람이 작은애비를 관공서에 취직을 시켜주마고 하면서 난리가 평정될 때까지 자기 집을 좀 봐달래더란다. 그런 사람들이야 뭐가 아쉬워서 난리도 안 끝났는데 서울에 들어오겠냐."

"그럼 작은아버지네는 그리로 이사를 가겠네."

"이사랄 게 뭐 있는? 바로 요 동네라는데. 느이 오래비가 돌아올 때까지 나는 여기 남아 있기로 했는데, 너가 먼저 왔으니 너 혼자 남겨둘 순 없고 같이 있으마."

"장사군이라면서 왜 하필 관공서야? 이왕이면 사업을 시켜주지."

나는 비꼬는 투로 말했다.

"그 사람은 우리 근본을 잘 알잖냐? 그것도 작은애비가 시켜달랜 게 아니고 지가 먼저 그러더래. 아무리 세상을 잘못 만나도 시장 바닥에 있을 분이 아니라구. 저는 장사를 해도 아들은 관청의 높은 자리에 있어서 그 정도는 손을 써줄 수가 있다는구나. 다행이지 뭐냐. 이 고적한 타향에서 우리 근본을 알아주는 이를 만났으니."

"우리 근본이 뭔데요. 작은아버지가 일제시대 때 면서기 하신 거? 그건 할머니, 일본놈의 아전 같은 거예요. 창피해요, 창피해. 그것 때문에 해방되고 나서 친일파라고 동네 청년들이 우리 집 깨부수고 난리친 생각도 안 나세요?"

"듣기 싫다. 그건 다 젊은것들이 모르고 그런 거지, 나이 지긋한 이들은 그 후 우리한테 백배사죄하고 쭈욱 얼굴을 못 들고 살았다. 즈이가 감히 우릴 어떻게 넘봐? 면서기가 대수롭지 않다는 건 나도 안다. 우린 대대로 마을 사람들의 풍속의 본보기 노릇을 하면서 살아왔다. 그게 어딘데 즈이들이 그 공을 모르면 쓰나."

방학해서 시골에 내려가던 생각이 났다. 좁은 길에서 지게를 지고 오던 마을 사람을 만나면 노인도 어린 나에게 고개를 숙이며 길 옆으로 비켜서면서 나 먼저 통과시켜주었다. 어려선 그걸 으레 그러는 줄 알다가 나이 들면서 거북하고 싫었었는데 할머니는 그걸 그리워하고 계신 거였다. 면서기를 대수롭지 않게 여긴다는 것도 본의는 아니고, 아무튼 관청에 빌붙어야 거들먹거릴 수 있다는 게 아직도 할머니에게 남아 있는 양반 의식의 구차한 그루터기였다. 지게를 지는 아들을 보는 게 얼마나 못할 노릇이었다는 걸 알 만했다. 주변머리도 없지 왜 하필 지게였을까. 나도 숙부가 그렇게라도 해서 우리를 부양했던 공은 잠시 잊고 그게 얼마나 그에게 안 어울렸는지를 떠올리고 있었다.

개성 부자의 약속은 헛소리가 아니었다. 그 사람이 손을 써줘서 숙부가 얻게 된 취직자리는 서울 시청 산하의 아동보호 기관의 말단 직원이었다. 고정의 월급도 보잘것없어서 숙모가 계속해서 광주리장수를 하지 않으면 식구가 입에 풀칠하기도 어려울 것 같았다. 그러나 할머니뿐 아니라 숙부도 그 새로운 일자리를 감지덕지해 하며 숙모가 정성스럽게 손질한 양복으로 차려입고 빛나는 얼굴로 출근하는 걸 보니, 우리 식구가 그의 지게벌이에 기댔던 게 얼마나 못할 노릇이었나를 다시 한 번 뼈저리게 느꼈다. 그렇게 해서 작은집은 우리 집에서 떨어져 나갔다. 나를 봐서 할머니는 남아 계셨지만 우리 식구가 돌아올 때까지만이 될 터였다. 이삿짐은 개성으로부터의 피난 짐이 전부였고, 그 집은 5분도 안 걸리는 지척이었는데도, 외톨이가 된 기분은 미리 각오하고 있었던 것보다 훨씬 더 참아 내기 힘들었다.

우리 식구들은 '거기'서 왜 이렇게 못 돌아오는 걸까? 오는 중일까? 오도 가도 못하고 있다면 그 고생은 또 오죽할 것이며 다들 살아 있기나 한 것일까? 외톨이가 되자 그런 근심 걱정까지도 독차지하게 된 것처럼 딴 생각은 할 수가 없었다. 어떡하면 그들을 도울 수 있을까? 꿈속에서는 수없이 우리 식구의 기괴한 행렬에 뛰어들어 리어카 채를 잡기도 하고 남들의 값싼 동정의 시선을 당당하게 막

아설 수도 있었지만, 현실적으로 보이지 않는 이들을 도울 방법은 찾아지지 않았다.

2.

근숙이 언니네는 돈암시장 뒷골목에 있었다. 오래된 낡은 집이었지만 터가 넓고, 부엌이 따로 달린 방이 많은 게 세 놓아먹기 좋게 생긴 집이었다. 전에 세 살던 사람 중엔 피난 갔다 돌아온 집도 있어서 그 큰 집에 근숙이 언니 혼자 있어도 별로 휘해 보이지 않았다. 돈암시장 안에도 그 언니네 소유의 점포가 여러 동 있다고 했다. 그러나 아직은 정식 점포는 세입자가 환도를 하지 않아서인지 거의 다 닫힌 채였고, 노점이 더 성업 중이었다. 장사란 비슷한 업종끼리 서로 어울려야 손님이 꼬이는 법이라, 포목이나 귀금속, 아동복, 메리야스, 바느질집, 누비이불집 등 깨끗하고 값나가는 물건을 취급하던 가게 앞을 푸성귀, 생선, 잡채나 순대 따위 즉석 먹을거, 툭하면 들고뛰는 미제 장수 등 노점들이 차지를 하니까 점포에 세들려는 사람도 없다고 했다. 현재도 별 근심 없이 가족들 오기만을 기다릴 수 있을 뿐 아니라 앞날은 더 밝고 풍족할 것 같은 언니가 부러웠다.

근숙이 언니는 내가 안절부절못하는 까닭을 알고는 부질없는 근심 걱정에 피를 말릴 게 아니라, 식구들이 돌아왔을 때를 생각하여 무언가 대비해야 하지 않겠느냐고 했다. 그녀는 언제나 지당한 말만 했다. 나는 진중하고도 사려 깊은 그녀의 태도에 심한 부끄러움을 느꼈다. 내가 안절부절못하는 건 식구들의 안부를 몰라서이기도 했지만 앞으로 그들을 책임질 자신이 없어서였다. 그들은 아직 모르고 있겠지만 무사히 도강을 해서 돌아오면 제일 먼저 더는 숙부네가 우리를 책임져주지 않는다는 사실을 인정해야 될 터였다. 실은 나도 아직 그걸 인정할 용기가 없는데 말이다. 그렇게 말하는 근숙이 언니는 한강 부교 위에서 고꾸라질 듯이 못나게 구는 내 뒤에서 느릿느릿, 당당하게라고 타일러줄 때와 다름없는 능청맞도록 여유로운 태도였다.

　나는 무슨 영감이 짚인 것처럼 그런 그녀를, 이 지옥 같은 안절부절못함에서 확실하게 떠오를 수 있는 손잡이처럼 느꼈다. 나는 솔직하게 어떻게 했으면 좋겠느냐고 도움을 요청했다. 그녀는 슬슬 산책이나 하자고 하면서 집을 나와 미아리고개 밑까지 갔다가 길을 건너 반대편으로 해서 삼선교까지 걸으면서 이런 얘기 저런 얘기 했다. 대강 우리가 돈벌이로 무엇을 할 수 있을까 하는 얘기였다.

　"너, 느이 작은아버지처럼 시골서 행세깨나 하면서 체면 차리고 살던 어른이 지게꾼 노릇까지 했다는 거 그거, 너 아무나 할 수 있는 거 아니다. 정말 느네 의리 있는 집안이더라. 그 은혜 생전 잊어버리면 안 된다, 너."

　"알았어, 언니. 그건 우리 집안일이야. 그땐 그것밖에 돈 벌 수 있는 일이 없었으니까 그거라도 하신 거고, 딴 일이 생기니까 안 하시겠다는데 뭘 그래? 난 되레 지금이 어느 때라고 돈을 더 벌 수 있는 일보다는 체면을 따지는 게 이상하더라."

나는 숙부에 대한 새로운 원망 때문에 언니에게 눈을 보얗게 흘기면서 대들었다.

"하나도 이상할 게 없어. 이 난리통에도 돈벌이는 쎄고 쎘어. 그렇지만 사람에 따라서는 죽어도 할 수 없는 일이 있는 법이야."

"그런 게 어디 있다고 그래? 있으면 가르쳐줘 봐. 난 할 수 있어."

"우리 나이가 이 최전방에서 제일 쉽게 빠질 수 있는 데가 어디겠니? 그렇지만 넌 못 할걸. 네가 양공주 노릇을 할 수 있을 것 같아?"

"언니, 누굴 놀릴 셈이야."

"놀리는 게 아니라, 못 해서 못 하는 거, 할 수는 있는데 절대로 할 수 없는 걸 빼니까, 할 수 있는 게 아무것도 안 남아서 속이 상해서 그런다."

"그러니까 언니의 도움이 필요하다는 거 아뉴."

"처음부터 우리 둘의 능력을 다 합쳐서 생각했건만도 그렇다는 소리야."

우리는 더위와 실의에 짓눌려 기진맥진한 채 수양버들이 늘어선 성북동 개천가에 주저앉았다. 그래도 나는 근숙이 언니한테서 묘안이 나올 것을 단념하지 않았다. 남의 희망을 부추긴 이상 수습할 책임도 당연히 져야 할 것 같았다.

"너 그때 향토방위대에 입고 나오던 하늘하늘한 옷 지금도 있지?"

"그건 왜 물어? 뚱딴지같이."

"너 그거 입고 나올 때 참 보기 좋았댔어. 사무실이 다 환해지니까 남자들도 일할 맛이 나 했구. 그때 김 순경이 매일 드나든 것도 너한테 반했다기보다는 그런 분위기 때문이었을 거야. 전시에다 이놈의 서울은 최전방이나 마찬가지니까 보이는 것마다 오죽 무뚝뚝하고 살벌하냐?"

"그래서?"

"평화적이고 여성적인 화사한 분위기도 상품이 될 것 같잖니?"

"그래, 그럼 언니는 포주나 해먹어라."

나는 배신감에 치를 떨며 박차고 일어섰다. 언니가 따라 일어서면서 자근자근한 목소리로 타일렀다.

"들어봐. 네가 할 수 있는 것과 내가 할 수 있는 걸 합치니까 뭐가 될 것 같아. 나 이래 봬도 우리 집에서 손님 접대도 많이 해보고 언니들도 여럿이라 마실 것도 잘 만들고 도넛도 만들 줄 알고, 매깃과랑 한과도 만들 줄 안다. 시장 속 우리 가게에서 그런 장사를 동업했으면 좋겠는데 네 분위기는 시장통보다는 조금 더 고상한 데였으면 싶어. 업종도 순대가게 앞에서 해먹을 수 있는 업종이 아니고, 평화시 같으면 다방에 들어가고 싶은 손님이 상대니까."

"지금 그런 손님이 있을까? 언니가 그런 기술이 있는 건 믿어도 되구?"

나는 금방 마음을 풀고 헤헤거렸다.

"쌔고 쌘 게 군복 입은 사람들인데 뭐가 걱정이야? 게다가 네가 대학생이라는 것만 소문이 나 봐. 지적인 분위기까지 덤으로 주는 거지 뭐, 까짓거."

동업에는 합의했지만 얼마씩 자본을 댈까는 의논도 안 한 채 일이 빠르게 진행이 됐다. 장소가 뜻밖에 쉽게 결정됐기 때문이다. 시장 거리도 그랬지만 대로변에는 문을 연 점포가 더 드물었다. 마음대로 골라잡을 수도 있을 것 같아, 이왕이면 전차 정거장 근방에 눈독을 들였지만 마땅한 복덕방도 없고 해서 마침 문을 연 도장포에 들어가 물어본 게 곧바로 연때가 맞은 거였다.

도장포 주인은 한쪽 다리를 눈에 띌까 말까 하게 저는 30대의 남자였다. 점포는 안으로 살림집과 통하게 돼 있었는데 세를 든 게 아니고 자기 집이라고 했다. 그는 우리가 그의 신체적인 약점을 알아보기도 전에 자꾸 그 얘기부터 하려고 했다. 모르고 있다가 아, 저 사람이 병신이로구나, 그렇게 생각하게 되는 게 싫은 모양이었다. 병신 자식 떡 하나 더 주는 식으로 부모가 이 집을 장만해주었다느니, 병신 자식이 효도한다고. 딴 형제들은 의용군 나가고 제2국민병 나가고 지금 다 소식을 모르는데 자기만 멀쩡하다느니 하는 묻지도 않은 소리들이었다. 그런 신체적인 콤플렉스 때문에 앉아서 할 수 있는 기술을 배운 것 같았다. 피난 가서는 되레 그 기술로 잘난 사람들보다 먹고살기가 더 수월했건만, 대로변에 버젓한 자기 가게 생각이 굴뚝 같아 기를 쓰고 돌아와보니 하루 목도장 두세 개 파기도 어렵다고 했다.

두런거리는 기색에 살림집에서 그의 아내가 아이를 업고 나왔다. 우리가 마땅한 가게 터를 구하러 다닌다는 소리를 듣더니 반색을 하면서 그녀도 이 집이 도장포로서는 너무 넓어 한쪽에 문방구를 차렸으면 한다고 했다. 바로 뒤쪽이 돈암국민학교인데 아침에 등교하는 걸 보면 아이들 수가 하루하루 느는 게 앞으로 유망할 것 같다고 하면서 남편 눈치를 보았다. 남편은 그까짓 코 묻은 돈 챙길 생각 말고 아이나 잘 보라고 퉁명스럽게 잘라 말했다. 그리고 도장에는 싸구려 목도장만 있는 게 아니라 금값보다 더 비싼 도장도 있다면서, 한길가 쪽으로 튀어나오게 만든 진열장 속에 늘어놓은 옥, 상아, 뿔, 수정, 빛깔이나 무늬가 신비로운 각종 돌 따위를 보여주었다. 사람 몸의 핏줄 같은 무늬가 든 돌이 있는가 하면, 산수화를 방불케 하는 무늬가 든 돌도 있었다. 그런 인재를 보여 주는 그의 손놀림은 신중하고도 섬세했다.

길 가는 사람이 보이게끔 꾸민 진열장은 보통 집의 들창만 한 크기였지만 유리가 깨끗하고 가게 안이 안 보이게 차단한 커튼도 빛깔 곱고 값비싼 춘추 비로드여서 도장포의 전체적인 분위기하고도 안 어울렸지만, 공포와 궁기와 날림이 주조를 이루고 있는 이 최전방 도시하고는 또 얼마나 부조화스러운지 민망할 지경이었다. 그러나 그 남자가 얼마나 그곳을 아끼고 공들여 가꾼다는 것은 알 만했다. 당시 비로드는 가장 값비싼 밀수품이어서 한복지로도 상류층에 크게 번지고 있었다. 내가 대학에 입학하고 나서도 엄마한테 가장 해 달라고 싶은 게 바로 그 비로드 치마였다.

"저이는요, 피난 다닐 때도 아이 한 번 안 안아주고 저 돌만 지고 다녔대요."

여자가 마치 손위 시누이한테 일러바치듯이 애교 반 원망 반의 코맹맹이소리를 냈다.

"이 커튼도 아주머니 치마 뜯어서 만든 거 아녜요?"

근숙이 언니가 웃지도 않고 무뚝뚝한 소리로 물었다

"나중에 뺏어다 휘장을 만들든지 말든지, 그놈의 비로드 치마 한번 입어나 봤으면 좋겠어요."

그런 실없는 소리를 하는 사이에 네 사람은 흉허물 없이 속내를 털어놓게 되었다. 우리 둘의 동업에 그들도 한 사람 몫으로 참여하겠다는 말은 남편이 먼저 했는지 여자가 먼저 했는지 생각나지 않았지만, 동시에 말했다고 해도 과언이 아닐 정도로 그들의 부창부수는 완벽했다. 그들은 도장포를 거둬들이고 도배를 새로 해서 우리에게 내놓고, 근숙이 언니는 재룟값과 기술을 제공하고, 나는 가게를 보는 소위 가오 마담 노릇을 해서 이익은 공평하게 삼등분한다는 조건이었다. 도장포 집 여자는 청소 설거지 등을 틈나는 대로 무료 서비스하겠다고 했다. 여자가 무던하기도 했지만 도장포가 워낙 파리를 날리고 있을 때라 우리가 굴러들어온 복으로 보였었나 보다. 그렇게 해서 가게 터 문제는 돈 한 푼 안 들이고 해결이 되었고, 서로 믿거라 하는 마음에서 한계를 짓지 않았던 근숙이 언니와 나와의 역할 분담도 똑 떨어지게 이루어졌다. 나중에야 알게 된 거지만, 그 남자도 당분간 도장포가 될 것 같지 않으니까 밑져야 본전이란 생각도 있었겠지만, 내 능력을 과대 평가한 것이 문제였다. 근숙이 언니도 그런 말을 했지만 그 남자도 나를 잘만 손질해 내놓으면 남자 손님을 끌 수 있다고 본 모양이었다.

도장포 집 내외가 풀을 쑤고 도배지를 사다가 어두컴컴한 도장포 안을 분통처럼 바르고, 근숙이 언니는 베이킹 파우더, 신가루, 커피, 코코아 가루 따위를 구하러 미제 장수 집들을 뒤지고 다니는 동안 나는 머리의 퍼머라도 하면서 조금씩 멋내기 연습이나 하고 있었으면 좋았으련만, 그 정도의 철도 안 난 맹문이었다. 그때까지도 나는 생머리를 양갈래로 땋아늘인 채였다. 그런 풋내기가 조금 있으면 내가 더 중요한 일을 하게 돼 있다는 자만심 같은 것은 있어서, 도배하는 것도 아는 척을 하고, 장보는 데도 쫓아다니면서 간섭을 하는 등 총찰을 하려 들었다.

마지막 난관은 테이블과 의자를 마련하는 거였다. 집에 있는 책상이라야 앉은뱅이책상이었고, 근숙이 언니네 형편도 마찬가지였다. 가게 주인이 도장 파던 책상을 내놓았고 언니가 집에서 대가리는 떼 가고 겉가죽만 남은 발재봉틀을 가지고 나왔다. 그런 거면 나도 내놓을 수가 있었다. 사과궤짝을 두 개 포개서 만든 것까지 도합 네 개의 테이블이 마련됐다. 걸터앉을 의자로는 발재봉틀에 딸린 등받이 없는 동그란 의자나 복덕방 앞에 내놓는 평상이 비교적 구하기 쉬웠다. 특히 대가리 없는 발재봉틀 위에다 테이블보를 씌운 게 보기도 좋고 편안하기도 했다.

길 가다가도 걸음을 멈추고 들여다볼 정도로 근사한 가게가 된 데는 설거지나 해주겠다던 도장포 안주인의 공이 컸다. 가게 이름은 자매다과점姉妹茶菓店으로 합의를 보았다. 글씨에는 조예 깊고 솜씨

좋은 도장장이가 있으니 간판 쓰는 건 문제없었다. 간판도 그럴듯하게 써 붙이고 칼피스, 소다수, 오렌지 쥬스, 냉커피, 하는 음료수 이름은 또 따로 써서 가격과 함께 벽에다 바로도 붙이고, 옆으로 삐딱하게도 붙였다. 나는 원가도 잘 모르면서 근숙이 언니가 매긴 음료숫값이 너무 싼 것 같아 올려야 한다고 주장을 했다.

여름의 한가운데였다. 날씨는 미친 듯이 달아오르고 있었다. 실제 영업은 하루도 해보기 전에 돈을 빨리 벌고 싶은 욕심만이 걷잡을 수 없이 지글했다. 인재를 진열했던 쇼윈도에는 근숙이 언니가 솜씨를 발휘한 도넛과 그와 유사한 과자들을 맵시 있게 진열했다. 언니는 똑같은 밀가루 반죽을 가지고도 구멍을 뚫어 도넛을 만들기도 하고, 다식판에다 찍어내어 전혀 느낌이 다른 과자를 만들기도 했다. 겉에다도 설탕을 묻혔다. 시럽을 묻혔다. 코코아 가루를 뿌렸다, 변화를 주었다. 진열장 안이 도장을 늘어놨을 때보다 더 돋보였다. 길에서도 가게 안이 잘 들여다보이게 비로드 휘장을 걷어내다가 대신 살림집하고 통하는 빈지문을 가리는 데 쓰도록 했다. 언니 말에 의하면 도넛값은 시장에서 파는 꽈배깃값에 비해 터무니없이 비싸게 매길 수가 없으니 어디까지나 구색이고, 어떻게든지 음료수를 많이 팔아야 한다고 했다. 이제부터 돈 버는 건 문제없을 것 같은데 더 벌고 싶어서 설탕을 조금 쓰고 사카린을 쓰자느니, 속여먹을 궁리부터 했다.

개업하고 한 사나흘은 손님이 꽤 있었다. 그래도 도장포 주인은 거기 만족하지 못하고, 저녁이면 회계를 보면서 한 번 다녀간 손님이 다시 오고 싶고, 또 딴 사람한테 선전도 하게 만들어야 한다는 걸 강조했다. 나는 그게 맛을 담당한 근숙이 언니 들으라고 하는 소리려니 했다. 나는 주문을 받고 언니가 해주는 대로 날라다 주기만 하면 되었으니까, 따로 단골을 만들 재주를 부릴 여지가 없었다.

손님이 줄면서, 다들 그 탓이 나한테 있는 것처럼 여기고 있다는 걸 눈치채고 우울한 날이었다. 40대의 점잖은 남자가 아무거나 시원한 걸 한 잔 청하고는 나한테 이야기 좀 하자고 했다. 실없는 소리 하게 생기지도 않았거니와 아버지뻘은 되게 나이가 지긋하기도 하고, 손님을 끌어야 한다는 압박감도 있고 해서 순순히 그의 곁에 앉았다. 과연 농지거리 같은 거 안 하고 언제부터 가게를 열었느냐, 하루 매상은 얼마나 되느냐, 앞으로 전망은 어떻느냐 등을 꼬치꼬치 물었다. 이 사람도 같은 장사를 하고 싶은가 경계하는 마음도 들었지만 무엇보다도 초라하게 보이기는 싫다는 생각부터 앞섰다. 그날 내 기분이 유난히 초라했기 때문에 더욱 그러했을 것이다. 나는 개업했을 당시의 하루 매상보다도 약간을 더 부풀려서 지금까지의 평균 매상처럼 말했고, 물론 앞으로의 전망도 더 좋아질 것처럼 낙관했다. 그가 일어서면서 음료숫값을 내려고 했다. 그동안 쭉 엿보고 있었는지 안에서 도장장이가 뛰쳐나왔다. 그리고 두 손을 비비며 그냥 가시라고 했고, 언제나 들르시면 시원한 걸 대접하겠노라고 했다. 그는 주머니에 넣었던 손을 빈손으로 꺼내면서도 별로 미안하다는 표정도 짓지 않고 덤덤하게 가버렸다. 그가 가자마자 도장장이가 도끼눈을 뜨고 나를 닦아세웠다.

"당신 뭐 하는 사람이야, 응? 도대체 왜 이러는 거야. 누구 망하는 꼴 보고 싶어."

실은 내가 할 소리였다. 근숙이 언니가 뛰어나와 그를 진정시켰다. 그냥 놔두면 멱살이라도 잡고 말 것처럼 그의 삿대질은 격렬했다. 영문을 몰라 하는 나에게 근숙이 언니는 그 사람이 세금쟁이라는 걸 일러주었다. 나는 이 벌어먹을 것이 마땅찮은 서울 바닥에도 세금쟁이가 있다는 건 상상도 못 하고 있었다. 끽소리 못하고 당하고 들어와 다음 날은 정말로 나가기가 싫은 걸 언제 돌아올지 모를 우리 식구들을 생각하고 억지로 몸과 마음을 추슬렀다. 돈 벌기가 쉽지 않다는 건 알았지만 그래도 내가 뭔가를 하고 있다는 걸 보여주고 싶었다. 숙부가 지게를 지는 걸 보고도 의지가 됐던 우리가 아닌가. 그러나 멀리서도 자매다과점이라는 간판이 없어진 게 보였다. 진열장 안의 도넛도 없어지고 대신 도장장이가 뽐내는 값나가는 인재들이 구색 맞춰 들어앉아 있었다. 도장장이는 하늘하늘한 춘추 비로드 휘장으로 전처럼 그쪽을 가려 놓고, 옥양목 테이블보로 덮었던 상처투성이 책상을 제자리에 갖다 놓고 바쁜 듯이 목도장을 파고 있었다. 일부러 그런다는 게 드러나게 열중하고 있었다. 근숙이 언니는 살림집 안마당에서 밀가루랑 기름이랑 설탕이랑 기름 가마랑, 접시, 유리컵 따위를 챙기고 있었다. 나는 입술이 떨려 말이 안 나오는데도 언니는 눈짓으로 나에게 아무 말 하지 말라는 신호를 보냈다. 근숙이 언니가 그동안 집에서 내온 짐이 어찌나 많은지 몇 번은 날라야 할 것 같았다. 그건 그녀가 감수한 손해의 양과도 비례할 것 같아 낯을 들 수가 없었다. 도장을 파던 남자가 우리들으라는 듯이 이죽거렸다.

"물장수를 아무나 하는 줄 아슈. 눈에 콩꺼풀이 씌어도 분수가 있지, 그걸 못 알아본 건 내 불찰이지만 그래도 그렇지, 세상 물정을 그렇게 모르면서 딴 장사도 아니고 어떻게 물장사를 할 엄두를 내나, 내길. 학생은 장사는 틀렸어."

나는 눈시울이 화끈해졌다. 그에게 모욕당한 게 억울해서가 아니었다. 오랜만에 들어보는 학생이란 소리가 갑자기 가슴에서 뜨거운 걸 밀어 올리는 것 같았다. 주섬주섬 근숙이 언니 일을 거들면서 나로 인해 벌인 철딱서니 없는 사업으로 가장 큰 손해를 입은 게 언니라는 게 하도 명백해서 아무 말도 나오지 않았다. 도장장이는 내 덕에 그 구질구질한 가게 도배 하나라도 건졌으니 미안할 것도 없었다. 내가 집에서 내온 건 알맹이 없는 발재봉틀 껍질이 전부였다. 그래도 근숙이 언니는 그것부터 나르자고 해서 언니하고 맞들고 집으로 왔다. 뚜껑만 나무고 다리와 발판과 바퀴가 다 쇠로 돼 있어서 여간 무겁지가 않았다. 굴릴 수도 있었는데 어서 남들의 이목으로부터 숨고 싶어서 언니와 맞들고 경정경정 뛰었다. 비 오듯 땀이 흘렀다. 무쇠도 녹인다는 중복허리였다.

3.

우리 식구가 천안에서 돌아온 것은 자매다과점이 끝장난 날 저녁 때였다. 하루만 일찍 왔어도 나는 식구들에게 용기를 불어넣기 위해 세금쟁이한테 한 것과 같은 말을 했을지도 모른다. 입이 열이라도 할 말이 없게 된 연후에 돌아와서 그런지 그동안 기다리고 애태웠던 표시도 할 기운이 없었다. 식구들 역시 마찬가지였다. 어둑어둑한 무렵인 데다 지치고 씻지 못해서 전체적으로 어둑어둑한 그림자 빛깔을 하고 있었다. 말도 없거니와 표정도 없었다. 나는 처음엔 할 말이 없어서 말을 못 하다가 엄마도 올케도 아이들도 하도 조용하니까 따라서 말을 못 했다. 그렇게 걱정이 되던 오빠에 대해서조차 물어볼 엄두가 나지 않았다. 좀 더 회복이 되었는지, '거기' 서 받은 대접은 어땠는지, 소원을 푼 소감은 어떤지, 물어볼 수도 없었지만 눈치로 알아내는 것도 불가능했다. 그건 그림자한테서 표정이나 혈색을 읽을 수 없는 것과 마찬가지였다. 재봉틀 대가리가 없어진 걸로 봐서 '거기' 서도 거저 얻어먹을 수 있는 처지는 아니었다는 걸 짐작할 수 있을 뿐이었다.

차차 나도 식구들과 같아졌다. 최소한도로 말했고 최소한도로 움직였다. 무언가 먹긴 먹었겠지만 다음에 무얼 먹을까 걱정하지 않았고, 무슨 맛인지 모르고 먹었기 때문에 먹지 않음과 같았다. 그렇게 집요하게 우리를 따라다니던 먹는 문제에서 놓여났는데도 여전히 목숨은 붙어 있었다. 그러나 아무것도 느끼지 못하니까 살아 있다는 감각도 없었다. 나는 내가 아니라 나의 그림자였다. 우리 식구들도 마찬가지였다. 얼마 동안인지 생각도 안 나게 오랫동안 빈곤, 악운, 질병 등 인간의 그늘만 독차지하다 보니 드디어 표정을 포기한 그림자가 돼버린 것이다. 마침내 편안해진 것이다.

몇 시인지 모를 오밤중이었다. 그때 나는 올케하고 뜰아랫방에서 자고 있었다. 엄마가 오빠하고 한방을 쓰고 나는 올케하고 한방을 쓰게 된 것도 천안에서 식구들이 돌아온 후의 변화였다. 올케가 그러고 싶어하니까 나는 그냥 나 자던 방의 한쪽을 내주었을 뿐 그 부자연스러운 배치에 대해 이상하게 여기지도 거북하게 여기지도 않았다. 할머니는 숙부네로 가시고 엄마가 오빠하고 안방을 쓰고 있었으니까 올케는 건넌방을 쓸 수도 있었건만 안 그랬다. 원은 자기 방이었던 건넌방을 비워놓고 내 곁에 눕곤 했다.

오밤중인지 새벽인지 분명치 않았다. 한잠을 자고 일어났는지 잠 못 이루고 뒤척이고 있었는지도 확실하지 않았다. 울부짖음 같은 소리가 멀리서 들려왔다. 멀다는 거리감이 시간을 거슬러 올라간 아득한 원시로 느껴질 만큼 그 비명은 간략하게 절제돼 있어 사람의 소리 같지가 않았다. 올케가 먼저 화들짝 뛰쳐 일어나더니 박차고 나갔다. 올케의 나부끼는 허연 속곳 가랑이를 보면서 나도 비로소 소름이 확 끼쳤다. 엄마가 말을 잃은 외마디소리로 우릴 부르고 있었다.

오빠는 죽어 있었다. 복중의 주검도 차가웠다.

그때가 몇 시인지 우리는 아무도 시계를 보지 않았고 왜 엄마 혼자서 임종을 지켰는지도 묻지 않았다. 엄마도 자다가 옆에서 끼쳐오는 싸늘한 냉기 때문에 깨어났을지도 모른다. 체온 외엔 오빠가 살아 있을 때하고 달라진 건 아무것도 없었다. 눈 똑바로 뜨고 지키고 앉았었다고 해도 아무도 그가 마지막 숨을 쉬는 순간을 포착하지 못했을 것이다. 총 맞은 지 8개월 만이었고, '거기' 다녀온 지 닷새 만이었다. 그는 죽은 게 아니라 8개월 동안 서서히 사라져간 것이다. 우리는 아무도 그의 임종을 못 본 걸 아쉬워하지 않았다. 그 대신 그의 너무도 긴 사라짐의 과정을 회상하고 있었다. 우리는 새삼스럽게 슬퍼할 것도 곡을 할 것도 없이 가만히 앉아 있었다. 우린 미리 상갓집에 잘 어울리는 표정을 짓고 있었기 때문에 아무것도 할 것이 없었다. 날이 밝을 때까지의 시간관념도 없었다.

지척에 사는 숙부한테 기별할 생각도 안 하고 있는데 아침에 숙부가 들렀다. 우리 집에 들렀다가 출근하는 게 할머니까지 모셔가고 나서도 못 면하는 숙부의 숙부다움이었다. 숙부도 오빠가 살아날 수 없다는 걸 벌써부터 알고 있었던 듯 놀라는 기색 없이 고개를 앞으로 푹 꺾고 한동안 말이 없었다. 숙부의 기별을 받고 달려온 숙모가 대문간부터 곡을 하면서 들어왔다. 상가에서 곡성이 들리는 건 당연하건만 너무도 생급스럽게 들렸다. 그리고 나서 임종한 날짜와 시간 등 장례에 필요한 걸 알고 싶어했다. 엄마는 우리를 좀 가만 내버려둬 달라는 말밖에 안 했다. 우리는 맥을 놓고 말없이 우두커니 앉아 있었다. 안절부절못하던 숙부와 숙모도 우리의 그림자 노릇이 전염된 것처럼 무표정하게 소리를 죽이고 있었다.

엄마가 밤중보다 몇 배나 크고 격렬한 소리를 낸 것은 오후 늦은 시간이었다. 우리는 엄마가 미치는 줄 알았다. 오늘 안으로 아들을 내다 묻어야 한다고 엄마는 그렇게 펄쩍펄쩍 뛰면서 소리 지르는 거였다. 우리 집에 모여 앉은 많지 않은 사람 중에서 가장 먼저 그림 자이기를 거부한 이는 역설적이게도 사자였다. 엄마가 먼저 맡은 부란의 냄새는 역질처럼 무섭게 우리한테 번졌다. 우리는 엄마를 덩달아 콩 튀듯 팥 튀듯 뛰기만 할 뿐 어찌할 바를 몰랐다. 스스로 썩어감으로써 우리하고 정을 떼려는 오빠가 싫고 무서웠다. 그건 올케도 마찬가지였을 것이다. 우리도 땡전 한 푼 없었지만 숙부네 사정도 마찬가지였을 텐데, 도움을 청할 만한 아무도 생각이 안 났 고 그럴 만한 시간도 없었다. 어려울 때 상부상조할 수 있는 우리의 전통적인 미덕조차 안 통하는 우리 처지가 참으로 가련했다. 골목 안엔 아직도 우리 한 집밖에 돌아와 있지 않았다.

숙부하고 숙모가 뛰어나갔고 어디서 장의사를 발견했는지 손으 로 끄는 장의 수레를 한 대 빌려가지고 왔다. 달구지 같은 데다 영구 차 비슷한 뚜껑을 씌운, 평상시 같으면 행려사망자나 태우는 가장 값싼 거였다. 수의고 뭐고 없이 깨끗한 바지저고리로 갈아입혀 뒤 틀리게 얇은 널에다 눕히고, 미친 사람들처럼 허둥지둥 수레에다 실었다. 돈을 덜 들이려고 그랬는지 워낙 그런 건지 수레에 딸려 나 온 사람도 한 사람밖에 안 됐다. 숙부와 엄마와 올케, 나 이렇게 네 사람이 장의 수레를 따랐다. 숙모는 아이들을 봐야 하니까 집에 남아 있었다. 우리 꼴을 안 보이고 싶어서 빨리 어둡기라도 했으면 싶은데 해는 질 듯 질 듯 안 지면서 지열을 기름 가마처럼 달구고 있었다. 수레꾼은 비지땀을 흘리면서 숨가쁜 소리로 우리더러 뒤를 밀어달라고 요구했다. 숙부와 내가 번갈아가며 수레를 미느라 개처럼 헐떡거렸다. 환장을 하게 더웠다. 우리는 사람도 아니야, 생지옥의 고통을 견디기 위해 믿지도 않는 주문을 외우듯이 문득문득 그런 생각을 했다.

미아리고개를 넘어 공동묘지에 다다를 때까지도 날이 아주 어둡지는 않았다. 우리는 다 왔다고 생각하고 있는데 수레꾼이 공동묘지는 안 된다고 했다. 빈자리를 찾으려면 높은 데로 올라가야 하고 또 관리인이 있을지도 모른다는 것이었다. 그럼 당신이 알아서 하라고 숙부가 부탁하고 나서, 전쟁만 끝나면 어차피 선산으로 이장을 해야 하니까,라고 덧붙였다.

"이 난리가 끝날 날이 있을까요? 서방님."

엄마가 별안간 정신이 든 얼굴로 물었다. 그런 엄마가 나 보기엔 전쟁이 끝나는 걸 두려워하는 것처럼 보였다.

수레꾼이 제 마음대로 정한 자리는 공동묘지 지나 농가 뒤쪽 비스듬한 밭머리였다. 농가는 비어 있고 밭에도 풀만 길길이 자라고 있었다. 수레꾼과 숙부가 널과 같이 싣고 온 삽과 뿔괭이를 내려서 밭이 끝나고 둔덕이 시작되는 곳을 후비적후비적 후벼 파기 시작했다. 엄마와 올케가 비로소 통곡을 터뜨렸다. 수레꾼이 누가 오면 어떡하려고 그러느냐고 야단을 쳤다. 마을이 멀지 않았다. 괴괴했지만 사람이 안 사는 마을 같지는 않았다. 이건 숫제 암매장이었다. 암매장이라는 의식이 우리의 일손을 빠르게 했다. 나도 덤벼들어 거들었다. 하관을 하고 흙을 덮고 나서, 봉분을 만들고 막대기로 표시를 했다. 봉분을 너무 두드러지게 한 것 같아 꺼리는 우리에게, 수레꾼은 일단 매장을 하고 나면 아무도 함부로 파가질 못하는 거니까 겁낼 것 없다고 했다.

집에 돌아오니 밤중이었다. 숙모가 팥죽을 쑤어놓고 기다리고 있었다. 시뻘겋고 걸쭉한 팥죽이 너무 생급스러워 화가 났다. 그렇다고 밥이 먹고 싶은 것도 아니었다. 식구들이 돌아온 후 그림자처럼 살면서 아주 안 먹고 살았다고는 못 해도 거의 배가 고픈 걸 느끼지 못하고 있었다. 오늘 같은 날은 더군다나였다. 우리가 팥죽을 혐오스러워하는 걸 보고 숙모는 변명처럼 예로부터 상제가 팥죽 먹는 건 흉이 아니라고 했다. 흉이 될까 봐 안 먹는 줄 아는지, 밤이 깊어 집으로 가면서도 숙모는 팥죽에 대한 미련을 못 버리고 내일이면 쉬어서 버리게 될 텐데……,라고 했다.

"쉬어서 버리면 안 되지."

엄마가 헛소리처럼 말하면서 팥죽을 가져오라고 손짓했다. 우리는 둘러앉아, 사랑하는 가족이 숨 끊어진 지 하루도 되기 전에 단지 썩을 것을 염려하여 내다 버린 인간들답게, 팥죽을 단지 쉴까 봐 아귀아귀 먹기 시작했다.

6

겨울나무

1.

그 여름이 가고 가을 되고 겨울 될 때까지도 나는 하루 만에 오빠를 매장했다는 죄의식에 시달렸다. 오빠가 무덤 속에서 난 안 죽었다고 무서운 얼굴로 살아나오는 꿈을 꾸고 또 꾸었다. 그러고 나면 눈물 한 방울 안 흘린 죗값처럼 온몸이 흥건히 식은땀에 젖어 있곤 했다. 내 마음 속의 오빠의 무덤은 살아서 몸부림치다 다시 죽은 흔적으로 봉분에 쩍쩍 금이 가 있곤 했다.

그 밖에 우리 식구의 연명은 무사했다. 아무도 돈을 벌지 않았고, 아무도 오늘 무얼 먹을까, 내일 무얼 입을까 걱정하지 않았지만 생존에 지장이 없었고, 서로 무슨 생각을 하는지 전혀 관심 없이도 한 지붕 밑에서 한솥밥을 먹고 있었다. 그래도 첫추위가 닥치자 세 방에 흩어져 자던 식구들이 한방을 쓰기 시작했다. 건넌방이었다. 그 방이 안방보다도 넓고 우풍이 제일 덜했다. 땔감이라도 아끼는 게 보이지 않는 손길로 우리의 목숨을 부지시켜주는 이에 대한 예의라는 데 무언의 합의를 본 결과이지만, 서로 미워하는 사람끼리 붙어 지낸다는 건 여간 못할 노릇이 아니었다.

한방을 쓰기 전에는 식구들에게 더는 애정은커녕 관심도 가질 것 같지 않은 게 홀가분하면 했지, 미워한다고까지는 여기지 않았다. 그러나 한시도 혼자 있지 못하고 주야로 같이 지내게 되니 눈길 한 번 마주치는 것도 괴로웠고, 견딜 수 없는 혐오감으로 문득 토악질이 치밀 적도 있었다. 엄마도 올케도 오빠의 죽음을 감쪽같이 집어삼키고 속에서 썩이고 있지 싶어 밉다기보다는 징그러웠다. 엄마나 올케 보기에 나 또한 그래 보였을 것이다. 제대로 예를 안 갖춘 장례의 후유증은 이렇듯 우리 식구 안에서 부란의 부란을 거듭했다. 만약 어린 두 조카가 우리 세 사람 사이에 없었다면 우리는 결코 가족으로서의 외형도 유지하지 못했을 것이다. 그런 뜻으로도 엄마와 나 사이에 찬이가 눕고, 나하고 올케 사이에 현이가 눕도록 자리를 까는 것은 상징적이었다. 자는 동안도 완충지대가 필요할 만큼 우리는 서로 치 떨리게 징그러워하고 있었다.

현이는 식구들의 무관심 속에서도 첫돌을 넘겼고, 아장아장 걸었고, 가르쳐준 바 없는 재롱도 곧잘 부렸다. 사내 녀석인데도 피부가 백옥 같고 눈이 큰 아이였다. 가끔 웃을 일이 있다면 그 애 때문이었다. 그러나 소리 내어 웃다가도 서로 눈치를 보면서 허둥지둥 그 그림자처럼 침침한 무표정으로 돌아가곤 했다. 그럴 때마다 우리 식구를 묶어주고 있는, 증오보다 더 강한 어떤 약속 같은 걸 의식하곤 했다. 말로 맺은 바는 없지만 오빠의 죽음을 전후한 그 그림자 같은 생존 방식에, 우리 식구는 아직도 확실하게 묶여 있었다.

첫추위에 감기가 들었는지 콧물을 줄줄 흘리던 현이가 몸이 절절 끓기 시작했다. 우리가 할 수 있는 것은 어른용 아스피린을 반으로 쪼개서 물에 풀어 먹이는 게 전부였다. 종점엔 약국도 생기고 성북서 건너 쪽엔 소아과 병원도 들어와 있었다. 신안탕 뒤, 우리 집이 있는 안정되고 보수적인 골목에도 우리 말고 또 한 집이 들어와 있어서, 비록 서로 교류는 없지만 고립감이 덜하던 차였다. 아무리 도강을 금하는 것 같아도 마음만 먹으면 뚫고 들어갈 수 있는 틈을 다양하게 마련해놓은 것 같았다. 틈만 일단 발견했다 하면 스스로 틈을 넓혀가며 스며드는 수압처럼 인구가 불어나는 게 눈에 보이는 듯했다.

그러나 우리의 고적한 처지는 파주 구렁재에 고립돼 있을 때보다 더하면 더하지 조금도 덜하지 않았다. 이웃은커녕 식구끼리도 감정의 교류가 없었고, 우리 집 벽장엔 호두 한 알도, 비장의 영사도 없었다. 타인에 대한 철저한 무관심과 고립이야말로 우리가 움츠러들 수 있는 유일한 피난처였다. 목구멍에 거미줄 치지 않는 게, 숙부네의 은밀한 보살핌 덕이라는 걸 알고도 모른 척하기 위해서도 살고 싶어 사는 게 아니라 안 죽어져서 할 수 없이 산다는 걸 온몸으로 나타내지 않으면 안 되었다. 겨우 그 정도가 우리의 알량한 마지막 자존심이었다. 안 죽어져서 할 수 없이 사는 주제에 아이가 좀 아프다고 법석을 떨 수는 없는 일이었다.

보채긴 좀 해도 그런대로 잘 놀던 아이가 하루는 몸져누웠다. 두 살짜리가 정신을 못 차릴 정도로 아프다는 건 보통 일이 아니었다. 목구멍에선 가래가 끓고, 숨은 턱에 닿게 가쁘고, 입술은 까맣게 타들어가고 있었다. 머리를 만져보다가 나도 모르게 40도가 넘을 것 같다고, 얼뜬 비명을 지르고 말았다. 어린 목숨이 참아낼 수 있는 한계에 다다른 것 같아 무서웠다. 그렇죠? 분명히 40도가 넘죠? 올케는 마치 40도가 넘기를 기다렸다는 듯이 이렇게 부르짖더니 아이를 솜 포대기에 둘둘 말아 안고 쏜살같이 밖으로 달려 나갔다. 엄마는 호두 한 알, 영사 한 숟갈의 준비성도 없는 주제에 그림자처럼 피도 눈물도 없는 회색빛 무표정을 허물어뜨리지 않은 채였다.

"폐렴이래요. 오늘 밤이 고비래요. 주살 거저로 놔줬어요. 저녁때 한 번 더 데리고 오래요. 항생제를 시간 맞춰 놔야 된대요."

아이를 내려놓으며 올케가 나에게 보고하듯이 말했다. 뺨에 눈물이 번들대고 있었다. 시간 맞춰 또 한 번 데리고 가서 주사를 맞혔지만 의사는 오늘 밤이 고비라는 말밖에는 시원한 소리를 안 하더라고 했다. 주사를 두 번씩이나 맞았는데도 열이 잘 안 떨어져서 올케는 밤새도록 머리맡을 지키며 찬 물수건을 아이의 이마에 갈아대고 있었다.

올케를 좀 눕게 하고 내가 머리맡을 지킬 때였다. 아이의 숨결이 어찌나 가파른지 나는 아이의 입 가까이 내 입을 대고 그 숨결을 빨아들이는 시늉을 하면서, 속으로 아이의 병이 나에게 함빡 옮아오길 빌었다. 옅은 잠에 빠졌던 올케가 눈을 뜨더니 무슨 짓이냐고 물었다. 이 아이 병균을 옮겨 받고 싶어 그런다고 했다. 나는 다만 병든 아이를 위해 아무것도 해줄 수 없다는 것을 참을 수가 없어서 그런 것뿐이지 그런 비위생적인 행동에 정말 효험이 있다고 믿은 건 아니었건만, 올케는 벌떡 일어나더니 자기도 그렇게 해보겠다고 했다. 우리는 번갈아가며 아이의 뜨겁고 가쁜 호흡을 열렬하게 흡입했다.

날이 밝으면서 아이는 열이 내리고 눈을 뜨더니 물을 찾았다. 아침에 다시 병원으로 아이를 업고 갔다 온 올케는 고비를 넘겼다고 하더라면서, 우리 돈…… 벌면, 제일 먼저 그 의사 은혜부터 갚아요, 했다. 돈…… 벌면, 소리를 그녀는 충분히 뜸을 들여가며 했음에도 불구하고 내 귀에는 벼락같은 충격이 되었다.

그동안 근숙이 언니네는 식구들이 다 돌아와서 그 큰 집에 빈방이 없을 정도로 북적대고 있었다. 양친 부모에다 결혼한 오빠 올케 조카들만 해도 대식군데 시집간 세 언니들까지 자기 집 놔두고 친정집의 이 구석 저 구석을 차지하고 있었다.

시집간 언니들이 그걸 원해서가 아니라 노부모가 전쟁이 끝날 때까지는 마음이 안 놓여 가까이 끼고 있고 싶어하신다는 거였다. 그래서 피난도 대부대가 함께 다녔지만, 여러 남매 중 하나 남은 미혼인 근숙이 언니는 그렇게 엉겨 사는 게 도무지 마땅치가 않은 듯했다. 근숙이 언니나 나나, 한창 혼자만의 시간, 혼자만의 장소가 필요한 나이였다. 그 언니가 피난지에서 먼저 돌아온 것도 가족 선발 대로 파견된 것처럼 말했지만 실은 무단이탈이었나 보다. 정부가 환도도 하기 전에 그 겁 많은 대부대가 돌아온 것은, 자기가 불러들인 것과 마찬가지라고 했다. 근숙이 언니는 그런 노부모를 너무 욕심이 많다는 식으로 말했다. 그러나 나 보기에는 끝없이 무조건 품으려는 그분들의 넉넉한 인품 때문에 이 난리통에도 그 많은 아들딸과 손자녀들 중 단 한 명도 다친 사람이 없는 게 아닌가 싶었다. 알고 보면 그것도 일종의 시샘일 터였다.

"네가 웬일이냐? 우리 집엘 다 오구."

근숙이 언니는 둘이만 조용히 들어앉을 방이 없는 걸 자기 잘못처럼 미안해하며 큰언니네가 쓰고 있는 사랑채로 끌고 나갔다. 조카들이 슬금슬금 자리를 피해줬다. 근숙이 언니가 나를 고약한 부스럼 다루듯이 조심스럽게 군다는 게 느껴져 쓸쓸했다.

"못 찾아봐서 미안하다. 잘 지내지?"

오빠가 죽은 걸 안 알려줬다고 제일 섭섭해한 것도 근숙이 언니였다. 그녀는 나더러 상종 못할 독종이라고까지 분개를 했다. 말은 그렇게 하면서도 그 후에도 나한테 잘해주려고 애썼는데 내가 그걸 받아들이지 못했다. 나 혼자 그랬다기보다는 우리 식구 모두의 타인을 밀어내는 듯한 태도에, 붙임성 있는 그녀도 제풀에 나가떨어진 것과 다름없었다. 우리 식구는 고작 그런 일에 그렇게 뜻이 잘 통했다. 나는 사람 사는 집다운 이 집의 북적거림과 함께 그리움 같은 게 은은하게 퍼져 오는 걸 느꼈다.

"응, 대충."

"걱정 많이 했어."

"굶어 죽었을까 봐?"

"무슨 말을 그렇게 하냐."

"미안해, 언니야. 돈…… 벌고 싶은데 무슨 방법이 없을까, 오면서 보니까 돈암시장에도 거의 빈 가게가 안 남았더라."

더는 위로받고 싶지 않다는 고약한 심보가 도져 이렇게 단도직입적으로 말했다.

"장사는 안 돼, 넌. 그건 도장장이가 확실하게 도장 찍어줬잖아."

근숙이 언니 또한 직설적이었다. 나는 감추던 전과가 들통 난 것처럼 머쓱해지고 말았다.

"내가 장사를 하겠다는 게 아냐. 자본이 있는 것도 아니고, 언니를 꼬시기는 애당초 틀렸고, 내가 무슨 수로 장사를 하겠어. 취직이라면 모를까. 취직자리 하나 알아봐 줘. 점원 노릇도 괜찮아."

"알아는 볼게. 이 쬐그만 시장에 점원 두고 장사할 만한 집이 있을라나 몰라. 다들 식구끼리 해먹거든. 공장이고 회사고 다 문 닫아버린 세상이니까 장사밖에 해먹을 게 있어야지."

"언니는 좋겠다. 그런 점포가 몇 채씩 있는 부잣집 딸이니까."

"부자는 무슨. 밥걱정 안 하는 것만 제일로 알고, 자식 공부에는 도무지 신경을 쓸 줄 모르는 노인네들이 난 얼마나 답답하고 싫은데."

"그래도 언니가 돈 없어서 대학 못 간 건 아니잖아?"

"그런 건 아니지만, 처음부터 대학 안 가는 걸 자연스럽게 알도록 길들이는 가풍도 확실히 문제 있는 거 아니겠어."

그 부분이 언니에게 민감한 부분이라는 걸 알고 있었지만, 왜 화제가 그렇게 돌아갔는지 모르게 우리는 둘 다 약간 우울해지고 말았다. 속 넓은 언니는 나를 위로하려면 같이 우울해지는 수밖에 없다고 생각했는지도 모른다. 그날은 맛있는 점심까지 얻어먹고 왔다. 오랜만에 해보는 식사다운 식사였다. 오는 길에 보니 시장통 뒷골목에 즐비한 음식점들이 길바닥을 온통 질펀히 적시며 드럼통에 절인 배추를 씻고 있었다. 시뻘겋게 소를 버무리고 있는 집도 있었다. 며칠 전에 첫 얼음이 얼고 나서였다. 여자들의 곱은 손으로 봐서 이른 김장은 아니었다. 기나긴 겨울의 어둡고 차가운 손이 덜미를 잡을 것 같아 종종걸음을 쳤다. 등덜미에 식은땀이 흐르게 생생한 공포감이었다.

역시 근숙이 언니밖에 없었다. 그런 부탁을 하고 온 지 며칠 안 돼 언니가 찾아왔다. 대학생을 구하는 취직자리가 생겼다는 것이다. 잘만 되면 미군 PX에 취직이 될지도 모른다고 지레 흥분해서 언니답지 않게 수선을 떨었다. 정말 PX에 취직이 된다면 그건 흥분할 만한 일이었다. 근숙이 언니한테 어떻게 그런 연줄이 생겼나 했더니, PX 안에도 한국물산 매장이 있는데 그런 위탁 매장을 몇 개씩이나 운영하여 돈을 많이 번 사장한테 납품을 하는 사람을 잘 안다는 것이었다. 조금 더 자세히 파고들어 가니, 그 납품업자의 아내가 근숙이 언니네 점포에 세들어 수예품 가게를 한다니, 몇 다리를 건넌 것인지 머리가 복잡해지면서 그닥 믿음이 가지지 않았다. 그쪽에서 어떤 일을 시키려고 꼭 대학생을 원하는지도 분명치 않았다. 그러나 납품업자가 아닌, 그 사장님이 직접 보자고 했다니 나 모르게 중간에서 애들을 많이 쓴 것만은 알아줘야 할 것 같았다. PX에 출근하기 전에 집으로 찾아오라고 했다는 것이었다.

허순구라는 그 한국물산의 사장 집까지는 근숙이 언니가 같이 가주기로 했다. 납품업자로부터 받은 주소와 약도를 가지고 이른 아침에 전차를 타고 종로까지 갔다. 허 사장네는 관훈동이었다. 약도로 봐서는 찾기 쉬운 집이었다.

"너한테 미리 말해둘 게 하나 있어."

화신상회서 안국동 쪽으로 얼마 안 가다 오른쪽 골목으로 들어서면서 근숙이 언니가 콧등을 난처하게 찌그러트리며 말했다. 보나마나 안 좋은 일 같아서 나는 걸음까지 멈추면서 따질 태세를 취했다.

"뭔데?"

"너 화내면 안 돼. 내가 속인 게 하나 있어."

"누가 누굴? 확실히 다 말해주지 않으면 나 안 갈 거야."

"내가 널 영문과라고 했어. 서울대학이라고 하니까 그렇게 좋아하더래. 그러면서 무슨 과냐고 묻더라구. 누군 누구야, 중간에 든 사람이지. 진짜 사장은 나도 오늘 처음 만날 거구. 서울대학을 그렇게 좋아한다니까 영문과라면 더 좋아할 것 같더라구. PX에서 장사하면서 대학생 구하는 까닭이 뭐겠어. 지가 영어가 달릴 때 써먹으려고 그러는 게 뻔하잖아. 그래서 그렇게 말한 거니까 그렇게 알구 있어. 지금 세상에 어디 가서 재학 증명서 떼오랄 것도 아니니까."

나는 더 나쁜 쪽으로 머리를 굴리고 있었기 때문에 슬며시 웃음이 났다. 속고 있는 게 내가 아니라, 상대방이라는 게 우선 마음이 놓였던 것 같다. 나를 취직시키려고 그렇게까지 애를 써준 게 고맙기도 하고, 영문과라고 속이는 것도 뒷갈망이 켕기기는 해도 못할 것도 없다고 생각했다. 나는 근숙이 언니가 생각하고 있는 것처럼 그렇게 결벽하지 않았다. 돈이 벌고 싶었고 PX란 데가 어떻게 생긴 덴지 구경이라도 한번 해보고 싶었다.

돈암시장의 순대 냄새와 꿀꿀이죽 냄새가 뒤섞인 냄새, 그 냄새에 오장이 뒤틀리는 듯한 식욕을 이기지 못해 지친 짐승처럼 정기 없이 번들대는 눈과 어두컴컴한 얼굴로 두 가지 음식의 영양가와 부피와 주머니 사정을 암산으로 산출해내느라 발걸음을 질정 못하는 막벌이꾼. 브래지어와 거들까지 깃발처럼 내걸고 손님을 부르는 구제품 좌판의 악취보다 더 비위를 뒤집는 야릇한 암내, 그 앞에서 터무니없이 큰 브래지어를 자신의 미숙한 가슴에 대보는 입술 붉은 어린 창녀. 저만치서 마른침을 삼키며 그 여자의 일거수일투족을 호시탐탐 노리다가 그 여자가 아쉬운 듯이 아무것도 못 사고 사람들 사이에 섞이는 걸 틈타 살금살금 다가가, 귓전에 바짝 퀴퀴한 입을 갖다 대고, 딸라 있수? 후하게 쳐줄게, 나하고 단골 트면 해롭지 않아, 독침처럼 날카롭고 표독하게 속삭이는 달러 장수. 파리가 윙윙대는 푸줏간에서 수시로 가죽 혁대에다 식칼을 갈면서 똑같이 쉬파리나 불러들이는 건고등어 장수를 은근히 얕보는 늙은 백정. 악착같이 한 눈금이라도 더 덤을 받으려는 얌체 손님을 핑계로 다섯 눈금쯤은 더 나가도록 앉은뱅이저울을 조작해놓고 거드름을 피우는 밀가루와 설탕가루 장수.

봉지쌀에서도 단 한 움큼이라도 벗겨먹으려는 싸전 영감과 안 속으려는 어린 새댁 간의, 뒷박을 평평하게 미는 방망이를 가지고, 배가 너무 부르다거니, 눈깔이 뺐냐? 나처럼 홀쭉한 방망이로 미는 싸전 있으면 나와보라거니 하는 사생결단의 치열한 싸움. 온종일 목이 쉬게 싸구려와 떨이를 외쳐대도 물건은 안 줄고 허기만 지는 푸성귀와 과일 장수. 점심 거르고 새우젓 조끔 집어먹고 냉수 한 대접 마시는, 고릿한 냄새가 몸에 맨 젓갈 장수. 그런 것들 사이를 놀이터 삼아 요리조리 싸다니다 운수 좋아 남의 걸 슬쩍해서 입정질해도 야단맞지 않는 장돌뱅이 새끼들. 이런 생존의 마지막 발악 속에서도 눈에 띄게 초연하고 고상하고 알토란 같은 장사가 있었으니 바로 미제 장수였다.

미제 장수는 언제 단속반이 들이닥칠지 모른다는 위험 부담 때문에 거의 노점이었고 좌판의 크기도 잘해야 밥상 넓이밖에 안 됐지만 물건만은 금값처럼 에누리 한 푼 없는 현금장사였다. 미제 물건이란 포장이 또 얼마나 아름다운지 지난여름 자매다과점을 시작할 때 근숙이 언니하고 뒤지고 다닌, 미제 장수들이 취급하던 군용 미제하고는 댈 것도 아니었다. 앞서의 미제가 시레이션에서 흘러나온 거라면 뒤의 것은 PX에서 흘러나온 거라고 했다.

PX 물건 하면 곧 고급의 사치품을 의미했다. 럭키 스트라이크와

카멜 담배, 밀키 웨이 초콜릿, 럭스 비누, 나비스코 비스킷, 참스 캔디, 폰즈 크림, 콜게이트 치약. 그런 미제 물건들이 좌판에 반짝반짝하고 알록달록하게 모여 있는 것만 봐도 즐거운 눈요기가 되었고, 미국이란 나라에 대한 무조건적인 동경을 불러일으켰다. 구질구질한 시장 속의 난데없는 꽃밭 같은 이 작은 좌판들이 곧 미국의 부와 문화의 상징이었던 것이다. 여북해야 점잖은 척하는 신사도 어쩌다 럭키 스트라이크를 한 갑 사서 피우고 나서는, 그 맛보다는 그것으로 인하여 과시할 수 있는 품위를 잊지 못하여 그 갑에다 국산 담배를 넣어 가지고 다니겠는가. 이렇게 껍질조차 아까워서 못 버리는 미제를 통틀어 PX 물건이라 칭하지 않던가. 그리로 통하는 길에 다소의 난관이 있는 건 알리바바의 동굴에 들어가기 위해선 암호가 있어야 하는 것과 다를 것이 없었다. 나는 점점 언니가 거짓말을 시켰다는 데 기죽기보다는 취직자리에 매혹을 더해주는 걸 느꼈다.

"걱정 마, 잘해볼게."

나는 의젓하게 언니를 위로했다. 앞으로 계속하게 될 것 같지 않은 입학만 한 서울대학이 이제 와서 쓸모가 있다는 것도 여간 유쾌한 일이 아니었다. 만약 거기 취직이 안 된다면 대학을 떨어진 거 이상으로 낙담스러울 생각을 해서라도, 사장이 좋아한다는 서울대학과 나에게 걷잡을 수 없이 매력 있어지는 PX와의 흥정이 원만스러울 수 있도록 최선을 다할 터였다.

근숙이 언니 혼자서 찾아낸 허 사장네는 솟을대문이 드높은 조

선기와집이었다. 그러나 안마당에 들어서자마자 보통 살림집하고
는 인상이 달랐다. 사랑채에 딸린 툇마루 밑엔 여남은 켤레나 되는
고무신과 운동화가 어지럽게 흐트러져 있었고, 그 안에서는 여러
대의 재봉틀 소리가 들들대고 있었다. 추녀 밑에도 울긋불긋한 옷
감이 두루마리 피륙째로 쌓여 있었고, 큰 상자 속에 꾹꾹 눌러 담
은 허섭쓰레기도 온통 마름질하고 남은 조각들이어서 어수선해 보
였다. 그러나 댓돌 위에 높이 솟은 안채는 조용하고 위엄이 있어
보였고, 육간대청의 살림살이는 으리으리하고 반질반질 기름이
흘렀다. 부엌에서 나온 식모가 안방으로 안내했다. 허 사장인 듯싶
은 사십도 채 안 돼 보이는 신수 좋은 남자가 명주 바지저고리 차
림으로, 내 나이 또래밖에 안 돼 보이는 피부가 고운 여자와 함께
아랫목에 깔아 놓은 뉴똥 포대기 밑에 발을 넣고 앉은 채 우리를
맞았다. 사랑에 겨운 가벼운 실랑이나 농지거리를 하고 있었던 듯
나른하게 풀린 표정들을 하고 있었다. 사람을 어떻게 보고 여자하
고 시시덕대던 자세를 고쳐 앉지도 않고 사람을 불러들이는 것일
까. 모욕감을 느꼈지만 경대 앞에 세워놓은 액자를 보니 그들의 결
혼사진이었다. 별것도 아닌 것 때문에 기분이 혼자서 개었다 흐렸
다 했다.

　허 사장은 격식을 안 차리는 사람 같았다. 아랫목에 발을 넣으라
고 우리를 그들이 같이 덮고 있는 포대기 밑으로 끌어들였고, 조금
있다 아침상이 들어왔는데 식모한테 공기하고 숟가락을 더 놔 오지
않았다고 나무라면서 같이 먹을 것을 권했다. 손발이 꽁꽁 얼어 아

랫목으로 다가앉기는 했지만 식사를 같이 하는 것은 굳게 사양했다. 밥을 먹으면서도, 먹고 나서도, 그는 나를 떠보거나 의향을 물어보지 않고 곧바로 자기 사람 취급을 했다. 중학교밖에 안 나온 자기가 돈 좀 벌었다고 서울대 학생을 부리게 되어 기분이 좋다는 소리를 농담처럼 하는 것으로 봐서는 취직은 된 거나 마찬가지였다. 진의가 의심스러운 것은 되레 내 쪽이어서 영문과를 들어가긴 했어도 얼마 다녀보지도 않았고, 더군다나 외국 사람하고 영어를 해본 경험은 한 번도 없다고 실토를 했다. 그는 껄껄 웃으면서 공부 많이 한 사람이 영어 더 못 하는 것은 PX 안에서 숱하게 봤다고 하면서, 말 잘하는 사람은 따로 부리고 있으니 나는 읽고 쓰는 것만 도와주면 된다고 했다. 내 일은 더욱 모호해져서 좀 더 구체적인 애기를 듣고 싶었지만, 출근해서 부딪혀보면 저절로 알게 된다고만 했다. 나는 점점 더 떨떠름해졌다. 그런 내가 비싸게 구는 것으로 보였던지, 그는 더 확실하게 자기 사람 취급을 하려 들었다.

"출근은 내일부터 하도록 해요. 임시 패스라도 신청해서 나오려면 하루는 걸리니까. 참 오늘은 이왕 여기까지 온 김에 공장이나 구경할까?"

들어오면서 눈여겨본 사랑채를 공장이라고 했다. 울긋불긋한 천으로 파자마를 만들고 있었다. 발 들여놓을 틈 없이 혼잡스러웠지만 눈여겨보니 일사불란하게 분업이 이루어지고 있었다. 재단사만 남자고 다들 아주머니, 아가씨들이었다. 처음 보는 미싱자수 기술이 신기했다. 여학교에서 거의 한 학기가 걸려도 완성될까 말까 한 수저집이나 베갯모 따위, 전통자수와 조금도 달라 보이지 않는 수가 미싱 바늘 밑에서 순식간에 그린 듯이 곱게 돼 나왔다. 앞판에다가 용이나 공작, 모란꽃 따위를 크게 수놓고 나면, 다음 미싱에서는 뒤판과 맞추고 소매를 달고 깃을 차이니즈풍으로 처리한 파자마 윗도리가 돼 나왔다. 같은 색깔의 바지와 맞춰 한 벌이 완성되면 치수별로 상자에 넣게 돼 있었다. 수가 아깝게도 천은 번들번들하고 올이 잘 풀리게 생긴 인조견 천이었다. 외국 군인한테 팔 때는 천을 새틴이라고 말한다는 그 파자마는, 빛깔도 세련되지 않은 원색 그 자체여서 우리 같으면 거저 줘도 안 입을 것 같은데 한 벌에 자그마치 12달러 20센트나 받는다고 했다. 공정 환율은 어떤지 모르지만 만일 그 돈을 암달러상한테 바꾼다면 우리 식구가 한 달도 살 수 있는 거액이었다.

"양키들 월급날만 돼보라지, 우리 매장에서 하루 매상이 2천 불도 오른다구. 그러니 내가 돈을 안 벌고 배기겠어? 그땐 공장도 야근에 들어가는 거지 뭐. 미스 박도 그때는 파자마 포장만 해도 눈코 뜰 새 없을 거구면."

영어를 못해도 내쫓길 것 같지는 않았지만, 결국은 하빠리 점원으로 써먹겠단 소리로도 들려서 약간은 자존심이 상했다. 내일 출근하기로 하고 공장 견학을 마치고 나오면서 근숙이 언니한테 그런 언짢은 심정을 털어놓았다.

"얘는, 그건 앞으로 너 하기 나름이란 소리 아니겠어. 나는 영문과 아니면 안 되는 어려운 주문을 할까 봐 얼마나 마음을 졸였다구."

"PX는 딴 세상인 줄 알았는데 그딴 도깨비 쓸개 같은 걸 파는 데가 다 있을까. 이왕 점원 노릇밖에 못 할 거면 껌이나 담배나 그런 진짜 미제 물건 파는 데라면 얼마나 좋아."

"똥 누러 갈 때 다르고 누고 나서 다르다는 소리가 바로 너를 두고 하는 소린 줄이나 알고 지껄여라. 돈암시장에서 점원이라도 하고 싶달 때가 엊그저께야. 난 얘, PX 안이 어떻게 생겼나 돈 내고라도 구경 한번 해봤으면 좋겠다."

근숙이 언니는 취직시켜준 김에 내 눈치 보지 않고 말을 막 했다. 난 그게 조금도 싫지 않았다. 걱정도 됐지만 전혀 딴 세상으로 발을 들여놓은 것처럼 마음이 설레고 가슴이 울렁거렸다. 이제 그림자 노릇은 지긋지긋했다. 엄마는 외아들을 잃었으니 앞으로 무슨 낙을 바랄 것이며, 올케 또한 과부가 되고 말았으니 죽지 못해 사는 게 가장 잘 어울리겠지만, 나에겐 얼마든지 행복할 수 있는 가능성이 열려 있었다. 엄마와 올케에게 동조한 의무 기간은 그만하면 충분하다고 생각했다. 나는 아주 오래간만에 내 안에서 삶의 의욕이 쾌적하게 기지개를 켜는 걸 확실하게 느낄 수가 있었다. 산전수전 다 겪은 것 같아도 난 이제 겨우 스물한 살이었다. 미치게 젊은 나이였다.

근숙이 언니가 나에게 내일부터 출근할 양장이 있냐고 물었다. 대학에 들어간 게 늦은 봄이었고, 그때 엄마가 해준 게 하늘하늘한 조젯 치마에다 수저고리였다. 그러고 나서 아직까지 양장은 고사하고 치마저고리도 새것을 얻어 입어본 적이 없었다. 피난 갈 때마다 끌고 다니던 옷감은 몇 벌 있었다. 언니는 취직 선물을 하고 싶다며 당장 동대문시장으로 끌고 갔다. 천변가에 즐비한 옷가게나 양품점은 돈암시장보다 훨씬 번창했지만 기성복은 역시 구제품이 주종을 이루고 있었다. 손질을 잘해 옷걸이에 걸어놓은 걸 보면 그럴 듯해 보였지만 입어보면 딴판이었다. 수수한 정장 윗도리로 보이는 것도 입어 보면 허리가 너무 길고 꽉 끼고, 소매 역시 좁고 긴 게 단박 구제품 티가 났다. 그래도 우리는 뭐가 그렇게 좋은지 낄낄대며 동대문시장을 휩쓸고 다녔다. 다니는 사이에 눈썰미도 생겨서 허리가 그닥 길지 않고 품도 넉넉한 걸 하나 발견할 수가 있었다. 그걸 얻어 입으면서 첫 월급을 타면 근숙이 언니 선물 먼저 사야겠다고 별렀지만, 간사스러운 것 같아 말로 하진 않았다.

집에 들어갈 때도 큰 수가 난 것처럼 호기를 부리고 들어갔다. 우리 집 안을 울리는 명랑한 목소리가 내가 듣기에도 생소하게 들렸다. 오랫동안 움직임 없이 고였던 공기와 먼지들까지 파문을 일으키며 무산하는 게 보이는 듯했다. 산 사람이 마냥 죽지 못해 사는 시늉을 하면서 살 수는 없는 일이었다. 어차피 누가 한 번은 깨야 할 금기였다. 저녁때는 일부러 숙부네로 마실을 가서 취직된 걸 알렸다. 숙부가 뛸 듯이 기뻐하며 홀가분해하는 걸 보면서 그동안 우리가 그분에게 얼마나 무거운 짐이 됐었는지 알 것 같았다.

2.

미 8군의 메인 PX는 해방 전에는 미쓰코시였다가 해방 후엔 동화
백화점이 된 건물을 쓰고 있었다. 지금의 신세계백화점 건물이다.
남대문시장을 포함한 그 일대는, 사람 구경하기도 힘들 만큼 환도
한 주민이 희소한 동네에 틀어박혀 살던 나에겐 눈이 돌고 정신이
어질어질할 만큼 번화하고 화려했다. 6·25때 전화를 입지 않고 멀
쩡하게 남아 있는 건물은 PX밖에 없었다. 무너져내린 벽돌과 시멘
트 더미 사이에서 여름에 돋아난 풀이 말라죽은 게 몇백 년 묵은 폐
허를 방불케 하는 공터 사이에 불쑥불쑥 남아 있는 건물들도, 겉모
양은 멀쩡해도 속이 불타지 않았으면, 높은 칸막이처럼 벽만 서 있
고 지붕은 뚫린 건물들이었다. 그럼에도 불구하고 그 일대에는 사
람들이 미친 듯이 꼬여들어 사고팔고, 속고 속이고, 훔치고 구걸하
느라 마음껏 흥청대고 있었다.

우리가 일찍이 경험해보지 못한 이런 이국적인 활기와, 정신을 혼
미하게 하는 천박의 근원지가 바로 PX였다. PX를 중심으로 남대문
시장 쪽의 번영과 화려가 오직 PX에서 흘러나온 미제 물건을 주로
취급하는 양키시장 덕이라면, 그 반대쪽에 줄행랑처럼 즐비한 가건
물마다 들어선 한국 토산품점이 한국 사람에게도 낯선 온갖 잡화와
조잡한 수예품들을 미친년 키질하듯 덮어놓고 휘둘러대며 달러를
만져볼 수 있는 것은, PX를 드나드는 외국 군인들 때문이었다. 양

구, 포천, 철원, 문산 등지에서 휴가 나온 사병들은 PX에서 필요한 물건을 사고 남은 달러를 그 토산품가게를 기웃대며 야금야금 날렸다. 자기가 속한 사단이나 군단 마크를 수놓은 인조견 스카프를 사서 목에 걸어보기도 하고, 길다란 장죽을 사서 입에 물고 사진을 찍는가 하면, 똥통을 메거나 지게를 진 목각인형을 사서 고향에 부치려고 길바닥에 내놓은 걸상에 앉아 편지를 쓰기도 하면서, 남의 나라 전쟁의 초연에서 잠시 멀어진 해방감을 느긋하게 음미하려 들었다. 그러다가는 십중팔구 펨프의 유혹에 걸려들게 돼 있었지만.

취급하는 물건도 상대하는 고객도 다른, 양쪽 시장의 상이한 통화를 유통시켜주는 달러 장수들이 스며 있지 않은 곳은 없었다. 특히 젊은 여자는 달러 있느냐는 날카로운 속삭임으로 귀를 더럽히지 않고 그 번화가에서 걸음을 옮기는 건 불가능했다. 그러나 아무리 멋부리고 나왔다고 해도 사람 어떻게 보고 이래요? 하고 한마디 쏴주거나 냉랭하게 구는 걸로 달러 장수쯤은 가볍게 물리칠 수 있지만, PX 앞을 본거지로 삼은 양아치들은 그렇게 호락호락하지 않았다.

양아치에도 두 종류가 있는데 하나는 깡통을 들고 다니는 거지고, 또 한 종류는 뭘 파는 것처럼 들이대면서 훔치는 걸 주로 하는 좀도둑들이었다. 거지 애들의 밥은 양공주와 'PX 걸'이었다. 그 애들은 PX 안에서 점원으로 일하는 젊은 여자들을 통틀어 PX 걸이라고 부르면서 양공주와 분류해주기는 했지만, 한번 붙들렸다 하면 용서 없기로는 양공주 취급과 조금도 다를 게 없었다. 그 애들은 빌어먹으려고 깡통을 들고 다니는 게 아니라 겁을 주려고 들고 다니는 거여서, 질이 좀 나은 애는 그 안에다 콜타르 비슷한 시커먼 걸 넣고 다녔지만, 질이 나쁜 애는 구린내 나는 인분을 넣고 다니면서 핸드백을 붙들고 늘어졌다. 돈을 안 주면 그걸 옷에다 칠하겠다고 킬킬거리며 위협했다. 그들은 얼굴에다 일부러 앙괭이를 그리고 패거리를 지어 다녔기 때문에, 재수 나쁘게 걸렸다 하면 얼른 한 푼 집어 주는 게 수였다. 구걸의 대상이 주로 양공주라면, 얌생이질이 노리는 건 GI들이었다. 멀쑥하고 어수룩해 보이는 미군 사병들한테 양아치들이 집요하게 들이대는 상품은 주로 조잡한 춘화였다. 그걸 GI 턱주가리 밑으로 밀어 올리면서 야릇한 웃음을 흘리는 목적은, 그까짓 거 한두 장 팔려는 게 아니라 춘화를 붙인 빳빳한 마분지로 포켓에 꽂힌 파카 만년필을 낚아채는 데 있었다. 파카 만년필은 아무리 중고라도 남대문 양키시장으로 가지고 가면 당장 현금이 되었다. 그런 애들에 비하면 구두닦이들은 양반이었다. 그 바닥에서 쫓겨나지 않고 단골을 확보하기 위해서 소매치기나 해코지는 삼가는 편이었다. 그러나 얼굴이나 손등에 구두약을 함부로 처발라 눈만 반짝반짝하기는 얌생이들과 다를 바가 없었다. 그런 양아치들이 이미 충분히 남루하건만 더 극적으로 불쌍해 보이려고 기를 쓰면서 악머구리 끓듯 그 바닥에 꼬이는 것도, 그 한가운데 PX가 있기 때문이었다.

PX 뒤쪽은 주로 싸고 맛있는 음식점들이 모여 있어서 양갈보와, 양아치와, 달러 장수와, PX 걸과, PX 안에서 일하는 수많은 잡역부들과, 양키시장 상인들이 화기애애하게 어우러져 점심을 먹으며 돈

셈을 하기도 하고 새로운 거래를 트기도 했다. 그들은 직접적이든 간접적이든 간에 미군이나 미국 물건에 붙어먹고 산다는 것으로 한통속이었다. 그들이 이 구석 저 구석에서 패거리를 지어 뭔가 일을 꾸미고, 한 푼 두 푼의 이해상반의 언성을 높이느라 뜨겁게 달아오른 순간은, 마치 꿀꿀이죽이 부글부글 끓어오를 때처럼 실속 있고 느글느글하고 파렴치해 보였다.

내가 첫 출근한 날 티나 김을 만난 것도 바로 PX 뒤쪽에 난, 직원들 출입문과 마주 보고 있는 대중 음식점에서였다. 설렁탕, 곰탕, 국밥 따위를 파는 집이었다. 오전 중의 국밥집은 썰렁했지만, 증기가 자욱한 부엌 속에서 들리는 그릇 부딪히는 소리, 야단치는 소리는 조급하고도 활기가 넘쳤다. 나는 허순구 사장이 앉아 있으라고 일러준 바로 그 자리에 꼼짝을 못 하고 앉아 있었다. 허 사장은 오전 중 느지막이 나오라고만 하고 정확한 시간은 말하지 않았다. 예의상 내가 먼저 나와서 기다려야 할 것 같기도 하고, 내가 사장보다 늦을 경우 그 안에 들어간 사장을 불러낼 방법도 알지 못하였으므로, 나는 덮어놓고 일찍 나와서 뒷문 밖에서 떨고 있었다. 직원들의 출근시간보다도 이른 시간이어서 PX에 얼마나 많은 사람들이 붙어먹고 사는지 여실히 살펴볼 수가 있었다. 상상한 대로 입술이 새빨갛고 화장이 짙은 멋쟁이들이 단연 눈에 띄었지만, 비로드 치마에다 양단 두루마기를 입은 귀부인 차림의 중년 부인도 적지 않았다. 남자들은 거의 군복 차림이었지만, 미군 부대 종업원에게도 군복 착용을 허용하던 당시로서는 입은 옷만 가지고는 그 안에서 무슨 일을 하는지 분간할 수가 없었다. 나이 또한 천차만별이었다. 영어 때문에 켕기는 게 많기 때문에, 저런 사람도 영어 몇 마디는 해서 이런데 다닐까 싶게 늙고 추비한 사람도 적지 않은 게 약간은 위안이 되었다.

허 사장은 종업원들의 출근시간보다 한 시간도 더 넘게 느지막이 나타났다. 그는 윤이 흐르는 모직 신사복 위에다 미군 군복 중에서 유엔 점퍼라 불리는 방한복을 슬쩍 걸치고 있는 게 그렇게 도드라지게 고급스러워 보일 수가 없었다. 유엔 점퍼는 시중에서 매매되는 미 군복 중에서도 가장 값나가고 따뜻한 방한복이었다. 그동안 그 피부가 고운 여자와 뉴똥 포대기 밑에서 충분히 시시덕대다 나왔는지, 그의 잘생긴 얼굴엔 남을 기다리게 했다는 미안감도 추위를 탄 흔적도 남아 있지 않았고 다만 편안하고 유들유들해 보였다. 저 안에서 얼마나 높은 사람이면 출근시간에도 구애를 받지 않는 것일까. 그 안의 사정을 잘 모르는 나는 그게 여간 신기할 뿐 아니라 믿음직스럽기도 했다. 얼마만큼은 무신경해 보이는 그에게도 오버도 없이 염색한 미 군복을 개조한 바지 위에 구제품 재킷을 걸치고 으르르 떨고 있는 내가 안돼 보였는지, 얼른 마주 보이는 국밥집으로 끌고 들어갔다. 텅 빈 국밥집 부엌에서 아주머니가 얼굴을 내밀더니 자지러지는 소리로 반색을 했다.

"오메, 사장님이 이 시간에 무슨 일이래요? 장가드시고 발길을 끊으시길래 뭘 잘못했나 했더니, 젊은 사모님이 싸주시는 벤또를 드신다고 소문이 자자하더니만, 혹시 간밤에 사모님 눈 밖에 나서 아침도 못 얻어잡수신 거 아뉴? 그러게 내 뭐랬어요. 인삼 녹용으로도 나이는 못 속인다 안 합디까."

이렇게 거침없이 농지거리를 하는 걸로 봐서 집안 사정까지 훤히 아는 흉허물 없는 사이인 것 같았다.

"아아, 말조심. 이 사람으로 말할 것 같으면 내가 앞으로 중하게 쓸 서울대 학생이니까 아주머니도 그렇게 알고 함부로 대하면 안 돼요. 패스 나오는 대로 티나 김을 내보낼 테니까, 그동안 몸이나 좀 녹이게 가만 내버려둬 줘요. 괜히 순진한 사람 앞에서 남의 험담이나 할 생각 말고."

허 사장은 이렇게 점잖게 말하고 나가버렸다. 아주머니도 더는 나를 거들떠보지 않고 부엌으로 들어갔다. 나는 음식점에서 아무것도 안 먹고 앉았기가 편치 않아 문만 바라보면서 티나 김을 기다렸다. 티나 김이 어떻게 생긴 사람인지 이름이 왜 그렇게 이상한지 알 까닭이 없었다. 내가 영어를 잘 못하는 걸 걱정하니까 말 잘하는 사람은 따로 부리고 있다고 한, 그 사람이려니 짐작할 뿐이었다. 기다리는 사이에 나에게 과연 PX에 들어갈 수 있는 패스가 나올까도 불안해지기 시작했다. 어느새 점심시간이 됐는지 아침에 들어간 사람들보다는 덜했지만 많은 사람들이 뒷문으로 꾸역꾸역 몰려나왔고, 그중 상당수가 국밥집으로 들이닥쳤다. 안 먹고 자리만 차지하고 있기가 더욱 불안해질 무렵 다른 PX 걸하고는 한눈에 달라 보이는 품위 있는 멋쟁이가 밝게 웃으면서 내 앞으로 다가왔다. 그는 내가 누구인지 확인하지도 않고 반가워요, 하면서 손을 내밀었다. 내

손과는 댈 것도 아니게 나이 들어 보이는 거친 손이었다. 나는 그게 반갑고 마음이 놓였다.

"티나 김이라는 분이세요?"

말문을 열기 위해서라도 일단 이렇게 확인을 했다.

"앞으로는 티나 언니라고 불러. 김 언니라고 그래도 되는데 우리 매장엔 김씨가 또 한 사람 있으니까."

그러면서 내 의견은 물어보지 않고 곰탕을 두 그릇 시켰다. 패스가 나왔는지 궁금했지만 말투로 봐서 그런 걱정은 안 해도 될 것 같았다. 주인아주머니가 티나 김을 대하는 태도는 정중하다 못해 아부에 가까웠다. 곰탕을 가져와서도 만화 많이 넣었다고 말하면서 눈웃음을 치고 갔다. 만화가 뭔지는 모르지만 티나 김이 좋아하는 국 건더기인 듯했다. 그러나 티나 김은 국 건더기를 그닥 즐기지 않는 듯 나한테 듬뿍 덜어 주고 나서 시뻘건 깍두기 국물을 부어서 먹었다. 어머니 같은 느낌이 들 정도로 그런 짓들이 적당히 수더분했다. 이 집은 깍두기가 맛은 있는데 어찌나 크게 썰었는지 한입에 먹기가 버거웠다. 그러나 티나 김은 그 큰 깍두기 점을 입가에 고춧가루 하나 안 묻히고 품위 있게 잘도 먹었다. 뭘 그렇게 쳐다보느냐고 편잔을 들을 정도로 나는 그녀의 품위 있게 먹는 기술에 넋을 잃었다. 다 먹고 나서 그녀는 껌을 한 개 건네주면서, 우리 매장은 사장이하 모든 직원들이 벤또를 싸 오기로 돼 있으니 그렇게 알라고 했다. 점심 얻어먹은 건 좀 무안했지만, 처음 맛본 PX 맛이랄 수도 있는 그 미제 껌 맛은 황홀하도록 향기로웠다.

티나 김이 출입문 앞에서 비로소 건네준 패스는 마분지 조각에다 타이핑을 하고 끝에 꼬부랑글씨로 사인을 한 허술한 것이었다.

"템프러리 패스야. 정식 신분증은 신청해놓을 테니까, 증명사진 되는 대로 두 장 가져와."

뒷문은 침침하고 길다란 통로와 이어지고, 패스를 보여야 할 곳은 그 중간쯤에 있었다. 별로 넓지 않은 통로를 사람 하나 드나들 수 있는 공간만 남겨 놓고 테이블이 가로막고 있었고, 테이블에는 여순경이 앉아서 지키고 있었다. 들어갈 때는 패스만 보이면 되고, 차차 얼굴이 익고 나면 안 보이고 인사만 해도 되지만, 나올 때는 머리 끝서부터 발끝까지, 그리고 소지품까지 샅샅이 수색을 당해야 한다고 했다. 남자 종업원의 몸수색은 상등병 계급의 미군이 담당하고 있는데, 그는 책상도 없이 줄곧 서 있었지만 여순경이 제대로 수색을 하는지까지 감시하고 있다고 했다.

"우리 파자마부에 새로 들어온 대학생 아가씨예요. 잘 부탁해요."

티나 김이 여순경한테 이렇게 나를 소개했다. 검문소를 통과하고 나서 한참을 더 가서 복도가 오른쪽으로 꺾이고, 그 끝에 있는 문을 밀고 들어서니까 매장이 나타났다. 들어서자마자 있는 것은 사진을 현상하는 사진부였고, 그 다음이 내가 일할 파자마부, 가운데가 귀금속부, 가족 제품부, 목공예품의 순서로 한국물산 매장이 있고, 그 다음부터는 미제 물품을 취급하는 진짜 PX로 이어지고 있었다. 지금의 안목으로는 아무것도 아닌 게 그때는 눈이 돌게 휘황한 별세계였다. 주야로 포성이 그치지 않고 밤이면 북쪽 하늘에 전쟁의 섬광이 불길하게 명멸하는 이 최전방 도시에 이런 고장도 있었던가, 마치 흑백영화에서 갑자기 총천연색 영화의 세계로 떠다밀린 것처럼 얼떨떨하고도 황홀했고, 뭔지 모르게 억울하기도 했다.

티나 김은 파자마부라고 말했지만 천장으로부터 은빛 사슬을 타고 내려와 대롱대롱 매달린 매장 표시는 자수품embroidery으로 돼 있었고, 한국물산부 중에서는 제일 매장이 크고 화려해 보였다. 공장에서 왔을 때는 거저 줘도 안 입게 생긴 인조 파자마가 여기 쇼윈도 안에 은은한 조명을 받고 걸려 있는 걸 보니, 고대 중국의 왕실 의상처럼 화려 장중해 보였다.

쇼윈도 뒤쪽 우중충한 공간에 책상과 걸상, 장부책이 있는 데가 허 사장의 사무실이었다. 사무실이랄 것도 없는 비좁은 공간에서 점심 도시락을 먹고 있던 사장하고 김 언니가 우리를 반겼다. 김 언니 역시 티나 김만큼 나이 들어 보이는 수수한 부인이었다. 그리고 안씨 아저씨라는 머리가 벗겨진 노인도 한 분 매장에서 포장을 거들고 있었고, 안 노인이나 사장은 다 같이 김 언니를 상옥 엄마라고 불렀다. 나중에 알게 된 거지만 여섯 살 난 딸을 둔 전쟁미망인이었다. 나를 포함해서 매장 점원만 네 사람이었다. 한국물산부에 점원을 한 사람 이상 둔 데는 파자마부밖에 없었다. 그것만 봐도 얼마나 번영하는 매장이라는 걸 알 수가 있었다. 파자마부의 또 하나의 특색은 점원들의 높은 평균 연령이었다. 한국물산부뿐 아니라 진짜 PX 물건을 파는 매장에도 점원들은 한결같이 농염한 화장이 애처로워 보일 정도로 젊은 아가씨들이었다. 나는 파자마부의 이런 특색이 가족적 분위기 같아 싫지 않았다. 만약 이렇게 나이 지긋하고 수수한 어른들을 만나지 못했다면, 별안간 떠다밀린 것처럼 맞닥뜨린 이 별천지에 적응하기는 좀 더 어려웠을 것이다.

　퇴근 무렵 해서 매장이 좀 한산해지자, 허 사장이 직접 나를 한국물산부 매장으로 데리고 다니면서 사장과 점원들한테 인사를 시켰다. 그는 나를 소개할 때마다 이름 석 자는 대강 넘어가고 서울대 학생이라는 걸 강조했다. 그럴 때마다 그가 매우 기분 좋아 보이는 것까지는 좋은데, 상대방은 시큰둥한 얼굴로 나를 한 번 쩨려보고 마는 게 민망하고도 괴로웠다. 이 바닥에서 서울대 학생이라는 것이 허 사장에게도 나에게도 득될 게 없을 것 같은데 왜 그러는지 알 수 없는 일이었다. 취직 말이 나왔을 때부터 어쩐지 그 점이 미심쩍었는데 취직이라고 되고 나니 더욱 부담스러워졌다. 서울대 학생에서 서울만 빼줘도 훨씬 참아주기가 수월할 것 같았다.

　말만 한국물산부지, 한국사람 보기엔 암만해도 낯선 물건들만 취급하고 있기는 다른 한국물산부도 마찬가지였다. 가죽 제품은 주로 서부영화에서 본 것 같은 권총 케이스나 혁대를 걸어놓고 있었고, 지갑이나 핸드백에 양각된 도안도 용 일색인 게 파자마부와 비슷했다. 누구 마음대로 용을 한국적이라고 정했는지 모를 일이었다. 귀금속부에서는 옥이나 쑥돌 따위로 만든 엄청나게 굵은 가락지나, 해태 돼지 따위 동물 마스코트 외에도 은에다가 자수정이나 연수정을 물린 장신구를 팔고 있었지만, 세팅이 요란스러워 우리 고래의 장신구하고는 거리가 멀었다. 이런 매장들을 우리끼리만 한국물산부라고 하지 그 안에서의 공식 명칭은 컨세션concession인 것으로 미뤄 짐작하건대, 매장 사용권을 한국 사람에게 주었다 뿐 꼭 한국적인 토산품을 팔아야 되는 건 아닌 듯했다.

그런 매장보다는 파자마부 바로 옆에 있는 고아원 직영 매장에서 오히려 순수한 한국물산을 취급하고 있는 것 같았다. 고아원에서 파견된 보모 아주머니와 공주님처럼 곱게 차려입은 예쁜 고아가 같이 지키는 이 작은 매장에서는, 대나무로 된 각종 소쿠리나 왕골로 된 반짇고리, 보석상자, 작게 축소한 짚신, 지게, 달구지 등을 팔고 있어서 훨씬 한국물산부다웠다. 그러나 그닥 잘 팔리는 것 같지는 않았고 판매보다는 그 매장에 설치된 커다란 도네이션 상자에서 얻어지는 수입이 더 되지 싶었다. 도네이션을 권유하는 상자는 처참한 한국전 사진으로 도배를 한 것인데, 주로 장교들이 그 앞을 그냥 지나치지 못하고 거스름돈을 떨구면서 예쁜 고아에게 볼을 비비기도 하고, 연민 넘치는 윙크도 해주었다. 그런 모습이 보기 좋은데도 무슨 고약한 심보인지 못 볼 것을 본 것처럼 저절로 고개가 돌려지곤 했다.

허 사장이 맨 나중에 데리고 간 데는 초상화부였다. 벽면은 견본으로 그린 비비안 리, 로버트 테일러 등 미국의 미남 미녀 배우의 초상화가 차지하고 있고 당시의 미8군 사령관인 밴 프리트 장군의 웃는 얼굴도 있었다. 진열장 안엔 주문에 의해 완성된 초상화가 사진과 함께 진열돼 있었다. 미군들도 제 얼굴을 그려달라지는 않는 것 같았다. 거의 다 묘령의 여자들을 그린 거였고 간혹 인자해 보이는 노부인의 초상화도 있었다. 파자마부에서 파는 인조견 스카프는 한 쪽 귀퉁이에 용 모양을 나염한 건데 용과 대각선으로 반대되는 쪽에 그린 초상화가 가장 많고, 캔버스에 그린 것은 얼마 되지 않았다. 캔버스라는 것도 노방 조각에다 아교를 입혀 빳빳하게 만든 거였고, 스카프에 그린 것보다 오히려 값이 쌌다. 파자마부에서 파는 작은 손수건에다 그린 것도 있어서 어딘지 파자마부의 진열장하고 느낌이 비슷했다. 물론 잘 그린 것만 진열해 놓았겠지만, 얼마나 닮게 그렸다는 걸 보여주려는 듯이 본이 된 사진을 옆에 붙여 놓고 있었다. 패스포트에 넣고 다니느라 닳아빠진 명함판 사진은 그때만 해도 흑백이었다. 아주 작지만 길목이 좋고 아담한 매장이었다. 그러나 속으로 깊어서 서너 명이나 되는 화가들이 널따란 책상을 놓고 열심히 그림을 그리고 있는 모습을 들여다볼 수가 있었다.

허 사장이 그리로 들어가서 무슨 애긴지 하는 동안, 나는 달리 눈길을 줄 데도 없고 해서 막연히 진열장 안을 들여다보고 서 있었다. 한참 들여다보고 있는 사이에 무슨 각성처럼 이건 모조리 돼먹지 않은 그림이란 생각이 퍼뜩 들었다. 안 닮게 그렸다는 뜻은 아니었다. 사진의 얼굴들은 예쁜 얼굴, 덜 예쁜 얼굴, 날카로운 얼굴, 뚱뚱한 얼굴, 늙은 얼굴, 젊은 얼굴, 어린 얼굴 등 제각각이었지만 그들 서양 여자들의 표정엔 뚜렷한 공통점이 있었다. 그건 인생고의 그늘이 전혀 안 보이는 거였다. 인간의 얼굴이 어떻게 저렇게 찌든 구석이라고는 없을 수가 있을까, 우리들한테는 갓난아기만 면하면 벌써 생기는 신산하고 고달픈 생활의 그늘이 그들에겐 늙도록 나타나지 않았다. 그래서 그들은 늙어도 어린애처럼 철딱서니라고는 없어 보였다. 그러나 초상화는 달랐다. 화가의 붓질은 사진에는 없는 그 늘을 그려 넣고 있었다. 화가들은 애써 이목구비와 표정은 사진하 고 닮게 그려 놓고 나서, 자기도 모르게 자신의 찌든 궁상을 땀방울 처럼 떨구어 번지게 하고 있는 게 아닌가 싶었다. 나에게 그게 그렇 게 명확하게 보였던 것은 나의 찌든 내면 때문일 수도 있건만, 나는 화가들이 있는 데를 바로 보기가 싫었다. 동굴처럼 깊고 어둑어둑 한 곳에서 그들이 웅숭그리고 그림을 그리고 있는 모습은 PX라는 들뜨고 화려한 총천연색과 너무도 안 어울렸고, 나는 그런 이질성 이 왠지 남의 일 같지가 않았다. 내 집안의 흉이나 치부처럼 가려주 고 싶었고, 외면하고 싶었다. 다행히 허 사장은 나에게 화가들은 인 사시켜주지 않았다.

"초상화부도 내 매장이니까 미스 박도 앞으로 관심 좀 가져요. 이 래 뵈도 소리 소문 없이 수익은 짭짤한 데니까. 파자마부는 너무 소 문이 났어. 멕여 살려야 할 식구만 늘구. 여기는 지들이 그린 것만 큼만 간죠를 해주면 되니까, 좀 안 될 때도 부담될 게 없거든. 월급 제는 쟤 하나야."

허 사장은 지금 한창 어수룩해 보이는 미군을 붙들고 늘어져 초상 화를 그리라고 꼬시는 소년을 턱으로 가리켰다. 아직 고등학생 티 도 안 벗은 빡빡머리의 소년이었다. 마치 혓바닥에 팔랑개비를 단 것처럼 가볍고 빠르게 퍼붓는 소년의 엉터리 영어가 슬펐다.

"캄 온 캄 온, 루크 루크, 데이 아 올 코리언 남바 완 페인터. 슈어,

비리이브 미. 해부 유우 걸프렌드? 쇼우 미 허 픽츄어. 우이 캔 메이
크 유 허어 포오트레이트. 덴 유우 켄 메이크 허 해피, 슈어, 슈어.
와이 유우 돈 비리이브 미? 유우 남바 텐. 데이 아 올 남바 완 페인
터, 남바 완."

"이 군아, 장사도 중요하지만 인사나 좀 하구 해라. 파자마부에
새로 온 누나야. 하늘 같은 서울대 학생이다, 인석아."

허 사장이 괜히 소년의 빡빡머리를 쥐어박는 시늉을 하며 말했
다. 이 군은 고등학교 1학년이라고 했다.

다음에 허 사장은 미국물산 매장 쪽으로 데리고 갔다. 나는 급히
그에게 지금 초상화를 그리는 화가들이 다 그렇게 유능한 화가냐고
물어봤다.

"그럼, 그럼 여부가 있나. 나라비를 선 유명한 화가 중에서 고르
고 고른 틀림없는 일류들이라구. 최고 일류 아니고선 배겨나지를
못해. 여기가 어디라구."

알락달락하고 반짝반짝하고 향기로운 미제 물건들이 산더미처럼
쌓인 진짜 PX 매장에서는 유들유들한 허 사장도 좀 주눅이 드는 것
같았다. 그는 아무한테도 나를 소개시켜주지 않았고 아무도 우리
같은 건 거들떠보지도 않았다. 요염한 멋쟁이들이 껌을 짜득짜득
씹으며 물건을 팔고 있지 않으면, 양키들과 능숙한 영어로 시시덕
대고 있었다. 이 군이 하는 영어는 무슨 소린지 알겠는데 그들이 하
는 소리는 전혀 알아들을 수가 없었다. 나도 이왕 PX 걸 소리를 들
을 바엔 이런 데서 근무했으면 얼마나 좋을까 싶었다.

파자마 매장으로 돌아와 구경 잘했느냐고 묻는 김 언니에게 나는 고개만 끄덕이고 나서 초상화부 화가들이 정말로 이름 있는 화가냐고 물어봤다. 그들의 모습이 마음에 걸려 있었다.

"화간 무슨, 간판장이들이야. 수도극장, 중앙극장 그런 데서 간판 그리던 이들이야. 서양 여자 얼굴을 사진 보고 비슷하게 그리는 기술이야 간판장이면 최고지, 화간 무슨 얼어죽을 화가."

그러니까 그건 허 사장의 말버릇에 지나지 않는다는 소리였다. 나는 심한 모욕감을 느꼈다. 그가 서울대학을 읊어댄 것도 같은 맥락으로 이해가 되었기 때문이다. 어차피 계속할 것 같지도 않은 대학이어서 그 대학을 대단하게 여기지 않으려고 노력 중이었으나, 학벌은 없이 돈은 좀 번 속물의 지적 허영을 위해 이용당하고 있는 기분은 고약했다. 허 사장이 나를 앞세우고 다니면서 서울대 학생이라고 소개할 때, 내 뒤꼭지에다 대고 한마디씩 했을, 서울대학은 무슨 얼어 죽을 서울대학, 하고 비웃는 소리가 그제서야 들리는 듯해서 닭살이 돋았다.

3.

처음에 듣기로는 다달이 미군들의 월급날부터 1주일 후가 가장 매상이 많이 오른다고 했다. 그 말대로라면 내가 취직한 초열흘경은 파리를 날려야 하는 동안인데 나날이 매상이 급상승을 하고 있었다. 그건 허 사장도 미처 예측을 못 한 일이어서, 공장이 며칠씩 밤을 꼬박이 샌다는 소식이었다. 12월달이었다. 허 사장이 파자마부의 경영권을 따내서 입주한 게 불과 5개월 전이라니, 크리스마스 경기라는 걸 처음 실감하는 거였다.

"이건 크리스마스가 아니라 순 돈벼락이군, 돈벼락이야."

허 사장은 이렇게 노골적으로 즐거운 비명을 올리면서 손수 공장과 PX 사이를 신바람이 나게 뛰었다. 한창 미군들이 모여들 때는, 흥정이 끝난 물건을 안씨 아저씨한테로 획 던지기만 하면 그 앞에서 포장이 다 되기를 기다리는 미군이 길게 줄을 서 있곤 했다. 그러나 파자마부만 그렇지, 다른 한국물산부도 다 그렇게 번창하는 건 아니었다. 만리타향에서 크리스마스를 맞아 고국의 가족에게 부칠 선물을 마련하고자 할 때, 그 나라 특산품으로 하고 싶은 건 인류 공통의 정서인 듯했다. 우리 눈으로는 결코 우리 것이 아닌 게, 우리 문화를 중국 문화의 변방쯤 되는 걸로 인식하고 있는 그들 눈에 든 것은 허 사장의 운수 대통일 뿐 누구탓도 아니었다.

우리 매장이 갖추고 있는 수예품은 50센트짜리 손수건, 1달러 30센트짜리 스카프 등 소품으로부터 15달러짜리 하우스 코트 등 다양했지만, 가장 인기 품목은 12달러 20센트짜리 차이니즈풍의 파자마였다. 어린이 것도 있었지만 치수를 까다롭게 따지는 그들의 욕구를 충족시켜줄 만큼 다양한 치수를 갖추고 있지를 못해 만져보기는 해도 선뜻 사지들은 않았다. 어른 것도 엑스라지, 라지, 미디엄

정도의 구색밖에 없었고, 그 크다 작다도 어떤 인종을 기준으로 해서 정한 건지 애매했지만, 꾸준히 인기를 누리는 것은 순전히 티나 김의 상술 덕이었다. 대개의 미군들은 자기 아내나 걸프랜드의 상세한 치수를 대면서 거기 맞는 걸 요구했다. 그러면 티나 김이 나서서 착 달라붙은 스웨터를 입은 몸매를 과시하면서, 그 여자가 자기에 비해서 더 클 것 같으냐 작을 것 같으냐를 묻는다. 그럼 대개의 미군은 그녀의 아름다운 몸매에 황홀한 눈길을 보내면서, 그녀만 하다고 하기도 하고, 조금 더 작다든가 약간 더 크다든가, 눈대중으로 자기 마누라나 여자 친구 치수를 정했다. 자기 마누라가 그녀보다 엄청나게 큰 뚱뚱보라 해도, 그 순간만은 그녀만 하기를 바라는 마음 때문에 많이 더 크다고는 못 했을 것이다. 나이를 먹을 만큼 먹은 그녀는 몸 관리를 어떻게 했는지 서양 사람들이 보기에도 이상적인 체형을 하고 있었다. 키는 후리후리하고 허리는 날씬하고 가슴과 엉덩이는 풍만한데도, 얼굴의 잔주름과 인자한 미소와 듣기 좋은 영어는 그녀를 관능적이라기보다는 품위 있게 보이도록 했다. 그녀에게 꼭 맞는 치수는 미디엄이었지만, 그녀는 작은 것도 큰 것도 일단은 한 번 입어 보여서 크고 작은 것을 상대방이 확인하도록 했다. 헐렁한 걸 입어도 꼭 끼는 걸 입어도 그녀에게는 잘 어울렸다. 파자마라는 옷이 꼭 맞을 필요는 없는 옷이라는 것을 보여주고 있다고 해도 과언이 아니었다. 그녀는 살아 있는 마네킹이고, 파자마부의 보배단지였다.

　나는 취직하자마자 불어닥친 호경기 때문에 이 매장에서 과연 서울대학의 쓸모는 뭘까 하는 회의나 비관을 할 새도 없이 바쁜 나날을 보냈다. 그러나 내 손에서 흥정이 끝나 안씨 아저씨한테로 획획 던지는 스카프와 파자마가 하루 몇십 점이 되는데도 불구하고, 내 영어 실력은 거의 늘지 않았다. 이 군처럼 꼬시지 않아도 손님이 저절로 꼬이는 매장이기도 했지만, 내가 입이 떨어지는 영어는 '메이 아이 헬프 유우' 하고 '투엘브 달라스 투에니 센트' '원 달라 딜리 센트'가 고작이었다. 그나마도 투엔티를 투에니로, 서어티를 딜리로 고치는 데 며칠이나 걸렸다. 나는 아무리 쉬운 영어도 그걸 머릿속에서 스펠링으로 써볼 수 있어야만 비로소 알아들을 수가 있었고, 발음을 흉내 내는 것도 그 다음의 문제였다.

PX 종업원은 남녀 점원 말고도 수많은 노무자들이 있었다. 하루 몇 번씩 매장 안을 쓸고 걸레질하는 것은 주로 아줌마들이었지만, 전기를 고치고, 석탄을 때서 난방을 유지하고, 물건을 박스째 나르고, 빈 박스를 내가고 하는 것은 남자들이었다. 그들도 다들 영어 몇 마디는 지껄일 줄 알았다. 미군들도 장교로부터 사병까지 PX에 종사하는 인원이 꽤 있어서, 노무자들과 인사 정도는 하고 지냈고 툭툭 건드리며 농지거리도 했다. 그럴 때 가장 자주 쓰는 말이 '워 스마리 유?'였다. 청소부 아줌마들이 즈이끼리 말하다가도 써먹는 그 말을 나는 아무리 들어도 무슨 말인지 몰랐다. 너무 쉬운 말이라는 것은 확실해서 누구한테 물어보기도 싫었다. 거의 열흘도 넘게 혼자서 끙끙댄 끝에 겨우 그 말뜻을 짐작한 연후에 알아낸 스펠링은 'What's the matter with you?'였다. 더 기막힌 일은 그 말을 내가 배운 대로 '왓쓰 더 메터 위드 유우?' 했을 때 아무도 못 알아듣는다는 사실이었다. 워터를 워러, 레터를 레러로 혀를 굴려 발음한다는 걸 알아듣는 선에서 내 듣기 실력은 정지했고, 말하기는 그것보다 더 더디었다. 어떤 경우 T가 ㄹ이 되는지 짐작은 되었지만 혓바닥이 말을 듣지를 않았다. 그보다 더 절망스러운 것은 머릿속에 철자법이 떠오르기 전에는 도저히 흉내를 낼 엄두조차 안 난다는 거였다.

집안에서 내가 받는 대접이 날로 달라지는 것도 괴로웠다. 우리 식구들의 죽지 못해 사는 척은 내가 생각했던 것보다 훨씬 허약하고 보잘것없는 것이었다. 하루하루 표정을 회복해갔고 아이들도 덩달아서 활발하고 극성맞아졌다. 나는 영어를 못해서 쫓겨날 것에 대비해서 저녁에 들어가면 혹독하게 부림을 당한 티를 과장하면서 녹초가 된 시늉을 하곤 했다. 그럼 식구들이 쩔쩔매면서 누울 자리 먼저 봐주고 저녁상을 정성껏 차려다 주면서 반찬이 없는 걸 미안해했다. 완전히 가장 대접이었다. 밖에서의 내 보잘것없는 구실을 생각하면 나를 하늘같이 떠받드는 식구들이 한없이 초라하고 불쌍해 보였다. 내가 불쌍해지는 것보다 식구들이 불쌍해지는 건 더 견딜 수가 없어서 발작적으로 짜증을 부리기 일쑤였다. 그러면 엄마는 남의 돈 먹기가 쉽겠느냐고, 땅이 꺼지게 한숨을 쉬곤 했다. 그보다 더 듣기 싫은 소리는, 남의 집 고용살이를 하려면 바빠야 월급 타먹기가 떳떳하지 놀고 월급 타먹기는 더 못할 노릇이란다, 하는 소리였다.

남의 돈을 내가 과연 먹을 수 있을지도 실은 불확실했다. 어떤 대우를 해줄지 아무런 약속도 받은 바가 없었다. 가장 확실한 것은 허사장이 나를 고용한 것은 서울대학에 혹해서인데, 나는 그가 기대한 바를 조금도 충족시켜주지 못한다는 것뿐이었다. 마침 대목이었기에 망정이지 그렇지 않았으면 벌써 쫓겨났을지도 모른다. 근숙이언니하고도 만날 새가 없어서 이런 고민을 벙어리 냉가슴 앓듯 혼자 삭이려니 신경질만 늘어가고, 이런 나에게 쩔쩔매는 식구들이 혐오스러웠다. 악순환이었다.

그해 12월 24일은 PX에 취직한 후 가장 바쁜 날이었다. 파자마부도 개점한 이래 최고의 매상을 기록했다고 했다. 한국물산부는 거의가 다 개점한 지가 반년도 채 안 되니까 크리스마스 경기를 경험하는 것도 처음이어서 준비 부족으로 허둥대는 데가 많았다. 미군들이 선호하는 물건을 잘못 예측해 잔뜩 준비한 물건은 안 팔리고, 안 팔릴 것 같은 물건은 동이 나는 따위는 첫해에 누구나 하기 쉬운 시행 착오였다. 그러나 허 사장은 돈복이 따르는 사람인지, 운수 좋게도 평소의 인기 품목이 풍선을 매단 것처럼 급격한 상승세를 탔으니 남 다 하는 시행착오도 면한 셈이었다. 게다가 초상화부까지 예상 밖으로 크리스마스 대목을 한몫 단단히 보고 있었다. 허 사장은 연일 공장을 야근시킨다고 피곤한 얼굴로 하품을 하면서도 자신의 돈벼락이 잘 이해가 안 되는지, '아다리가 잘 맞았다'는 말로 겸손인지 자랑인지 모를 소리를 되풀이했다. 한국물산이라 할 만한 것의 전반적인 보잘것없음과, 착상이나 창의력의 빈곤이 상대적으로 그에게 이득을 가져온 것 같다는 뜻으로 풀이하면 적당할 듯싶었다.

초상화부까지 하루에 3백 달러 이상 오르는 날이 많다고 하니, 주문을 50장 이상이나 받는다는 소리였다. 초상화부의 개점은 파자마부보다 한참 늦어서 석 달도 채 안 된다고 했다. 허 사장은 겹치는 재복이 잘 믿기지 않는 듯, 화가를 늘리는 문제는 크리스마스를 넘기고 나서 고려해볼 눈치였다. 매일 밤일을 시켜야 하는 공장 때문에 경황이 없기도 했지만 체질적으로 신중한 데도 있었다. 우리 매장으로 들어오는 물품은 허 사장 집에 있는 봉제 공장에서 나오는 파자마류와, 납품업자가 공급하는 스카프 손수건 따위 날염한 소품들로 대별할 수 있었다. 날염 제품들은 PX 밖에 있는 미군 상대 가게에도 흔한 것들이라, 차별을 두려고 PX 안의 한국물산부에서 나온 거라는 걸 도드라지게 표시해놓고 있었는데, 초상화부에서도 물론 같은 스카프에다 그림을 그리도록 돼 있었다. 아침에 물건이 들어오면 제일 먼저 초상화부에서 이 군이 달려와 필요한 만큼의 스카프를 골라 가는데, 우리도 달리는 물건을 50장씩이나 탐을 내곤했다. 그러면 안씨 아저씨는 이 군이 신통하다는 표시로 그가 고른 스카프 뭉치를 도로 빼앗는 시늉을 하면서, 돈 좀 작작 벌라고 핀잔을 주곤 했다. 우리 매장에서 파자마가 가장 인기 품목인 것처럼 초상화부에선 스카프 한귀퉁이에 그린 초상화가 가장 인기라고 했다. 1달러 30센트짜리 스카프 한귀퉁이에 얼굴을 그려 주면 6달러가 되는 게 공정가격이었다.

무슨 짓을 해서 얼마를 남겨먹든, 경영이나 관리는 전적으로 PX 당국과 컨세션 계약을 맺은 각 매장의 사장이 하기 나름이었다. 사장은 그날 그날의 매상을 전액 2층에 있는 PX 사무실에 입금을 시키면 일주일에 한 번씩 원화로 환산이 되어 지불이 되었다. 계약할 때 정해진 퍼센티지를 매장 사용료로 떼고 준다는 원화도 워낙 인플레가 심할 때라 그 부피가 엄청났다. 초상화부나 사진부처럼 기술을 제공하는 데는 사용료의 퍼센티지가 높은 대신 이윤도 그만큼 높다고 했다. 그래 그런지, 너무 많은 돈을 가져가기가 미안해서 그런지, 허 사장은 일주일에 한 번씩 돈을 상자로 하나씩 챙겨 갈 때마다 엄살을 떨곤 했다.

"파자마부 이거 빛 좋은 개살구라구, 내가 먹여 살려야 하는 공장 식구가 자그마치 오륙십 명은 된다면 말 다했지 뭐야. 기술자 하나에 평균 다섯 식구만 잡아봐, 안 그렇게 되나. 오죽해야 조금만 장사가 안 돼도 밤에 잠이 다 안 온다니까. 경쟁은 또 어찌나 심한지, 이거 하면 떼돈을 버는 줄 알고 이 근처에도 느느니 미싱자수 제품 장수잖아. 우리가 시장 바닥보다 조금 더 받아먹는 대신 기술자 대우를 그만큼 후하게 해줘야 되니까 피장파장이지 뭐. 월급뿐인가, 어디. 밤일시켜 먹으려면 야식이랑 수당이랑도 남보다 신경 쓰지 않으면 기술자 뺏기기는 얌생이 앞에 파카 만년필이지 뭐. 이 돈 갖다 풀면 솔직히 나한테 돌아오는 게 얼마라는 걸 밝히면 다들 안 믿을걸. 돈 버는 재미보다 사람 거느리는 재미지, 뭐. 초상화부 아니었으면 체면 유지하기도 벅찼을 거야, 아마. 초상화부는 간조 날 나한테 돌아오는 돈이 얼마 안 되는 것 같아도 알토란 같으니 그게 어디냐 말야. 출세한 자식보다 땅 파는 것밖에 모르는 농사꾼 자식이 효도한다더니, 맞아. 그게 그렇게 효도를 할 줄 누가 짐작이나 했겠어?"

화가들은 작업량에 따라 임금을 계산하는 고로, 일주일에 한 번씩 사무실에서 돈을 찾을 때마다 떼어주고 나머지는 허 사장 주머니에 들어가니 알토란 같을 수밖에 없었다.

정작 성탄절날은 휴일은 아니었으나 한결 손님이 뜸해서 한숨 돌릴 수가 있었다. 폐점 후엔 지하에 있는 스낵바에서 PX에 근무하는 전 종업원을 위한 파티가 있다고 했다. 청소부나 보일러실 아저씨들까지 들떠서, 수군대고 이발하고 미장원 가느라 술렁대고 있었다. 한국물산부의 종업원들은 PX에서 월급 받는 신분이 아닌데도 초대받았다고 했다. 스낵바가 어떻게 생겼는지 한번 들어가 보고 싶었다. 들어가면 안 된다는 규정이 있는 건 아니라도, 한국 사람이 사 먹을 수는 없는 곳을 구경 삼아 들어가기가 싫어서 아직 못 가본 데였다. 달콤하고 징건한 고기 냄새와 고소한 팝콘 냄새가 온종일 올라오는 곳을 구경 간다는 것은, 부잣집 밥상 구경이나 마찬가지여서 미제 물건 구경처럼 가벼운 마음으로 돼지지가 않았다. 생전처음 구경하는 파티와 지척에 있으면서도 금기의 장소였던 스낵바에 대한 호기심 때문에, 온종일 일이 잘 손에 잡히지 않았다.

종업원들에게 충분히 모양낼 시간을 주려고 그러는지, 자기네들 나름으로 준비할 시간이 필요해서 그러는지, PX 문을 일찍 닫아서 파티 시간까지는 세 시간이나 남아 있었다. 문을 닫자마자 파자마 부에서는 월급봉투가 나왔다. 파티나 성탄절하고는 상관없이 매달 25일이 월급날이라고 했다. 나는 한 달도 안 됐기 때문에 보너스가 없는 대신 월급은 한 달 치를 다 줬노라고 사장이 말했다. 나는 제법 두둑한 월급봉투를 고개 숙여 받았다. 얼굴이 화끈거리고 가슴이 어찌나 뛰는지 옆에서 눈치 챌까 봐 더욱 얼굴이 달아올랐다.

"초봉이 얼만지 궁금하지도 않아?"

허 사장이 빙글빙글 웃으면서 말했다. 그 자리에서 끌러보란 소리 같아서 봉투를 만지니까, 김 언니가 첫 월급봉투는 화장실에 가서 끌러보는 거라고 못 하게 했다. 정말이오? 나는 울상이 됐고, 다들 박장대소를 했다. 놀림을 받고 있다는 건 확실했지만 기분 나쁘지는 않았다. 다들 좋은 사람들이고 나를 귀여워하고 있다는 건 믿어도 될 것 같았다. 티나 김이 정색을 하고 파티까지는 시간이 넉넉하니 나가서 우동이나 사 먹자고 했다. 나한테 따로 할 말이 있는 것 같았다. 국밥집하고 붙은 우동집 안은 온통 PX 종업원들 차지였다.

"다들 파티에 갈 텐데 뭣하러 우동은 사 먹죠?"

"기대하지 마. 양놈 잔치는 우리하고 달라. 기껏 팝콘하고 콜라나 내놓을 텐데 그나마 넉넉하려나 몰라."

우리도 우동을 시켰다.

"집에 가서 펴보면 알겠지만 월급은 아마 미스 박이 기대한 것보다 더 많을 거야. 허 사장 후한 사람이야. 양키 물건 매장에서 일하는 애들 얼마 받는 줄 알아? 기껏해야 10만 원 남짓이야. 그래도 그

렇게 사치하고 다니는 건 생기는 게 있기 때문이라는 것은, 미스 박
도 PX 물 먹은 지 보름이 넘었으니까 짐작했을 거야. 돈 잘 벌기로
치면 매장 아가씨들보다 청소하는 아줌마들이 더 나을지도 모르지.
다 한통속들이지만 그 사람들은 직접 차고 나가고, 또 제 몸치장하
는 데 드는 돈도 아가씨들보다 덜하니까. 잘하는 사람들은 하루 몇
탕씩도 차고 나가고, 그러면 하루에 한 달 월급도 더 벌 수가 있으니
월급 같은 건 문제도 아냐. 참, 미스 박도 차는 거가 뭔지 알지?"

   나는 모르는 척하고 싶었지만 알고 있기 때문에 고개를 끄덕였다.
2층엔 세탁소, 우체국, 포장 센터, 여자 화장실이 있고, 화장실 옆에
는 베니어판으로 벽을 친, 여종업원이 옷도 갈아입고 담배도 피울
수 있는 간이 휴게소가 있었다. 양키들은 여자들의 전용 구역이라고
정해진 데는 전혀 침범을 안 했기 때문에 그 안에서는 무엇이든지
할 수가 있었다. 그 안에서 청소부들은 매장에서 빈 박스를 치우는
척하고 그 안에 넣어가지고 나온 껌이나 담배, 치약, 로션, 초콜릿,
캔디 따위를 몸에다 찼다. 여름에는 어떻게 하는지 몰라도 겨울이라
치마 안에 입은 내복을 발목까지 걷어 내리고, 종아리로부터 위로
미제 물건을 쌓아올리는 기술은 제 눈의 시력도 의심스러울 정도로
요술적이었다. 한 켜를 쌓고는 고무줄로 동이고 그 다음 켜를 쌓곤
했으므로, 절대로 흘러내리거나 한군데 뭉칠 염려가 없었다. 그러고
나서 그 위에다 수더분하고 풍성한 한복 치마저고리를 입으면 감쪽
같았다. 그곳은 한국 사람하고도 여자들만의 전용 구역이었기 때문
에 그런 짓을 하는 동안 누가 보건 말건 상관도 안 했다. 점심시간이

나 퇴근 무렵, 순식간에 그 일을 해치우고는 어기적어기적 걸어나가는 걸 보고 있으면, 어찌나 징그러운지 얼른 잊어버리고 싶어서 고개를 젓곤 했다. 내가 견디기 어렵게 징그러워한 것은 결코 아줌마들의 행동이 아니었다. 미제 물건으로 갑옷을 해 입은 아줌마들의 몸을 맨몸인 듯 시침 딱 떼고 더듬을 여순경의 부드러운 손길이었다. 여순경은 미제 물건과는 인연이 먼 한국물산부 직원들의 소지품은, 김치 냄새가 코를 찌르는 도시락통 속까지 샅샅이 뒤졌다.

티나 김이 말을 계속했다.

"그러다 들키면 당장 해고구, 해고당하면 블랙리스트에 오르고, 그러면 다시는 미군 계통에 취직을 못 하는데도 그 짓에 맛 들이면 그만두지들을 못해. 미제 아니면 물건 같지도 않고, 미군 아니면 사람 같지도 않게 눈만 높아져가지고 해고당해봐, 갈 데가 어디겠어. 십중팔구 양공주로 빠지더라구. 난 미군 부대 물이 여기가 처음이 아니야. 처음엔 미군 부대면 어떠냐고 이것도 당당한 직업이라느니, 영어 배우기 첩경이라느니 장담하던 애들도 다들 그렇고 그런데로 빠지게 되더라구. 내가 왜 이런 소리 하는 줄 알아? 한국물산부에도 마음만 먹으면 아주 기회가 없는 건 아니거든. 직접 빼돌리지는 못해도 친한 미군을 만들어서 넌지시 필요한 물건을 사달랠 수도 있으니까."

"돈 주고 사달래는 것도 죄가 되나요?"

"애 좀 봐, 그럼 누군 돈 안 내고 훔치냐? PX 속에서는 껌 한 개도 훔치는 건 불가능해. 한국 사람이 달러를 소지하는 것도 불법이니까, 그걸로 물건을 사서도 안 되는 거지. 난 여기 파자마부 생길 때부터 있었지만, 그래 봐야 반년도 안 되는데 그동안 해고당하는 애들 숱하게 봐왔어. 미국물산부에선 석 달을 버텨도 장수하는 거야."

"직접 차는 건 청소부 아줌마들인데도요?"

"그래도 아줌마들이 해고당하는 경우는 드물어. 직접 달러를 취급하는 건 아니니까. 언제나 세일즈 걸이 현장에서 들키게 돼 있지. 아줌마들은 양키시장에서 걸리는 수가 있다지만 그건 한국 사람끼리의 문제니까 또 다르지."

"그럼, 여순경은요?"

"애는, 그걸 우리가 알 게 뭐냐? 여순경한테는 여기가 최고로 좋은 자리여서 다들 오고 싶어하기 때문에 자주 갈린다는 소리는 들었지만 양키들 소관은 아닐걸. 그리고 미스 박, 지금 남의 걱정을 하자는 게 아니잖아. 미스 박을 아끼기 때문에 유혹에 빠지지 않게 하려는 게 우리 모두의 마음이고, 우리 사장님이 기대하는 것도 그 점이라는 걸 넌지시 알려주고 싶어서 마련한 자리잖아."

"미안해요, 언니. 전 솔직히 말해 허 사장이 저한테 뭘 기대하는 건지 정확히 모르면서도 자꾸만 기대에 어긋나고 있는 것 같아 불안하고 미안하고 그래요. 무능해서 쫓겨나면 모를까, 딴 걱정은 안 하셔도 될 텐데."

"잘하고 있는데 뭘 그래. 지금처럼 하면 돼. 모양낼 줄도 모르고 꼭 학생처럼 하고 다니는 것도 얼마나 보기 좋은데 그래."

나는 아직도 양갈래로 땋은 생머리 그대로였고, 핸드백도 없어서 대학 들어가서 산 가죽 책가방을 그대로 들고 다니고 있었다. '오리 가방'이라 불리는 그 책가방은 당시 대학만 들어가면 으레 장만하게 돼 있어서 유난히 학생 티가 나는 거였지만, 도시락을 넣고 다니기 편했고 무엇보다도 그 바닥에서 거지 떼가 안 덤벼서 편했다. 그러나 내심 허 사장이 좋아하는 서울대학에 은근히 맞장구를 치는 것도 같아, 월급만 타면 당장 면해보려고 벼르고 있던 차였다.

그날 밤 파티에서 처음으로 콜라도 마셔보고, 빙글빙글 도는 정결한 기계가 토해내는 꽃잎처럼 가볍고 새하얀 팝콘도 먹어보았다. 그러나 그거 얻어먹기가 쉬운 게 아니었다. 스낵바가 워낙 좁은 건지, 사람이 많은 건지, 파티장은 발 들여놓을 틈이 없었다. 준비한 팝콘은 이미 동이 나 맹렬하게 돌아가는 기계 앞에 줄을 서 있었고, 콜라는 어디서 어떻게 주는 건지 병째 마시는 이가 있는가 하면 유리컵으로 마시는 사람도 있었지만, 못 얻어먹은 사람이 더 많아서, 콜라는 어디서 주느냐고 갈증 난 얼굴로 서로 묻고 밀치고 밀리면서 두리번댔다. 서서 담소하는 데 익숙지 않은 우리는 앉을 자리 먼저 찾았으나 벽 쪽으로 붙여 놓은 의자는 몇 되지도 않아 이미 다 임자가 있었고, 1층으로 통하는 널찍한 계단도 청소부 아줌마들이 차지하고 있었다. 거의 다 양단 저고리에 비로드 치마를 입은 그들은 비로드가 눌릴까 봐 엉덩이를 홀러덩 까고 인조 속치마를 드러낸 채 퍼더버리고 앉아서, 걷어 올린 치마 앞에다는 팝콘을 잔뜩 받아 놓고 어석어석 씹고 있었다. 가장 전망 좋은 자리인 층층다리에 앉은 그들은, 파티에 왔다기보다는 서커스 구경을 와서 막간을 즐기고 있는 것처럼 기대감에 충만한 얼굴로 왕성하게 먹고 마셨다. 바너머 주방에서 서너 명의 양키가 엉거주춤 턱을 고인 자세로 홀 안의 이런 난장판을 히죽히죽 웃으며 구경하고 있었다.

그 혼잡 속에서도 김 언니가 내 손을 잡으면서, 우리 파자마부 식구들은 티나 김 곁에 붙어 있자고 했다. 왜 그러는지는 곧 밝혀졌다. 아우성을 치고 덤벼들어도 차례가 잘 오지 않는 콜라병과 팝콘을, 머리에 흰 두건을 쓴 미군이 쟁반까지 받쳐서 우리한테 가져다주었다. 그가 우리 곁으로 그걸 가져오는 동안 사람들은 억지로 길까지 내주었다. 티나 김이 그에게 가볍게 고맙다는 인사를 하고 우리한테 먹기를 권했다. 처음 마셔보는 콜라는 약 냄새 같은 게 나서 내 입맛엔 맞지 않았다. 그러나 팝콘 맛은 마냥 먹고 싶게 고소했다. 사람들이 떠들고 킬킬대는 소리와 내 입속에서 팝콘 부서지는 소리 외에는 아무소리도 들리지 않았다. 그러나 그 혼잡과 소요의 한가운데서는 한껏 야하게 차려 입은 매장 아가씨들이 미군과 짝지어 춤을 추고 있었다. 외국 군인들의 듬직한 어깨 너머로 넘실대는 여자들의 선홍빛 입술이 동백꽃을 문 것처럼 요염했다. 생전 처음 보는 사교춤이라는 걸 자세히 보고 싶어 앞으로 나서려고 했지만 잘 되지 않았다.

그때 PX 총책임자인 마스터 싸진(서전트) 캐넌이 사람들을 헤치고 티나 김한테로 다가와 정중하게 손을 내밀었다. 티나 김이 검은 플레어스커트를 우아하게 휘날리며 싸진 캐넌의 리드에 따라 춤판을 향해 스텝을 밟았다. 사람들이 길을 비켜주며 숨을 죽였기 때문에 비로소 음악이 들렸다. 음악은 작은 포터블 전축에서 흘러나오고, 처음부터 계단에 진을 치고 있던 아줌마들은 바로 이 구경을 기다렸다는 듯이 바짝 턱을 쳐들고 긴장하고 있었다.

싸진 캐넌은 나도 한 번 인사를 한 적이 있었다. 임시 패스를 사진이 붙은 진짜 패스로 교부받을 때였다. 티나는 나를 데리고 사무실로 올라가서 담당자로부터 패스를 교부받고 나서, 사무실 옆에 붙은 방으로 데리고 가서 그에게 나를 인사시켰다. 나한테는 그를 PX 총책임자라고 말했지만 그에게는 나를 뭐라고 했는지 알아듣지 못했다. 나는 다만 그가 영어로 나에게 말을 시키면 어떻게 하나 잔뜩 겁을 먹고 있었다. 그는 나한테 아무런 관심도 보이지 않고 티나하고만 몇 마디 얘기를 했는데, 그 분위기가 조금도 사무적이지 않고 은근하고 다정했었다. 싸진 캐넌의 널찍하고 번들대는 책상 위에는 그가 가족과 함께 찍은 사진과, 아내와 아들딸이 각각 혼자 찍은 사진이 장식돼 있었다. 그의 아내는 턱이 각져서 그런지 서양 여자치고는 무뚝뚝해 보였고, 아이들은 열 살이 채 안 돼 보이는 소년 소녀들이었다. 계집애의 웃는 얼굴에 빠진 이가 인상적이었다. 짧은 시간에 본 것이 이렇게 뚜렷한 것은, 두 사람이 환담하는 동안 거기밖에 시선을 고정시킬 데가 없었기 때문일 것이다. 그 후에도 몇 번 매장에서 싸진 캐넌과 마주친 일이 있지만 나를 특별히 기억하는 것 같지도 않았거니와, 알아볼까 봐도 겁이 나서 미리 눈길을 피했을 것이다. 준수하고 차갑게 생긴 데다가 귀티까지 나서 함부로 대할 수 없는 인상이었고 군복도 썩 잘 어울렸지만, 한 번쯤은 머릿속으로라도 신사복을 입혀보게 되는 그런 중년이었다.

"그만 가자, 월급도 탔는데 너무 늦으면 안 좋잖아."

싸진 캐넌과 티나 김의 춤에 넋을 잃고 있는데, 옆에서 김 언니가 시무룩한 얼굴로 채근을 했다. 월급 소리에 정신이 번쩍 나서 가죽 책가방을 그러안았다. 그동안 화장실 갈 시간이 없지는 않았지만 아직 세어보지 못한 월급의 부피가 뿌듯하게 만져졌다. 그러나 그만한 부피가 가슴을 뚫고 지나간 것처럼 나는 자꾸만 허전해지고 있었다. 그건 책가방이지 돈가방이 아니었다. 아니 돈가방이지 책가방이 아니구나. 그 따위 생각은 안 하는 게 수였다. 바깥 날씨는 맵싸했다.

"너도 차차 티나 김에 대해 사람들이 뭐라고 그러는지 듣게 될 거야. 벌써 들어서 알고 있는지도 모르지만."

김 언니가 언짢은 표정에 어울리는, 투덜대는 투로 말했다.

"못 들었어요. 뭐라고들 그러는데요?"

나는 아무것도 들은 바가 없다는 걸 결백처럼 주장하며 물었다.

"싸진 캐넌의 정부라고들 그러지."

"그럼, 아닌가요?"

"본인은 아니라고 코웃음을 쳐. 좋은 친구 사이라는 거야."

"언니는 어느 쪽을 믿는데요."

"본인의 말을 믿고 싶어. 그 여자, 집에서 남편한테 얼마나 잘한다구. 남한테 입의 혀 같은 건 그 여자 천성이기도 하지만 말야. 애를 못 낳는 것 하나만 빼고는 나무랄 데 없는 여자야."

"앞으로 낳으면 되죠, 뭐."

"아주 못 낳는다나 봐. 오죽해야 첩을 얻어줬겠어. 첩이 아들 낳은 지 얼마 안 돼. 한집에서 다들 구순하게 사는 것 보면 이상해. 남편도 첩도 그 여잘 떠받드는 눈치야. 아직은 그 여자가 먹여 살리니까 그렇지만 마냥 그럴 수는 없을 거 아냐. 그 여자가 그런 생각 못할 리가 없고, 센 자존심으로 봐서도 개밥의 도토리가 되기 전에 국제결혼이라도 했으면 싶은데, 아니라고 펄쩍 뛰니까 믿을 수밖에."

"국제결혼이라면 싸진 캐넌하고 말인가요?"

"그랬으면 오죽이나 좋아. 그렇지만 그 남자도 가정을 가진 남자라니 이혼시키기가 그리 쉽겠어? 그래서 친구 사이라고 내숭을 떠는 것 같아. 곧 죽어도 정부 소리는 듣기 싫을 거 아냐. 양키 정부면 양갈보지 별거야?"

김 언니는 아까부터 기분이 안 좋아 보였다. 걸음걸이가 뒤룩거리고 티나 김에 대해서도 이랬다저랬다 했다. 나도 안 듣는 데서 남의 뒷공론이나 하고 있다는 게 혐오스러워져서 입을 다물었다.

명동 입구까지는 상점이고 노점이고 일제히 성탄절 기분을 내고 있었으나, 을지로 입구 전차 정류장은 어두컴컴하고 전차를 기다리고 있는 사람들의 표정도 어둠을 빨아들인 것처럼 암울해 보였다. 김 언니는 방향이 다른데도 내가 전차 탈 때까지 기다려주는 척하면서 못다 한 말을 계속했다.

"서로 좋은 친구 사이라는 걸 나타내려고 그렇게 신경을 쓰더니만. 자기 남편한테 소용되는 물건도 꼭 캐넌한테 오더를 시키지를 않나, 첩이 낳은 자식을 제가 낳은 자식처럼 사진을 넣고 다니면서 캐넌한테 자랑을 시키지를 않나, 꼭 제가 무슨 한국의 현모양처의 표본처럼 굴었다니까, 캐넌도 마찬가지구. 아이들이 보낸 편지나 그림까지 티나한테 보여주면서 같이 신통방통해했으니까. 이번 크리스마스에도 티나가 그 집 아들딸한테 진짜 본견으로다 특별 주문한 파자마를 선물하느라 한 달 전부터 법석을 떨었다구. 그게 다 주위 사람들한테 즈네들이 친구 사이라는 걸 믿어달라는 제스처 아니겠어? 그렇게 잘 나가다 말고 아깐 그게 무슨 짓이래. 난 캐넌의 정 붑네, 하고 광고를 치면 어쩌겠다는 거야."

"언니, 언니는 영화도 못 봤어? 그 사람들 부부끼리 짝 바꿔가며 춤추는 거 보통 아뉴. 난 좋더라 뭐, 춤 잘 춰서 보기 좋고, 둘 다 그만큼 남의 눈치 안 보고 떳떳하게 굴어서 더 좋구."

나는 호기심을 억제하고 이렇게 위선을 떨었다. 위선만은 아니었는지도 모른다. 그들의 춤추는 모습은 생각할수록 짜릿하게 아름다웠다. 스캔들을 확인시켜주는 게 아니라 정화시켜줄 것 같은 춤 솜씨였다. 전차가 왔다. 언니가 가방 조심하라고 주의를 주면서 손을 흔들었다. 늦은 시간이라 팅 빈 전차간에서 나는 두둑한 책가방을 깊이 끌어안았다.

PX 언저리하고 돈암동하고 별천지인 것은 평소와 다르지 않았지만, 밤이 늦어 불 켜진 집이 거의 남아 있지 않았다. 드문드문 보이던 불빛조차 없는 칠흑의 거리에서 나는 되레 산지사방에서 인기척을 느꼈다. 딛고 가는 땅조차 숨결을 지닌 짐승의 가슴처럼 동물적으로 벌떡대는 게 발바닥으로 전해와 건성건성 걸었다. 파티의 그 은성하던 불빛과 아름다운 춤은 꿈이었나. 이 은밀한 웅성거림은 또 무엇인가. 좀 전까지 집집마다 불 밝히고, 춤추고, 먹고, 마시고, 떠들던 사람들이 내가 나타나자 숨죽이고 일제히 어둠 속이나 땅속으로 스며들어 초롱초롱한 밤눈으로 나의 일거수일투족을 노리고 있는 거나 아닐까. 허황한 생각이 생생한 현실감이 되어 나를 뒤쫓고 있었다. 나는 비명을 삼키며 고꾸라지듯이 달음박질쳤다. 개처럼 헐떡이며 집에 당도한 나는 전신이 물에서 건져낸 것처럼 젖어 있었다. 방바닥에다 돈 가방을 내던지니까 살 것 같았다.

"엄마, 저 월급 탔어요. 언니, 내 가방 좀 열어볼래요?"

"한 달 되려면 아직아직 멀었는데. 그래, 얼마나 주디?"

엄마가 먼저 가방을 끌어당기면서 물었다.

"오늘이 월급날이래요. 반달밖에 안 됐지만 한 달 치를 다 쳐줬다나 봐요. 얼만지는 말 안 해줘서 모르겠어요."

엄마가 물었는데도 나는 올케를 보고 말했다. 올케와 조카들을 내 힘으로 부양할 수 있게 되었다는 게 기뻐서 가슴이 벅찼다. 엄마가 가방을 열고 돈뭉치를 꺼냈다. PX 포장지로 싼 양회봉투 안에서 돈이 나왔다. 풀빛도 선명한 천 원짜리 돈다발이 네 개나 쏟아져나왔다. 40만 원이었다. 은행에서 갓 나온 새 돈이라 만져보고 어림짐작한 것보다 훨씬 더 큰 액수였다.

"세상에, 이 많은 돈을 네가 벌었단 말이지?"

엄마는 눈에 눈물이 그렁하면서 입을 못 다물고 웃고 있었다. 올케도 믿어지지 않는다는 듯이 돈다발을 만져보고 넘겨보면서 얼굴 하나 가득 웃음이 번졌다. 엄마가 먼저 병원약 한 번 못 써보고 죽은 아들을 불쌍해하며 눈물을 찍어냈지만, 40만 원이 회복시켜준 생기는 어디 가지 않았다. 자는 아이들까지 어제보다 훨씬 영양이 좋아 보였다. 천 원짜리 돈다발이 퍼트린 시퍼런 생기가 고목나무에 물오르듯이 이 집을 변화시키는 게 눈에 보이는 듯했다.

"작은아씨, 고맙고 미안해요. 저도 뭘 해볼게요. 작은아씨가 벌어오는 돈, 가만히 앉아서 먹기만 하지 않을게요."

"그럼 그럼, 내가 아이들 봐줄 기운이라도 있는 동안에 뭐든지 해라."

그들은 마치 돈이 돈을 부르는 영험을 믿는 것처럼, 40만 원을 세고 더 세고 또 세면서 돈을 벌 꿈을 꾸고 있었다. 그런 식으로 좋아하리라는 것은 상상도 못 해본 일이었다. 나는 두 무릎을 세운 사이로 고개를 묻고 엎드려서 피곤한 시늉을 했다.

그만, 제발 그만 좋아해. 그렇게 악을 쓰고 싶은 걸 어금니 사이에서 죽자꾸나 억누르고.

4.

해가 바뀌자 파자마 매장도 한산해졌다. 새해부터는 저녁에 남보다 일찍 PX를 나와 허 사장네를 거쳐서 퇴근하게 되면서 서울대학의 쓸모에 대해 차츰 터득을 해가기 시작했다. 허 사장이 PX 안에 알토란 같은 컨세션을 두 개나 갖게 된 것은 티나 김이 앞장서서 미군 실무자들과 교제를 잘한 덕이었지만, 실무자들의 어수룩함 때문도 있었다. 내가 허 사장네를 들르는 날은 거기서 집이 멀지 않은 티나 김도 자리를 함께하게 되는 경우가 많았다. 티나 김은 농담처럼 건넨 말 한마디로 초상화부가 들어설 수 있게 된 때를 호랑이 담배 먹던 시절이라고 회상했다. 불과 서너 달 전을 호랑이 담배 먹던 시절로 느낄 정도로, 미군들도 이권이 개입되거나 한국 사람과 접촉이 잦은 곳에서 일하게 되면 급속하게 약아진다는 것이었다.

사람의 욕심이란 한이 없는 것인지, 허 사장과 티나 김도 양키들이 어수룩할 때 큰 이권을 두 건씩이나 따낸 걸 감지덕지해하는 게 아니라, 그들이 조금이라도 덜 약아졌을 때, 더 계약을 따낼 만한 컨세션은 없을까 해서 머리를 짜고 있었다. 들어설 만한 것은 이미 다 들어섰고, 양키들 눈에 들 새로운 게 있을 것 같지 않게 한국물산이 빈약한 전시라, 초상화부처럼 공전을 뜯어먹을 수 있는 매장을 이것저것 연구 중이었다. 구두닦기와 수선을 겸한 구둣방, 꽃신 복건 염낭 등 민속적인 아동용품의 주문 판매 등이 그들이 같이 짜낸 묘안이었지만, 캐넌은 둘 다 탐탁해하지 않았다고 한다. 구둣방은 PX 밖에서 소년들이 생업으로 삼는 것까지 너희들이 해먹어야겠느냐고 다소 경멸스러워했다는 것이었고, 아동용품도 그 정도라면 파자마부에서 소리 없이 겸해서 해먹어도 누가 뭐라지 않을 텐데, 매장을 따로 만들 게 뭐 있느냐고 고개만 갸우뚱거렸다고 한다. 캐넌만 오케이 한다고 되는 게 아니었다. 캐넌이 총책임자라고는 하지만 계급적인 상전이 중위로부터 중령까지 층층시하였다. 그들을 다 납득시킬 만한 서류상의 절차를 밟는 게 수였다. 새로운 컨세션이 왜 있어야 하느냐로부터, 있고 싶은 장소와 정가나 공전의 구체적인 산출 근거 등을 제시하는 서류를 작성하기 위해, 그들은 대학생을 그렇게 목말라한 것이었다. 그렇다고 PX 안에 그런 일에 숙달된 전문가가 아주 없는 것도 아닌데 그런 일이야말로 비밀이 지켜져야 한다고 허 사장은 굳게 믿는 것 같았다. 그래서 자기 집 안방에 심복을 불러들여 이마를 맞대고 일을 꾸미고 싶어했다.

나도 처음부터 그런 일에 협조할 엄두가 난 것은 아니다. 내가 살아온 환경과는 전혀 별세계의 일이었고, 새해 들어 겨우 스물두 살이었다. 그러나 어떻게든 월급자리를 지키고 싶었고, 파자마부와 초상화부를 따낼 때 제출한 서류와 계약서의 사본도 엄두를 내는데 도움이 되었다. 그때만 해도 캐넌이 알아서 작성해준 서류였다. 캐넌은 공사가 분명한 사람이어서, 티나 김하고 소문난 관계가 되자 더더욱 공정한 입장을 취하려 든다고 했다. 또 귀국하고 제대할 날이 얼마 안 남았다니, 떠난 자리가 깔끔하길 바라는 마음도 있었을 것이다. 이래저래 특혜를 바라기는 어렵게 돼 있었다. 하여튼 서류는 사전을 찾아가면서라도 뜻을 파악할 수 있기 때문에, 나에게는 말하는 것을 알아듣는 것보다 한결 쉬웠다. 허 사장이나 티나 김이 나의 이런 궁색한 능력을 실망하지 않고 존중해준 것도 큰 힘이 되었다. 나도 티나 김이 알파벳을 어떻게 붙여 읽는지 조금도 감을 못 잡으면서 영어를 그렇게 유창하게 지껄일 수 있다는 게 존경스러웠다. 언어의 천재라는 게 바로 저런 거로구나 싶었다. 알고 보니 그녀의 미국사람과의 관계는 해방 후로부터 비롯됐다. 징용 나간 남편이 남보다 거의 1년이나 늦게 돌아오는 바람에 식모 자리라도 구해야 하는 형편이 됐다. 싹싹한 성품과, 아무 걸 입어도 품격이 있어 보이는 옷태와, 한번 맛보기만 하면 못 하는 게 없는 음식솜씨를 아깝게 여긴 친척이 말해준 식모 자리가 미 군정청에서 공보일을 맡아보는 장교네 집이었다. 가족이 함께 나와 있어서 손님 치를 일이 많은 그 집에서 한국 음식의 진수를 전수하면서 그쪽 음식도 쉽고 빠르게 익혀갔고, 영어는 그보다 더 빠르게 익혀갔다. 그 장교는 갈려 갈 때 자기보다 더 높은 고관한테 티나 김을 물려주고 갔지만, 징용에서 돌아온 남편과의 가정생활 때문에 일찍부터 기지촌에서 미군 상대의 상품을 개발해온 허 사장과 손을 잡게 됐다. 허 사장네는 시어머니 쪽으로 인척 관계가 된다고 했다.

어떻게 조금도 읽고 쓸 줄 모르면서 그렇게 영어를 잘할 수 있는지 신기해하면, 그녀는 이 세상에 있는 말치고 글씨 먼저 생겨난 말은 없을 거라고, 글씨 먼저 아는 나를 이상해했다. 그녀의 생각이 아마 맞을 것이다. 내가 입이 안 떨어지는 가장 큰 이유는 글씨가, 철자법이 가로막기 때문이었으니까. 티나 김이 언어의 천재인 또하나의 까닭은, 나도 모를 딱딱한 공문을 겨우 붙여서 읽으면 그녀는 무슨 뜻인지 척척 알아맞히는 거였다. 어떤 때는 그건 그렇게 읽는 것이 아니라 이렇게 읽어야 말이 된다고 일러줄 때도 있었다. 그건 거의 들어맞았다. 그건 내가 집에까지 가지고 가서 기를 쓰고 만든 서류에 대해서도 마찬가지였다. 그런 표현보다는 이렇게 하는 게 더 듣기 좋다느니, 그런 경우는 그런 말을 쓰는 게 아니라 이런 말이 일반적인 말이라느니 하고 가르쳐주는 대로 배우면서 그대로 할 수밖에 없었다.

허 사장네서 야근을 하면서, 나는 내가 아주 중하게 쓰이고 있다는 자만심, 만족감과, 사람이 이렇게 없나 하는 고독감을 동시에 맛보았다. 그리고 밖으로 나와 혼자가 되면 그런 생각에 온몸을 좀먹힌 듯이 속이 비어가는 자신이 느껴져 참담해지곤 했다. 티나 김은 싹싹하기도 했지만 약은 사람이기도 했다. 나에게 구체적인 위안이 필요하다는 걸 알고 있었다. 언제부터인가 그녀는 PX 물건을 야금야금 맛보여주기 시작했다. 나에게는 언제까지나 그림의 떡일 줄 알았던 미제 초콜릿, 비스킷, 캔디 따위가 어느 틈에 우리 집의 일상적인 주전부리거리가 되었다. 그걸 집에 가지고 들어갔을 때의 식구들, 특히 조카들의 환성은 월급봉투 이상으로 감칠맛이 있었다. 극도로 궁핍하던 시대여선지 미제는 다 먹고 난 껍질까지 버리기가 아까웠다. 그 반짝거리고 튼튼한 포장이 여기저기 굴러다닌다는 것만으로도 집 안에 부티가 흘렀다.

마약처럼 한번 맛들이면 도저히 끊을 수 없는 황홀경이 바로 미제의 맛이었다. 조카들은 특히 초콜릿을 섞어 걸쭉하게 농축한 타디라는 깡통우유를 좋아했다. 겨우 말을 하는 현이가 타디, 타디 하는 소리는 데디, 데디 하는 것처럼 들려서, 엄마까지도 덩달아 그 우유를 데디라고 했다. 현이는 한 번도 아빠라는 말을 해본 적이 없다.

이제 와서 데디라니. 나는 그 소리만 들으면 그 좋은 미제가 게울 것처럼 느글느글해져서, 그만해, 제발 그만해, 신경질을 부리곤 했다. 그래도 참아야 했다. 미제의 힘은 놀라웠다. 삐삐 말라 머리통만 크고 목이 가늘고, 입 귀퉁이가 헐고 그 언저리엔 허옇게 버짐까지 피어나던 아이들이 단시일 내에 포동포동 살이 오르고 윤기가 흘렀다. 현이는 특히 난리통에 태어나선지 낳을 때부터 이마에 깊은 주름이 잡혀 있었다. 그 주름은 젖살이 오른 후에도 희미하게 남아 있어 보채거나 눈치를 볼 때면 아이답지 않은 인생고를 풍겼었는데, 어느 틈에 흔적도 없이 사라지고 귀티가 나는 번듯한 이마로 바뀌어 있었다.

음력설에는 흰떡도 하고 제수도 격식 맞춰 장만해서 차례를 지냈다. 우리가 차례를 모시는 게 처음이었다. 엄마는 종부지만 자식 공부 핑계로 고향을 등지면서, 봉제사의 의무는 자연스럽게 고향을 지키는 숙부한테 돌아갔었다. 그러나 지금은 양가가 다 타향이고 숙부네는 더군다나 피난살이였다. 엄마가 비로소 떳떳해지는 걸 보는 건 나쁘지 않았다. 윗대부터 정성껏 지내 내려오던 차례가 맨 나중 오빠한테 이르자 엄마와 올케는 몸부림을 치며 곡을 하기 시작했다. 오빠가 죽었을 때보다 훨씬 힘차고 기름진 곡성이었다. 자식을 숨 거둔 그날로 묻은 엄마가 받을 벌치고는 너무도 가볍지 않은가. 그래서 귀를 막고 싶게 가짜스럽게 들렸다. 그만, 제발 그만해, 소리를 억누르느라 나는 한 방울도 눈물을 안 흘렸다.

오빠의 무덤에 균열이 생기면서 미처 죽기도 전에 묻힌 그가 살아

나오는 꿈을, 그날 오래간만에 또 꾸었다.

음력으로 새해부터, 올케는 동두천 쪽으로 보따리장사를 나가기 시작했다. 장사에 관한 한 올케의 눈썰미는 보통 이상이었다. 내가 첫 월급을 타자마자 올케가 시작한 건 헌 옷 장사였다. 한때 돈암시장에서 나까마 노릇을 한 적이 있는 숙부를 통한 연줄도 있고, 또 돈암시장에 점포를 여러 채 가지고 있는 근숙이 언니네의 호의도 있고 해서, 비록 남의 가게 추녀 끝이긴 하지만 비교적 수월하게 길목 좋은 데다 헌 옷 가게를 펼 수가 있었다. 처음엔 집안 식구 옷가지를 들고 나가 줄을 매고 걸어놓고 우선 개업부터 했다. 끼니 끓일 게 없을 때 가장 손쉽게 돈을 만져볼 수 있는 게 옷이어서, 헌 옷 장사뿐 아니라 들고 나온 옷을 먼저 낚아채서 되넘기려는 나까마들이 득시글대는 게 당시의 시장 풍경이었다. 생존 조건 중 먹는 게 으뜸이련만 입는 걸 먼저 올려놓을 만큼 옷이 날개인 것은 이 땅의 유구한 전통인데, 옷이나 옷감의 생산이 중단된 상태라 대신 헌 옷의 유통이 활발할 수밖에 없었다. 오죽해야 돈 벌기 가장 쉬운 장사로 고아원을 꼽았겠는가. 구제품 옷 보따리를 우선적으로 배당받아 팔아먹는 게, 고아들에게 돌아갈 분유나 밀가루를 빼돌리는 것보다 훨씬 양심에 가책은 덜 되고 수익은 높다는 건 널리 알려진 사실이었다.

내 월급으로 시작한 올케의 옷장사가 집안의 옷가지를 찔러 넣긴 했지만 밑천을 빼고도 저녁이면 건고등어라도 사가지고 들어올 만큼 자리가 잡혀가는데 보따리장사로 전환을 하겠다는 걸 엄마는 당연히 반대했고, 나도 이해할 수가 없었다. 그러나 자초지종을 듣고 보니 그럴 수밖에 없을 것 같았다. 아직도 전선은 삼팔선을 중심으로 일진일퇴를 거듭하고 있었지만 서울의 인구는 꾸준히 늘고 있었다. 돈암시장에도 이제 빈 가게가 없었고, 업종에 따라서는 음력 대목이 여간 흥청거리지 않았다고 한다. 올케의 장사도 때를 잘 만난 셈인데 그 반대로 본 게 올케다운 눈썰미였다. 아무리 노점이라도 자릿세 없이 해먹을 수 있는 날이 얼마 안 남았다고 내다본 올케는, 어떻게든지 자기 가게 터를 갖고 싶은 욕심이 동했다. 꿈도 크지, 그것도 돈암시장이 아니라 동대문시장에다가.

올케가 알아본 바에 의하면, 여자가 이 바닥에서 돈을 벌려면 일선 장사만 한 게 없더라는 거였다. 기지촌의 양색시를 목표로 보따리장사 나가는 걸 올케는 일선 장사라고 했다. 일찌거니 그쪽으로 장삿길을 터서 기지촌 사정에 훤하고, 단골도 수월찮이 확보하고 있는 아주머니들하고도 이미 같이 다니기로 약조가 돼 있고, 블라우스나 속치마, 브래지어 따위를 양색시 취향으로 만드는 제품집에서도 무조건 밀어주겠다고 했다는 것이었다.

"이것도 기회예요. 그쪽으로 길을 튼 사람들이 붙여주겠다고 할 때 붙어야지, 망설이다가는 죽도 밥도 안 돼요. 떡장수 떡목판 이고 나가듯이 아무 때나 나가고 싶으면 나가고, 말고 싶으면 말 수 있는 장사가 아니니까요. 허가증이 있는 건 아니라도 전쟁 중에 아무나 일선 지구를 드나들 수 있게 하겠어요?"

"그래도 그렇지, 돈도 좋지만 그 좋은 자리 남 주고 하필 왜 보따리장사를 나가겠다는지 모르겠구나."

엄마가 이렇게 석연치 않아 했지만 반대치고는 미미했다. 우리는 식구들이 다 돈도 벌기 전에 돈독이 정수리까지 올라 있었다. 더 많이 벌 수 있는 일이면 무조건 옳은 일이었다.

일선 장사는 하루에 돌아오는 일이 거의 없었다. 적어도 하룻밤, 길면 사나흘도 걸렸다. 그러나 올케는 이불 보따리만 한 임을 이고 떠나면서, 재수 좋으면 해 안에, 늦어도 내일까지는 돌아올 수 있을 거라는 속 들여다뵈는 약속을 잊지 않았다. 그건 시어머니 들으라는 소리가 아니라 아이들한테 하는 자기 위안의 소리였는지도 모른다. 그래도 엄마는 매일 밤 더운밥을 지어 아랫목에 묻어놓고 늦도록 대문 소리에 귀를 기울였다. 아이들이 안 자고 있으면 아이들을 상대로 하염없이 중얼거리는 걸로 기다리는 시간을 쉬 흘려보내려는 엄마가 지겨워서 나는 숨이 막힐 것 같았다.

"엄마가 의정부까지 왔을라나, 창동까지 왔을라나, 미아리고개까지 왔을라나, 머리 한 번 긁어보렴."

엄마가 웅얼거리는 소리는 정해져 있었다. 아이는 할머니가 시키는 대로 머리를 긁을 적도 있고, 안 긁고 말 적도 있었다. 아이가 뒤통수를 긁으면 즈이 어메 올랑이 아직아직 먼 거고, 긁는 손이 이마 쪽으로 가까이 올수록 집하고 가깝다고 정말 엄마는 믿는 걸까. 아이의 손이 뒤통수로 가려고 하면 엄마는 얼른 이마 쪽으로 가져다 놓으면서 같은 소리를 되풀이하곤 했다. 그건 엄마의 장기였다. 아들을 기다릴 때도 엄마는 그런 방법으로 지루함과 초조함을 달래곤 했었다. 그러나 일선 장사 나간 며느리를 기다리면서도 그 방법을 써먹는 엄마는 왜 그렇게 보기 싫은지, 내가 경험한 어떤 기다림보다도 신산하고 막막한 기다림이었다.

올케는 이틀 만에 돌아오든 사흘 만에 돌아오든 대개 밤늦게 돌아왔고, 아무리 늦어도 엄마가 지어놓은 밥을 맛있게 먹었고, 밥 먹기 전에 반드시 돈을 세었다. 올케가 벌어온 돈 중에는 달러도 간간이 섞여 있었다. 그녀가 여기저기 속주머니를 뒤져 한 움큼씩 돈을 꺼내놓는 동안 식구들은 까닭 없이 숨도 크게 못 쉬었다. 그동안 긴장감이 온몸을 비트는 것 같았다. 그 돈이 다 번 돈은 아닐 것이다. 본전을 제하고 남은 돈이 얼마가 될지 모르는 채로 우리는 다만 올케가 몽땅 꺼내 놓은 돈의 부피에 압도당해 헐떡거렸다. 그리고 올케가 돈을 다 세기를, 세고 나서 장부책을 들여다보면서 뭐니 뭐니 해도 일선 장사만큼 남는 장사는 없어요, 하면서 만족스러운 한숨을 쉬기를 기다렸다. 그러고 나서 밥상을 받으면 집 안엔 생기가 감돌았고, 우리 식구는 올케한테 아부하기 위해서라도 화기애애해지곤 했다. 올케는 차편 때문에 늦었다는 걸 강조하곤 했다. 차편 아니면 갈 수도 없거니와 나올 때도 나오고 싶을 때 나올 수 있는 게 아니라고 했다. 그런 소리는 변명 같기도 했지만 그 무거운 걸 줄곧 이고 다니는 건 아니구나 싶어 안심도 됐다. 그것이 우리가 올케의 일선 장사에 대해 아는 전부였다.

그날도 올케는 사나흘 우리를 기다리게 해놓고 밤늦게 돌아와 돈을 세고 나서 밥상을 받았다. 다른 때나 다름없이 눈이 퀭하니 허기진 얼굴이더니만 밥상을 받자 갑자기 뜨악해진 표정으로 숟갈질을 하려다 말았다. 점심 먹은 게 얹힌 것 같다고 했다. 그렇다면 그러려니 했으면 좋았으련만 올케는 이제 돈을 많이 버는 귀한 몸이었다. 엄마가 옆에서 그래도 한술 뜨고 자야 한다고 성화를 했다. 마지못해 숟갈질을 하던 올케는 갑자기 손으로 입을 틀어막고 밖으로 뛰어나가더니, 수챗구멍에 얼굴을 틀어박고 웩웩 토하기 시작했다. 오장육부를 다 쏟아낼 것처럼 격렬한 토악질을 끝내고 몸을 든 올케의 새하얗게 질린 얼굴에 비 오듯 하는 건 눈물인지 땀인지 분간이 안 됐지만, 보통 체증이 아니라는 것만은 확실했다. 시종일관 샛별 같은 눈으로 지켜보던 엄마가 떨리는 소리로 말했다.

"너, 그동안 무슨 짓을 하고 다닌 게야? 응? 설마 양놈한테 욕을 본 게 아니라면, 시장 바닥에서 어느 놈하고 눈이 맞았단 말이구나. 세상에 이런 법은 없다. 아이구, 하느님. 아무리 아들 잡아먹고도 목숨을 부지하는 독한 년이지만 이런 꼴을 보고는 못 삽니다. 못 살아요."

엄마는 다리를 사시나무 떨듯 하더니 더는 말을 잇지 못하고 그 자리에 주저앉고 말았다. 엄마가 어떻게 그런 말을 할 수가 있는지, 나도 충격을 받았지만 올케는 물론 더했을 것이다. 올케의 창백한 얼굴이 순식간에 이글이글해졌다. 그러나 목소리는 섬뜩할 정도로 착 가라앉아 있었다.

"어머님, 제가 무슨 짓을 하고 다니는지 가르쳐드릴까요? 똑똑히 들어두세요. 제일 물건값 안 깎고 돈 잘 쓰는 게 입으로 검둥이 받는 양갈보라더군요. 입으로 사내를 받으면 애도 안 밸 테니 얼마나 좋아요. 어머님 같은 사람한테는 정숙해 보일 수도 있구요. 그렇지만 같은 갈보끼리도 그것들은 사람으로도 안 치고 돌려놓나 봐요. 그것들끼리만 따로 모여 사는 동네가 있는데 이번엔 거기까지 들어갔지요. 왜 왜예요? 한 푼이라도 더 벌려구지요. 그것들도 한 푼이라도 더 벌려고 그 짓 한 걸 우리는 바가지를 씌워서 벗겨먹었으니, 누구 짓이 더 더러운 짓인지는 아마 하느님도 헷갈리실 걸요. 그 바닥에서도 따돌림을 당해서 그런지 그것들은 보통 양갈보들보다 더 어수룩하고 인정도 있어요. 기껏 에누리 한 푼 안 하고 물건 팔아주고 나서도 뭐가 그렇게 아쉬운지 우리를 붙들지 뭐예요. 같이 점심 먹자구요. 사람에 주려서 그랬는지, 우리 하는 꼴을 보고 싶어 그랬는지, 부득부득 같이 먹자고 즈네들 비벼 처먹던 양푼에다 숟가락 꽂아놓고 조르지 뭐예요. 그것들 한 짓을 생각하면 욕지기가 나는 걸요. 다음에 또 벗겨먹을 생각으로 억지로 같이 먹어주는 척했더니 아직까지 속이 느글거리는 거예요. 내 오장육부가 그것들 것보다 더 깨끗할 것도 아니면서 안 받네요. 그렇게 된 거예요. 이제 아셨어요? 아셔서 속 시원하세요? 과부 사정은 과부가 안다더니, 까딱하단 과부가 과부 잡겠어요."

올케의 서슬 푸른 태도로 보아 못할 소리를 했다는 건 엄마도 깨달은 것 같았다. 그러나 말뜻을 알아들은 것 같지는 않았다. 엄마는 약간 무안하고도 맹한 표정으로 나에게 물었다.

"시방 느이 언니, 뭐라고 그랬냐?"

엄마도 못 알아듣는 소리를 나는 알아들었다는 데 심한 부끄러움을 느꼈다. 나는 홀어머니 밑에서 자라서 남녀의 문제는 정상적인 부부애도 보고 배울 기회가 없었는 데다가 성교육이라고 부를 만한 것도 받은 바가 없었다. 엄마는 어른들끼리 얘기를 하다가도 내 앞에서는 성적인 암시가 될 만한 것조차 교묘하게 사전에 봉쇄를 해버렸다. 그래도 나는 알 건 다 알고 있었다. 특히 PX 안에서는 일본에서 미군들이 사온 조잡한 포르노 잡지들이 횡행을 했다. 미군들이 그림만 보고 살 정도로 삽화가 괴상망측한 외설 잡지들을 우리들은 글까지 다 읽을 수 있었으니까, 최첨단의 음란 행위와 성적 기교에 관해서 모르는 게 없다고 해도 과언이 아니었다. 청소부들도 일본말은 다들 읽을 줄 알았다. 그런 것들이 헌 신문지처럼 도처에 굴러다니는 데가 PX였다.

GI들은 일본으로 휴가 갈 날을 손꼽아 기다리다가 그날이 임박해지거나, 다녀오고 나면 으레 한 번씩은 자랑을 하곤 했다. 내일 모레면 이 갓뎀 코리아를 떠나 사세보佐世保에 입항할 거야, 이러면서 황홀한 표정으로 눈을 감아 보이거나 춤을 추어 보이는 GI도 흔해빠졌다. 그럴 때 우리가 상상할 수 있는 일본도 그런 잡지의 연상 작용을 얼마 벗어나지 못했다. 그래서 우리는 엔조이 해라, 또는 엔조이 했니?라는 그들 식의 평범한 인사를 하면서도 가당치 않게 화냥기를 풍기려고 들었다. 그러나 내 욕망은 자극되어지기에는 아직이른 미숙한 것이었다. 난행당한 어린 계집애처럼, 왜곡되고 과장된 성적 정보에 의해 피어보기도 전에 주물러 터뜨려진 내 욕망의 참상에 나는 진저리를 쳤다.

엄마도 못 알아들은 말뜻을 내가 알아들었다는 수치심은 뜻하지 않게 자신을 속속들이 들여다볼 수 있는 계기가 되었다. 그러나 식구들한테까지 내 속을 들여다보게 하긴 싫었다. 나는 아직도 서로 뜻이 통하지 않아 옥신각신하고 있는 엄마와 올케를 피해 바깥으로 나와버렸다.

늦은 시간이었다. 천변가의 차가운 바람이 품으로 파고들었고, 거목으로 자란 수양버들의 채찍처럼 메마른 가지들이 허공을 비질하고 있는 모습이 울고 싶도록 처량해 보였다. 어쩌다 우리가 이 지경까지 이르고 말았을까? 엄마는 건강하여 손자들을 잘 돌보고, 올케는 사나흘에 한 번씩 주머니마다 돈을 하나 가득 벌어오고, 아이들은 살찌고 기름이 흐르고, 나는 한 달에 40만 원이나 되는 수입이 보장돼 있고, 집 안에는 구미구미 양키 물건이고. 오빠가 살아 있어도, 전쟁이 안 났어도 이보다 더 잘 살기를 바라기는 어려울 터였다. 그런데 왜 이렇게 마음은 점점 추비하고 남루해지는 걸까 도둑질해서 먹고살 때도 이렇지는 않았다. 온 식구가 양키한테 붙어먹고 사는 거야말로 남루와 비참의 극한이구나 싶었다. 개천에서 희미하게 썩은 내가 올라왔다. 얼음이 풀리고 있나 보다. 나는 개천을 향해 몇 번 웩웩 마른 토악질을 했다. 그리고 수양버들 등걸에 몸을 기댔다. 오래된 나무엔 영이 있다고 믿고 싶었다. 위로받고 싶었으니까. 오래 그러고 있었다. 수양버들은 영적인 나무라기보다는 헤픈 나무라는 생각이 들었다. 그러자 딱딱한 나무껍질을 통해 곧 미친 듯이 폭발할 숨은 욕망들이 느껴져 쓸쓸하게 웃고 말았다.

통금 사이렌이 길게 울렸다. 신안탕 골목에서 엄마가 흰 옷자락을 나부끼며 뛰어나오는 게 보였다. 나는 엄마가 내 이름을 부르는 극성맞은 소리를 듣게 될까 봐 가슴을 조이며 엄마를 향해 뛰어갔다. 그리고 엄마의 앙상한 어깨를 안고 등을 두드리며 집으로 향했다. 고부간의 갈등이 어떤 결말에 도달했는지 묻지 않았고, 말하지도 않았지만, 우린 서로 위로받고 싶어한다는 걸 이심전심으로 느끼고 있었다.

"웬 놈의 겨울이 이렇게 길다냐?"

깊숙이 파고드는 밤바람에도 봄기운이 완연하건만 엄마는 이렇게 딴전을 피웠다.

7

문밖의 남자들

1.

크리스마스에 최고조에 달했던 파자마부 경기는 서서히 내리막
길을 걷다가, 미군들 월급날이면 반짝 살아나기를 되풀이하면서 계
절은 꽃피는 4월로 접어들었다. 남의 고용살이를 하려면 몸이 좀 고
단하더라도 그 집이 잘돼야 월급 받기가 떳떳하다는 엄마의 말은
맞는 말이었다. 불경기라고 부를 정도는 아니었고 1층 위탁매장 중
에서는 여전히 그래도 파자마부가 최고의 매상을 올리건만도, 네
사람이나 되는 매장 식구가 잡담을 하다가 하품이 나면 일본 포르
노 잡지나 뒤적일 정도로 심심한 날은 마음이 편치 않았다. 사장 눈
치뿐 아니라 매장 식구가 다 눈치 보였다. 나만 군식구 같은 자격지
심 때문이었다. 허 사장이 나를 쓴 건 점원보다 훨씬 중한 쓸모를 기

대했기 때문인데, 그 기대는 들어맞지 않았다는 걸 누구보다도 내가 잘 알고 있었다. 그동안 서너 차례나 시도해본 새로운 컨세션 계약은 한 건도 성사되지 않았다. 허 사장이 내 탓을 한 건 아니었지만, 열심히 만든 서류가 제출하는 족족 꿩 구워 먹은 자리가 되자 은근히 위축될 수밖에 없었다. 허 사장이 서울대학 타령을 덜하는 것까지 나를 기죽게 했다. 티나 김이 되레 나를 위로했다. 서류에 문제가 있는 게 아니라 아이디어의 빈곤이 문제라는 것이었다. 그럴 때마다 히트 친 아이디어로 초상화부 예를 들곤 했다.

"어떻게 그런 생각이 떠올랐나 몰라. 하긴 내 아이디어라기보다는 싸진 캐넌 아이디어라고 해야 옳지만 말야. 난 그 사람하고 잡담을 하다가 무심히 한 말이었어. 즉석에서 그림을 그려주는 데가 있어도 재미있을 거라구. 그랬더니 그 말을 캐넌이 즉석에서 낚아채지 뭐야. 그 다음엔 구경만 해도 저절로 일이 진행되더라구. 그때 우린 정말이지 말 한마디밖에 한 게 없었어. 그때만 해도 까다로운 서류 같은 건 있지도 않았지. 물론 아주 없지는 않았겠지만 캐넌이 알아서 처리해줬으니까. 초상화부는 우리가 따낸 게 아니라 캐넌이 차려준 밥상을 우린 받기만 한 셈이지, 뭐. 해보니까 세상에 속 편한 게 공전 뜯어먹는 장사더라구."

그렇게 거의 불경기를 안 타고 꾸준히 달러를 벌어주던 초상화부 이 군이 어느 날 갑자기 쫓겨났다. 달러를 소지하고 있다가 걸린 모양이었다. 한국 사람이 달러를 가지고 있으면 무조건 블랙마켓의 상습범으로 간주하는 게 PX 당국의 한국인 보는 눈이었다. 한국물산부는 각 부의 사장 마음대로 점원을 고용할 수 있는 고유한 권한을 가지고 있었지만 해고시킬 때는 달랐다. 마음에 안 들거나 경영이 잘 안 될 때 해고시키는 건 사장 마음대로였지만, PX에 근무하는 한국인 노무자로서 지켜야 할 규칙을 어기면 PX 당국으로부터 조사를 받고 패스를 압수당했다. 규칙 중 으뜸은 블랙마켓 안 하는 거였다. 그러나 PX 취직이 선망의 대상인 것은 블랙마켓만 잘하면 떼돈을 벌 수 있기 때문이었으니까, 미제 물건 취급하는 데서는 석 달이 멀다 하고 점원들이 갈렸다. 몇 달 안에 얼마를 챙길 수 있나가 문제지 오래 붙어 있는 건 별로 의미가 없었다. 자연히 그쪽 매장에서는 담배나 비누, 치약 등 암거래에서 이윤이 높은 매장에 배치받기 위한 경쟁이 치열했다. 바로 그런 권한을 싸진 캐넌이 갖고 있기 때문에, 티나 김이 그의 정부라고 소문난 게 사실이든 아니든 그녀를 적어도 PX 안에서만은 여왕처럼 행세할 수 있도록 하고 있었다.

이 군의 몸수색에서 달러가 나온 것쯤은 티나 김이 말만 잘하면 충분히 구제될 수 있을 것 같았는데도 그녀는 전혀 손을 쓰지 않았다. 청소부하고 짜고 몸에 차고 나가게 하는 정도는 용돈벌이로 칠 정도로 박스 떼기, 트럭 떼기까지 할 수 있다는 걸 안 뒤라 달러 몇십 불 정도를 소지한 걸 적발해낸 양키도 속 들여다보였지만, 우리 매장 점원을 그 정도의 잘못으로 희생시키고도 말 한마디 안 거드는 티나 김은 더욱 비정해 보였다. 그건 곧 허 사장의 뜻이기도 할 터여서 그가 입버릇처럼 부르짖는 가족적 경영방침이란 소리의 허구가 드러난 셈이었다. 그러나 본인은 비교적 태연했다. 달러를 적발해낸 미군에 의해 직접 사무실로 인계됐다 한참 만에 풀려난 이 군은, 어떻게 됐느냐고 묻는 우리들에게 "화이어" 하면서 손등으로 자기 목을 치는 시늉을 하고 나서 어깨를 으쓱해 보였다.

"녀석, 양키 다 됐군."

"옳습니다요. 제 녀석이 양킨 줄 알고 딸라를 넣고 다녔나 본데, 관상을 보아 하니 꿈 깨는 데도 한참 걸리겠는데요."

"대가리에 피도 안 마른 녀석이 돈 맛은 어떻게 알아가지고⋯⋯. 나이 생각 안 하고 먹고살 만큼 대우를 해줬거늘⋯⋯."

"신세 조졌습죠, 뭐. 견물생심이라고 보는 게 맨 야미장사니까, 저라고 못할 거 없다고 여겼겠죠. 그러게 처음부터 제가 뭐랬습니까요. 너무 없이 사는 애는 이 바닥에 들이는 게 아니라구요. 집엔 버는 사람은 없이 먹는 입만 우글거리지, 직장은 삐까삔쩍 별유천지인 데다 돈다발이 날아다니는 켯속은 훤히 보이지, 웬만큼 심지가 굳지 않고서는 월급날만 기다리기가 쉬운 노릇이 아니죠."

양키 흉내를 내느라 한껏 건들거리면서 걸어나가는 이 군 뒤통수에다 대고 허 사장과 안씨 아저씨가 그렇게 주고받았다. 이 군의 과장된 여유와 나잇살이나 먹은 윗사람들의 차디찬 비웃음을 보면서, 나는 나라도 뭐라고 항거해야 할 것 같은 절박감에 진땀을 흘리면서, 한편 그런 내 꼴을 비틀리고 있는 젖은 걸레처럼 참담하고 추접하게 느꼈다. 이 군이 걸어나간 세상은 더는 미군 부대에 취직할 수 없는 세상이다. 나에게 그런 세상이란 가난이 약속된 세상인 동시에 결코 넘봐서는 안 될 청정한 세상이었다. 나도 딴 사람처럼 그의 뒷모습을 바라다만 볼 뿐 단 몇 발자국도 배웅하지 못했다. 파자마부와 초상화부는 한집안 사이건만 나는 이 군의 이름도 모른다. 그러나 블랙리스트 속에선 그의 이름이 어두운 밤의 고양이 눈처럼 명료하게 빛나리라.

"오늘부터 미스 박이 초상화부를 맡아줘야겠어."

허 사장이 나를 진열장 뒤로 불러들이더니, 의자를 권하고 나서 이렇게 말했다. 가슴이 철렁 내려앉았다. 이 군의 뒷모습이 사라지고 난 직후였다.

"제가요?"

그렇게 물어놓고도 내 귀에 그게 물음으로 들리지 않고 비명으로 들려서 나는 밭은기침을 했다. 허 사장이 알고 싶은 건 내 의중 같은 게 아니었다. 그는 처음으로 우리 집안 사정을 물었다. 파자마부에 불러들일 때는 서울대 학생 하나만으로도 그리 흡족해하더니만, 초상화부로 쫓아내면서는 웬 궁금한 게 그렇게 많은지 몇 식구며, 피난은 어디로 갔었고, 오빠는 무슨 병으로 죽었고, 지금 돈 버는 식구는 나 말고 또 누가 있는지를 꼬치꼬치 물었다. 나는 맨 나중 질문이 가장 중요하다는 걸 본능적으로 알아차리고 그 대답에서 가장 많이 거짓말을 시켰다.

"우리 생활비는 숙부님이 책임지세요. 트럭을 가지고 일선 장사를 다니시는데 돈을 아주 잘 버세요."

나는 방금 이 군이 내쫓긴 바깥세상의 막막함이 두려웠다. 어떻게든 이 안에 빌붙고 싶었다. 다시 어린 조카들 입가에 버짐이 피게 되면 그 애들의 앞날까지 정해지고 말 것 같았다. PX 문밖만 나가면 우글대는 양아치들도 입가엔 버짐이, 머리엔 기계충 자국이 아직 안 가신 그런 아이들이었다. 그러나 그런 거짓말이 술술 나온 건 아니었다. 난데없이 어릴 적 버릇이 되살아나 손톱을 질겅질겅 씹다 곧 그만두었지만, 손이 허전해 다시 책상 위에 있는 종이를 연필 끝으로 뿅뿅 뚫어서 잘게 부수고 있었다. 순식간에 한 장이 다 동글동글한 가루가 돼버렸다.

"점잖은 댁 따님이라는 건 알고 있었어. 소개받을 때부터 함부로 대하면 안 된다는 주의를 들을 정도였으니까. 아무 집에서나 서울대학 보낼 수 있는 게 아니잖아."

또 서울대학 타령이었다. 나는 허 사장이 서울대학을 그의 너부죽한 입에 물고 씹고 있는 것처럼 느껴져, 사납게 달려들어 손가락으로 우벼 파내고 싶은 충동을 억제하느라 다시 종이 한 장을 끌어당겼다. 허 사장이 나머지 종이를 치웠다. 미군들은 물건을 사고 나면 반드시 품목과 물건값을 적고 사인을 하게 돼 있어, 사무실에서 나오는 그런 양식의 사인 카드가 여러 장 여벌로 비치돼 있었다.

"그럴 리는 없겠지만 이 군이 나쁜 본이 될 걱정만은 안 하게 해줘. 이상하게도 저쪽 매장에서도 한 번 걸려든 자리에서는 한 달이 멀다 하고 연속적으로 걸려드는 걸 많이 봐서 그래. 파자마부는 보는 눈이 많으니까 서로 견제가 되지만 초상화부만 해도 독불장군이거든. 우체국이나 포장 센터 심부름까지 해야 되지만 컨세션 하나를 책임지고 운영한다는 걸로는 사장이나 마찬가지야. 어디 한번 잘해봐."

좌천인지 영전인지 나로서는 분간이 안 됐다. 허 사장이 서울대학생에게 건 기대를 하나도 충족시키지 못했으니 좌천으로 받아들이는 게 옳을 것 같았으나 굴욕감은 없었다. 늘 겉도는 것 같은 기분이다가 갈 자리가 정해지니까 비로소 취직이 된 것처럼 마음이 놓였다. 되지도 않을 서류를 만드느라 머리를 짜내지 않아도 된다는 것도 홀가분했다.

화가들의 얼굴은 알고 있었지만 다시 정식으로 인사를 하고 초상화부 책임자가 되었다. 다섯 사람의 화가들이 나를 짝짝짝 박수로 맞아주었다. 화가들은 벌써 이 군의 존재를 잊은 듯 허 사장에게 진작 여점원을 쓰셨더라면 초상화부가 더 잘될 걸 그랬다고 아쉬워하며, 허 사장의 이번 인사를 치켜세웠다. 허 사장은 나를 책임자라고 했는데 화가들은 나를 점원 이상으로 인정해주지 않았다. 그림 그리는 데가 잘 되고 못 되는 건 그림 솜씨에 달렸지, 점원이 무슨 상관이란 말인가. 나는 속으로 간판장이들이 꼴값하고 있다고 가소롭게 여겼다. 그러나 그게 아니라는 걸 깨닫는 데는 1주일이 너머 걸렸고, 그동안은 내 생애에서 가장 견디기 힘든 동안이 되었다.

나는 초상화부 책임자가 되자 파자마부에서 그랬던 것처럼 정가부터 봤다. 특별 주문은 치수에 따라 얼마든지 추가할 수가 있었지만, 비치된 규격품은 6달러, 4달러, 3달러짜리 세 종류밖에 없었다. 미군하고 친해져서 미제 물건 사다 달라고 부탁할 것만 아니라면,

정가 붙은 물건 파는 데 그렇게 많은 영어가 필요한 게 아니었다. 부가 바뀌었다고 별로 겁날 게 없었다. 그러나 온종일 앉았어도 초상화를 그려달라고 제 발로 찾아오는 GI는 단 한 명도 없었다. 어쩌면단 한 명도. 이틀째가 되니까 뒤에서 화가들이 웅성대기 시작했다. 아직은 이 군이 맡아놓은 주문이 밀려 있어서 놀지는 않는데도 곧일감이 끊어지게 될까 봐 불안한 거였다. 내가 잘못 걸려도 된통 잘못 걸린 거였다.

초상화부는 그 물건이 필요해서 사러 오는 사람한테 파는 일반매장하고 달랐다. 그 앞에서 얼쩡거리는 미군을 적극적으로 꼬셔야만비로소 한 건 올릴 수 있는 장사였다. 허 사장이 사람 잘못 본 거였다. 캔 아이 헬프 유우? 소리 한마디를 하려도 머리에 먼저 철자법이 떠올라야 혓바닥이 움직이게 돼 있는, 나처럼 둔하고 꼬인 언어의 회로를 가진 사람이 할 짓이 아니었다. 우리말을 쓰는 재래시장에서도 장사를 잘하고 못하고는 정직이나 박리다매로 결판이 나는게 아니지 않나. 오장육부 빼놓고 손님의 비위를 맞추려고 온갖 아양을 다 떨 수 있는 비위와 입심이 있어야 장사는 해먹게 돼 있는데초상화부도 마찬가지였다. 안 살 사람을 사게 한다는 건 제 나라 말로도 고도의 화술을 요하는 일이었다. 초보적인 외국어 실력으로될 일이 아니었다.

허 사장 같은 능구렁이가 왜 나에 한해서는 계속 잘못 짚기만 하는 것일까. 그러나 한 번 속지 두 번 속을 위인은 아니다. 혹시 그냥내쫓을 수는 없고 제풀에 못 견뎌서 나가게 하려는 고도의 작전이 아니었을까. 별의별 생각이 다 났지만 그런 가능성을 점칠 때가 가장 비참했다. 그동안 꼬박꼬박 제 날짜에 나오던 40만 원은 우리 식구의 밥줄이었다. 올케는 기지촌 장사를 잘 하고 있었지만 그건 그것대로 따로 모아서 동대문시장에 가게 터를 얻을 수 있게 되는 게 올케의 꿈이었다. 어떻게든 그 꿈만은 이루게 해주고 싶었다. 그건 꿈이 아니라 몸부림이었다. 창녀의 식탁 밑에서 힘 안 들이고 기름진 빵 부스러기를 얻는 삶을 벗어나 좀 더 각박하더라도 건강한 생존 경쟁의 장으로 나가려는.

양키한테 붙어먹고 사는 게 얼마나 치욕스러운 일이라는 걸 올케의 구역질을 통해 끔찍하도록 똑똑히 보고 난 후부터는, 내가 번 PX 월급으로 이마의 주름살을 편 엄마도 꼴 보기 싫을 때가 많았다. 마지막 이조의 여인, 정경부인 노릇을 해도 손색이 없을 도도하고 칼칼한 성품과 서릿발 같은 자존심을 지닌 우리 엄마를 겨우 양키 턱찌끼로 부양한다는 것은 우리 집안의 구제할 길 없는 타락이요, 엄마에 대한 저질의 모독, 천박한 음해였다. 잘난 척할 수 없으면 우리 엄마가 아니었다. 우리 집안에 엄마를 회복하기 위해서라도 이 굴욕을 벗어나야만 한다. 그러나 이 굴욕을 벗어나기 위해서는 좀 더 이 굴욕의 시간을 견디어내야 할 것을 전제로 하고 있었다. 그걸 잊으면 안 돼,라고 나는 나를 달래기도 하고 타이르기도 했다. 이놈의 데를 제 발로 걸어나갈 생각을 하면 가난의 예감까지도 잃었던 건강의 예감처럼 황홀해지다가도, 그게 곧 동대문시장을 향해 한 발 한 발 착실하게 다가가고 있는 올케와의 동반자 관계의 마지막이라고 생각하면 차마 할 수 있을 것 같지가 않았다. 이럴 수도 저럴 수도 없는 틈바구니였다. 하루를 공치고 퇴근할 때는 이런 고역도 오늘로 그만이라고 생각하다가도, 다음 날 아침이면 견딜 수 있을 때까지 견디어보자는 쪽으로 마음이 돌아서곤 했다.

내가 정한 견딜 수 있을 때까지는 월급날이었다. 이달 월급이라도 온전하게 타가지고 물러나야 집안에 미칠 충격이 덜할 것 같았다. 그러나 한마디도 못 하고 한 건도 못 올리고 온종일 꾸어다놓은 보릿자루처럼 앉은 자리만 지키면서, 화가들의 비난의 눈초리와 불평의 웅성거림을 견딘다는 것은 단 며칠도 할 짓이 아니었다. 그 영어 실력으로 혓바닥에 팔랑개비를 단 것처럼 쉴 새 없이 지껄여대던 이 군이 생각날 때마다 나도 모르게 눈물이 핑 돌곤 했다. 순전히 내 설움이었다. 들을 때마다 닭살이 돋을 것 같은 이 군의 엉터리 영어를 이제 내가 익히게 될 거라는 예감이 그렇게 서러웠던 것이다. 나는 월급제였지만 화가들은 그린 분량에 따라 일주일에 한 번씩 공전을 계산해주게 돼 있었다. 주문받은 일거리를 화가들한테 고루 분배하는 것도 내 일이었지만, 작업량을 기록해두고 하루의 매상을 사무실에 입금시켰다가 일주일에 한 번씩 나오는 환산된 원화를 화가들에게 실적에 따라 분배하는 것도 내 일이었다. 아직까지는 며칠 공을 쳐도 일거리도, 찾아갈 주급도 남아 있지만 고이지 않는 물을 퍼내는 건 시간문제였다.

등 뒤에서 들리는 화가들의 노골적인 원성을 통해 나는 우리 식구 말고도 내 어깨에 이삼십 명의 식구가 더 실려 있다는 걸 실물의 무게처럼 절박하게 느끼곤 했다. 그 무게는 잘 때도 나를 천근의 무게로 가위눌리게 했다. 내 월급을 타기 위해 그들의 주급을 희생시킬 수는 없는 일이었다. 나는 밥줄의 준엄함, 그 신성불가침에 치를 떨면서 서서히 굴복할 준비를 하고 있었다.

　나는 일주일을 견디지 못하고 말문을 열게 됐다. 일단 말문이 열리자 수치심이 사라졌고, 수치심이 사라지자 이 군 식의 엉터리 영어가 술술술 잘도 나왔다. 굴복했다기보다는 무너진 것 같은 자포자기였다. 화가들이 뒤에서 안도의 숨을 쉬면서 좋아했다. 말문이 열리자, GI들 관상까지 볼 줄 알게 됐다. 화가들이 그림 그리는 걸 들여다보거나, 쇼 케이스 속에 진열된 초상화를 구경한다고 해서 다 꼬셔본다는 것은 부질없는 짓이었다. 장교는 백발백중이라고 해도 좋을 만큼 초상화 따위에 냉담했다. 들여다본다고 해도 비웃고 싶어서, 딱해하려고 들여다보는 것이지 그려볼까 하는 생각이 손톱만큼이라도 있는 게 아니었다. 그런 미군한테 초상화를 그리라고 권하는 것은, 어깨를 으쓱하고 팔을 펴 보이면서 입을 삐쭉하는 따위 그들 단골의 아니꼬운 꼴을 보고 싶어하는 것과 다름없었다. 백인의 우월감을 강하게 풍기는 양키도 초상화 같은 건 안 그렸다. 지식이 있어 뵈는 미군도 상대 안 하는 게 좋았다. 흑인은 절대로 안 그렸다. 안 그릴 뿐 아니라 상소리가 분명한 야유나 이상한 몸짓이나 하고 가기 십상이었다. 졸병 중에는 철딱서니가 없고 어릴 적 호기심이 고스란히 남아 있어 소년같이 보이는 이가 꽤 있었다. 그런 GI는 일단 꼬셔볼 만했다.

넌 참 핸섬하다. 물론 걸프렌드 있지? 너 같은 애, 걸프렌드는 얼마나 예쁠까? 보고 싶다. 사진 있으면 보여줄래? 만일 결혼을 했다면 걸프렌드를 와이프로 바꾸면 되었다. 그러면 대개 물론, 하면서 패스포트를 꺼내 여자 친구나 아내의 사진을 보여주었다. 그들의 패스포트는 사진첩과 마찬가지였다. 주욱 펼치면 걸프렌드는 물론 부모, 형제자매, 조카들의 사진까지, 적어도 스무 폭 병풍은 되었다. 패스포트를 펼치게 하는 데까지만 가면 일은 다 된 거나 마찬가지였다. 그러나 아무리 가족사진이 여러 장 펼쳐져도 그중에서 여자 친구나 아내를 집중적으로 공략하는 게 요령이었다.

어쩌면 굉장한 미인이다. 내 이럴 줄 알았어. 넌 참 행운아야. 네가 아무리 멀리 떨어져 있어도 이렇게 아름다운 애인을 기쁘게 하는 걸 잊지 말아야 돼. 만약 전쟁터에 나간 내 보이프렌드가 나를 자나깨나 사랑한다는 표시로 내 초상화를 그려서 보내준다면 나는 얼마나 감격할까. 나는 아마 행복에 겨워 영원한 사랑을 수없이 맹세할 거야.

이런 뜻의 말을 손짓 발짓까지 곁들여가며 지껄이고 나면, 그 여자의 사진은 패스포트를 빠져나와 내 책상 위에 놓이게 마련이었다. 그렇다고 거기서 일이 끝나는 게 아니었다. 초상화부에선 돼먹지 않은 영어를 지껄일 일이 끝없이 많았다. 그때만 해도 흑백사진이었기 때문에 머리카락과 눈동자와 옷의 빛깔을 물어 기록해야 한다. 머리카락만 해도 금발이나 갈색, 흑색으로 처리할 수 있는 간단한 게 아니었다. 아마亞麻 같은, 밀밭 같은 금발, 불타는 듯한 붉은 머리, 은실 같은 회색, 에메랄드 같은, 깊은 바다 같은, 호박 같은, 흑진주 같은 눈동자……. 그들은 별안간 시인이 된 것처럼 주접을 있는 대로 떨었다. 나는 잡종들의 무궁무진한 다양성에 넌더리가 났지만 원더풀, 원더풀 맞장구를 치면서 그 소리를 받아 적었다.

다음엔 며칠 만에 찾으러 올 것인가를 묻고, 찾으러 올 새가 없으면 우리가 직접 부쳐줄 수도 있다고 말한다. 우리가 부쳐주려면 포장료와 우편 요금을 따로 받아야 하는 번거로움이 있지만, 그래도 일을 거기서 일단락 짓는 거기 때문에 개운했다. 며칠 후에 찾으러 온다고 해도 그림 공전은 전액을 선금으로 받게 돼 있었지만, 찾으러 와서 다 된 그림을 보고 마음에 안 들어할 때는 그걸 설득해서 순순히 가져가게 하는 일 또한 여간 힘드는 일이 아니었다. 아무리 철없는 양키라고 해도 최고 6달러짜리 그림에서 명작을 기대하는 건 아니기 때문에, 그림이 마음에 안 들어도 오락을 즐긴 셈치고 가져가는 게 보통이었다. 그러나 고약할 정도로 까다롭게 구는 손님도 아주 없는 게 아니었다. 그런 이를 설득하려면 가뜩이나 달리는 영어가 혓바닥에 경련을 일으켜 말 대신 눈물이 나오려고 했다. 고약하게 굴다가도 눈물을 보고 노오 프로브렘, 노오 프로브렘, 하면서 황급히 마음을 바꾸는 미군도 없는 건 아니었지만.

내가 말문이 열린 걸 다행스러워한 화가들은 기회 있을 때마다 나를 치켜세워주려고 애썼는데, 이 군이 있을 때보다 주문이 늘었을 뿐 아니라 '빠꾸' 당하는 횟수도 훨씬 줄었다고 했다. 그림을 찾으러 와서 트집 잡는 걸 설득하지 못하면 다시 그려줄 수밖에 없게 되는데, 그걸 빼꾸당한다고 해서 화가들이 가장 싫어하는 거였다. 싫어할 수밖에 없는 게 그림을 두 번 세 번 다시 그려준다고 해서 공전을 두세 번 받을 수 있는 건 아니기 때문이다. 화가들은 나를 치켜세우는 척하면서 한편으로는 모양을 내면 더 손님이 꼬일 거라느니, 파마를 하면 훨씬 섹시해 보일 거라느니 하고 압력을 넣는 것도 잊지 않았다. 화가들하고 나하고의 관계는 그들이 있음으로써 내 일자리가 있고, 내가 잘해야 그들이 한 푼이라도 더 받을 수 있는 상부상조하는 관계이면서도, 서로에게 불이익이 되는 건 조금도 참아주지 않으려고 벼르는 상극하는 관계이기도 했다.

초상화부 매상이 정상을 회복하자, 나는 나 때문에 그들이 먹고 산다는 교만한 마음과 엉터리 영어를 온종일 지껄여야 하는 스트레스를 주체 못해 툭하면 그들을 아랫사람 대하듯 방자하게 대했다. 다섯 명의 화가가 거의 다 아버지나 아저씨뻘은 되는 중년이었는데 나는 박 씨, 장 씨, 황 씨라고 불렀다. 성씨 끝에 선생님은 못 붙여도 아저씨 소리라도 붙였으면 좋았을 것을, 하인 부르듯이 함부로 대했다. 말이 좋아 화가지 간판장이들이라는 것도 대놓고 얕잡을 수 있는 근거가 되었다. 그뿐이 아니었다. 그들이 그림을 그리고 있는 책상 사이를 누비고 다니면서 눈을 착 내리깔고 그림과 사진을 대조하고 있는 내 모습은 뒷짐 진 손에 회초리만 안 가졌다 뿐 영락없이 열등생 시험 감독 들어간 선생님 꼴이었다. 그림을 너무 못 그린다 싶으면 손끝으로 책상을 똑똑 두드리면서, "아니, 누굴 골탕먹이려고 이것도 그림이라고 그리고 있어요? 재주가 없으면 요령이라도 있어야지, 원. 요령 몰라요? 요령. 닮게 그리되 사진보다 조금만 더 예쁘게 그려봐요. 양키들이 좋아라고 입을 헤벌리고 찾아갈 테니. 우리도 그런 경험 있잖아요. 사진관에서 사진 찍고 나서 찾으러 갔을 때 생각을 해봐요. 지 생긴 생각은 안 하고 사진이 지 얼굴보다 잘나 보이면 잘 나왔다고 좋아하고, 생긴 대로 나온 것은 못 나왔다고 짜증부리는 심리는 양키라고 다를 게 없단 말예요. 사진 기계야 우리 마음대로 못 하지만 사진보고 실물보다 잘생긴 얼굴 빼내는 건 간판장이 마음대로일 거 아네요"라고 야죽야죽 잔소리를 해쌓으면 사십 줄, 오십 줄의 화가들은 고개를 길게 늘어트리고 벌 받듯이 경청을 했다. 어디서 저런 못돼먹은 계집애가 다 있을까, 속으로는 이를 간다는 걸 알고 있었지만, 내가 양키들한테 당하는 온갖 수모에다 대면 아무것도 아니니까 그들도 한번 당해봐야 한다고 생각했다. 그러고 났다고 해서 속이 시원해지는 것도 아니었다. 나의 본래의 좋은 점, 관용, 신뢰, 겸허, 연민, 동경 따위를 더 이상 담아둘 데가 없을 정도로 발랑 까져버린 자신을 느끼고 소스라치듯이 참담해지곤 했다.

처음으로 파마를 한 날은 더욱 참담했다. 그때 생각을 하면 거의 반세기가 흐른 오늘날까지도 마음 한귀퉁이에 통증을 느낄 정도로 그건 파마라기보다는 부상이었다. 아무도 서울대 학생이라고 떠받들어주지 않게 되자, 갈래머리에 오리가방 들고 다니는 게 PX 분위기에 얼마나 거슬린다는 게 은근히 신경 쓰이기 시작했다. 남들 눈에 내가 얼마나 꼴불견으로 보였는지 어떤 화가가 나에게 슬며시 일러준 바에 의하면, 그 안에서 내 별명이 'PX 대학생'이라는 거였다.

처음 간 미장원이 하필 야미 미장원이었다. 티나 김한테 화가들 성화 때문에 파마를 해야 할까 보다고 했더니, 자기 단골 미장원을 소개시켜주었다. 온종일 보는 게 화려한 여자들이라 나도 은근히 멋 부리고 싶었건만도, 그까짓 파마 하나 하는 데도 화가들 핑계를 댔다. 대학생이 별 볼 일 없어진 대신 순진한 척이라도 하고 싶었나 보다. 티나가 소개시켜준 미장원은 PX에서 멀지 않은 회현동 뒷골목이었다. 간판 없이 가정집 방 한 칸에서 하는 야미 미장원이었다. 사장하고 동업이다시피 돈을 잘 버는 데다 옷과 장신구에다 돈을 안 아껴 늘 귀부인 같은 품위를 유지하고 있는 티나 김이, 허가도 없이 몰래 하는 야미 미장원 단골이라는 게 잘 믿어지지 않았다. 간판보다는 솜씨로 더 알려진 미장원이려니 했다. 과연 미용사 하나에 시다 하나뿐인 두 평 정도의 온돌방에 한눈에 양공주인 듯싶은 아가씨들이 바글바글했다. 풀어헤치거나 벗어제치고, 파마도 하고 고데도 하고 매니큐어도 하고 화장도 하고 점심도 시켜 먹으면서 마냥 수다들을 떠는 데였다.

그들은 생판 모르는 나에 대해서도 관심이 많았다. 저런 얼굴에는 어떤 머리가 어울릴 거라느니, 처음 하는 파만데 인상이 확 달라지게 하는 건 안 좋을 거라느니 제각기 한마디씩 참견을 했고, 미용사는 그들 말만 듣고 내 의견은 물어보지도 않고 머리를 자르고 약을 칠해 말았다. 냄새가 고약한 약이었다. 그때만 해도 불로 파마를 할 때였다. 불덩어리가 든 집게로, 말아놓은 머리를 집어서 말리는 거였다. 머리통 전체에다 집게를 물리고 나면 거대한 불화로를 뒤집어쓴 형상이었다. 나는 불화로만 뒤집어쓰고 나서 곧 잊혀졌다. 싫어도 여자들의 잡담을 들을 수밖에 없었다. 도색잡지를 통해 엄마도 모르는 오럴 섹스가 뭐라는 것까지 알고 있다고 자부하는 터였지만, 실은 그 나이까지 한 번도 남녀의 성기 이름을 우리말로 입에 담아본 적이 없었다. 그러나 거기서 수다 떠는 여자들은 그 말을 빼면 말이 안 되는 수다만 떨었다. 백인하고 흑인하고 푸에르토리칸의 성기의 길이가 어떻게 다르고, 성교의 시간은 그 길이하고는 상관이 있다느니 없다느니. 이 바닥에선 숏 타임엔 얼마, 올 나이트는 얼만데 의정부만 가도 값이 달라진다느니, 여기선 그렇게 짠돌이로 굴던 단골이 일본선 얼마 내고 했다고 자랑시켜서 그놈의 ×를 못 쓰게 만들어 놓으려고 벼르고 있다느니, 하는 소리에 맞장구를 치고 킬킬대느라 불화로만 씌워놓고는 거들떠보지도 않았다.

방 한귀퉁이에서 목에는 꾀죄죄한 수건을 두르고, 머리엔 하나 가득 불덩이가 든 집게를 꽂고 있는 내 모습을 거울에 비춰 보면서, 마침내 더 떨어지고 싶어도 떨어질 데가 없는 전락의 밑바닥까지 도달한 자신을 보는 것 같아 쓰디쓴 웃음이 나왔다. 점점 여기저기가 뜨거워졌다. 좀 봐달라고 호소를 하면, 시다가 와서 내가 뜨겁다고 가리킨 데에 꽂힌 집게를 빼 보고는 아직 덜 됐는데 뭘 그러느냐고 핀잔이나 주고 가곤 했다. 나를 숫보기로 보고, 멋내기가 그럼 쉬운 줄 아느냐고 놀리는 양색시도 있었다. 나보다 대여섯 살은 어릴 것 같은 시다는 염불보다는 잿밥에 더 마음이 있었다. 내 머리통은 여기저기 뜨거울 뿐 아니라 머리카락 타는 누린내까지 나건만, 그 음란한 잡담에 동참하는 데만 정신을 쓰고 있었다. 주인 마담은 양색시들 고데를 다 끝내고 나서야 와 봐주었다. 처음 하는 파마치고는 아주 잘 나왔다고 했다. 그러나 불집게를 다 빼놓고 나니까, 여기저기 데어서 벌겋게 부풀어 오른 목덜미가 드러났다. 잘 안 보여서 그렇지 머리 속도 성한 데가 별로 없을 것 같았다. 마담이 연고를 발라주면서 세상에 이렇게 될 때까지 암말 안 하고 참으면 어떡하냐고 되레 나를 나무랐다. 미장원에서 감기고 빗어줄 때는 몰랐는데, 집에 와서 빗어보니 머리칼이 엄청나게 부풀어 올라 불화로를 뒤집어썼을 때와 별로 달라 보이지 않았다. 머리 속과 목덜미가 계속해서 화끈거렸다.

어찌나 곱슬하게 지지고 볶았는지, 다음 날 아침에 머리를 빗으려니까 빗이 잘 들어가지 않았다. 나는 거울 앞에 앉아서 훌쩍훌쩍 울었다. 빗어 내릴 수 있다 해도 그 꼴로 출근할 수 있을 것 같지가 않았다. 올케가 대야에 물을 떠다가 감기듯이 축여가며 빗겨주었다. 올케도 목에 덴 자국을 보면서 이렇게 될 때까지 어떻게 참았느냐고 나를 나무랐다. 올케는 파마가 좀 풀릴 때까지 당분간 묶고 다니라면서 하늘하늘한 천으로 된 손수건으로 뒷머리를 묶어주었다. 올케의 기지촌 장사 보따리 속엔 그런 소품들도 많았다. 머리통 부피가 주니까 파마한 티도 한결 덜 나서 출근할 만해졌다.

내 나이 스물둘이었다. 파마도 하고 엷게나마 입술칠까지 하게 된 게 어찌 타의에 의해서만이겠는가. 그렇건만도 조금씩 모양을 내고 싶어하는 자신에 대해 괜히 남의 탓을 하려고 했다. 화가들 때문에, 초상화부를 위해서 내 몸 아낄 줄 모르고 대단한 희생을 하고 있는 것처럼 여기면서 안하무인으로 행동했다. 모양을 낸다는 건 곧 양키들을 겨냥한 적극적인 자기 상품화에 다름 아니라는 PX의 특수성 때문에도 그러했지만, 초상화부 매상의 꾸준한 신장세 때문에도 나는 마음대로 세도를 부렸다. 뒷짐을 지고 화가들 사이를 누비며 그림 솜씨가 마음에 안 들면 손끝으로 톡톡 책상을 두드리면서, 아무개 씨, 그것도 그림이라고 그렸어요. 발가락으로 그려도 그보다는 낫겠어요. 양키 돈이라고 거저먹으려 드는 게 아네요. 이런 그림 떠맡기려면 내 입이 얼마나 해진다는 거나 알구 이래요? 하며 나는 마치 방과 후에 열등생만 남겨놓고 억지로 과외 지도시키는 여선생처럼 교만하고 짜증스럽게 한숨도 쉬고 신경질도 부렸다.

나는 그들을 먹여 살리니까 마땅히 그럴 권리가 있다고 생각했다. 그건 나의 권리 행사인 동시에 내 덕에 먹고사는 사람을 그 정도는 단속해야 하는 의무이기도 했다. 그러나 결국은 어떻게든지 이곳에 적응해보려는 내 나름의 노력이고, 그래 봤댔자 잘 안 되는 거부감의 표현이라는 걸 나만이 알고 있었다. 파자마부에서 초상화부로 쫓겨나면서 어쩔 줄 몰라 나도 모르게 시작한, 연필 끝으로 종이를 뿡뿡 뚫어서 가루를 만드는 손버릇을 아직도 못 고치고 있었다. 나는 그 짓을 마음대로 하려고 집에서 일부러 마구 찢어버려도 될 종이를 가지고 출근을 했다. 종이를 한꺼번에 몇 장 그렇게 부수는 동안 몰두의 경지랄까, 거의 마음을 비우는 무아지경을 맛보았고,

문득 정신이 들면 숙면에서 깨어난 것처럼 머리가 개운해지곤 했다. 보다 못한 티나 김이 하루는 그 짓 좀 그만둘 수 없냐고 정색하고 물었다.

"어려서부터의 버릇이에요. 안 그러면 손톱이라도 물어뜯어야 돼요."

"아이고 야, 별난 버릇도 다 있구나. 찢어라, 찢어. 종이 찢는 게 낫지 손톱을 그렇게 물어뜯다간 네 몸뚱어리도 안 남아나겠다."

이렇게 티나 김은 겁먹은 얼굴로 양해를 해주었다. 그러나 화가들한테 방자하게 구는 것하며, 무의식 속의 온갖 욕구 불만이 손끝에 모인 것 같은 이상한 손버릇하며, 내가 결코 편안한 상대는 아니었던 것 같다. 어느 날 박 씨라는 체격이 듬직한 화가가 화집을 하나 끼고 나왔다. 나는 한 번도 화가들 개개인에 대해 개별적인 호기심이나 관심을 가져본 적이 없었다. 간판장이들로 족했고, 이름도 알고 있는 이가 없었다. 다행히 다섯 명의 화가들은 성이 다 달랐다. 박씨, 황씨, 장씨, 노씨, 마씨였다. 성씨만으로 구별해 부를 수 있으니 그만이었다. 박 씨도 다섯 명의 간판장이 중의 하나일 뿐 그만의 특색이나 사건으로 인상에 남을 만한 건수는 없었다. 나는 박 씨가 두툼한 화집을 끼고 나오는 걸 보고 속으로 코웃음을 쳤다.

꼴값하고 있네. 화집만 끼고 다니면 간판장이가 화가 되나.

PX 걸 중 못생긴 아가씨들 사이에서 〈타임〉이나 〈라이프〉 같은 영문 잡지를 말아서 끼고 다니는 게 유행할 때였다. 뜻밖에도 박 씨는 나를 생각하고 그 화집을 가지고 나온 거였다. 한산한 오전 시간에 겸연쩍은 미소를 띠고 나한테로 화집을 들고 왔다. 일제 때 선전에 입선한 작품을 모은 화집이었다. 그는 미리 특정의 페이지를 펴가지고 와서 나에게 보여주면서 자기 그림이라고 했다. 농가 여자들이 마주 보고 절구질을 하고 있는 그림이었다. 특선이나 무감사 같은 특별한 그림은 아닌 듯했다. 꽤 크게 나온 그림도 있었는데, 그의 것은 명함만 한 크기로 흑백으로 나와 있었다. 그 밑에 들어 있는 작가 이름을 보고 처음으로 나는 그가 박수근朴壽根이라는 걸 알았다. 박 씨라는 성 외에 이름을 더 알았다뿐, 그전부터 박수근이라는 화가를 알고 있었던 것은 아니다. 그래도 진짜 화가가 우리 초상화부에 있었다는 것은 나에게는 사건이요 충격이었다. 우선 그동안 내가 너무 버르장머리 없이 군 게 무안했다. 그는 그 화집을 내 책상 위에 놓고 갔다가 저녁에 퇴근할 때서나 가져간 것 외에 아무런 의사 표시도 하지 않았다. 나 역시 왜 그걸 나에게 보여줬는지 물어보지 않았다. 나는 막연히 나의 신경질과 오만불손에 대한 그 나름의 항거, 최소한의 꿈틀거림이 아닐까, 정도로 추측했다.

너만 잘난 게 아냐, 여기 잘난 사람 또 있어,라고 말해주고 싶은 게 아니었을까, 그 후 나는 다시는 지진아 지도하는 국민학교 여선생 같은 짓거리를 안 하게 됐다. 안 했다기보다는 못 했다는 말이 더 맞을 것이다. 그 전에도 그랬지만, 그 후에도 박수근이가 다른 화가하고 다른 점은 전혀 눈에 띄지 않았다. 자세히 보면 그의 눈은 황소처럼 순했고 그림 그리는 태도는 진지하다기보다는 덤덤했다. 아무리 봐도 특출한 점은 나타나지 않았다. 특출이란 여러 평범 중에서 돌출되는 점이어야 하는데, 그는 어디서도 존재가 드러나기에는 불리한 조건만 갖추고 있었다. 평균치의 한국인 얼굴에다 목소리는 낮았고, 남을 웃기는 재담도 할 줄 몰랐고, 신랄한 독설가는 더군다나 아니었다. 사교술도 없었지만 남을 피하는 것 같지는 않았다. 누가 같이 점심 먹으러 나가자고 하면 미적미적 따라나섰지만, 먼저 바람을 잡는 일은 없었다.

나는 열심히 그가 다른 간판장이들과 다르다고 여기고 싶어했다. 나는 위안이 필요했다. 파자마부에서 초상화부로 쫓겨나고 나서 서울대 학생 소리는 덜 듣게 됐지만, 나에겐 아직도 서울대학은 급소였다. 허 사장처럼 학벌은 없고 돈은 많은 사람에게도 나름의 지적 허영심은 있었다. 그는 문득문득 돈만 있으면 서울대 학생도 얼마든지 부릴 수 있다는 걸 보여주고 싶어했다. 허 사장 같은 이가 나로 인해 잘난 척을 할 수 있다는 사실을 나는 역겨워하면서도 길들여지고 있었다. 그건 은연중 PX 안에서의 나의 특수성, 희소성을 믿게 하는 결과를 가져왔고, 그건 결국은 우월감과 다르지 않았다. 월급도 받을 만큼 받고 밖에서도 부러워하는 PX 월급자리를 기회만 있으면 밑바닥까지 전락한 것처럼 느끼는 것도 우월감의 소치였다. 나는 내 안에 팽배한 우월감 때문에 그 안의 누구하고도 동류의식을 갖지 못했다. 파마를 해서 겉모양이 딴 세일즈걸처럼 되는 것도 참아내기 힘들 정도였으니, 나야말로 서울대학에 연연해하고 있었다. 그 누구하고도 동류의식을 못 가졌기 때문에 아무도 개별적으로 보려고 하지 않았다. 청소부는 모조리 여름에도 겨울 메리야스

내복을 입고 미제 물건을 차고 어기적어기적 걸어나가는 족속이었고, 점원들은 블랙마켓과 갈보짓을 동시에 함으로써 블랙리스트에 올라도 미제 물건 아쉽지 않게 만반의 대비를 한 족속이었고, 노무자들은 박스 떼기, 트럭 떼기로 일확천금을 할 꿈으로 동작은 굼뜨고 시선은 쥐새끼처럼 교활한 집단이었다.

나에게 초상화부 화가들은 물론 극장 간판장이로 족했다. 그 이상도 그 이하도 바라지 않았다. 그중에 진짜 화가가 있었다. 그가 나에게 화집을 보여준 것은 내 수모를 못 견디어서였을까? 그를 눈여겨보지 않았기 때문이겠지만 내 방자함에 꿈틀하거나 하다못해 딱해하는 표정도 본 것 같지 않았다. 아무튼 그는 여태껏의 익명성으로부터 돌출되어 자기를 박수근으로 봐주길 요구하고 있다고 나는 생각했다. 사람을 개별적으로 보는 것도 훈련을 요하는 일인지, 안 하던 짓을 하려니 신경만 써지고 잘 안 됐다. 그가 간판장이들과 달라야 한다는 건 나의 희망 사항일 뿐 그는 간판장이들보다 더 간판장이다웠다. 그게 남다른 점일 수도 있었다. 그러나 내가 갈구하는 남다름은 아니었다. 나는 그에게서 얼핏이라도 좋으니 예술적 고뇌, 억압된 우울한 정열 같은 걸 훔쳐보고 싶었다. 도대체 그에게 그런 게 있기나 한 걸까. 아무리 애정을 가지고 봐주려도 그에게서 내가 느낄 수 있는 것은, 예술적 고뇌 대신 열심히 일해서 가족을 부양한다는 노동의 충족감이었고, 우울한 정열 대신 단순 노동의 평화였다.

그러나 사람을 애정을 가지고 바라본다는 것은 좋은 일이었다.

그가 다른 사람들과 다른 점은 순하고 덤덤한 데 있었고, 그런 것은 나타나기보다는 숨어 있는 특색이었다. 초상화부 화가들은 다 비슷비슷하게 가난했고, 하고 다니는 꼴도 한물감으로 칠해놓은 것처럼 궁상맞아 보였지만 그에게는 남다른 의젓함이 있었다. 다들 늘 돈, 돈, 돈, 했고, 한 푼에 치를 떨었고, 자기 그림이 빠꾸당하면 불같이 화를 내느라 딴 그림까지 망쳐놓기 일쑤였다. 박수근의 가난엔 그런 조바심이 없었다. 그의 그림이 빠꾸당하지 않게 하려고 온갖 아양을 다 떨고 있는 내 등 뒤로 와서 슬그머니 그림을 빼앗으면서, 또 그려주면 될 걸 뭘 그렇게 애를 쓰느냐고 위로한 것도 그밖에 없었다. 그는 내가 몽상한 천재적인 예술가는 아니었다. 그가 만약 천재였다면 사는 일을 위해 예술을 희생하려 들진 않았을 것이다. 그는 예술보다는 사는 일을 우선했다. 그가 가장 사랑한 것도 아마 예술이 아니라 사는 일이었을 것이다. 사는 일을 위해 하나밖에 없는 재주로 열심히 작업을 했다. 그뿐이었다.

훗날 그가 예술가로서 받은 최고의 평가를 생각한다면 그는 천재였을지도 모른다. 그러나 그는 불필요할 때 결코 그 천재성을 노출시키지 않았다. 그건 얼마나 잘한 일인가. 만약 허 사장 같은 이가 그에게서 앞으로 큰돈이 될 비싼 그림을 그릴 수 있는 천재성을 발견할 수 있었다면, 그를 6달러짜리 그림이나 그리게 내버려두지는 않았을 테니 말이다. 편안한 우리에 가둬놓고 돼지처럼 배부르게 부양하면서, 그의 천재성이 말라붙을 때까지 퍼내려고 했을 것이다. 자칭 돈 벌 구멍 하나는 훤히 내다볼 수 있는 눈을 타고났다는 허 사장도 그를 알아보진 못했다. 그 생각만 하면 언제나 웃음이 난다. 그건 박수근이 남겨준 유일한 농담이다.

  그는 잘난 척하거나 특별 대우받을 생각이 전혀 없으면서, 뭣하러 자신이 간판장이가 아니라 화가라는 걸 나에게만 살짝 밝힌 것일까? 그런 의문은 덤덤한 사람이 낸 수수께끼답게 당장 풀리지 않고 서서히 풀렸다. 그에 대한 친근감과 동류의식은, 나는 이 안에서 유일한 서울대 학생이다, 적어도 서울대 학생이 어쩌다 이 지경까지 전락했나 따위 우월감과 열등감의 콤플렉스에서 놓여나는 데 힘이 되었다. 우리 초상화부에도 이런 사람 저런 사람이 있는 것처럼 도처에 이런 사람 저런 사람이 있을 거라는 호기심도 생겨났다. 사람들을 집단적으로 싸잡아 능멸하던 고약한 버릇에서, 개별적으로 볼 수 있는 관심과 아량을 조금씩 회복해갔다. 알고 보니 PX 종업원 중에 대학생이 그렇게 희귀하거나 특별한 게 아니었다. 서울대 학생뿐 아니라 서울대학 졸업생도 있었고, 쎄고 쎈 게 대학물 먹은 이들이었다. 청소부 아줌마들 중에도 중학교 선생까지 하던 이도 있다고 했다. 그러나 대학생이라는 걸 코에 걸고 다닌 건 겨우 며칠 대학물 먹은 나밖에 없었으니, 쥐구멍이라도 있으면 당장 들어가고 싶게 낯 뜨거운 일이었다.

  퇴근해서 집에 갈 때는 대개 화가들이 먼저 가고, 나는 돈도 입금시키고 청소도 하느라 맨 나중까지 처지곤 했다. 언제부터인가 사무실에서 돈 계산을 하고 내려오면, 그가 작업장 정돈을 해놓고 기다리고 있곤 했다. 뒷정리를 하는 동안이 그만큼 걸렸다 뿐 기다린

건 아닌지도 몰랐다. 안 기다릴 적도 많았으니까. 우송해줘야 할 초
상화가 몇 건 있을 때는 포장부와 우체국까지 거쳐야 하기 때문에
시간이 꽤 걸렸다. 그럴 때 그는 먼저 가고 없었지만 매장과 작업장
이 말끔히 정돈돼 있었다. 기다려주지 않는 건 잘한 일이었다. 꼬박
꼬박 기다려준다고 생각하면 차근차근 볼일을 다 볼 수 없었을 것
이다. 텅 빈 매장에서 잠시 혼자만의 시간을 갖는 것도 나쁘지 않았
다. 그럴 때는 밑도 끝도 없이 불쑥 자애慈愛라는 게 이런 게 아닐까,
생각하곤 했다. 사는 일의 악착같음 때문에 거의 잊고 지낸 자애라
는 게 따뜻한 물에 언 몸을 담갔을 때처럼 쾌적하게 스미는 것 같은
시간이었다.

기다렸다가 같이 퇴근을 한다고 해도 할 말이 있는 것도 아니었
다. 우린 그냥 을지로 입구까지 같이 걸었다. 둘이 다 전차를 탔지
만 방향이 달라서 거기서 헤어졌다. 그가 주급을 받은 날은 차를 사
기도 했다. 다방에 앉으면 그는 신문 먼저 사서 꼼꼼히 읽었다. 이
놈의 전쟁이 언제나 끝나려나 혼자서 중얼거릴 때도 있었다. 티나
김한테 들은 바로는 그에겐 많은 식구가 딸려 있다고 했다. 동정적
인 말투였다. 당시 염색한 군 작업복은 민간인들의 평상복 같은 거
여서 그가 특별히 더 궁상맞아 보일 것은 없었다. 그하고 가족 얘기
를 한 적은 없었다. 나는 그의 아내가 아이만 쑥쑥 잘 낳을 뿐 못생
기고 바가지를 잘 긁었으면 하고 바랐다. 그의 과묵에 대한 내 최소
한의 복수심이었다.

초상화부는 여름도 안 타고 상승세가 계속됐지만 변동도 많았다.

장 씨가 그만두고 새로 두 명의 화가가 보충됐는데 둘 다 여자였다. 이대 미대를 졸업한 여자하고 서울대 미대 1학년생하고였다. 선희라는 서울미대생은 전쟁만 안 났으면 2학년이 되었을 테니 나하고는 동기였다. 고등학교는 달랐지만 동기끼리는 얘기를 하다 보면 서로 여러 친구를 공유하고 있어 할 얘기가 많았다. 초상화부 분위기가 확 달라졌다. 학벌 콤플렉스는 무효가 된 지 오래건만, 나는 그때까지도 연필 끝으로 종이를 찢어내는 버릇을 못 고치고 있었다. 선희는 내가 그 짓을 하고 있는 것만 보면 그림을 그리고 있다가도 다가와서 뒤로부터 팔을 잡으며 못 하게 했다. 선희 말인즉, 그 짓을 하고 있을 때는 내 신경줄이 올올이 밖으로 노출돼 보인다는 거였다. 신경줄이 어떻게 생겼길래 그 애 눈엔 보이는 걸까.

"제발 그만둬. 신경줄은 숨어 있어야 돼. 중요한 거니까."

그러면서 이마를 찡그리곤 했다. 아주 앳된 얼굴인데도 본디부터 이마에 몇 가닥의 귀여운 주름이 있는 얼굴이었다. 나는 그 고약한 버릇을 고치려고 노력했다. 내가 좋아하는 선희를 너무 걱정시키고 싶지 않았다. 하나둘 좋아하는 사람이 생기고부터 나도 사람이 돼 간다는 걸 남의 일처럼 기특하게 여기곤 했다.

티나 김은 한결같이 나한테 잘해줬고, 나도 그녀를 필요로 했지만 좋아할 수는 없었다. 서로 이용당하고 이용하고 있다는 의식 때문이었을 것이다. 새로운 컨세션 계약은 끝내 좌절됐지만, 싸진 캐넌이 봄에 갈려가고부터 나는 티나 김한테 더욱 중요한 존재가 됐다. 캐넌한테서 오는 편지를 읽어주고 답장을 써주는 일을 내가 맡

게 됐다. 캐넌이 없어도 그녀로부터의 미제 공급은 줄어들지 않았
다. 그건 답례 같은 거였고 나는 그 답례를 거절할 용기가 없었다.
조카들을 잘 먹이고 싶었다. 지금 생각하면 그저 그런, 이빨이나 썩
기 알맞은 과자부스러기였지만 그때로서는 결코 잃고 싶지 않은 최
고의 고모 노릇이었다. 연애편지 쓰는 것은 공문서 만들기보다 훨
씬 쉬웠다. 그들이 연인끼리 쓰는 관용어는 정해져 있었다. 캐넌의
편지에 자주 나오는 아이 미스 유 소오 마치, 아이 니드 유우, 아이
러브 유우를 이쪽에서도 적당히 삽입해가며 용건을 말하면 됐다.
고2 영어시간에 영어로 번역된 『젊은 베르테르의 슬픔』을 교재로
쓴 일이 있는데, 집에 그 프린트가 남아 있었다. 그걸 다 찾아내 가
지고 근사한 문장과 그걸 배울 때의 감미로운 슬픔까지를 되살려가
며 내 딴엔 감동적인 연애편지를 쓰려고 노력을 아끼지 않았다. 아
마 연애에 대한 동경, 호기심, 글재주에 대한 약간의 자신감, 그런
게 그녀가 요구하는 것 이상의 연애편지를 쓰고 싶게 했는지도 모
른다. 다 쓴 걸 읽어주면 그녀는 도취한 표정을 짓고는 내 글솜씨를
칭찬해주곤 했다. 연애편지와 함께 이민에 필요한 서류도 오갔다.
일주일이 멀다 하고 그런 편지를 주고받으면서도, 그녀는 기회 있
을 때마다 캐넌과 자기가 결백한 관계라는 걸 주장하고 싶어했다.
순수한 우정이라는 거였다.

"캐넌은 이용만 당하고 있는 거야. 내가 몹쓸 년이지. 순진한 애
를 이용해서 이민 갈 궁리나 하고 있으니. 그렇지만 어떡하니? 그
여자가 애까지 낳았겠다, 애 못 낳는 년이 비켜줘야지."

애 낳기 위해 얻어준 첩하고 남편이 정식 부부가 되어 잘 살게 하려고 자기는 이민을 가버리겠다는 거였다. 거기까지는 그래도 진실성이 있는 편이었다. 그러나 캐넌 또한 처자식 있는 중년의 남자였다. 이민 가서 캐넌을 이혼시킬 자신이 있느냐고 물으면, 펄쩍 뛰면서 캐넌과는 키스도 안 해본 사이라고 우겨서 사람을 헷갈리게 만들었다. 그럼 그 편지 사연은 어떻게 된 거냐고 묻고 싶었지만, 친구 간에도 서양 사람은 그렇게 말하는 거라고 둘러댈 게 뻔해서 속 아주는 척했다. 왜 그렇게 기를 쓰고 정숙한 척하는지 몰랐다. 그 철저한 이중성과 부정직 때문에 티나하고는 절대로 어느 선 이상으로는 가까워질 수가 없었다. 그녀가 어느 정도로 철저하게 부정직하냐 하면 한번은 이런 일이 있었다. 편지와 함께 이민 수속에 필요한 두둑한 서류가 온 날이었다. 사람들 눈도 있고, 보아하니 사전을 찾아가며 읽어야 무슨 소린지 알 것 같기도 해서 집에 가서 해석해 오마고 했다. 처음엔 그러라고 하더니, 오늘 집에 가서 말씀드려봐서 괜찮다고 그러시면 내일 우리 집에 가서 나하고 같이 자지 않을래? 하는 것이었다. 그녀의 지나친 친밀감이 달갑지만은 않았지만 그녀가 어떻게 사나 보고 싶었다. 우리 집에선 티나 김이 여사장으로 통했기 때문에 허락을 받는 것은 어렵지 않았다.

수송동 태고사 근처의 조촐하고 반듯한 한옥이었다. 그녀의 남편은 몸이 나기 시작하는 중년이었고, 그녀가 주선해서 얻어줬다는 작은댁은 그녀에게 충실한 하녀처럼 굴었다. 양치질하고 발 씻을 물까지 방안으로 대령했다. 그녀는 안방을 쓰고, 아이를 포함한 세 식구는 마루가 딸린 뜰아랫방을 쓴다고 했다. 뚝 떨어져 있는데도 아이의 재롱을 보는지 웃는 소리가 들렸다. 잘못한 것 없이 눈치가 보이고 거북해지는 이상한 분위기였다.

"난 어떻게든지 미국에 가야 돼. 알겠지? 너도 내가 왜 그러는지."

바깥채의 화락한 웃음소리에 귀를 기울이다 말고 티나 김이 나를 똑바로 보며 말했다. 알고도 남을 것 같았지만 캐넌 부인을 밀어내는 게 그렇게 간단치만은 않을 거라는 생각 또한 여전해서, 안 할 소리를 불쑥하고 말았다.

"이민보다 결혼 수속을 할 수 있으면 얼마나 좋아요. 절차가 훨씬 간단하고 수월해질 텐데."

티나가 버럭 화를 내면서 캐넌하고의 결백을 주장했다. 내 표정에 그녀와 거짓에 대한 혐오감이 드러난 듯했다. 별안간 일본식의 잠옷 가슴을 헤치더니 브래지어를 걷어 올렸다. 그렇게 풍만해 보이던 그녀의 가슴이 뜻밖에 담벼락 같았다. 브래지어 캡 속에서 살색 스펀지로 된 젖꼭지까지 달린 두 개의 유방을 꺼내 내 코앞으로 들이댔다.

"이걸 보고도 못 믿겠니? 양키가 얼마나 육체미를 밝히는데, 온통 가짜로 꾸미고 사는 여자를 무슨 재미로 데리고 자겠냐? 너도 생각을 해봐, 응."

거의 애원조였다. 나는 밤중만 아니라면 집으로 도망가고 싶었다. 나한테 할 소리도 아니지만, 왜 그렇게 열성적으로 자신의 정숙을 믿게 하려는지 이해할 수가 없었다. 내가 제 서방도 아무것도 아닌데 말이다. 그러나 스펀지 젖통을 보고 나니 아무도 안 데리고 갔을 것 같은 건 둘째고, 그런 꼴을 그녀가 누구에게도 안 보여줬을 거라는 것만은 믿어줘야 할 것 같았다. 암만해도 티나 김의 사생활은 내가 이해할 수 있는 영역 밖의 일이었다. 불가사의한 여자였지만 신비감 없는 불가사의는 혼란스럽고 피곤할 뿐이었다.

가장 사랑하는 또는 가장 귀여운 티나로 시작되던 캐넌의 편지가 단지 티나로 바뀐 편지를 받은 날이었다. 읽는 건 내가 읽어주더라도 뜯는 건 그녀가 먼저 뜯게 돼 있었다. 봉투도 다칠세라 손잡이가 아름다운 나이프를 봉한 사이로 집어넣고 살살 뜯어내는 티나의 떨리는 듯 신중한 손놀림은, 언제 보아도 아름다운 플라토닉의 극치였다. 불순한 건 그녀의 정숙을 못 믿는 내 쪽이었다. 2층 휴게실에 아무도 없는 틈을 타서 편지를 들었는데, 수식어를 생략하고 티나라고만 한 서두를 보자 안색이 딱 변하더니 와락 편지를 움켜쥐었다. 이제 티나도 완전한 문맹은 아니었다. 내 보충 설명 없이도 그 정도는 알아볼 만했다. 졸지에 벌거벗김을 당한 것처럼 수치심과 당혹감을 느끼고 있음이 분명했다. 그런 의혹은 오래 견딜 수 있는 게 아니었다. 휴게실 안에 우리만 있다는 걸 또 한 번 확인하고 나서 편지를 나에게 넘겨주었다.

이런 소식을 전하게 되어 대단히 미안하지만 조에게 동생이 생겼소. 내년 봄이면 나는 또 한 아이의 아빠가 되오. 그러나 당신이 이민 오는 것을 돕고자 하는 내 마음에는 변함이 없소. 당신도 마음을

바꾸는 일이 없기를 바라오. 미국은 가능성이 무한한 나라요. 당신
에게도 다양한 가능성이 열려 있다는 걸 잊지 말기를.

대강 이런 뜻의 짧은 사연을 나는 조사를 읽듯이 느리고 침통하게
읽어 내려갔다. 조는 캐넌의 아이 중 맨 밑의 아이였다.

"그 다음엔? 응, 그리고 또 뭐래?"

분명히 '유어스 신시어리'까지 읽어줬는데도 티나는 이렇게 갈
라진 소리로 부르짖었다. 나는 말없이 고개만 저었다. 갑자기 티나
가 울기 시작했다. 나는 당황해서 그녀의 어깨를 안고 뭐라고 위로
의 말을 중얼대다 말았다. 주위를 의식해 소리를 죽인 울음이 곧 그
녀를 폭발시킬 듯이 격렬하게 요동치고 있었다.

2.

"밖에서 미스 박 애인이 기다리고 있던데. 나가봐요."

늦은 점심을 먹고 들어온 마 씨가 능글능글하게 웃으면서 말했
다. 이 사이에 고춧가루가 낀 입에서 김치 냄새가 풍겼지만 싫지 않
았다. 그림을 그리고 있던 화가들이 일제히 고개를 들고 웃는 얼굴
로 나를 쳐다보았다. 서로 주고받을 게 고작 하품밖에 없는 늘쩍지
근한 오후였다. 심심한 판에 한동안 놀려먹을 거리가 생겨 잘됐다
는 듯이 아예 화필을 놓고 담배를 피워 무는 화가도 있었다.

"한동안 안 보이길래 싸웠나 했더니, 화해하러 왔나?"

선희도 내 쪽을 보고 눈을 찡긋 했다.

지섭이가 왔구나. 지섭이는 초상화부에서 미스 박 애인으로 통했다. 서울에 있는 동안은 거의 매일 PX 문밖에서 내 퇴근을 기다렸기 때문에 다들 얼굴을 알고 있었다. 나는 내 안에서 생기와 기쁨이 무수한 입자처럼 들고 일어나는 걸 느꼈다.

"지섭아, 언제 왔어?"

나는 뒷문 밖 국밥집 옆 쓰레기통 옆에 우울한 얼굴로 서 있는 지섭에게 큰 소리로 외쳤다. 내가 듣기에도 생소할 정도로 달뜬 목소리였다. 지섭의 표정에서 단박 우울이 걷히고 활짝 웃음이 번졌다. 잘생긴 얼굴에 서늘한 이가 드러나면 더 보기 좋은 얼굴이 됐다. 그러나 지섭에겐 우울이 더 잘 어울린다. 그의 얼굴에 우울이 해질녘의 차양 넓은 모자 그늘처럼 비끼면, 나는 불현듯 그의 머리를 가슴에 안고 만져보고 싶은 충동에 사로잡히곤 했다. 지섭은 내 생애에서 처음으로 만져보고 느껴보고 싶은 욕망을 일으킨 남자였다.

"지금 오는 길이야."

"집에도 안 들르고 곧바로? 서울역에서?"

그가 그렇다고 고개를 끄덕였다. 나는 그가 말을 안 들을 줄 알면서도 집에 가서 기다리고 있으라고 달랬다. 지섭이네 집도 같은 돈암동이었고 우리 집하고는 골목 두 개를 격한 거리에 있었다. 그는 기다리겠다고 우겼다.

"그럼, 다방이나 빵집 같은 데 가서 있어라 응? 이 골목은 추워,

풍구야."

"여기서 기다리고 있겠다니까."

"왜?"

"누나가 그랬잖아? 내가 여기 서 있으면 다들 미스 박 애인이라고 놀린다구. 좀 좋아."

지섭이도 나하고 같은 해에 대학에 들어갔지만 나이는 한 살 어려서 나를 누나라고 불렀다. 처음 만났을 때는 서로 나이도 모르면서 그는 대뜸 누나라고 했었다. 아마도 경계심을 없이 하려는 그의 밉지 않은 작전이었을 테지만. 그를 처음 만난 건 초상화부로 쫓겨나고 나서 얼마 안 돼서였을 것이다. 전차간에서였다. 해가 더디 지는 봄날이었다. 밤 벚꽃놀이는 중단된 채였지만, 전차가 창경원 앞을 지날 때는 모두 그쪽으로 시선을 돌릴 정도로 무르익은 화사함이 고궁 담을 넘쳐 전차 속까지 투영되는 걸 느낄 수가 있었다. 나도 석간신문을 보다 말고, 앉은 자리에서 고개를 비틀어 미친 듯이 만개한 벚꽃을 내다보았다. 왜 만개한 꽃만 보면 미쳤단 느낌이 드는지 몰랐다. 밤도 아닌, 낮도 아닌 시간의 벚꽃이 풍기는 밝음은 화사하다기보다는 숨을 틀어막을 듯이 요기로워서 그런지도 몰랐다.

고궁의 담이 끝나고 고개를 돌렸을 때 빈자리가 많은데도 내 앞에 서 있던 청년이 신문 좀 볼 수 있을까요?라고 말을 걸었다. 나는 말없이 신문을 내밀었다. 그도 종점에서 내렸다. 내리기 전에 신문을 돌려줬는데도 그는 따라오면서 누나라고 불렀다. 누나라고 부르든 말든 그건 아무래도 좋은데 따라오는 건 싫어서, 먼저 가라고 길을 비키면서 멈춰섰다. 전혀 불량해 보이지 않는 태도였지만 신문 빌려 본 걸 꼬투리로 접근하려는 남자는 경계하는 게 수였다. 그는 웃으면서 같은 방향이니까 같이 가자고 했다. 우리 집까지 아는 것 같으니까 경계심이 두려움으로 변했다. 그제서야 그는 조금 화를 내면서 자기소개를 했다. 종점에서 걸어 들어가려면 그의 집은 우리 집보다 두 골목 먼저였다. 한동네서 오래 살아서 자연히 동네 사정에 밝았고, 자기 또래의 여학생을 눈여겨본 모양이다. 있을 법한 일이었다. 어디 살고 어느 고등학교 나온 것까지 알고 있었다. 학교 가는 길에도 여러 번 만난 일이 있다고 했다. 나는 숙명인데 그는 휘문을 나왔다니 능히 그랬을 것이다. 같은 해에 대학에 들어갔다면서 누나는 무슨 누나냐고 했더니, 자기는 일곱 살에 국민학교를 들어갔으니까 으레 손아래려니 했다는 것이었다.

  그가 지섭이었다. 집에서 그 얘기를 했더니 엄마도 아는 집이었다. 우리는 이사 온 지가 몇 해 안 돼서 그런지, 이웃으로서 아는 게 아니라 외가 쪽으로 먼 친척이 된다고 했다. 한참 따져 들어가야 갈피를 잡을 수 있을까 말까 한 친척이었지만, 마침 그 집을 다녀가는 엄마도 아는 친척을 그 골목에서 만나 그 집 주인 할머니하고 인사를 나눈 적이 있다는 것이었다. 그 주인 할머니라는 이가 바로 지섭이 어머니였다. 지섭이가 막내여서 그렇겠지만 그의 어머니는 허리가 굽고 머리도 새하얀 할머니였다. 그렇게 알게 된 사이라 처음엔 집안끼리 왔다 갔다 했다. 처음 그의 집에 갔을 때 밖으로 문이 따로 난 사랑 마당엔 흰 철쭉이 만개해 있었다. 터무니없이 큰 집이었다.

사랑채에서도 안채가 보이지 않고, 사랑 마당 말고 또 하나의 마당을 거쳐서 화초담에 난 문을 통과해야만 안채가 나왔다. 안마당에도 나무가 많았는데 신록이 한창 예쁜 철이건만 울울해 보였다. 드높은 안채는 지섭이 어머니 혼자서 쓰고 있어 더욱 퇴락해 보였다. 노인은 전깃값을 아끼느라고, 촉수가 아주 낮은 전등도 움직이는 공간에 따라 꼭 한 등씩만 켜고 산다고 했다. 그래서 도처에 어두운 구석이 많았다. 특히 바깥채와 안채 사이나, 뒤란으로 돌아가는 길목의 어둠은 가까이만 가도 딸려들 것처럼 밀도 높게 느껴졌다. 그러나 사랑채는 흰 철쭉이 보이는 마루에 비단으로 싼 응접세트가 놓여 있을 정도로 신식으로 밝게 꾸며져 있었다. 그러나 보푸라기가 일고 마모된 비단은 세월의 덧없음을 갑절로 불려서 증거하고 있는 듯하여 면구스러웠다.

처음 방문한 지섭이네는 훗날 『나목』을 쓸 때 고가의 모델로 삼고 싶을 만큼 깊은 인상을 남겼다.

6·25 전까지만 해도 대가족이 살던 집이었다. 부모가 구존해 계셨고 큰형한테서 난 조카가 사 남매나 될 정도로 번족한 집안이었다. 따로 난 둘째 형도 한동네에 살고 있었고, 결혼한 두 누나네하고도 자주 왕래하며 대소사를 상의하는 화목한 집안이었다. 그러나 난리가 나자 이런 집안의 결속은 걷잡을 수 없이 분열하기 시작했다. 대학에서 경제학을 가르치던 큰형은 공산 치하에서 상당히 높은 자리에서 일을 하게 됐고, 의사인 둘째 형은 끌려나가다시피 대학병원에 나가 부상병을 치료해야 했는데, 둘 다 가족은 놔두고 인

민군과 함께 후퇴를 하게 됐다. 큰형은 자발적이었겠지만 둘째 형은 빠져나오지 못해 어쩔 수 없이 끌려갔을 거라는 게 지섭의 추측이었다. 아들 둘을 북으로 보내고 나머지 식솔을 떠맡게 된 노부모는 1·4후퇴 후 아들들이 돌아올 것에 대비해 서울에 남아 있었다. 작은아들은 안 돌아왔지만 큰아들은 돌아와서 노부모와 자기 식솔뿐 아니라 동생네까지 다 데리고 가려고 했다. 아버지는 큰아들의 뜻에 따랐지만 어머니는 안 가고 남아 있었다. 9·28 수복 후 지섭이는 징집돼 국군이 돼 있었기 때문이다. 그렇게 해서 50년 가까이 해로한 노부부까지 헤어지게 된다.

징집돼 훈련도 제대로 못 받고 일선에 투입된 지섭이는 곧 부상을 당해 후송됐고 명예 제대를 했다. 넓적다리에 파편이 박혔다는데 겉보기에는 멀쩡했고, 본인이 느끼기에도 아무런 후유증도 없다고 했다. 막내를 생각해서 홀로 남은 어머니는 막내를 만나기는 했지만 늘 구박만 받았다. 구박이 아니라 애정 표현인지도 모르지만, 왜 아버지하고 형 따라가지 않고 나 같은 자식한테 뭘 바라고 남았냐고 모진 소리를 해도 노인은 노염도 안 타고 오히려 구수하게 받았다.

"바라긴, 우리 지섭이 대문 열어주려고 남아 있었다. 어쩔래? 넌 어려서부터 딴 사람이 대문 열어주면 재수 없다고 심통부리곤 했잖여."

"엄마, 난 엄마 부양하고 책임질 능력 없단 말야. 엄마가 나한테 붙는 건 약속이 틀려. 난 막내잖아. 효도할 자신 없단 말야."

이렇듯 버릇없는 소리를 거침없이 지껄여도 노인은 탄하지 않고,

재롱 보듯이 즐거운 표정을 짓는 걸 보면 신기했다.

"인석아, 살아 돌아와 대문 흔든 게 효도지 더 어떻게 효도를 하냐."

매일 대문 흔드는 효도도 하기 싫으면 훌쩍 부산으로 떠나서 며칠이고 있고 싶은 대로 있다가 왔다. 작은누나 부부가 의사인데 부산에 피난 가 있다고 했다. 노인은 아들이 집에 있건 없건 매일 거르지 않고 광주리장수를 나갔다. 그래서 숙부가 취직한 뒤에도 광주리장수를 못 그만두고 있는 숙모도 그 노인을 알고 있었다. 노인의 왕성한 생활력과는 달리, 지섭이는 씀씀이만 헤프고 사는 문제에는 도련님 시절처럼 신경을 안 쓰려고만 했다. 추측건대 부산에 자주 가는 것도 의사 누나한테 용돈을 갈취하러 가는 게 아닌가 싶었다. 의사니까 수입도 넉넉할 테고, 효성도 지극하다니 달래지 않아도 노모 생활비쯤은 으레 동생 편에 보내겠거니 싶으면서도 갈취한다는 생각이 드는 것은, 어머니한테 갈 돈을 지섭이 혼자 탕진해버린다는 걸 알기 때문이다. 실은 나도 공범이었다. 지섭이가 서울에 있는 동안 우린 하루도 안 빼고 같이 붙어다녔으니까.

안채에선 10촉 전구도 한 등 이상은 안 켜려고 부엌에 나갈 땐 안방 불을 끄고, 방에 들어가려면 부엌 불 먼저 끄기 때문에 노인네가 댓돌부터 마루까지 엉금엉금 기어다니다시피 하는데, 지섭이는 사랑채를 대낮처럼 밝혀놓고 온갖 차를 다 구비하고 있었다. 고물상을 뒤져서 예쁜 찻잔이나 신기한 장식품을 사는 것도 그의 취미였다. 사랑채는 본디 그의 아버지와 큰형의 서재였던 듯 전문서적과 함께 읽을 만한 문학 서적도 많은데, 헌 책도 곧잘 사들였다. 청계천변에는 그런 고물상들이 즐비했다. 그런 짓들은 다 낮에 그가 혼자서 하는 소일거리들이고, 저녁때 PX 문밖에 지키고 있다가 나하고 함께 가는 곳은 주로 명동 거리였다. 출퇴근 때나 명동 입구를 거칠 뿐 나와는 상관없는 거리가, 지섭이만 나타나면 우리의 노는 마당이 되었다. 그는 명동의 구석구석을 모르는 데가 없었다. 집집의 은성한 불빛이 마치 우리를 위하여 그렇게 아양을 떨고 있는 것처럼 느끼도록 하는 특이한 재주가 그에게는 있었다. 평소 이질감을 느끼던 그 바닥의 사치와 허영도 지섭이와 함께 들어서면 본디 놀던 물처럼 친근하게 다가왔고 마음을 달뜨게 했다. 그곳은 뒷골목의 어둠까지도 감미롭게 살아 숨쉬는, 연인들의 거리였다. 우리는 명동을 위해서 연인들처럼 굴다가 어느 틈에 연인이 돼 있었다.

티나 김하고 단 한 번 들어가 본 적이 있는, 보옥장이라는 으리으리하게 큰 보석과 양품을 함께 파는 집에도 거침없이 들락거리며, 이것저것 만져보고 입어보고 아무것도 안 사고 나오는 것도 우리들의 취미였다. 그 안에서 파는 무지무지하게 비싼 물건을 살 경제력이 있는 것도 아니고, 탐나는 물건이 있는 것도 아니었다. 웬만한 사람은 절로 주눅들게 만드는 그런 고급스러운 집에서 우리는 비싼 보석반지도 이것저것 끼어보고, 목걸이도 주줄이 걸어보고 나서 싫증난 장난감 내던지듯 하고 나오곤 했다. 그래도 내쫓기거나 의심을 받는 망신을 안 당한 것은 우리가 돈이 있어 보이거나 옷을 잘 입어서가 아니었을 것이다. 지섭이는 상이군인이니까 군복 차림이었고, 나도 돈을 번다고는 하지만 너무 초라해 보이지 않을 정도였다. 그보다는 우리는 서로에게 너무 열중해 있어서, 남이 뭐라든 어떻게 보든 관심도 없었다. 그런 안하무인한 태도가 되레 우리를 함부로 건드리면 안 될 족속으로 비쳐지게 했는지도 모르겠다.

아무튼 우리는 만났다 하면, 한시를 아끼며 즐거워하려고 기를 썼다. 그러다 녹초가 되면 지섭은 슬그머니 부산을 다녀오마고 하면서 사라졌다. 지섭에게뿐 아니라 나에게도 부산은 꼭 필요한 여백이었다.

우리는 명동에 있는 다방을 안 가본 데가 없이 한 번씩 다 다녀보았지만, 마음에 들어 자주 간 데는 '모나리자'와 '세븐 투 세븐'이었다. 지섭이가 나에게 처음으로 좋아한다고 말한 데도 '세븐 투 세븐'이었다. 좋아하니까 어쩌자는 건 아니어서 대답 같은 건 할 필요가 없었지만, 그 후 그 다방을 더 좋아하게 되었다. 하긴 지섭이는 나를 좋아한다고 말하기 훨씬 전에 '세븐 투 세븐' 마담을 좋아한 얘기를 해주었으니까, 그가 좋아하는 수준에다가 어떤 의미를 부여할 필요는 없었다. 지섭이가 좋아한 마담은 우아하고 점잖은 중년 부인이었다. 늙은 남자들 사이에서 그 여자는 순금이라는 별명으로 통했다. 순수하다는 뜻 같기도 하고 잡스러운 건 빼고 알짜만 똘똘 뭉쳐 놓았다는 뜻 같기도 했다. 지섭이는 그녀의 포도줏빛 비로드 치마에 몰래 볼을 비비다 들킨 적이 있다고 했다. 그 여자는 화내지 않고 그의 곁에 더 머물러주었다고 했다. 어머니가 워낙 할머니 같으니까 젊은 엄마를 그런 방법으로 그리고 있는지도 몰랐다.

명동은 빤하게 좁은 바닥이었다. 명동에서 놀다 지치면 청계천 쪽으로 방향을 틀었다. 청계천4가에서 5가 사이 천변은 옷과 양품을 파는 점포들이 기둥을 개천에다 처박고 늘어서 있었지만, 4가에서 3가 쪽 천변에는 시시한 고물상 노점과 우동이나 오뎅을 파는 포장마차들이 늘어서 있었다. 지섭이는 낮에 미리 답사를 하는 것 같았다. 그 개천 냄새 올라오는 너절한 고장에서 기가 막히게 잘하는 우동집을 발견했다고 수선을 떨었다. 꾀죄죄한 앞치마를 두른 중년의 아저씨가 말아 주는 우동 맛은 그냥 우동 맛이었지만, 지섭이가 하도 찬탄을 하니까 그런 것도 같았다. 우동 맛보다는 뜨끈뜨끈한 국물이 좋았고, 더 좋은 건 화끈한 소주 맛이었다. 그 집에만 가면 우리는 소주를 홀짝홀짝 마시면서 기분을 내곤 했다. 가을이 깊어지면서 소주는 조금씩 아꼈던 진수를 내놓는 것처럼 그 맛의 깊이를 더해갔다. 주인아저씨가 우동 국물 위에 꼬치를 더해주고, 병을 비운 소주가 우리 몸을 화덕처럼 덥혀주면 지섭이는 곧잘 아저씨에게 허튼 약속을 했다.
　"아저씨, 아저씨만 한 솜씨가 청계천에서 썩는 건 정말 아깝다. 이런 우동 맛은 진짜 본바닥 맛인데. 정말이야. 우리 아버지가 일본 유학생이라 나도 본바닥 우동 맛을 좀 안다구. 본바닥이 어딘 어디야? 동경에서도 긴자 우동 맛이지. 이놈의 전쟁만 끝나면 내가 아저씰 꼭 명동으로 진출시켜줄게. 정말이야. 난 부잣집 아들이야. 그러니까 그 정도는 문제도 없을 테니 두고 봐요, 응."
　그러고 나서는 천연덕스럽게 시를 읊곤 했다.

나는 자작子爵의 아들도 아무것도 아니란다
남달리 손이 희어서 슬프구나!

나는 나라도 집도 없단다
대리석 테이블에 닿는 내 뺨이 슬프구나!

오오, 이국종異國種 강아지야
내 발을 빨아 다오
내 발을 빨아 다오

이러면서 흠집투성이의 때에 전 널빤지에 뺨을 대고 비볐다. 정지용 시의 일부라고 했다. 나는 처음 들어보는 시여서 전문을 다 듣고 싶었지만 그것밖에 생각이 안 난다고 했다. 지섭이로서는 예외에 속하는 일이었다. 그는 많은 시를 외고 있었다. 술이 안 들어간 맨 정신일 때도 외고 있는 시를 적재적소에서 써먹을 줄도 알았다. 명동이 번화하다고 해도 아직도 은성한 불빛이 모여 있는 데는 극히 일부이고, 명동성당 앞만 가도 으스스할 정도로 인적이 드물고 어두컴컴했다. 지섭이가 명동성당 앞에서 잘 외는 시는,

저에게 무슨 일이나 좀 일어나게 하옵소서
저희는 생명을 바라 이렇게 떨고 있습니다
저희는 높이 오르고 싶습니다

이렇게 시작되는 릴케의 〈마리아에게 드리는 소녀의 기도〉였다. 그 시는 꽤 긴데도 그는 듣기 좋은 목소리로 끝까지 다 외웠다. 몇 번 반복해 들려줄 적도 있었지만 감정을 적절하게 변조할 줄 알았기 때문에 매번 새롭게 들렸다. 그 소리를 들으면서 어둠 속에서도 뚜렷한 성당의 첨탑을 우러르면, 내가 애타게 동경해온 건 저 허황한 환락가의 불빛이 아니라 좀 더 거룩하고 순결한 무엇이었을 것 같은 회한이 가슴을 축축이 적셔오곤 했다. 그 밝음과 번영에서 소외된 어둡고 쓸쓸한 고장에서 듣는 한 편의 아름다운 시는, 어둠을 밝히는 한 줄기 빛이나 추위를 녹여주는 따뜻한 포옹과 다르지 않았다.

한 권의 시집을 앉은자리에서 다 외버려서 나를 질리게 한 적도 있었다. 둘이 같이서 늦게까지 벌여놓은 노점에서 한하운 시집을 산 적이 있었다. 정음사에서 나온 50쪽 가량의 얇은 시집이었는데 서서 읽어보더니 몹시 감동을 받은 듯했다. 자기 말로는 되게 쇼크 받았다고 했다. 나는 표지 안쪽에 찍힌 문둥병 걸린 손가락만 보고도 좀 뜨악해졌는데, 그는 전차 속에서도 읽고 걸으면서도 읽더니 선물이라면서 나한테로 넘겨줬다. 그렇게 좋은 걸 자기가 간직할 것이지 왜 나를 주냐고 했더니, 자기는 다 외버렸노라고 했다. 그는 나로 하여금 한 권의 시를 다 외웠다는 걸 믿게 하기 위해, 다 온 집 앞에서 다시 전차 종점까지 돌이켜 나갔다. 그의 낭송을 통해 한하운의 시를 들으면 어찌나 구슬프고 청승맞은지 가슴이 미어지는 것 같았다. 나도 그를 덩달아서 한하운의 시를 좋아하게 됐지만 눈으로 읽으면 그의 낭송으로 듣는 것보다 훨씬 못했다.

그렇게 암기력이 뛰어난 데다 시 사랑도 유별나면서 왜 정지용의 그 시만은 꼭 그 토막밖에 못 외는지 몰랐다. 생각이 안 난다면서 가물가물한 표정이 되곤 했다. 생각해봐. 속으로는 별로 궁금한 것도 아니면서 나는 이렇게 졸랐다. 연상이지만 이상하게도 문득 어리게 보이고 싶은 충동이 생길 때가 있었다. 집에 가서 알아 올게, 그는 이렇게 의젓하게 나를 달랬지만 알아 오진 못했다. 집에 있는 정지용 시집에도 그런 시가 안 나와 있든지, 아예 정지용 시집이 없든지 둘 중의 하나일 것이다. 아무튼 다 왼 시보다 토막 난 시가 더 생각나는 건 지섭이가 나를 감질나게 한 유일한 예이기 때문이다. 그는 좋아하는 사람하고 같이 있는 동안은 최선을 다해 자기의 존재로 상대방을 완벽하게 채우려는 타입이었다. 딴 생각을 하는 걸 참지 못했고 그럴 새도 주지 않았다. 그가 부산으로 가고 나면 볼일을 보러 갔단 생각보다는 아, 쉬러 갔구나 싶을 정도로 그는 누구를 좋아하는 일에 미련하도록 자신을 혹사했다.

나도 그가 오면 반갑고 떠나면 섭섭한 정도가 점점 더 심각해졌다. 그가 떠나고 나면 서울이 온통 빈 것 같고 눈에 띄는 모든 게 무의미해져서 마음을 잡지 못했다. 야간열차를 탄다고 해서 서울역까지 배웅을 나간 날이었다. 그를 보내고 나니까 웅성거리는 서울역이나 광장의 사람들도, 만원 전차 속의 승객들도 다 사람의 형상을 하고 부유하는 허깨비에 지나지 않아 보였다. 피가 통하고 말이 통하는 사람은 하나도 없는, 적막강산에 혼자 남겨진 것처럼 외롭고 쓸쓸했다. 실컷 울고 싶단 생각밖에 안 났다. 혼자서 갈 데도 없고 집에 오니까 엄마가 왜 그러느냐고 이상한 눈으로 따져 물었다. 지섭이를 배웅하고 오는 길이라고만 말했다. 엄마의 표정이 곱지 않아졌다. 나는 이불을 쓰고 누워버렸다. 참았던 울음이 복받쳤다. 엄마가 이불을 제치려고 했다. 나는 안에서 이불을 꼭 붙잡고 더욱 서럽게 흐느꼈다. 나도 내가 그렇게까지 슬퍼할 줄은 몰랐기 때문에 창피하기도 하고 미쳤지 싶기도 했다. 그럴 때는 그냥 좀 내버려뒀으면 좋으련만 엄마는 악착같이 내 우는 꼴을 확인하고 싶어했다. 뜻대로 안 되자 엄마는 들입다 욕을 하면서 나를 때리기 시작했다. 솜이불 속이라 별로 아프지는 않았지만, 주먹으로 때리고 베개로 내리치면서 절규하는 소리는 똑똑히 들렸다.

"이년아, 사내 녀석 때문에 울어, 그까짓 지섭이 녀석 때문에. 지섭이가 죽었냐? 죽어도 그렇지, 지섭이 녀석 때문에 네가 왜 우냐? 할아버지가 돌아가셔도 오래비가 죽어도 안 울던 독한 년이 겨우 지섭이 때문에 울어? 너 겨우 지섭이하고 연애 걸다 채였냐? 아이고 우세스러워. 내가 이런 꼴을 보려고 너를 금이야 옥이야 길렀단 말이냐? 아이고 원통해. 겨우 이런 꼴을 보려고."

대강 이런 넋두리였다. 내가 할아버지 돌아가셔도 안 운 년이라는 건 어려서부터 별호가 나 있었다. 할아버지 사랑을 유난히 많이 받았기 때문에 내 성질이 고약한 걸 말하려고 할 때나, 손녀딸 귀애

해봤댔자 소용없다는 일반론을 펼 때마다 들먹이는 만만한 예였다. 오빠 때도 그랬던가? 얼마 오래 전도 아닌데 잘 생각이 안 나면서, 그런 일로 죄의식은 이제 그만 느끼고 싶었다. 정말 비통할 때는 눈물이 잘 안 나오다가도 슬픔에 적당한 감미로움이 섞이면 울음이 잘 나오는 특이 체질도 있다는 걸 이해받고 싶었다. 지섭이를 보낸 허전함에도 눈물을 자극하기 알맞은 달착지근한 맛이 섞여 있었던 것이다. 그보다는 겨우 이런 꼴을 보려고 너를 길렀느냐는 엄마의 절규가 더 가슴을 쳤다. 엄마가 보고자 한 꼴은 무엇일까. 아직도 엄마는 나에게 보통 딸 이상의 기대를 걸고 있단 말인가. 아아, 지겨운 엄마, 영원한 악몽.

3.

나중에 남편이 된 그이를 만난 것도 PX에서였다. 얼굴을 익히고 마주치면 꾸벅 머리라도 숙여 보인 것은 PX에 취직하고 나서 얼마 안 되고부터였을 것이다. 그러나 PX에서 일하는 사람은 나 빼놓고는 다 사람으로도 안 볼 때였으니까, 관심권 밖의 인물이었다. 안면이 있다 뿐 그 안에서 뭘 해서 월급 받는 사람인지 전혀 모르는 채 반년이 너머 지났다. 그이도 평범한 PX 직원인데 그가 일하는 사무실은 PX 문밖에 있다는 걸 알게 된 것은 우연한 기회였다. 숙부가

PX까지 면회를 온 적이 있었다. 남대문시장에 왔다가 고향 어른을 만났는데, 조카딸이 PX 다닌다고 했더니 부득부득 한 번 만나게 해 달라고 졸라서 같이 온 거였다. 보나 마나 취직 부탁이었다. 고등학교 동창들도 찾아와 취직할 길이 없겠느냐고 물어보는 수가 간혹 있었고, 티나 김을 통해 성사를 시켜준 일도 딱 한 번 있긴 있었다. 그때만 해도 내가 취직할 때의 절박했던 사정을 잊을 수 없어서 안 떨어지는 말을 억지로 해본 게, 되긴 됐어도 한 달도 안 다니고 그만 두었다. 미제 물건 쪽이었지만 다행히 블랙마켓 하다 들킨 건 아니고 적응이 안 돼 제 발로 걸어나간 거였다. 그래도 안 시켜주니만 못한 취직이었다. 나는 그만한 직장을 떨치고 나갈 수 있는 친구가 부러웠고, 내가 어떤 곳에서 일한다는 게 그 친구를 통해 동창들 사이에 퍼질 것이 두려웠다. 사건이랄 것도 없는 그 일은, 그런 부탁에는 처음부터 딱 부러지게 그런 힘이 없다고 밝히는 게 상책이라는 걸 일깨워주었다. 그러나 숙부가 고향 어른을 모시고 온 경우는 좀 달랐다. 예의에 어긋나지 않는 어른 대접과 미련을 안 갖도록 하는 거절의 조화는 어린 나로서는 난감한 과제였다. 그것 자체가 벌써 미적거리는 빌미가 됐다.

직원 출입문인 뒷문 밖은 조용한 얘기를 할 만하지 않은 북적거리는 뒷골목인 데다가, 그날은 하필 업자가 불하 맡은 쓰레기를 실어 나르는 날이었다. PX에서는 쓰레기까지 입찰을 받아 최고가로 팔아먹었다. 박스가 주主인 쓰레기는 부피가 많아 실어나르는 데 한참 걸릴 것 같았고, 거치적대고 있다는 걸 의식하니까 더욱 말이 잘 안 됐다. 마침 그때 그이 눈에 띄었다. 노인네들 앞에서 어쩔 줄 몰라 하는 내가 안돼 보였던지, 자기 방으로 들어와서 얘기를 하라고 했다. 보아하니 노무자 주젠데 방이 따로 있다는 것도 이상했지만 PX 안이 어디라고 패스도 없는 사람을 함부로 들어오라는 걸까. 그건 티나 김도 못 하는 일이었다. 알고 보니 그의 사무실은 지하에 있었고 지하로 통하는 길은 경비실 밖에 있어서 밖에서 아무나 들락거리게 돼 있었다. 그러나 사무실이라기보다는 작업실이라고 해야 알맞은, 각종 연장과 설계도면 같은 게 비치된 살벌한 데였다. 바로 옆이 기관실이어서 굵고 가는 각종 파이프가 괴물스럽게 얽혀 있었고, 시커먼 석탄더미가 쌓인 보일러실도 보였다. PX 내부와는 딴판의 더럽고 우중충한 고장이었지만, 호감을 가질래서 그랬던지 남성적이고 정직한 활기가 차 있는 것처럼 보였다.

깨끗하게 정돈된 책상과 의자도 있어서 숙부와 고향 노인을 편안히 모실 수가 있었고, 그이는 정중하게 차 대접까지 해주었다. 노인이 딸 취직 부탁을 하러 온 걸 알자, 이런 데 다니는 아가씨들, 겉보기엔 번드르르해도 나중에 아무도 안 데려갈 거라고 참견을 했다. 그건 나한테도 모욕이 되는 소리였지만 별로 듣기 싫지가 않았다. 그 말 한마디가 노인의 부탁을 거절하는 데 직통으로 들어맞았기 때문이다.

그이의 집은 명륜동이었다. 전차를 기다릴 때 우연히 만나져서 같이 가게 될 때도 종종 있었다. 그가 뭐 하는 사람인지도 조금씩 알게 됐다. 건물에 관한 기술자랄까, 그는 PX에서 월급은 받고 있지

305

만 PX에서 고용한 사람이 아니라 동화백화점 건물주 쪽 사람이었다. 미군은 그 건물을 쓰면서 건물 내부의 보이지 않는 부분을 통과하고 있는 무수한 관과 선 등의 회로를 아는 사람을 필요로 했던 것이다. 그 사람들의 합리적이고 치밀한 관리 방침에 의해 차출된 기술자였다. 전쟁이 끝나고 정부가 환도하면 PX도 그 자리를 내주고 용산인가 어디로 이사를 간다는 소문인데, 그는 따라갈 필요가 없는 인원이었다. 나는 내가 미군 부대에 다니는 걸 굴욕스러워하는 것만큼 그 안에서 일하는 사람들을 싸잡아 무시하고 있었기 때문에 그이가 PX사람이 아니라는 게 신기하고 좋아 보였다.

그 후부터는 여러 사람 중에서도 식구는 눈에 띄듯이, 평범하게 생긴 그이가 다른 사람하고는 어딘지 달라 보였다. 말로는 잘 설명되어질 수 없는 그런 차이를, 나는 문밖 사람과 문 안 사람의 차이라고 생각했다. 그는 나보다 영어를 더 못했지만 문 안 사람이 영어 못하는 것처럼 듣기 싫지가 않았다. 문 안 사람은 못하는 영어도 기를 쓰고 잘하려고 혀를 굴리고 말고 법석을 떠는데, 그이는 나도 할 줄 아는 '워터'를 '워러'라고 하는 정도도 혀를 못 굴렸다. 게다가 일본식 발음도 고치지를 못해 호텔은 호테루였고, 그릴은 그리루였다. 그이의 그런 막무가내로 완고한 혀까지가 괜찮아 보였던 것은 끝끝내 미군 부대에 붙어먹고 살지 않아도 되는 데서 오는 당당함처럼 보였기 때문이다. 영어도 못하는 주제에 미군이 운전하는 지프나 트럭을 얻어 타고 퇴근할 적도 있었다. 아마 그이의 문밖의 방이 창고, 차고, 배차실 같은 방과 인접해 있어서 자연히 조성된 인간 관계 덕인 듯했다. 내가 을지로 입구에서 전차를 기다리고 있을 때 그가 차를 타고 지나가다 타라고 하면, 남 보기가 창피해서도 얼른 올라타고 사라지는 게 수였다. 그런 일은 자주 있는 게 아니고 어쩌다나 있는 일이었고, 또 가는 방향이 같기 때문에 거부감 없이 응할 수가 있었다. 그럴 때 그는 집까지 데려다줬고, 한번은 차를 보내고 우리 집까지 들어와 식구들하고 인사를 하겠다고 해서 그러라고 했다.

　그이는 사교술 같은 것하고는 상관없이 천성적으로 남을 조금도 스스럽지 않게 하는 형이었다. 과일 봉지 같은 걸 들고 밤에 혼자서 불쑥 찾아올 적도 있었다. 방향이 같다는 게 늘 핑계가 되었다. 명륜동에서 내리는 걸 깜박 잊고 종점까지 와버려서 온 김에 들렀다고 했다. 아이들도 그이를 따랐고 그이도 아이들을 귀여워했지만, 껌 한 통도 미제 물건은 사다 주지 않았다.

　지섭이에 대해서도 알고 있었고, 문밖에서 마주쳐 인사를 시켜준 적도 있었다. 그러나 지섭이하고 신나게 놀 때, 그이가 거치적대거나 거북하게 군 적은 없었다. 그이는 한결같이 내 근처 어디엔가 존재하고 있으련만 지섭이가 서울에 있을 동안엔 그이의 존재를 느낀 것 같지도 않다. 엄마는 그이를 '사람이 한결 같더라'라고 평했다. 나는 엄마의 그런 평이 적절하다고 생각했고 마음에도 들었다.

　그이가 화를 내는 걸 딱 한 번 본 적이 있다. 여름이었는데 정전이 된 적이 있었다. 주택가에 정전은 다반사여서 촛값도 아까워서 등잔을 비치하고 있었지만, PX에 정전이 되는 건 드문 일이었다. 간혹 정전이 되더라도 오래가지 않고 곧 복구가 됐는데, 그날은 퇴근할 때까지도 불이 들어오는 걸 못 보고 퇴근을 했다. 전기가 나가면 장사가 잘 안 되는 것은 정한 이치였지만 다음 날 매장이 웅성거리고 노무자들까지도 수군대는 게 심상치 않았다. 알고 보니, 스낵바의 대형 냉장고도 정전이 된 동안 가동이 안 돼, 그 안의 고기가 다 못 쓰게 됐다는 것이었다.

스낵바에서 솔솔 끼쳐오는 햄버거의 감미롭고도 느끼한 냄새는 시장할 때 아니라도 오장을 자극하고 생각하는 데까지 영향을 미쳤다. 미국이란 부자 나라에 대한 동경과 선망과 빌붙어보고 싶은 비굴한 마음을 일으키는 데는, 고기 냄새가 미제 물건보다 훨씬 더 직접적이었다. 티나 김처럼 고상한 여자도 이민 가면 고기는 실컷 먹을 게 아니냐는 게, 캐넌과의 결합이 가망 없어진 후에 하는 자위의 말이었다. 문제는 못 먹게 된 고기를 처분하는 과정이었다. 그들은 법에 정한 기간이 지났기 때문에 내다 버리려고 하고, 한국 노무자들 눈엔 우리나라 푸줏간에 걸린 고기보다 훨씬 싱싱해 보이는 고기를, 단지 정해진 정전 시간이 초과됐다는 이유 하나만으로 내다 버리는 걸 도저히 이해할 수가 없었다. 더 이해할 수가 없는 건 버리느니 우리를 달라고 해도 통하지가 않는 거였다. 자기네가 먹어서 해로울지도 모르는 걸 딴 사람이 먹게 내버려두는 건 천부당만부당하다고 했다. 그런 공식적인 일에 인간 차별을 할 양키들이 아니었다. 너무도 완벽한 그들의 휴머니즘에 기통이 터진 노무자들이 떼를 지어 항의를 한 모양이다. 말이 잘 안 통하니까 난동이라도 부리려는 것처럼 보였던지, 2층에서 통역관을 불러 내리고 법석을 떨었다. 칼자루 쥔 쪽이 이기는 건 정한 이치라, 곧 무마가 되긴 했지만 아직 언 것도 덜 풀린 고기는 여봐란듯이 노무자들이 보는 앞에서 폐기 처분하기 위해 실려 나갔다.

그래서 분위기가 몹시 어수선하고 그런 일에 끼어들 여지도 없는 우리 한국물산 매장까지도 일이 손에 잡히지 않는 날, 그이가 성난 얼굴로 일부러 초상화부까지 와서 하소연 비슷한 소리를 했다. 아마 기계실에 있는 졸병들이 옆에 한국 사람이 있건 말건 저희끼리 한국 사람 흉을 본 모양이었다. 미친 것들, 야만인, 미개인, 이런 소리가 자꾸 나오니까 한마디 해줬노라고, 그이답지 않게 아직도 씨근대는 소리로 말했다. 경멸하는 소리를 차마 옆에서 견디기가 어려워 뛰쳐 나온 모양이었다. 뭐라고 해줬느냐고 물어봤더니, 너희는 냉장고가 있고, 우리는 냉장고가 없다, 그러니까 너희는 냉장고에 대한 법이 있지만 우리는 없다, 있지도 않는 법을 어떻게 이해하느냐, 법이 없어도 고기가 썩었는지 안 썩었는지 알 수 있다, 우리 눈엔, 법이 있어야 그걸 아는 너희가 더 크레이지다, 어쩔래? 이랬다나.

그 소리를 머릿속에서 그이 수준의 영어로 만들어보니까 그렇게 우스울 수가 없었다. 나는 그이가 성을 내고 있건 말건 허리를 비틀고 사정없이 웃어젖혔다. 아마 그이는 내가 머릿속에서 만들어본 영어보다 더 못했을지도 모른다. 알아듣기나 했을까. 아무리 못 알아들어도 '유 어 모어 크레이지' 소리는 알아듣게 했을 것이다. 그러면 됐다 싶었다. 그이는 진지한 하소연을 농담으로 받은 내 태도를 못마땅해하며 가버렸다.

그이가 나한테 영화 구경을 가자고 한 적이 있었다. 우리 식구들한테도 호감을 사고 가끔 점심도 같이 먹은 적은 있지만 영화 구경은 처음이었다. 하필 이미 지섭이하고 본 영화였다. 비비안 리하고 로버트 테일러가 주연한 〈애수〉라는 영화는 그때 장안의 화제였다. 우리 역시 전쟁 중이라 분위기도 비슷했지만, 남편이나 애인의 행방을 모르는 채 적당히 타락해가는 여자들의 심금을 울리기엔 그만인 영화였다. 그렇다고 한 번 본 걸 또 보고 싶을 만큼 좋았던 건 아닌데도 그이가 가자는데 차마 거절을 못 했다. 지섭이하고 봤다는 소리를 할 기회를 어물어물 놓치고 말았고, 그이도 보고 싶은 영화가 있다는 게 신기하기도 했다. 영화관에 아무리 사람이 미어터져도 난방도 안 해주던 때였다.

추운 날이었다. 의자 밑이 풍구가 되어 바깥날보다 추위가 더했다. 지섭이하고 간 날도 그렇게 추워서 발이 시린 것을 호소했더니, 지섭이는 단박 자기 털장갑을 벗어서 홀랑 뒤집더니 무릎 꿇고 앉아 내 발끝에다 그걸 덮어씌워 주었다. 장갑을 손가락은 그냥 두고 몸체만 뒤집어서 신으면 발끝에 손가락들이 뭉쳐서 시린 발이 쉬 녹는다는 걸 나도 그때 처음 알았다. 발의 가장 시린 부분은 대개 발끝이니까. 그렇게 재빠른 봉사 정신이야말로 지섭이다움이었다. 그이한테 그런 걸 바란 건 아니지만 어떻게 하나 보려고 발이 시리다고 아무리 엄살을 떨어도 아무런 반응이 없었다. 자꾸 그러니까, 자기도 춥고 배고프니 어디 뜨뜻한 음식점에 가서 점심이나 먹자고 했다.

 이렇게 그이는 멋이라고는 없는 남자였다. 나는 나도 모르게 지섭이와 그이를 비교하다가 뭣하러 비교를 하는지 자신을 의심스러워하곤 했다. 아무리 비교해봤댔자, 그이가 지섭이보다 나은 점을 찾아내기는 쉽지 않았다. 나은 점이라기보다는 명확하게 다른 점이 하나 있었는데, 그건 그이하고 있을 때는 내가 말을 안 하고 가만히 있어도 전혀 부담이 안 된다는 거였다.

 지섭이하고는 달랐다. 대화가 끊기는 적도 거의 없었지만 잠시라도 끊기면 숨이 막힐 것 같았다. 지섭이는 그가 말 안 하는 동안 나도 말 안 하는 걸 참지 못했지만, 만일 3분만 참아준대도 그동안 무슨 생각을 했나를 말해야만 했다. 그게 싫어서라도 끊임없이 지껄여야 했다. 지섭이가 끊임없이 나를 즐겁게 해주려는 것은, 나더러도 자기를 끊임없이 즐겁게 해달라는 요구와 다르지 않았다. 지섭이가 없을 때 그와의 시간을 돌이켜보면 오로지 재미있으려고 인생을 가지고 온갖 장난을 다 친 기분이 들곤 했다. 장난 끝은 피곤하고 허망했다. 피곤도 회복될 수 있는 피곤이 아니라 서서히 마모돼가는 피곤이었다. 툭하면 시가 줄줄줄 나오는 감정 과잉도 나에겐 버거웠다. 엄마한테 매까지 맞을 정도로 지섭이한테 엎드러져 있는 동안에 오히려 나는 지섭이를 저만치 밀어내고 냉담한 시선으로 바라보고 있었다. 지섭이뿐 아니라 나라는 인간에 대해서도 곰곰이 돌이켜볼 계기가 되었다.

 나는 친구를 사귀는 데 있어서도 열심히 수다를 떨지 않고 입 다

물고 있어도 부담이 안 되는 친구라야 오래갔다. 단짝이라든가 옆드러진다거나 하는 친구가 아주 없었던 건 아니지만 어느 시기만 되면 슬그머니 물러나고 말았는데, 싫증이 나서 그랬는지 싫증날 것이 두려워서 미리 그랬는지는 확실하지 않다. 늘 붙어다니고 청소 시간이 안 맞으면 기다렸다가라도 같이 가는 단짝 친구를 대개는 한두 명씩 가지고 있고, 만약 거기서 소외되면 상처받는 게 여학교 때 으레 경험하는 교우 관곈데, 나는 혼자 다니는 데 더 익숙했다. 등굣길이나 하굣길에 별로 친하지 않은 친구가 앞에 가고 있으면 일부러 걸음을 늦춰서라도 같이 가기를 피했다. 구속되기 싫었다. 남을 의식한다는 게 나에게는 일종의 구속감이었다. 남한테 신경 쓰는 걸 극도로 싫어하는 지독한 이기주의로 보일 수도 있겠지만 내가 생각하기로는 유년기에 이미 형성된 버릇이었다. 1학년 때부터 산을 넘어야 하는 긴 등굣길을 친구 없이 혼자서 다니다 보니 혼자서도 즐길 수 있는 위안이 필요했고, 그건 자신 속에 침잠해 공상을 일삼는 거였다. 그렇다고 내내 외톨이로만 지낸 건 아니다. 옆드러지는 친구도 생겼지만 한때였고 오래 우정을 유지한 친구는 한눈팔거나 딴생각하고 나도, 그냥 거기 있는 친구였다. 정말 좋은 친구는 화제가 끊긴 동안이 관계의 단절이 아니라 가장 내밀한 소통의 시간이 되는 친구였다.

나는 마모되고 싶지 않았다. 자유롭게 기를 펴고 싶었고, 성장도 하고 싶었다.

에필로그

올케가 드디어 동대문시장에 가게 터를 장만했다. 1953년 초였다. 기지촌 장사를 다닌 지 1년 남짓 지나서였다. 단시일 내에 그 장사를 청산하게 된 올케가 장했다. 나는 올케의 그동안의 노고를 치하하고, 올케는 내가 살림을 책임져줬기 때문에 가능한 일이었다고 그 공을 나에게로 돌리려고 했다. 엄마야말로 치하받아야 했다. 우리 엄마를 마냥 양키 턱찌끼로 부양할 수는 없다는 오기가 없었더라면 올케하고 나하고 그렇게 손발이 잘 맞지는 못했을 것이다. 올케와의 우정이 흐뭇하고도 자랑스러웠다.

엄마가 한 또 하나의 큰일은, 신안탕 뒷집을 팔고 더 큰 집으로 옮기면서도 돈을 보태지 않고 오히려 남겨서 올케가 가게 터 사는 데

보탠 일이었다. 엄마는 엄마대로 장차 하숙을 칠 궁리를 하고 있었다. 지대는 우리 사는 데만 못하더라도 방이 많은 집을 사려고 집을 내놓고, 팔리기도 전에 보러 다닌 모양이었다. 나도 신안탕 뒷집은 면하고 싶었다. 전에도 면하려고 몇 번 벼른 적이 있지만 여의치 않았고, 그러고 나서 생긴 슬프고 험한 일을 생각하면 정 붙지 않는 집이었다. 엄마도 입버릇처럼 내가 기가 세니까 이 집에서 살지,라고 해오던 집이 드디어 마음에서 자위를 뜨니까 한시가 급했나 보다. 삼선교에서 한성고녀 쪽으로 쑥 들어가야 하기 때문에 집값이 헐한 동네의, 방이 여럿 있는 집을 보고 난 엄마는 마음이 급해졌다. 우리 집이 팔리기도 전에 계약을 하고 말았다. 그러다 우리 집이 더디 팔리면 어쩌려고 그랬나 싶었는데, 엄마는 올케가 차곡차곡 모아온 돈을 쥐고 있으니까 겁날 게 없었다. 나중에 우리 집은 생각했던 것보다 훨씬 많이 받고 팔 수가 있었는데, 그건 화폐 개혁 덕이었다.

인플레는 날로 심해지는데 가장 고액권이 고작 천 원짜리인지라, 나 같은 말단 월급쟁이도 월급날은 핸드백 대신 큰 가방을 들고 나갈 정도니 돈이 돈이 아니었다. 전쟁 중에 화폐 개혁이 단행됐다. '원'이 백 대 1로 '환'이 되었다 내가 50만 원 받던 월급이 5천 환이 된 것이다. 화폐 개혁이란 돈의 부피만 줄이는 데 목적이 있는 게 아니라 숨은 거액의 돈을 찾아내는 데도 그 뜻이 있어, 처음에는 1가구당 교환해주는 액수에 한도가 있었다. 그러나 여론이란 안 그런 척하면서도 가진 사람들에게 유리하게 조성되게 돼 있는지라, 경제를 위축시키면 안 된다는 명분으로 거의 다 바꿀 수 있게 되었고, 물

가만 뛰기 시작했다. 특히 집값의 오름세가 심했다. 즉, 천만 원 하던 집이 백 대 1이 됐다고 10만 환이 되는 게 아니었다. 또 휴전이 될 듯 될 듯한 것도 집값을 부채질하는 요소였다. 휴전이 되면 당연히 정부가 환도하게 될 테고, 뒤따라 서울 인구가 급격히 평창할 것은 삼척동자도 내다볼 수 있는 일이었다. 집값이 장마철의 채솟값처럼 폭등하는 틈바구니에서 먼저 사고 늦게 팔게 됐으니, 앞을 내다보고 저지른 일 같았다. 엄마가 의기양양해할 만했다. 게다가 올케가 산 가게 터는 동대문시장에 새로 들어서는 포목백화점 내의 한 자리여서, 신축 중에 이미 계약을 해놓아서 값을 올려 받을까 봐 걱정을 안 해도 되었다.

엄마는 정부가 마침 그때 화폐 개혁을 한 걸 오래 살다 보니 이승만 박사 덕을 볼 적이 다 있다는 식으로 신기해하며 즐거워했다. 6·25 때 국민들은 내버려두고 혼자 도망갔다 와서 뭘 잘했다고, 사과를 하기는커녕 양민을 빨갱이로 몰아 가두고 죽이기 바빴다고 줄곧 욕하고 미워만 하던 늙은 대통령하고 엄마는 이렇게 일방적으로 화해를 했다. 엄마가 이렇게 한창 신이 나 있을 때 나는 엄마한테 PX를 그만두고 결혼할 뜻을 밝혔다. 그이로부터 결혼 신청을 받은 것도 그 무렵이었다.

"암, 미군 부대는 그만둬야지, 이제 에미까지 하숙 쳐서 돈을 벌 텐데 네가 그 숭악하고 볼썽사나운 데를 뭣하러 더 다니냐? 그만둬야 하구말구. 근데 그만두고 뭘 하겠다구? 학교를 다니는 게 아니라 시집을 가겠다구?"

엄마는 자기 귀를 의심하는 것처럼 다그쳐 물었다. 그럼, 엄마가 하숙 칠 생각을 한 건 내 대학 공부를 계속 시키고자였을까? 능히 그럴 수 있는 엄마였다. 대학 소리를 들으니까 가슴이 울렁거리면서 마음이 약해지려고 했다.

"너 같은 애가 뭘하러 시집가서 애 낳고 밥하고 빨래하고 구질구질하게 사는? 내가 너를 어떻게 길렀는데, 너는 보통 애하고 다르다. 공부 많이 하고, 마음만 먹으면 무엇이든지 할 수 있고, 될 수도 있는 애야. 다 너 좋으라고 이러지, 네 덕 보려고 이러는 게 아니다."

내 표정에서 무엇을 읽었는지 엄마는 태도를 바꾸어 차근차근 애원하는 투로 나왔다. 엄마의 그런 태도가 되레 흔들리던 내 마음을 경직시켰다. 엄마는 도대체 내가 무엇이 되길 바라고 저러는 걸까. 쌓이고 쌓인 게 많은 엄마가 측은했다. 그러나 내가 엄마의 돌파구는 될 수 없는 일이었다. 그럴 마음도 능력도 없었다. 나는 내가 보통 아이라는 걸 너무도 잘 알고 있었다. 엄마는 꿈을 깨야 했다. 나는 우리 엄마의 보통 부모하고는 질이 다른, 집요한 공부 욕심이 싫었다. 차라리 지금 실망시키고 놓여나는 게 서로에게 좋을 것이다.

"아뇨, 아무리 그러셔도 제 마음은 안 변해요. 전 결혼할 거예요. 공부를 계속하고 말고는 시집가서 결정할 수도 있어요. 그건 제 문제예요."

"누가 널 공부시켜준대, 응? 어떤 놈이 널 그런 말도 안 되는 소리로 꾀? 그리고 그걸 믿냐, 믿길. 눈이 멀어도 분수가 있지."

엄마가 몸을 떨며 때릴 듯이 덤벼들었다.

"꾀긴 누가 꾄다고 그러셔요. 대학 같은 건 얘기도 안 했어요. 저한테는 이제 그런 게 중요하지 않아요. 가게 돼도 그만, 못 가게 돼도 그만이란 말예요."

"시집은 꼭 가야 되구? 내가 널 어떻게 길렀다구."

"엄마는 어떻게 기른 것만 그렇게 중요하구, 그렇게 기른 자식이 어디로 시집을 가고 싶어하는지는 궁금하지도 않아요?"

그제서야 엄마는 마지못해 누구냐고 물었다. 실은 알고 싶지도 않은 거였다. 그이 이름을 댔을 때 엄마는 온몸으로 분노와 경멸을 나타내며 말했다.

"뭐라구? 그 좋은 학교 그만두고 시집가겠다는 데가 겨우 노가다 십장이라구? 집안 망신을 시켜도 분수가 있지."

엄마가 그이를 노가다 십장이라고 한 건 처음이 아니었다. 그이가 토목과 나온 걸 처음 들었을 때의 즉각적인 반응도 그 소리였기 때문에 나는 그냥 웃고 말았다. 어떤 욕을 해도 들을 각오가 돼 있었다. 엄마의 소원은 못 들어주는 대신 분풀이만은 다 풀릴 때까지 받아줄 용의가 있었다. 엄마는 엄마대로 딸의 고집을 꺾을 수 없다는 걸 그 자리에서 체념해버린 것 같았다. 엄마하고 나하고는 담벼락처럼 대립하면서도 서로를 읽어내는 데는 뭐 있었다. 나에게 안 드러내려고 기를 쓰는 엄마의 체념이 슬펐다.

엄마가 노가다 십장 다음으로 그이를 무시할 수 있는 근거로 삼은 건 그이의 성씨였다. 그이는 그 흔해 빠진 이가, 김가, 박가에 속하지 않았을 뿐 아니라, 누구든지 한번 들으면 어, 우리 나라에 그런 성도 있나 하고 고개를 갸우뚱할 만큼 드문 벽성僻姓을 가지고 있었다. 엄마는 그런 성 가진 이가 벼슬한 예는 만고에 없으니 분명히 상놈일 거라고 했다. 양반은 물론 당파까지 따져서 노론 집안이 아니면 혼사를 튼 일도 없다는 게 엄마의 가문 자랑이었다. 그러나 나는 그 따위 양반 타령은 노가다 십장보다 더 겁나지 않았다. 할머니도 노론 집안에서 시집오셨겠지만 할아버지가 양반 타령을 하시면 못 듣는 데서 '흥, 개 팔아 두 냥 반' 하고 비웃으셨다. 할아버지가 양반 타령을 하실 때마다 등장하는, 가문을 빛낸 조상 중 우선 순위는 금양위, 금능위, 금성위 세 부마였다. 한 문중에서 임금님의 사위가 셋이나 나오기가 어디 쉬운 줄 아느냐고, 그것만으로도 우리가 명문거족으로 행동하기에 족하다는 듯이 말씀하셨다. 그러나 그렇게 잘난 집안의 당주인 오빠까지도, 남자가 오죽 못났으면 공주나 옹주의 사위가 되냐고 별로 명예롭게 여기지 않았다. 부마 다음이 영의정, 좌의정 등 벼슬 순위였고, 박지원 같은 분은 끼지도 못했다. 근세사의 인물로는 친일의 거두가 있었지만 가문 자랑에서는 그런 걸 치욕으로 치지도 않았다. 친일해서 작위까지 받은 집안에 못 사는 일가문중이 모여들어 굽실대며 아부하는 꼴은 목불인견이었다. 나라야 망했건 말건, 당대의 정권이 정당하건 말건, 장사나 노동은 피하고 어떻게든 관에 붙어먹으려고 염치 불고 츱츱하게 구는 게 양반의 정체였다.

"사람이, 다른 건 다 속일 수 있어도 뼉다귀는 못 속이는 법이다."

엄마는 이렇게 별렀다. 양반 자세로 사윗감을 기죽이려는 게 엄마의 마지막 카드였다. 그러나 그건 철저하게 가부장적인 사고인만큼 아무리 기가 센 엄마도 그 일만은 남자가 나서서 해줘야 된다고 믿는 듯했다. 엄마가 처음에 그런 뜻의 의논을 한 건 숙부한테였다. 조카사위 될 사람 선도 볼 겸 근본도 좀 따져봐 달라고. 저희끼리 연애 걸었다고 뼈다귀도 분명치 않은 놈에게 호락호락 내줄 수야 없지 않겠느냐는 엄마의 부탁에, 숙부는 그닥 적극적으로 나오지 않았다. 숙부는 이미 그이를 알고 있었고 호감을 갖고 있었기 때문에, 그만하면 괜찮은 사람이더라고 되레 엄마를 안심시키려 들었던 모양이다. 그래가지고는 꼬치꼬치 따져 들어가 본색을 밝혀내긴 틀렸다고 판단한 엄마는 외삼촌에게 도움을 청했다. 내가 생각해도 외삼촌은 적격자였다. 한 번도 취직해서 돈을 벌어 본 일이 없이 꿈만 커서 항상 될 듯 될 듯한 사업 계획이 머릿속에서 왔다 갔다 하는 분이라, 언변이 좋고 쩨쩨한 사람을 무시하는 데도 능했다.

나는 엄마와 외삼촌이 합세를 해서 그이의 근본을 속속들이 들춰내서 폭로하고 능멸할 준비를 하고 있다고 생각하니, 화도 나고 그이가 불쌍하기도 했다. 청혼한 처녀의 집에 불려갈 때, 총각이 품음직한 설레고 달콤한 기대를 채워줄 만한 아무것도 우리 집에는 준비돼 있지 않았다. 그러나 그이는 별로 오랫동안 시험에 들지 않았다. 첫밖에 그이는 자기 집이 대대로 종로 거리에서 선전縇廛을 하던 중인 집안이라는 걸 아무렇지도 않게 말했다. 아주 산뜻한 정면 돌파였다. 엄마나 외삼촌에게는 중인이란 마음대로 경멸할 수 있는 미천한 지체였을 것이다. 얼마든지 망신을 줄 수 있는 호재라고 생각했을 터인데도 둘이서 서로 얼굴만 쳐다볼 뿐 아무 말도 안 했다. 나도 그이가 그렇게 멋있어 보일 수가 없었다. 첫눈에 반한 순간처럼 가슴이 울렁거렸다. 어떻게 저렇게 당당하게 중인 소리를 할 수 있을까. 뭘 몰라도 한참 모르는 사람이구나, 엄마나 외삼촌은 이렇게 기가 막혀서 말이 안 나왔는지도 모르지만, 나는 그때 결정적으로 그이에게 반하고 말았다. 일생을 같이해도 후회 안 할 것 같은 자신감까지 생겨났다. 결혼 날짜를 받고 나니 여러 일이 한꺼번에 밀어닥쳤다. 초상화부 후임도 구해야 되고, 티나 김의 이민 수속도 거의 끝나가 허 사장이 나를 아쉬워하는 것도 부담이 되었다. 이사 갈 날짜도 비슷한 무렵으로 잡혔고, 올케가 계약해놓은 포목백화점도 완공이 돼 입주가 시작되고 있었다. 마음도 바쁘지만 여기저기 뭉칫돈 들어갈 때가 많았다. 엄마는 나에게 숟가락 몽둥이 하나 해줄 수 없다는 걸 선언했다. 형편이 가장 안 좋을 때 결혼을 하겠다는 게 미안해서 뭘 바랄 마음도 없었지만, 엄마는 형편이 여의치 않아 못 해주겠다는 게 아니라 왜 해주느냐는 거였다. 그 집에선 너를 싸데려가도 감지덕지해야 된다는 거였다. 그런 미천한 집안이 내 딸로 인하여 지체가 올라가게 됐으니 광영인 줄 알라는 투였다. 엄마 눈에 내가 그렇게 잘나 보인다는 건 헤어날 길 없는 악몽이었다.

그래도 올케가 서둘러서 이불 두 채를 꾸미고, 주발, 대접, 요강, 대야 따위 기본적인 일용품을 장만했다. 엄마는 그런 걸 바라보면서도 생각할수록 억울하고 아까운 모양이었다. 이제 그냥저냥 단념

할 수도 있으련만, 생살을 찢어내도 이렇게 아프지는 않을 거라고 까지 했다. 엄마에게 나는 당신의 생살이었던 것이다. 끔찍하지만 인정할 수밖에 없었다. 그러나 딸자식은 이렇게 소용이 없는 것이거늘, 하는 한탄만은 인정하기 싫었다.

보셔요, 엄마. 두고 보셔요. 엄마가 그렇게 억울해하는 건 당신의 생살을 찢어서 남의 가문에 준다는 생각 때문인데 두고 보셔요. 나는 어떤 가문에도 안 속할 테니. 당신이 나를 찢어내듯이 그이도 그의 어머니로부터 찢어낼 거예요. 우린 서로 찢겨져 나온 싱싱한 생살로 접붙을 거예요. 접붙어서, 양쪽 집안의 잘나고 미천한 족속들이 온통 달려들어 눈을 부릅뜨고 살펴봐도 그들과 닮은 유전자를 발견할 수 없는 전혀 새로운 돌연변이의 종種이 될 테니 두고 보셔요.

말로는 안 했지만 그런 앙큼한 생각밖에는 엄마를 위로할 건더기가 떠오르지 않았다. 티나 김이 결혼 선물로 양복장을 해주겠다고 했다. 연애편지 대필의 사례치고는 넘치는 부조였다. 양복장까지 해 가게 됐는데도 예물 교환할 때 신랑에게 줄 게 없었다. 그때만 해도 시계는 부자들이나 해주는 거고, 보통 집에서는 파카 만년필이면 족했는데 우리 집에선 그것도 안 해주었다. 그 정도는 내가 엄마 몰래 어떻게 해볼 수도 있고, 미리 신랑한테 말해서 쓰던 만년필을 꽂아 줘도 되는 건데 안 그렇게 했다. 식장에서 주례가 예물을 물어봤을 때 없다고 대답했다. 엄마가 나에게 표시하고 싶은, 자신도 임의로 안 되는 절절한 애증을 주는 대로 당하고 싶었다. 내 마음대로 바꿔치기하거나 희석시키기 싫었다. 그이 집은 웬만큼 사는 집이어서 고루 갖춘 패물도 받고 예단도 받았지만, 우리는 그이 와이셔츠 한 장을 안 샀다. 나에겐 그런 것을 못 갖춰서 봐야 하는 눈치, 그럼에도 불구하고 기죽지 않으려는 노력, 그런 게 엄마의 신성한 선물이었다.

피로연까지 신랑집에서 베푼 걸 우리 쪽에서는 가서 먹기만 했다. 엄마 눈에는 귀퉁이에도 안 차는 결혼을 시키면서도 일가친척들한테는 딸 시집 잘 보낸다는 소리를 듣고 싶어했다. 서울에 사는 친척뿐 아니라 강화도 쪽에 많이 피난 나와 있는 고향 쪽 친척과 친지까지 일부러 사람을 보내 청첩을 했다.

그때로서는 제일 큰 중국음식점 아서원에서 떡 벌어지게 피로연을 했기 때문에, 우리 친척들은 다들 내가 큰 부잣집으로 시집을 가는 줄 알고 부러워했다. 돈 한 푼 안 내고 대부대를 이끌고 피로연에 참석한 엄마는 조금도 기죽지 않고, 마치 먹어주러 온 것만 고마워하라는 투였다. 전에 엄마로부터 들은 바로는, 양반은 없으면 허리춤에 빗만 찌르고 시집을 갈지언정 사돈집에서 돈이나 물건을 받아 혼수를 장만하는 법은 없다, 그런 천격스러운 짓은 중인이나 상것들이 하는 짓이다,라고 했는데 엄마가 지금 하고 있는 건 도대체 어느 계층의 풍속이란 말인가. 아마 생살을 찢어내는 의식일 터였다.

피로연 끝엔 시집에 가서 활옷 입고 족두리 쓰고 폐백 드리고 나서 큰상을 받았다. 방석을 몇 개씩 고이고 앉아야 마당에 선 구경꾼에게 얼굴을 내밀 수 있도록 높게 굄질을 한 화려한 큰상이었다. 첫날밤은 친정에서 치르기를 바라는 시집 쪽 눈치를 보기가 싫어서 좀 번거롭지만 신혼여행을 가기로 했다. 아직도 민간인이 한강을 편안하게 건너려면 도강증 등 귀찮은 절차를 밟아야 하고, 갈 만한 데도 마땅치 않을 때였다. 인천에서 하룻밤을 자고 와서, 시집에서 아침저녁 문안드리고 부엌에는 안 나가는 3일을 또 치렀다. 그러고 나서 친정에 보내주면서 시어머니가 기어코 배 아픈 소리를 한마디 했다. 원은 큰상을 그대로 사돈댁에 보내는 건데 그러면 그만큼 너희 집에서도 해 보내야 된다. 보아하니 너희 친정 형편이 그럴 수 있을 것 같지를 않아 빈손으로 보내는 거니, 어머니 걱정하시지 않게 당일로 빈손으로 돌아오라는 것이었다. 멸시 안 당하는 방법은 간단했다. 멸시를 멸시로 느끼지 않는 거였다. 빈손으로 보낸다고 하면서도 떡과 고기와 술을 싸 주었다. 신랑은 그날부터 출근을 해야 된다고 해서 데려다만 주고 저녁때 데리러 오기로 했다.

전화도 없을 때니까 미리 기별도 못 하고 갔지만, 신행을 보낼 만한 날을 대강 짐작하고 있었을 텐데 텅 빈 집에 사촌동생이 와서 집을 보고 있었다. 온 식구가 아이들까지 데리고 정릉으로 빨래를 하러 갔다는 것이었다. 새로 이사 간 삼선교 집은 수도 사정이 좋지 않았다.

"언니는 시집가는 것만 좋아서 큰엄마가 얼마나 섭섭해한 줄도 모르지? 어제 시골 손님들까지 다들 내려가시고 나서 큰엄마가 얼마나 몹시 우신 줄 알아? 온종일 통곡을 해서 꼭 초상집 같았어. 남이 그렇게 오래, 그렇게 서럽게 우는 거, 난 생전 처음 봤다, 언니. 그러더니 오늘도 심란해서 집에 붙어 있기도 싫다시면서 올케 언니랑 아이들까지 다 데리고 빨래터에 가셨는데, 거기서 또 정릉 골짜기가 떠나게 우시지나 않으려나 몰라."

신랑이 나를 놔두고 나가자마자 사촌동생이 이렇게 고해바쳤다. 그 소리를 듣자마자 나도 울음이 복받쳤다. 처음엔 참아보려고 했지만 도저히 못 참겠어서, 할 수 없이 소리 내어 울기 시작했다. 오늘 한꺼번에 울기 위해 독한 년 소리까지 들어가면서 그렇게 모질게 참아낸 것일까. 보가 터진 것처럼 마침내 돌파구를 찾은 울음은 온종일 울어도 울어도 그칠 수가 없었다. 사춘기의 사촌동생은 시집에서 무슨 일이 있었느냐고 알고 싶어했지만, 아무 일도 아니라는 소리조차 말이 되어 나올 틈을 주지 않고, 격렬하고 난폭한 통곡이 온몸을 뒤흔들었다. 찌꺼기도 안 남게 다 울어버리기까지는 온종일이 걸렸다.

해가 뉘엿뉘엿해질 무렵 실컷 방망이질하고 삶아 빨아 백설처럼 희게 된 홑이불 빨래를 이고 식구들이 돌아왔을 때는 나는 멀쩡해져 있었다. 빨래를 너는 엄마의 표정도 흰빛을 받아 개운하고 무심해 보였다.

엄마에게나 나에게나 온몸을 내던진 울음은 앞으로 부드럽게 살기 위해 꼭 필요한 통과 의례, 자신에게 가하는 무두질 같은 게 아니었을까. 그러나 엄마하고 나하고 만날 수만 있었다면 둘 다 울지 않았을 것이다. 따로따로니까, 서로 안 보니까 울 수 있는 울음이었다.

그날 엄마가 정릉으로 빨래를 간 건, 참 잘한 일이었다.

시련의 시대를 향한 진술

김병익 (문학평론가)

박완서가 60대의 중반에 들면서 쓴 『그 산이 정말 거기 있었을까』(1995)는 그보다 3년 앞서 발표한 『그 많던 싱아는 누가 다 먹었을까』에 붙인 '자전소설'의 속편으로, 꿈 많은 스무 살 젊음의 첫마디에 닥쳐온 6·25 적치赤治에서 요행 벗어나면서부터 시작하여 3년 못 미쳐의 짧지만 험한 시련을 거쳐 결혼의 행복한 결말에 이르기까지의 시절을 오히려 '기록'의 문체로 서술하고 있다. 앞의 책이 태어나면서부터 20년에 걸친 자서전임에 비해 비슷한 분량으로 20여 개월의 개인사를 기록한 것은 그 시기가 그 이후의 두 세대에 걸친 우리 역사에서도 그랬던 것처럼 세상이 얼마나 성급한 변화로 진행되었는지 그 시간적 밀도를 반영하고 있을 것이며 그 집약된 시기에 치러야 했던 박완서 생애의 벅찬 급박을 보여주는 것이기도 하다. 그의 작가 연보에는 "1950년(20세) 서울대학교 문리대 국어국문학과 입학. 6·25 전쟁으로 학교에 다닌 기간은 며칠 되지 않음. 전쟁의 와중에 오빠와 숙부가 죽고 대가족의 생계를 책임지게 됨. 미8군 PX(동화백화점, 지금의 신세계백화점 자리)의 초상화부에 근무. 그곳에서 박수근 화백을 알게 됨"으로 적혀 있고 이어, "1953

년(23세) 4월 21일에 호영진과 결혼"(346쪽)으로 당시의 생애를 매듭짓고 있다. 이 간략한 보고의 구체적 전개가 『그 산이 정말 거기 있었을까』에서 진술되고 있는 개인사의 요지인데 작가는 이 회고를 마무리 지으면서 이 시련의 시기를 "엄마에게나 나에게나 온몸을 내던진 울음은 앞으로 부드럽게 살기 위해 꼭 필요한 통과 의례, 자신에게 가하는 무두질 같은 게 아니었을까"(324쪽)라고 아픈 마음으로 가다듬고 있었다.

그러나 그 '무두질'은 『그 산이 정말 거기 있었을까』에서 확인할 수 있듯이, 작가가 '자신에게 가하는' 것이 아니라, 그 고통과 혼란의 시대에 우리 민족 모두가 피할 수 없이 부닥친 고난이었을 뿐 아니라, 대학 신입의 어린 여학생이 품을 수 있었던 '자유에의 예감'으로 황홀해 있던 박완서 자신도 더불어 흠뻑 뒤집어쓴 역사적 수난에서 피할 수 없이 당해온 수련이었다. 전쟁과 죽음, 피난과 굶주림, 그리고 아무도 스스로 감당할 수도, 책임질 수도 없는 운명은 그 시대의 것인 동시에 그 시대의 한가운데에서 거대한 삶의 무게에 짓눌려야 했던 가냘픈 여성 박완서와 함께하는 것이기도 했다. 그녀가 결혼식을 마치고 근친으로 간 친정에서 엄마와 터트린 그 울음은 그러므로, 그 시대 남북의 한민족 모두의 것일 뿐 아니라 바로 그 수난의 역사에 뚜렷한 전형이 된 박완서 모녀의 것이지 않을 수 없으리라. 이력에는 생략하지 않을 수 없지만 회고담에는 반드시 고백하지 않을 수 없었던, 그 짧은 시기의 기구한 운명의 시소를 짚어보면 그녀가 얼마나 절박한 상황에 매몰될 뻔했는지, 지금 읽어도, 그리고 단순한 픽션이라면 작가의 상상력에 의한 작위적 사태로 볼 수밖에 없을 만큼, 아찔할 정도이다. 그리고 그것이 '나'로 표기되는 박완서 자신의 기록으로 진행되기에 비록 '자전소설'이란 타이틀에도 불구하고 60대의 저자가 회상하는 40여 년 전의 사태에 대한 증언적 진술로 읽지 않을 수 없다.

『그 산이 정말 거기에 있었을까』는 도민증을 얻기 위해 고양의 한 학교에서 자리를 잡고 있던 오빠가 군인의 오발로 다리에 총상을 입고 올케의 치료를 받는 데서 시작한다. 그리고 그의 가족과 함께 전란의 시국에 남북의 채찍질로 우왕좌왕할 수밖에 없는 박완서의 소용돌이 같은 운명의 작희가 진행된다. 걸음을 옮길 수 없는 오빠 때문에 중공군이 남하해 들어오는 서울에서의 피난길을 포기하고 가족들은 현저동 전에 살던 동네로 옮겨 두 번째 적치하에 숨어 지내야 했다. 거의 완벽하게 텅 빈 서울에서 그들 가족은 다시 공산당 치하에 갇히게 되고 이웃집을 뒤져가며 식량을 마련하는 참담을 감수한다. 그러나 인민위에 발각되어 그녀는 그 사무실에서 일하게 되고 한겨울을 지내는 몇 달 후 인민군이 후퇴하면서 그녀도 올케와 함께 월북을 강요당한다. 두 여인은 짐 보따리를 싸 머리에 얹고 지고 하며 북행길에 나서 임진강가에 이르렀지만 감시가 느슨한 문산의 한 시골에서 슬그머니 빠져나와 남행하여 다시 서울로 돌아오게 된다. 돈암동 집에서 숙부네와 함께 살게 된 그녀의 가족을 대신해서 그녀는 부역 혐의로 조사를 받다가 그녀의 앙칼진 항의에 면속되어 이번에는 향토방위대의 사무원으로 일하게 된다. 남북군의 전투가 여전히 진행되고 전선이 이동하면서 서울 철수령이 내려져 방위대는 후퇴하여 남하해야 했고, 그녀도 그들과 함께 온양까지 내려갔지만 그곳에서 방위대는 해산된다. 그녀는 다시 걸어 서울로 올라와 마침내 가족과 다시 합류하게 되지만 오빠는 피난으로 도진 병으로 결국 죽음을 맞는다. 그녀는 생계를 위해 다과점을 열었지만 곧바로 폐업을 하고 친구의 소개로 8군 PX에 취직하여 초상화부에 근무하며 화가 박수근을 알게 되기도 하고 잠시 동네의 유복한 청년과 연애 비슷한 데이트를 즐기기도 하지만 듬직한 남자를 사귄 끝에 마침내 결혼에 이른다.

요약해도 그 줄거리는 기구하지만 그 3년은 오빠의 다리를 치료하기 위해 총알이 관통한 상처 속으로 "소독한 심을 서리서리 한없이 집어넣는 것을 옆에서 지켜보면서 그 구멍이 지옥으로 통하는 나락만큼이나 어둡고 깊게 느껴지는"듯, "하염없이 빨려 들어가는 듯한 공포감"[1]의 시절이었고 믿음직한 호영진과의 결혼은 거기서 빠져나가 "나는 마모되고 싶지 않았다. 자유롭게 기를 펴고 싶었고, 성장도 하고 싶었다"(312쪽)는 젊은 소망을 향한 탈출의 준비였다. 그리고 그는 그 탈출에 성공했다. 그녀는 왕성하게 출산했고, 그리고 "그 많던 싱아를 누가 다 먹었을까" 돌이켜보는 가운데 그처럼 참담한 경험과 소회, '거대한 공허와 벌레의 시간'을 증언하기 위해 가지게 된, "언젠가 글을 쓸 것 같은 예감"[2] 대로, 그녀는 40세 때

---

1) 박완서, 『그 많던 싱아는 누가 다 먹었을까』, 세계사, 2012년, 279~280쪽.
2) 박완서, 위의 책, 세계사, 2012년, 283쪽.

늦은 나이로 등단하여 그녀 앞뒤의 어떤 작가들보다 왕성하게, 그리고 자신의 체험을 바탕으로 삶의 현실을 섬세하게 포착하는 소설들을 줄기차게 발표하기 시작한다.

　그에게 글쓰기의 예감을 던져준 가장 직접적인 동인은 자신을 핍박한 시대를 향한 증언이었고 거기서 그가 선택한 증언의 주제는 그가 운명적으로 당면해야 했던 한국전쟁, 그것도 『그 산이 정말 거기 있었을까』에 설정된 1950년대 초의 그 2년 동안 사태였다. "고약한 우연에 대한 정당한 복수"[3]로서의 '증언의 책무'를 안겨준 그 시기는 인민군의 치하와 수복한 국군의 치하(이는 낮에는 경찰, 밤에는 빨치산에 시달려야 했던 이청준의 소설 공간을 연상시킨다)가 번갈아 설치던 시절이었고 그에 따라 그녀는 그 적대적치하의 기관에 사무원으로 일해야 했으며 양쪽의 기관에서 조사를 받아야 했고 드디어는 월북과 남하를 바꾸어가며 힘든 피난 걸음을 하게 된다. 그 두 차례 동원된 남북으로의 길에서 그나마 다행한 몸으로 돌아와 가족과 합류하고서는 오빠의 죽음을 보아야 했고 식구들의 생계를 위해, 그러나 이번에는 전혀 달리 남북한이 아닌 미군의 상가에 취직해서 살아야 했다. 1년 남짓 동안 이루어진 이 삶의 기구한 기행紀行은 20대 초의 젊은 여인으로서는 도저히 감당하기 힘든 처절한 '인생 유전'이었다. 그리고 아주 다행히, 그를 위해서 뿐 아니라 우리 한국

---

3) 박완서, 위의 책, 세계사, 2012년, 283쪽.

문학을 위해서 참으로 행복하게, '정당한 복수'의 감정을 일으킨 그 쓰디쓴 체험들은 문학적 증언으로 승화되어 현대 한국 소설사의 귀중한 자산을 이루게 된다. 나는 박완서의 문학적 생애를 돌이켜 보며 쓴 글[4]에서, 그의 소설은 그가 살았던 시대와 고스란히 함께하는 철저한 당대적 성격을 지니고 있다는 것, 그래서 그 문학의 주제가 한국전쟁과 그 이후의 근대화 과정의 사회적 변화로 집중되고 있다는 것, 그 화자를 여성으로 함으로써 이 시대 변화 속에서 나날의 삶을 '맨살'을 만지듯 가장 구체적이고 물질적으로 살면서 그 성장의 주축을 이루는 중산층의 허위와 위선을 폭로하고 있다는 것 등으로 짚었었다. 그것은 시대의 증언자로서의 작가적 직무에 그와 그의 문학이 최대한 충실했음을 확인하는 것이다. 『그 산이 정말 거기 있었을까』는 그런 증언들 가운데 가장 처절하고 철저한 자기 진술로 읽힌다. 경험이 다르고 그래서 그 형태도 다르지만 그는 이청준처럼 '자기 진술서'를 쓰고 있었고 그가 감당해야 했던 이 증언들에서 지금의 우리는 1950년대 초의 잔인한 시절이 안겨준 그 숱한 아픔들을 다시 통감하지 않을 수 없다. 그러기에 그 증언의 의미는 좀 더 되새겨보아야 할 것이다.

내가 우선 지목하고 싶은 것은 그가 다룬 시기에 대한 증언이 1950년대 초 한국전쟁 중의 서울살이에 대한 거의 유일한 기록이라는 점이다. 오빠의 상처 치료에서 받는 '어둡고 한없는 공포감'에

---

4) 박완서, 「거짓된 세상 아프게 껴안다」, 『모든 것에 따뜻함이 숨어 있다』, 웅진지식하우스, 2011년.

서 연유된『그 산이 정말 거기 있었을까』가 대상으로 한 1950년 말부터 1953년 중반의 기간에서 크게 세 부분으로 구성된다. 첫 부분은 인민군의 "깊이 모를 어둠에서 풀려나오듯이 한없이 우울하고 조용하게 입성"(18쪽)하는 것을 목도하는 데서 시작하여 올케와 함께 파주로 북행하다가 교하의 구룡재 '호랑할멈' 집에서 머물다 만난 "하룻밤 새 감쪽같이 세상이 바뀌었"(112쪽)음을 알게 된 적치하의 세상이고, 두 번째 부분은 전력이 탄로 나지 않도록 신촌으로 돌아 돈암동 집으로 귀가해서 부역 조사를 받고 '향토방위대'에 출근하고 다시 남향해서 온양까지 내려갔다가 다시 서울로 돌아와 그 방위대원의 신분증을 미끼로 하여 무사히 한강을 건넜고 마침내 "실망과 낙담과 노독이 겹쳐 폭삭 무너져내리고 말"(168쪽)듯이 쓰러지며 다시 돈암동 집으로 돌아와 가족과 재회하기까지이며, 세 번째는 식구들의 생계를 위해 잠시 가게를 열었다가 실패하고 미군 PX 초상화부에 취직하여 생활 전선에 적응해가며 동네의 청년과 데이트도 하고 결국 듬직한 신랑감을 만나 결혼식을 마치고 친정집에 들러 "온몸을 내던진 울음"(324쪽)을 터트리기까지의 마지막 부분이다. 이 세 부분 모두가 '돈암동 집'으로 돌아가는 것으로 단락을 짓는데 그 '귀가'가 남겨주는 상징성에 주목하면서 그것들에 보다 중요하게 다가오는 것은, 그 세 번의 귀가를 실재의 현실로 경험하게 되는 겨우 몇 달 동안이 세 세대의 긴 세월 중에도 못다 치를 고통스럽고 잔인한 시절이었으나 그 실상을 작가로서보다는 삶의 실제 감당자로서의 모습으로 구체적이고 정직하게 술회하고 있기 때문에 그 충실성과 신뢰감 면에서 더욱 귀중한 자료가 된다는 점이다. 그가 여기서 피난을 못 가서 치러야 한 고난과 그 후에도 끈질기게 그들의 삶을 어둡게 드리운 적치하, 1·4후퇴 당시의 두 번째 인민군 치하의 서울과 그 겨울의 고통스런 삶들, 그리고 느슨한 감시 속에 이루어진 강제된 북행길에 대한 증언은 큰 의미가 있는 기록이다. 6·25 당시의 인민군 치하의 삶과 풍경은 염상섭의 『취우驟雨』와 김원일의 『불의 제전』에서 드물지만 소설적 재구성으로 더러 발견되기도 하지만, 1·4후퇴 당시의 춥고 먹을 것 하나 없는 텅 빈 서울살이는, 적어도 소설로서는, 내가 볼 수 있는 한, 『그 산이 정말 거기 있었을까』에서 본 것이 유일하다.

 그때의 서울은, 박완서의 '증언'에 의하면, 사람들은 모두 남으로 피난을 갔고 동네는 거의 비어 "한 동네 50명 미만"의 "완벽한 철수"(55쪽)로 '공포스러운' 공백의 대도시가 되었고, 그랬기에 작가 자신이 실토하듯이 아무 집이나 열쇠를 부수고 들어가 살 수 있었고, 이웃집 어디를 뒤져서라도 양식을 찾아내 가져가기도 하며 이불까지 들고 갈 정도였다. "그들이 몇 탕 거쳐 가고 나서 잠시 비어 있을 때 그런 집들을 들여다보면 그야말로 기둥뿌리만 남아 있대도 과언이 아니었다. 세간까지 부수어서 땔감으로 삼았고 이부자리나 옷가지 등도 무슨 까닭에선지 산산이 까발려 놓고 갔다" 나라의 군대가 이 정도였으니 피난 못 간 민간인은 어땠을까. "그들이 전쟁을 하고 있는 것 못지않게 나도 식량과의 전쟁을 하고 있었다. (…) 아기 베갯속의 좁쌀 따위 미미한 것을 위해 여자들 특유의 섬세한 감각을 총동원해야만 했다. 그건 할 짓이 아니었다"(51쪽). 인민위원회에서 나와 일해달라는 요구가 왔을 때 그녀는 "나중에 빨갱이로 몰릴까 봐 두렵다는 생각은 그닥 심각하지 않"게 생각하는데 그것은 "도둑질에 죄의식이 없어지고부터 후환을 근심하는 것까지 배부른 수작으로 여겨졌다. 오로지 배고픈 것만이 진실이고 그 밖의 것은 모조리 엄살이요 가짜라고 여겨질 정도로 나는 악에 받쳐 있었"(54쪽)기 때문이었다. 정말 굶주림과 죽음, 공포와 허망만이 미만해 있는 사태에 대해 우리는 뭐라고 말할 수 있을까. 한국 전쟁은 현대 세계에서의 첫 이념전으로 규정되고 있지만 정작 그 전쟁의 복판에서 하루하루의 삶을 두려움과 목숨의 본능 속에서만 살아내야 하는 사람들에게 그것은 "너무나 참혹한 인간이 저지른 미친 짓에 대한 경악"(93쪽)일 뿐이었다.

여기, 이 '참혹한 미친 짓'에 대한 분노가 작가의 그 광기의 시대에 대한 인간적 감수성에서 터져 나온 증언들의 정서적 주류를 이룬다. 그는 자신이 치르고 보고 듣고 겪은 일들을 통해 이 시대, 이 전쟁, 거기서 빚어진 이 참혹한 사태들에 끊임없이 그 비인간성을 폭로하고 그것들을 받치고 있는 이념들을 비판하고 거기에 내건 국가의 존재성에 대해 비난한다. 그것이 어느 정도였는가 하면 '최고 수준의 방소예술단'이 여는 '위로 공연'을 보면서 "마치 공산주의가 벌거벗고 서 있는 걸 바라보는 기분"(62쪽)을 느끼고 "이놈의 나라가 정녕 무서웠다"(63쪽)며 공포에 떤다.

인간은 먹어야 산다는 만고의 진리에 대해. 시민들이 당면한 굶주림의 공포 앞에 양식 대신 예술을 들이대며 즐기기를 강요하는 그들이 어찌 무섭지 않으랴. 차라리 독을 들이댔던들 그보다는 덜 무서울 것 같았다.(63쪽)

처절한 생존의 욕망 앞에서 치를 떨며 이데올로기의 허구를 탄핵하는 박완서의 인민군 체제에 대한 비판 못지않게 그는 삶의 당연한 본능을 무시하고 무책임하게 처벌을 가하는 남쪽의 정권에 대해서도 그는 처연할 정도로 치열했다. 그녀의 부역을 조사하는 경찰에게 '애원' 아닌 절규를 퍼붓는 데서 그것은 두려움 없이 폭발한다.

국민들을 인민군 치하에다 팽개쳐두고 즈네들만 도망갔다 와가지고 인민군 밥해준 것도 죄라고 사형시키는 이딴 나라에서 나도 살고 싶지 않아. 죽여라, 죽여. (…) 이래 죽이고 저래 죽이고 여기서 빼가고 저기서 빼가고, 양쪽에서 쓸 만한 인재는 체질하고 키질해서 죽이지 않으면 데려가고, 지금 서울엔 쭉정이밖에 더 남았냐? 그래도 뭐가 부족해 또 체질이냐? 그까짓 쭉정이들 한꺼번에 불 싸질러버리고 말지.(136~137쪽)

이 절규는 논리보다 더욱 박력 있고 이념보다 더욱 절실하며 이성이 서늘해질 뜨거운 진실성으로 육박해오는 것이었다. 이 윽박지름이 그녀의 가족들을 구하고 그녀는 비록 월급 없는 '지역 방위대'의

사무직원으로 살아남을 빌미를 제공하고 있지만, 가혹한 이데올로기의 역사 속에서 수난당해온 그 시대의 이 처절한 외침은 한국 전쟁기의 남북한 양쪽으로부터 시달려온 한국인 누구나가 함께 해야 하고 또 하지 않을 수 없는 참담한 현실에의 적나라한 증언이 되지 않을 수 없다.

　롤러코스터를 타듯 남북을 쫓기며 오간 가혹한 시련 속에서 터져 나온 절규들 속에서『그 산이 정말 거기 있었을까』의 곳곳에서는 그 시절의 참담함, 그 안에서 살 수밖에 없고 또 그렇게 살아야 하는 사람들의 비참함, 그 누추한 것들을 보고 들으며 느껴야 하는 박완서 자신의 속절없는 자의식이 집요하게 표출되고 있다. 거기에는 서러움, 억울함, 안타까움, 두려움, 지긋지긋함, 좌절감, 절망스러움의 안쓰러운 감정으로부터 혐오감, 증오감, 허위, 위선, 경멸감, 반감, 비난 등등의 세상을 바라보며 다가오는 부정적 인식들이 서슴없이 쏟아져 나오고 있다. 20대 초반의 처녀가 그 참혹하고 비루한 모습들을 비로소 바라보며 피할 수 없이 갖게 되는 이 세계에 대한 처절한 부정적 인식들이 이 억제할 수 없는 소감들을 통해 자지러지게 표현되는 것이었다. 그녀는 그 젊은 나이에 이미, 이 세계의 저 끝을, 이 세상의 '똥구멍'을 보아버린 것이다. 그렇다는 것을 우연히 두 차례 목련나무를 바라보며 그 아름다움에 취해가면서도 그러나 그 소녀적 감정에 완강히 저항하며 현실의 독살스러움을 그녀가 환기해내는 데서 확인할 수 있다. 북행하는 고된 길에서 그녀와 올케는 시골의 어느 집 앞에서 문득 "장독대 옆에 서 있는 바짝 마른 나

336

뭇가지에서 꽃망울이 부푸는 것을" 본다. "목련나무였다." 그 "걷잡을 수 없이 부풀어 오"를 생명의 망울을 부는 순간 그녀는 "어머, 애가 미쳤나 봐, 하는 비명"을 지른다. 여기서 그녀의 비명은 꽃망울의 생기에 대한 경탄이 아니라 "너무나 참혹한 인간이 저지른 미친 짓에 대한 경악"(92~93쪽)이었다. 다시 한 번 서울로 돌아오면서 "큰 목련나무가 빈틈이라곤 없이 피어 있"는 것을 "돌아보고 또 돌아보"면서 좀 늦게 피어난 꽃들의 "귀기랄까 요기 같은 걸 안개처럼 내뿜고 있는 (…) 순수한 백색이면서 그렇게 처절한 백색"을 보며 "미쳤어!"란 외침 대신 겁을 먹고 "불길한 걸 피하듯이" 지나친다. 그 불길함은 "마전하기를 원수지듯 되풀이해서 도달한, 마지막 빛깔로 해 입은 청상의 소복하고 똑같은 백색"(117~118쪽)을 연상하고 가족이 당했을지도 모를 불행을 예감하는 것이었다. 세상은 그렇게 미치게 참혹했고 사람들은 아름다움에서 오히려 불길을 예감해야 하는 비정한 시대였다.

꽃다운 여대생의 이 처절한 자학은 그러나 역으로 그의 장래를 예비해주는 것이었다. 비록 오빠는 상처에서 회복되지 못하고 피난 갔다 돌아온 후 한없이 쇠약해진 몸에서 드디어 생명의 줄을 놓아버렸지만 그녀는 이제 눈앞의 힘든 삶을 살아내야 했고 다행히 가장 밑바닥을 치고 되솟아나듯이 새로운 생활의 길을 열어가기 시작한다. 미8군 초상화부에 근무하며 어머니와 올케 사이에서 "군식구 같은 자격지심"(258쪽)을 느끼기도 하고 허 사장의 '서울대생 타령'에 "손가락으로 우벼 파내고 싶은 충동"(263쪽)에 젖기도 하며 "양키한테 붙어먹고 사는 게 얼마나 치욕스러운 일"인지(266쪽) 자학하고 "발랑 까져버린 자신을 느끼고 소스라치듯이 참담"(272쪽)함을 느끼기도 하지만, 그럼에도 안정되고 풍족한 월급을 받으며 앞으로의 새로운 삶을 예비하기도 한다. 그녀는 마침내 또래의 대학생 청년과 시를 외우고 함께 젊음의 꿈을 말하며 가지는, 후일의 그의 단편과 장편『그 남자네 집』(2004)에서 아름다운 추억으로 되살리게 되는, 따뜻하고 소담스런 데이트도 즐기게 되며 미군에게 초상화를 그려주는 별 볼 일 없어 보이는 그림쟁이들 중 후에 한국의 대표적인 화가로 조명되는 화가와 친해지고 이 뛰어난 화가의 내면에 감동하여 소설로 재현함으로써 1970년 〈여성동아〉 장편소설 공모에 당선된『나목』을 통해 그 애틋한 전후의 풍경을 아름답게 묘사한 작품의 주인공 박수근과의 정서적 공감을 나누기도 한다. 이 첫 장편소설로 박완서는 마흔의 중년에 거물급 신인으로 탄생하지만 정작 그녀의 사랑의 결실은 건실한 기술직에 근무하는 '그'에게서 이루어진다. 같은 건물에서 일하지만 PX 직원은 아닌 '그'가 미군을 상대하면서도 영어 발음을 제대로 굴리지 못하는 "막무가내로 완고한 혀"까지 좋아 보이기 시작하면서 그에게서 "미군 부대에 붙어먹고 살지 않아도 되는 데서 오는 당당함"(306쪽)을 발견하고 "사교술 같은 것하고는 상관없이 천성적으로 남을 조금도 스스럽지 않게 하는"(307쪽) 그의 은근한 접근을 허용해서 그의 청혼을 받아들여 결혼에 이르게 되는 것이다. 불과 3년도 못 되는 시간 속에서 이 세상의 끝까지를 경험해버린 그녀에게 이제 자기가 오르고 싶은 그 산이 거기 있음을 깨달았을 것이다. 그리고 여기서 박완서는 드디어 미래를 향한 소망을 품게 된다.

나는 마모되고 싶지 않았다. 자유롭게 기를 펴고 싶었고, 성장도 하고 싶었다.(312쪽)

그리고 다시 옮기지만, "부드럽게 살기 위해 꼭 필요한 통과 의례, 자신에게 가하는 무두질 같은"(324쪽) 생애의 한 시절에 대한 진술을 마친다.

박완서는 네 아이를 낳고 그 아이들이 잘 자라나는 것을 보면서 늦은 나이에 소설을 썼고 문단에 데뷔한 이후 가장 왕성한 작품 활동을 해왔으며 남편과 아들을 한 해에 거의 동시에 잃는 말할 수 없이 엄청 극렬한 불행을 당하면서도 여전히 창작 생활을 계속했다. 당연히 그 왕성한 정신과 창조적 작업에 합당한 문학상과 명예와 존경도 받아왔다. 그가 작고한 얼마 후, 그런 그의 생애를 뒤쫓아 보아가면서 품었던 두 개의 의문을 풀어볼 수 있을까 여전히 기대하며 나는 다시 『그 산이 정말 거기 있었을까』를 들여다보았다. 그럼에도 그 의문은 역시 풀리지 않았다.

그 의문 중 하나는 박완서라는 작가는 어떻게 어린 시절부터 인간의 허위와 세상의 이중성을 알아챘을까 하는 점이었다. 『그 많던 싱아는 누가 다 먹었을까』에서 그 원천은 여럿 발견할 수 있었지만 그가 그럴 수 있게 된 가장 깊은 근원은 여전히 아리송했다. 이번에 새로 본 『그 산이 정말 거기 있었을까』에서 그가 세계를 그처럼 그악스러운 존재상으로 바라보지 않을 수 없는 정황이 더욱 치열하게 다가왔다. 그렇게 세계 이해의 본질을 비판적으로, 그러나 진심에서 우러나게 된 내면적 원한의 근거를 더욱 확실하게 확인해주는 삶의 경험은 확인되고 있지만 최종적인 심상의 뿌리는 여전히 짚어지지 않는다.

또 하나의 의문은 대학 1학년에 입학하면서 며칠 만에 닥친 6·25로 피난 생활과 굶주림, 월북과 남행, 생계를 위한 일상의 투쟁, 그리고 결혼 후의 자식 생산과 양육으로 도대체 '문청 시절'을 즐길 수도 없었고 따라서 습작의 시절도 가질 수 없었던 그가 어떻게 돌연히 『나목』에서 시작하여 왕성한 창작의 성과를 올릴 수 있었던 것일까 하는 그의 창작의 재능 형성에 대한 물음이었다. 물론 어머니의 이야기 솜씨를 어렸을 적부터 즐겼고 전쟁 중에도 지섭과 시를 읽기도 했으며 박수근에 대한 이야기를 〈신동아〉의 논픽션 공모용으로 쓰다가 만 경험을 술회하고는 있지만, 그것으로는 도저히 설명될 수 없는 문학적 상상력과 소설적 구성력, 그리고 문체의 탄탄함으로 이루어진 그의 문학적 성취는 이미 그의 창작 생활 처음부터 나타나고 있는데 중년의 나이에 그런 유창한 능력을 보이기란, 더욱이 뒤늦게 글을 쓰기 시작한 여성의 경우 그것은 극히 드문 예외적 현상으로 보인다.

결국 그것은 박완서의 타고난 창조적 재능에 돌릴 수밖에 없겠다는 맥없는 결론을 내리면서도, 『그 산이 정말 거기 있었을까』에서 인간 박완서가 소설가 박완서로 비약할 수 있을 힘찬 계기를 발견하게 되는 것은 분명하다. 20대 초의 그 잔인한 시절이 없었다면, 그래서 이 지긋지긋한 세상의 치사스러움을 체험하고 관찰할 수 없었더라면, 그리고 그 비루한 세계에 대한 증언을 약속하지 않았더라면, 박완서의 문학은 다른 모습을 가진 작품일 수는 있겠지만 이렇게 뛰어난 문학적 성과를 이룩하지는 못했을 것이다. 그래, 그는 어디에서 그 근원이 솟아났든, 그 서사적 자질이 무엇에서 일구어졌든, 이 무두질하는 시대와 싸우고 견디며 이겨냄으로써 정말 거기 있는 현실 세계의 저 앞에 문득 서 있는 그 산을, 바라보고, 오르고 또, 드디어 넘은 것이다.

나는 그의 소설 세계를 훑어가면서 그의 문학적 특징을, 여성을 주어로 삼아 역사와 시대 전면이 아닌 뒤편 혹은 그 아래와 중앙에서 역사의 움직임의 실제를 맨살로 살아내야 했던 여성을 그리고 있다고 말한 바 있다. 또한 여성의 삶을 통해 분단과 전쟁, 근대화와 중산층으로 진행되는 현대 한국사의 실체를 구체적으로 들여다보고 우리 자신의 실제의 모습으로 형상화했다고 지적한 바 있다. 그는 이데올로기며 정치, 역사와 시대 같은 거창한 주제를 말하지 않고 오히려 그것들에 혐오감을 표하면서 일상의 삶, 가족과 평범한 이웃들과의 관계, 그 세속의 사람살이에서 가지게 되는 감정의 기복과 표리, 내면의 기미와 갈등 등 인간사의 가장 구체적이고 실재하는 것들을 이야기하고 있다. 그것이 50년대의 전쟁과 60년대 이후의 중산층의 형성, 90년대부터 나타나기 시작하는 현대성의 비인간성, 그리고 그 전체를 싸안는 인간적 허위의식과 이중성을 '까발려' 온 그의 소설문학의 정체를 구성하는 것이었다.

우리는 그의 이러한 잔인한 폭로를 오히려 현대화하는 한국 사회의 정직한 증언으로 받아들여야 할 것이다. 그는 정확하게 짚어내고 설득력 있게 묘사하며 진솔하게 진술하고 부인할 수 없는 박진감으로 현대 한국 중산층 혹은 그보다 앞선 한국 전쟁의 이데올로기적 위선을 폭로하고 있는 것이다. 그것은 어쩌면 문학에서 아름답고 평화로운 장면을 기대하는 사람들에게 가학적인 풍자로 읽힐지도 모른다. 그러나 역사는 겉이 아니라 속으로 겪는 것이고 시대는 껍질이 아니라 생살로 견뎌내야 하는 것이며 사실은 경험된 진실로써 검토되어야 할 것이다. 그의 증언은 바로 이 역사와 시대와 사실을 바르게 받아들이도록 권고하는 것이고 그의 문학은 그의 증언을 소설적으로 재구성함으로써 찾아낸 표현일 것이다. 그가 소설 속으로 투입한 이야기들과 사건과 에피소드들은 그가 경험하고 보고 들은 사실들이었고 그가 여기서 느끼고 토로하고 서술한 감정과 사유와 인식들은 그가 여자였고 여성이었기에 가능한 것들이었다. 그의 소설들의 화자들은 거의 여자였고 거기서 풀려나오는 사건들은 그가 그의 어릴 적부터 늙어서까지 실제로 듣고 보고 알게 된 일이었다. 그런 점에서 그는 가장 리얼리즘적인 작가이고 그가 살아온 시대, 곧 한국 전쟁과 그 후의 한국 근대사에 충실한 당대주의적 소설가였다. 그런 세계 인식, 그것의 언어적 표현인 소설문학의 지

향성, 그것들을 통해 드러내는 인간의 심리적 복합성에 대한 정직한 인식과 감각 등이 한국 문학사의 한 장을 차지할 박완서의 창조적 성과일 것인데 이 창조의 힘이 바로 『그 산이 정말 거기 있었을까』에서 치르고 있는 젊은 시절에 당한 무두질에서 얻어진 결과였던 것이다. 그는 그 아픈 삶의 과정을 진술한 것이고 그 진술은 곧 한국 현대사의 거대한 줄기로 관통해온 역사에 대한 증언이 된 것이다. '그 산'은 바로 거기에 숨겨져 있었던 것이다.

김병익 1938년 경북 상주 출생. 서울대 문리대 정치학과 졸업. 〈동아일보〉 기자, 문학과지성사 대표, 인하대 초빙교수, 초대 한국문화예술위원장을 역임했으며, 현재 문학과지성사 고문으로 있다. 1968년 동인지 〈68문학〉 참여, 1970년 계간 〈문학과지성〉 편집 동인으로 문단 활동을 했다. 저서로 비평집 『상황과 상상력』 『기억의 타작』 등 10여 권과 산문집 『지성과 반지성』 『글 뒤에 숨은 글』, 번역서 『1984년』 『막다른 길』 등이 있다. 〈팔봉비평상〉 〈대산문학상〉 등 수상.

작가
연보

1931	10월 20일 경기도 개풍군 묵송리 박적골에서 출생. 아버지 박영노朴泳魯, 어머니 홍기숙洪己宿. 위로 열 살 위인 오빠 박종서朴鐘緖 있음.
1934(4세)	아버지 별세. 어머니는 오빠만 데리고 서울로 떠남. 조부모와 숙부모 밑에서 어린 시절을 보냄.
1938(8세)	서울로 와서 살게 됨. 매동국민학교 입학.
1944(14세)	숙명여고 입학.
1945(15세)	소개령 때문에 개성으로 이사, 호수돈여고로 전학. 고향에서 해방을 맞음. 서울로 와 학교를 계속 다님. 여중 5학년 때 담임을 맡은 소설가 박노갑 선생에게서 많은 영향을 받음.
1950(20세)	서울대학교 문리대 국어국문학과 입학. 6·25 전쟁으로 학교에 다닌 기간은 며칠 되지 않음. 전쟁 기간 중에 오빠와 숙부가 죽고 대가족의 생계를 책임지게 됨. 미8군 PX(동화백화점, 지금의 신세계백화점 자리)의 초상화부에서 근무. 그곳에서 박수근 화백을 알게 됨.
1953(23세)	4월 21일 호영진扈榮鎭과 결혼. 1남 4녀의 자녀를 둠.(1954년 원숙, 1955년 원순, 1958년 원경, 1960년 원균, 1963년 원태 태어남)
1970(40세)	『나목』으로 〈여성동아〉 여류 장편소설 모집에 당선. 첫 책 『나목』(동아일보사) 출간.

1971 (41세)	「한발기」 연재.(《여성동아》 1971년 7월호~1972년 11월호. 단행본에 실린 「5월」 부분이 빠져 있음. 1978년에 『목마른 계절』로 출간됨)
	「세모」(《여성동아》 4월호), 「어떤 나들이」(《월간문학》 9월호)
1972 (42세)	「세상에서 제일 무거운 틀니」(《현대문학》 8월호)
1973 (43세)	「부처님 근처」(《현대문학》 7월호), 「지렁이 울음소리」(《신동아》 7월호), 「주말농장」(《문학사상》 10월호)
1974 (44세)	「맏사위」(《서울평론》 1월호), 「연인들」(《월간문학》 3월호), 「이별의 김포공항」(《문학사상》 4월호), 「어느 시시한 사내 이야기」(《세대》 5월호), 「닮은 방들」(《월간중앙》 6월호), 「부끄러움을 가르칩니다」(《신동아》 8월호), 「재수굿」(《문학사상》 12월호)
1975 (45세)	「도시의 흉년」 연재.(《문학사상》 1975년 12월호~1979년 7월호)
	「카메라와 워커」(《한국문학》 2월호), 「도둑맞은 가난」(《세대》 4월호), 「서글픈 순방」(《주간조선》 6월호), 「겨울 나들이」(《문학사상》 9월호), 「저렇게 많이!」(《소설문예》 9월호)
1976 (46세)	첫 창작집 『부끄러움을 가르칩니다』(일지사) 출간.
	「휘청거리는 오후」 연재.(《동아일보》 1976. 1. 1~1976. 12. 30)
	「어떤 야만」(《뿌리깊은 나무》 5월호), 「배반의 여름」(《세계의 문학》 가을호), 「조그만 체험기」(《창작과비평》 겨울호), 「포말의 집」(《한국문학》 10월호)
1977 (47세)	『휘청거리는 오후 1, 2』(창작과비평사) 출간.
	열화당의 〈신예작가 신작소설선〉 중에 중편집 『창밖은 봄』 출간.
	첫 산문집 『꼴찌에게 보내는 갈채』(평민사), 두 번째 산문집 『혼자 부르는 합창』(진문출판사) 출간.
	「흑과부」(《신동아》 2월호), 「돌아온 땅」(《세대》 4월호, 「더위 먹은 버스」라는 제목으로 소설집 『배반의 여름』(1978)에 수록), 「상」(《현대문학》 4월호), 「꼭두각시의 꿈」(《수정》 1977), 「꿈을 찍는 사진사」(《한국문학》 6월호),

「여인들」(《세계의 문학》 여름호), 「그 살벌했던 날의 할미꽃」(《문예중앙》 겨울호)

1978(48세) 『목마른 계절』(수문서관) 출간.(《여성동아》 1971년 7월호~1972년 11월호. 「한발기」라는 제목으로 연재)

단편집 『배반의 여름』(창작과비평사) 출간.

산문집 『여자와 남자가 있는 풍경』(한길사) 출간.

「욕망의 응달」 연재.(《여성동아》 1978. 8.~1979. 11.)

「낙토樂土의 아이들」(《한국문학》 1월호), 「집보기는 그렇게 끝났다」(《세계의 문학》 가을호), 「꿈과 같이」(《창작과비평》 여름호), 「공항에서 만난 사람」(《문학과지성》 가을호)

1979(49세) 『도시의 흉년 1, 2』(문학사상사) 출간.

『욕망의 응달』(수문서관) 출간.(이후 1984년 같은 출판사에서 『인간의 꽃』이라는 제목으로 다시 나온 뒤 절판. 1989년 다시 원제대로 우리문학사에서 재출간되었으나 타계 전 작가의 요청으로, 〈박완서 소설전집 결정판〉(세계사) 목록에서 제외함)

창작동화집 『달걀은 달걀로 갚으렴』(샘터사) 출간.(같은 해 『마지막 임금님』이라는 제목으로도 출간됨)

『꿈을 찍는 사진사』(열화당) 출간.(1977년 펴냈던 『창밖은 봄』과 동일한 작품을 묶음)

「살아 있는 날의 시작」 연재.(《동아일보》 1979. 10. 2~1980. 5. 30)

「내가 놓친 화합」(《문예중앙》 봄호), 「황혼」(《뿌리깊은 나무》 3월호), 「우리들의 부자富者」(《신동아》 8월호), 「추적자」(《문학사상》 10월호)

1980(50세) 「그 가을의 사흘 동안」으로 제7회 한국문학작가상 수상.

〈동아일보〉에 연재했던 『살아 있는 날의 시작』(전예원) 출간.

「오만과 몽상」 연재.(《한국문학》 1980년 12월호~1982년 3월호)

「그 가을의 사흘 동안」(《한국문학》 6월호), 「엄마의 말뚝 1」(《문학사상》

9월호), 「육복六幅」(《소설문학》 11월호), 「침묵과 실어」(《세계의 문학》 겨
울호), 「옥상의 민들레꽃」(《실천문학》 창간호)

1981(51세) 「엄마의 말뚝 2」로 제5회 이상문학상 수상.

20년간 살던 보문동 한옥을 떠나 잠실의 아파트로 이사.

오늘의 작가 총서 『나목 · 도둑맞은 가난』(민음사) 출간.

소설집 『이민 가는 맷돌』(심설당) 출간.

「천변풍경」(《문예중앙》 봄호), 「엄마의 말뚝 2」(《문학사상》 8월호), 「쥬
디 할머니」(《소설문학》 10월호), 「꽃 지고 잎 피고」(피어리스 사보 〈Ami〉
1981), 「로얄 박스」(《현대문학》 12월호)

「도둑맞은 가난」이 일본에서 「盜まれた貧しさ」라는 제목으로 『韓
国現代文学13人集』(古由高麗雄 편)에 수록 출간.(新潮社)

1982(52세) 10월과 11월. 문화공보부 주최 문인 해외연수에 참가, 유럽과 인도
를 다녀옴.(김치수, 염재만, 이호철, 홍윤숙, 김영옥, 유재용, 김승옥, 박연
희, 김홍신 등 참가)

『오만과 몽상』(한국문학사) 출간.(1985년 고려원에서 재출간)

단편집 『엄마의 말뚝』(일월서각) 출간.(첫 창작집 이후 발표된 소설을
묶음)

산문집 『살아 있는 날의 소망』(학원사) 출간.

「그해 겨울은 따뜻했네」 연재.(《한국일보》 1982. 1. 5~1983. 1. 15)

「떠도는 결혼」 연재.(《주부생활》 1982. 4.~1983. 11.)

「유실」(《문학사상》 5월호), 「무중霧中」(《세계의 문학》 여름호)

1983(53세) 『그해 겨울은 따뜻했네』(민음사) 출간.(《한국일보》에 연재한 동명의 소설)

「그의 외롭고 쓸쓸한 밤」(《문학사상》 3월호), 「아저씨의 훈장」(《현대문
학》 5월호), 「무서운 아이들」(《한국문학》 7월호), 「소묘」(《소설문학》 8월호)

「그 살벌했던 날의 할미꽃」이 영국 런던에서 「A Pasque-Flower on
That Bleak Day」라는 제목으로, 중단편 소설집 『The Rainy Spell and

Other Korean Stories』(서지문 역)에 수록 출간.(onyx press)

1984(54세) 7월 1일 영세 받음.

그해 창간된 잡지 〈2000년〉에 1984년 5월부터 12월까지 연재한 풍자 소설 「서울 사람들」이 단행본 『서울 사람들』로(글수레) 출간.

『인간의 꽃』(수문서관) 출간.(1979년에 출간된 『욕망의 응달』을 제목을 바꿔 재출간함)

「재이산」(《여성문학》 1월호), 「울음소리」(《문학사상》 2월호), 「저녁의 해후」(《현대문학》 3월호), 「어느 이야기꾼의 수렁」(《문예중앙》 여름호), 「움딸」(《학원》 9월호), 「지 알고 내 알고 하늘이 알건만」(『창비 84 신작소설집 – 지 알고 내 알고 하늘이 알건만』)

1985(55세) 방이동 아파트로 이사함.

11월 무렵 일본 '국제기금' 재단의 초청으로 홀로 일본 여행.

『서 있는 여자』(학원사) 출간.(《주부생활》에 연재했던 「떠도는 결혼」과 같은 작품)

〈베스트셀러 소설선집 7〉『나목』(중앙일보사) 출간.

단편 선집 『그 가을의 사흘 동안』(나남) 출간.

한국문학사에서 나왔던 장편 『오만과 몽상』(고려원) 재출간.

자선 에세이집 『지금은 행복한 시간인가』(자유문학사) 출간.

대하장편소설 「未忘(미망)」 연재 시작.(《문학사상》 3월호)

「해산바가지」(《세계의 문학》 여름호), 「초대」(《문학사상》 10월호), 「애보기가 쉽다고?」(《동서문학》 12월호), 「사람의 일기」(『창비 85 신작소설집 – 슬픈 해후』), 「저물녘의 황홀」(『문학과지성사 신작소설집 – 숨은 손가락』)

1986(56세) 창작집 『꽃을 찾아서』(창작과비평사) 출간.(『엄마의 말뚝』 이후, 1982년에서 1986년 사이에 창작한 중단편 수록)

산문집 『서 있는 여자의 갈등』(나남) 출간.

「비애의 장」(《현대문학》 2월호), 「꽃을 찾아서」(《한국문학》 8월호)

1987(57세)	단편 선집 『그 살벌했던 날의 할미꽃』(심지출판사) 출간.
	『이상 문학수상작가 대표작품집 6 - 박완서』(문학세계사) 출간.
	「저문 날의 삽화 1」(『여성동아문집 - 분노의 메아리』, 전예원), 「저문 날의 삽화 2」(〈또 하나의 문화 4호: 여성 해방의 문학〉), 「저문 날의 삽화 3」(〈현대문학〉 6월호), 「저문 날의 삽화 4」(〈창비 1987〉, 부정기 간행물)
1988(58세)	남편(5월)과 아들(8월)이 연이어 세상을 떠남.
	서울을 떠나 부산 분도수녀원에서 지냄. 미국 여행을 다녀옴.
	10월부터 이듬해 4월까지 〈문학사상〉에 연재하던 「미망」을 중단함.
	「저문 날의 삽화 5」(〈소설문학〉 1월호)
1989(59세)	단행본 『그대 아직도 꿈꾸고 있는가』(삼진기획) 출간.
	『서 있는 여자』(작가정신) 재출간.(1985년 학원사에서 출간됐던 『서 있는 여자』 재출간)
	「그대 아직도 꿈꾸고 있는가」 연재.(〈여성신문〉 제11호(2월 17일)~제34호(7월 28일))
	1988년 10월부터 연재 중단했던 「미망」 다시 연재 시작.(〈문학사상〉 5월호)
	「복원되지 못한 것들을 위하여」(〈창작과비평〉 여름호), 「가家」(〈현대문학〉 11월호)
	「그 살벌했던 날의 할미꽃」이 프랑스에서 「Une Vieille Anémone, Un Jour Lugubre」라는 제목으로 『Une Fille Nommée Deuxième Garçon』(최윤, Patrick Maurus 역)에 수록 출간.(Le Méridien Editeur)
1990(60세)	『미망』으로 대한민국문학상 우수상 수상.
	해외 성지순례를 다녀옴.
	〈문학사상〉 5월호로 완결된 『미망 1, 2, 3』(문학사상사)이 단행본으로 출간.
	산문집 『나는 왜 작은 일에만 분개하는가』(햇빛출판사) 출간.

참척의 고통을 겪으면서 기록한 일기인 「한 말씀만 하소서」 연재.(가톨릭 잡지 〈생활성서〉 1990. 9.~1991. 9.)

1991(61세)   『미망』으로 제3회 이산문학상 수상.

회갑 기념 단편소설집 『저문 날의 삽화』(문학과지성사) 출간.

콩트집 『나의 아름다운 이웃』(작가정신) 출간.(1981년에 출간된 『이민 가는 맷돌』(심설당)에 실린 작품을 재출간)

「여덟 개의 모자로 남은 당신」(『여성동아문집 – 여덟 개의 모자로 남은 당신』, 정민), 「엄마의 말뚝 3」(〈작가세계〉 봄호, 「박완서 특집」), 「우황청심환」(〈창작과비평〉 여름호)

「엄마의 말뚝 1」이 영역되어 출간.(유영난 역, 『번역이란 무엇인가』, 태학사)

1992(62세)   '소설로 그린 자화상'이라는 표제로 『그 많던 싱아는 누가 다 먹었을까』(웅진출판) 출간.

『박완서 문학 앨범』(웅진출판) 출간.

동화집 『산과 나무를 위한 사랑법』(샘터사) 출간.(1979년 샘터사에서 냈던 동화들을 모음)

「오동의 숨은 소리여」(〈현대소설〉 봄호)

『서 있는 여자』가 일본에서 『結婚』(中野宜子 역)이라는 제목으로 출간.(學藝書林)

1993(63세)   제19회 중앙문화대상(예술 부문) 수상.

「꿈꾸는 인큐베이터」로 제38회 현대문학상 수상.

제38회 현대문학상 수상소설집 『꿈꾸는 인큐베이터』(현대문학) 출간.

『박완서 문학상 수상 작품집』(훈민정음) 출간.(「그 가을의 사흘 동안」 「엄마의 말뚝 2」 「꿈꾸는 인큐베이터」 수록)

〈박완서 소설 전집〉(세계사) 『휘청거리는 오후』(소설 전집 1), 『도시의 흉년』(소설 전집 2, 3), 『휘청거리는 오후』(소설 전집 4), 『욕망의 응달』

(소설 전집 5) 출간.

「꿈꾸는 인큐베이터」(《현대문학》 1월호), 「티타임의 모녀」(《창작과비평》 여름호), 「나의 가장 나종 지니인 것」(《상상》 창간호(가을호))

「엄마의 말뚝 1」이 프랑스 〈Lettres coréennes〉 시리즈 중 『Le piquet de ma mère』(강고배, Hélène Lebrun 역)라는 제목으로 출간.(Actes Sud)

「겨울 나들이」가 미국에서 「Winter Outing」이라는 제목으로 『Land of Exile』(Marshall R. Pihl 역)에 수록 출간.(M. E. Sharpe)

1994(64세)　「나의 가장 나종 지니인 것」으로 제25회 동인문학상 수상

『제25회 동인문학상 수상작품집 – 나의 가장 나종 지니인 것』(조선일보사) 출간.

신작 소설집 『한 말씀만 하소서』(솔) 출간.(일기와 『저문 날의 삽화』 이후의 소설을 묶음)

전작동화 『부숭이의 땅힘』(한양출판) 출간.

첫 창작집 『부끄러움을 가르칩니다』(한양출판) 재출간.

1977년에 출간한 첫 수필집 『꼴찌에게 보내는 갈채』(한양출판) 재출간.(일부 재수록)

〈박완서 소설 전집〉(세계사) 『목마른 계절』(소설 전집 6), 『엄마의 말뚝』(소설 전집 7), 『오만과 몽상』(소설 전집 8), 『그해 겨울은 따뜻했네』(소설 전집 9) 출간.

「가는 비, 이슬비」(한국문학 3·4월 합본호)

『그대 아직 꿈꾸고 있는가』가 독일에서 『Das Familienregister』(Helga Picht 역)이라는 제목으로 출간.(Verlag Volk &Welt)

1995(65세)　「환각의 나비」로 제1회 한무숙문학상 수상.

『그 산이 정말 거기 있었을까』(웅진출판) 출간.

단편 선집 『여덟 개의 모자로 남은 당신』(삼성) 문고판 출간.

산문집 『한 길 사람 속』(작가정신) 출간.

〈박완서 소설 전집〉(세계사) 『나목』(소설 전집 10), 『서 있는 여자』(소설 전집 11) 출간.

「마른 꽃」(〈문학사상〉 1월호), 「환각의 나비」(〈문학동네〉 봄호)

『나목』이 미국 코넬대학교 출판부에서 『The Naked Tree』(유영난 역)라는 제목으로 출간.(Cornell University)

「더위 먹은 버스」 「꿈꾸는 인큐베이터」 「티타임의 모녀」 단편 세 편이 독일에서 『Die Trämende Brutmaschine: 꿈꾸는 인큐베이터』(채운정, Rainer Werning 역)라는 제목으로 출간.(Secolo)

「티타임의 모녀」가 일본에서 「ティータイムの母娘」(岸井紀子 역)이라는 제목으로 〈韓國女性作家作品集(한국여성작가작품집)〉 중 『冬の幻』(朝鮮文学研究會 역)에 수록 출간.(韓日カルチャーセンター図書出版室)

「세모」 「주말농장」이 중국에서 「岁暮」 「周末农场」라는 제목으로 『韩国女作家作品选(한국여작가작품선)』에 수록 출간.(社会科学文献出版社)

1996(66세) 단편선집 『울음소리』(솔) 출간.

수필집 『우리를 두렵게 하는 것들』(자유문화사) 출간.

〈박완서 소설 전집〉(세계사) 『미망』(소설 전집 12, 13) 출간.

「참을 수 없는 비밀」(〈창작과비평〉 겨울호)

1997(67세) 『그 산이 정말 거기 있었을까』로 제5회 대산문학상 수상.

티베트·네팔 기행기 『모독』(학고재) 출간.

동화집 『속삭임』(샘터사) 출간.

「길고 재미없는 영화가 끝나갈 때」(〈라쁠륨〉 봄호), 「그 여자네 집」(『여성동아 문집 - 13월의 사랑』, 예감), 「너무도 쓸쓸한 당신」(〈문학동네〉 겨울호)

「닮은 방들」이 미국에서 「Identical Apartment」라는 제목으로

『WAYFARER』(Bruce Fulton, Ju-Chan Fulton 편역)에 수록 출간.(Women In Translation)

1998(68세) 구리시 아천동으로 이사함.

보관문화훈장(문화관광부) 수상.

단편소설집『너무도 쓸쓸한 당신』(창작과비평사) 출간.

산문집『어른 노릇 사람 노릇』(작가정신) 출간.

그림동화『이게 뭔지 알아맞혀 볼래?』(미세기) 출간.

「꽃잎 속의 가시」(《작가세계》 봄호), 「공놀이하는 여자」(《당대비평》 여름호), 「J-1 비자」(《창작과비평》 겨울호)

1999(69세) 『너무도 쓸쓸한 당신』으로 제14회 만해문학상 수상.

묵상집『님이여, 그 숲을 떠나지 마오』(여백) 출간.

에세이 선집『작은 마음이 아름다운 세상을 만든다』(미래사) 출간.

단편동화집『자전거 도둑』(다림) 출간.(첫 동화집『달걀은 달걀로 갚으렴』에서 여섯 편을 선별해 실음)

「아주 오래된 농담」 연재 시작.(《실천문학》 겨울호)

〈단편소설 전집〉(전5권, 문학동네)『어떤 나들이』(단편소설 전집 1),『조그만 체험기』(단편소설 전집 2),『아저씨의 훈장』(단편소설 전집 3),『해산바가지』(단편소설 전집 4),『가는 비 이슬비』(단편소설 전집 5) 출간.

단편 아홉 편이 미국에서『My Very Last Possession』(전경자 외 역)라는 제목으로 출간.(M. E. Sharpe)

「저문 날의 삽화」「그 가을의 사흘 동안」「도둑맞은 가난」「엄마의 말뚝 1, 2, 3」 단편 여섯 편이 미국에서『A SKETCH OF THE FADING SUN』(이현재 역)이라는 제목으로 출간.(White Pine Press)

『그 많던 싱아는 누가 다 먹었을까』가 일본에서『新女性を生きよ』(朴福美 역)라는 제목으로 출간.(梨の木舎)

「어느 이야기꾼의 수렁」이 독일에서「Im Sumpf steckengeblieben」

이라는 제목으로 『Am Ende der Zeit』(Helga Picht, Heidi Kang 편)에 수록 출간.(Pendragon)

2000(70세)   제14회 인촌상 수상.(문학 부문)

9월 '2000 서울 국제 문학포럼'에서 「포스트 식민지적 상황에서의 글쓰기」 발표.

등단 30주년 기념. 산문 선집 『아름다운 것은 무엇을 남길까』(세계 사), 『박완서 문학 30년 기념 비평집: 박완서 문학 길찾기』(세계사) 출간.

「아주 오래된 농담」(《실천문학》 가을호) 연재를 마친 후 단행본 『아주 오래된 농담』(실천문학사) 출간.

2001(71세)   「그리움을 위하여」로 제1회 황순원문학상 수상.

장편동화 『부숭이는 힘이 세다』(계림북스쿨) 출간.(『부숭이의 땅힘』 (1994)을 손보아 이름을 바꾸어 출간)

「그리움을 위하여」(《현대문학》 2월호), 「또 한해가 저물어 가는데」(『우 리시대의 여성작가 15인 신작소설집 - 진실 혹은 두려움』, 동아일보사)

「그 가을의 사흘 동안」을 영역한 『Three Days in That Autumn』(유 숙희 역)이 지문당의 〈The Portable Library of Korean Literature〉 시리즈 여덟 번째 책으로 출간.

2002(72세)   산문집 『꼴찌에게 보내는 갈채』(세계사) 개정 증보판 출간.(「내가 걸 어온 길」 등이 추가됨)

소실 모음집 『저문 날의 삽화』(문학과지성사) 개정판 출간.

〈박완서 소설 전집〉(세계사) 개정판 출간.(전14권, 장정을 새로 함)

산문집 『두부』(창작과비평사) 출간.

자전적 동화 『옛날의 사금파리』(그림 우승우, 열림원) 출간.

『우리 시대의 소설가 박완서를 찾아서』(웅진닷컴) 발간.(『박완서 문학 앨범』(1992)의 개정증보판)

「아치울 이야기」(『여성작가 16인 신작소설집 – 피스타치오 나무 아래서 잠 들다』, 동아일보사), 「그 남자네 집」(〈문학과사회〉 여름호)

「나의 가장 나종 지니인 것」이 독일에서 「Das Allerwichtigste in meinem Leben Erzälung」이라는 제목으로 『Wintervision』(김희열, Achim Neitzert 역)에 수록 출간.(Haag+Herchen)

「엄마의 말뚝」이 일본에서 「母さんの杭」라는 제목으로 『現代韓国 短篇選(현대한국단편선) 下』(三枝壽勝 역)에 수록 출간.(岩波書店)

2003(73세) 산문집(콩트집) 『나의 아름다운 이웃』(작가정신) 개정판 출간.

첫 동화집 『달걀은 달걀로 갚으렴』에 수록되었던 「옥상의 민들레 꽃」을 만화로 구성한 『옥상의 민들레꽃』(그림 강웅승, 이가서)이 〈만 화로 보는 한국문학 대표작선 003〉으로 출간.

김남조 · 김후란 · 박완서 · 전옥주 · 한말숙 5인 에세이집 『세월의 향기』(솔과 학) 출간.

〈박완서 소설 전집〉(세계사) 『휘청거리는 오후』(소설 전집 1), 『욕망의 응달』(소설 전집 5), 『목마른 계절』(소설 전집 6), 『서 있는 여자』(소설 전집 11) 개정판 출간.

「마흔아홉 살」(〈문학동네〉 봄호), 「후남아, 밥 먹어라」(〈창작과비평〉 여 름호)

『그 산이 정말 거기 있었을까』가 스페인 트로타 출판사의 〈한국문 학시리즈〉 중 첫 책으로 『Aquella montaña tan lejana』(김혜정, Francisco Javier Martaín Ortíz 역)라는 제목으로 출간.(Trotta)

2004(74세) 〈현대문학〉 창간 50주년을 기념한 장편소설 『그 남자네 집』(현대문 학사) 출간.(2002년 〈문학과사회〉에 발표한 동명 단편을 기초로 한 작품)

일기 『한 말씀만 하소서: 자식을 잃은 참척의 고통과 슬픔, 그 절절 한 내면 일기』(판화 한지예, 세계사) 재출간.

〈그림, 소설을 읽다〉(전5권) 시리즈 첫 권으로 『나목에 핀 꽃』(그림 박

항률, 랜덤하우스중앙) 출간.

1997년에 펴낸 첫 동화집에 수록되었던 여섯 편에, 최근에 쓴 동화 「보시니 참 좋았다」 「아빠의 선생님이 오시는 날」을 새로 더해, 동화집 『보시니 참 좋았다』(그림 김점선, 이가서) 출간.

〈박완서 소설 전집〉(세계사) 『꿈엔들 잊힐리야』(박완서 소설 전집 12, 13, 14) 출간.(장편소설 『미망』(소설 전집 12, 13)의 일부 내용을 수정·보완한 후 표지 장정과 본문 디자인을 바꾸어 출간)

청소년판 『그 많던 싱아는 누가 다 먹었을까』(그림 강전희, 웅진닷컴) 출간.

「해산바가지」가 일본에서 「出産バガチ」라는 제목으로 『韓国女性作家短編選(한국여성작가단편선)』(朴竹礼 역)에 수록 출간.(穂高書店)

| 2005(75세) | 12편의 기행 산문을 모은 기행산문집 『잃어버린 여행가방』(실천문학사) 출간.(1997년 학고재에서 출간했던 『모독』 포함) |

『그 산이 정말 거기 있었을까』 『그 많던 싱아는 누가 다 먹었을까』 (웅진지식하우스) 양장본으로 재출간.

만화 『그 많던 싱아는 누가 다 먹었을까 1, 2』(그림 김광성, 세계사) 출간.(어린이를 위해 만화로 재구성)

〈다시 읽는 한국문학〉 시리즈 『다시 읽는 박완서 – 엄마의 말뚝』(그림 이승원, 맑은소리, 다시 읽는 한국문학 21) 출간.

〈20세기 한국소설〉 시리즈 『박완서』(창작과비평사, 20세기 한국소설 35) 출간.(「조그만 체험기」 「그 가을의 사흘 동안」 「엄마의 말뚝 2」 「해산바가지」 「나의 가장 나종 지니인 것」 등 수록)

「거저나 마찬가지」(《문학과사회》 봄호), 「촛불 밝힌 식탁」(『박완서 외 여성작가 17인 신작소설 – 촛불 밝힌 식탁』, 동아일보사)

『그 많던 싱아는 누가 다 먹었을까』가 대만에서 『那麼多的草葉哪裡去了?』(安金連, 臺北市 역)라는 제목으로 출간.(大塊文化)

『그 많던 싱아는 누가 다 먹었을까』가 태국에서 『ในความทรงจำ: แห่งชีวิตอันเยาว์วัย』라는 제목으로 출간.(TPA Press)

2006(76세)   5월 17일 서울대학교 명예문학박사 학위 수여.

제16회 호암상 예술상 수상.

묵상집 『옳고도 아름다운 당신』(시냇가에 심은 나무) 출간.(1996년부터 1998년까지 가톨릭 〈서울주보〉의 '말씀의 이삭'에 발표한 94편의 에세이를 모은 『님이여, 그 숲을 떠나지 마오』의 개정판)

문학상 수상작을 모아 『환각의 나비』(푸르메) 출간.(「그 가을의 사흘 동안」「엄마의 말뚝」「꿈꾸는 인큐베이터」「나의 가장 나종 지니인 것」「환각의 나비」 등 수록)

1999년 출간된 〈박완서 단편소설 전집〉(전5권, 문학동네)에, 1998년에 출간된 『너무도 쓸쓸한 당신』(창작과비평사)을 추가하여, 개정판 〈박완서 단편소설 전집〉(전6권, 문학동네) 출간.(『부끄러움을 가르칩니다』(단편소설 전집 1), 『배반의 여름』(단편소설 전집 2), 『그의 외롭고 쓸쓸한 밤』(단편소설 전집 3), 『저녁의 해후』(단편소설 전집 4), 『나의 가장 나종 지니인 것』(단편소설 전집 5), 『그 여자네 집』(단편소설 전집 6))

「대범한 밥상」(《현대문학》 2006년 1월호), 「친절한 복희씨」(《창작과비평》 봄호), 「그래도 해피 엔드」(《문학관》 가을, 한국현대문학관), 「궁합」「달나라의 꿈」(『저 미늘이를 어찌지』, 정음)

「마른 꽃」이 한영 대역본으로 『Weathered Blossom』(유영난 역)이라는 제목으로 출간.(한림)

『너무도 쓸쓸한 당신』이 중국에서 『孤擲的你』(朴善姬, 何彤梅 역)라는 제목으로 출간.(上海译文出版社)

「엄마의 말뚝 1, 2, 3」이 프랑스에서 『Les Piquets de ma mère』(Patrick Maurus, 문시연 역)라는 제목으로 완역 출간.(Actes Sud)

「배반의 여름」이 멕시코에서 「Traición en Verano」라는 제목으로

『Por la escalera del arco iris』(정권태, 유희명, Raúl Aceves, Jorge Orendáin 역)에 수록 출간.(ARLEQUíN)

2007(77세)   산문집『호미』(열림원) 출간.

소설집『친절한 복희씨』(문학과지성사) 출간.

이해인, 이인호와 함께, 대담집『대화』(샘터) 출간.

청소년판『엄마의 말뚝』(열림원) 출간.

〈다시 읽는 한국문학〉 시리즈『다시 읽는 박완서 – 엄마의 말뚝 2 · 3』(그림 이수정, 맑은소리, 다시 읽는 한국문학 22) 출간.

〈교과서 한국문학〉 시리즈 박완서 편으로, 제1권『옥상의 민들레 꽃』(방민호 엮음, 휴이넘)을 시작으로 총 10권 발간.

중국 인민문학출판사의 〈韓國文學叢書(한국문학총서)〉 중『그 남자 네 집』이『那个男孩的家』(王策宇, 金好淑 역)라는 제목으로 출간.(人民文學出版社)

『나목』이 중국에서『裸木』(김연란 역)이라는 제목으로 출간.(上海译文出版社)

2008(78세)   『꼴찌에게 보내는 갈채』(세계사) 문고판 출간.

산문집『옳고도 아름다운 당신』(열림원) 재출간.

〈박완서 소설 전집〉(세계사)『그 많던 싱아는 누가 다 먹었을까』(박완서 소설 전집 16),『그 산이 정말 거기 있었을까』(박완서 소설 전집 17) 출간.

2월부터 12월까지 〈현대문학〉에 '박완서 연재 에세이' 연재.(총8회)

「땅 집에서 살아요」(『우리 시대 대표 여성작가 12인 단편 작품집 – 소설가의 집』, 중앙북스)

멕시코 〈Colección de Literatura Coreana〉 시리즈 중『그대 아직도 꿈꾸고 있는가』가『¿Seguirá soñando?』(전진재, Vilma Patricia Pulgarín Duque 역)라는 제목으로 출간.(Librisite)

2009(79세)	이야기 모음집 『세 가지 소원』(그림 전효진, 마음산책) 출간.(1970년 초
	부터 최근까지 콩트나 동화를 청탁받았을 때 써둔 짧은 이야기를 모음)
	1998년에 출간되었던 산문집 『어른 노릇 사람 노릇』(작가정신) 재출
	간.(장정과 표지 디자인을 새롭게 함)
	중국 상해역문출판사의 〈韓國現当代文學精選(한국현당대문학정선)〉
	시리즈 중 『아주 오래된 농담』이 『非常久遠的玩笑』(金泰成 역)라는
	제목으로 출간.(上海译文出版社)
	중국 상해역문출판사에서 〈韓國当代文作家精品系列(한국당대문작가
	정품계열)〉 시리즈 중 『휘청거리는 오후』가 『蹒跚的午后』(李貞嬌, 李茸
	역)라는 제목으로 출간.(上海译文出版社)
	미국 컬럼비아대학교 출판부의 〈Weatherhead books on Asia〉 시
	리즈 중 『그 많던 싱아는 누가 다 먹었을까』가 『Who Ate Up All
	The Shinga?』(유영난, Stephen J. Epstein 역)이라는 제목으로 출
	간.(Columbia University Press)
	「조그만 체험기」 「그 가을의 사흘 동안」이 브라질에서 각각 「A
	pequena expeiência」 「Três dias daquele outono」라는 제목으로
	『Contos Contemporâneos Coreanos』(임윤정 역)에 수록 출
	간.(Landy)
2010(80세)	산문집 『못 가본 길이 더 아름답다』(현대문학) 출간.(2002년 2월 〈현대
	문학〉에 발표한 에세이 「구형예찬」을 비롯하여 2008년 2월부터 12월까지 〈현
	대문학〉에 연재한 '박완서 연재 에세이'와 그동안 쓴 짧은 글 등을 모음)
	「석양을 등에 지고 그림자를 밟다」(〈현대문학〉 2월호), 「엄마의 초상」
	(『가족, 당신이 고맙습니다』, 중앙북스)
2011(81세)	1월 22일 오전 6시 17분, 담낭암으로 투병하다 세상을 떠남.
	1월 24일, 금관문화훈장 추서.
	1월 25일, 경기도 용인시 모현면 오산리 천주교 서울대교구 공원묘

지에 안장됨.

4월, 『모든 것에 따뜻함이 숨어 있다: 박완서 문학 앨범』(웅진지식하우스), 관악 초청 강연록 『박완서: 문학의 뿌리를 말하다』(서울대학교 출판문화원), 그림동화책 『아가 마중: 참으로 놀랍고 아름다운 일』(그림 김재홍, 한울림) 출간.

「그 가을의 사흘 동안」이 프랑스에서 『Trois jours en automne』(Benjamin Joinau, 이정순 역)라는 제목으로 출간.(Atelier des Cahiers)

「친절한 복희씨」가 일본에서 「親切な福姫さん」(渡辺直紀 역)이라는 제목으로 〈아시아 단편 베스트 셀렉션〉 중 『天國の風』에 수록 출간.(新潮社)

「부끄러움을 가르칩니다」가 미국에서 「We teach shame!」이라는 제목으로 『Waxen Wings』(Bruce Fulton 편)에 수록 출간.(Koryo Press)

2012 1월 22일(1주기) 그간에 출간된 장편소설을 모아 〈박완서 소설전집 결정판〉(세계사) 출간.(생전에 직접 원고를 손보다가 타계 후에는 유족과 기획위원들이 작업을 최종 마무리함)

〈박완서 소설전집 결정판〉 기획위원

권명아   1965년 서울 출생. 문학평론가, 동아대학교 국어국문학과 조교수. 연세대 불문과 및 동 대학원 국문과 박사. 1994년 「박완서 문학 연구」로 〈작가세계〉 문학상 평론 부문 신인상에 당선되며 등단했다. 『박완서 문학 길찾기』(세계사, 2000)를 공동 편찬했다. 대표 저서로는 『가족 이야기는 어떻게 만들어지는가』『맞장 뜨는 여자들』『문학의 광기』『역사적 파시즘』『탕아들의 자서전』『식민지 이후를 사유하다』 등이 있다.

이경호   1955년 서울 출생. 문학평론가, 한서대학교 문예창작과 겸임교수. 고려대학교 영문과 및 동 대학원 비교문학 박사과정을 수료했다. 국내 문학인들을 분석 탐구해온 계간지 〈작가세계〉 편집 주간을 지냈으며 『박완서 문학 길찾기』(세계사, 2000)를 공동 편찬했다. 저서로는 『문학과 현실의 원근법』『문학의 현기증』『상처학교의 시인』 등이 있다.

호원숙   1954년 서울, 박완서의 맏딸로 태어났다. 수필가, 경운박물관 운영위원. 서울대학교 사범대학 국어교육과를 졸업했으며 〈뿌리깊은 나무〉 편집 기자를 지냈다. 1992년 출간된 『박완서 문학앨범』(웅진출판)에 어머니 박완서에 관한 「행복한 예술가의 초상」을 쓰기도 했다. 저서로는 『큰 나무 사이로 걸어가니 내 키가 커졌다』, 공저로는 어머니와 함께 쓴 『모든 것에 따뜻함이 숨어 있다』 등이 있다.

홍기돈   1970년 제주 출생. 가톨릭대학교 국어국문학과 교수. 중앙대학교 국문과를 졸업하고 동 대학원에서 「김수영 시 연구」로 석사학위, 「김동리 연구」로 박사학위를 받았다. 1999년 한강의 소설을 분석한 「그림자로 놓인 오십 개의 징검다리 건너기」로 계간 〈작가세계〉 문학상 평론 부문 신인상에 당선되며 등단했다. 〈비평과전망〉〈시경〉〈작가세계〉 편집위원을 지냈다. 저서로는 『페르세우스의 방패』『인공낙원의 뒷골목』『근대를 넘어서려는 모험들』『김동리 연구』 등이 있다.

그 산이 정말 거기 있었을까

초판 1쇄 발행 2012년 1월 22일
초판 10쇄 발행 2025년 10월 1일

지은이   박완서
펴낸이   최동혁
기획위원   권명아·이경호·호원숙·홍기돈
북디자인   오진경
띠지 사진   조선일보

펴낸곳   (주)세계사컨텐츠그룹
주소   06168 서울시 강남구 테헤란로 507 WeWork빌딩 8층
문의   plan@segyesa.co.kr
홈페이지   www.segyesa.co.kr
출판등록   1988년 12월 7일(제406-2004-003호)
인쇄   예림인쇄
제본   제이엠플러스

ISBN 978-89-338-0193-2 (04810)
ISBN 978-89-338-0173-4 (세트)